名探偵ホームズ
バスカビル家の犬

コナン＝ドイル／作
日暮まさみち／訳　若菜 等＋Ki／絵

講談社 青い鳥文庫

目次《もくじ》

『バスカビル家《け》の犬《いぬ》』について

いよいよ、ホームズ物語《ものがたり》のなかで、もっとも人気《にんき》の高《たか》い長編《ちょうへん》、『バスカビル家《け》の犬《いぬ》』の登場《とうじょう》です。イングランド西部《せいぶ》、デボン州《しゅう》のバスカビル家《け》には、十七世紀《せいき》に当主《とうしゅ》が巨大《きょだい》な犬《いぬ》に殺《ころ》されていらい、魔犬《まけん》に呪《のろ》われているという伝説《でんせつ》がありました。ところが、その伝説《でんせつ》が、とつぜんよみがえりました。現代《げんだい》の当主《とうしゅ》、チャールズ＝バスカビル卿《きょう》が心臓《しんぞう》まひで死《し》んだとき、地面《じめん》には、巨大《きょだい》な犬《いぬ》の足《あし》あとがあったのです。

当主《とうしゅ》を引《ひ》き継《つ》ぐのは、カナダからやってきたヘンリー＝バスカビル。かれもふしぎな盗難事件《とうなんじけん》にあったあげく、バスカビル館《やかた》のあるダートムアの沼地《ぬまち》から遠《とお》ざかれ、という警告文《けいこくぶん》を受《う》けとります。ホームズとワトソンは捜査《そうさ》を約束《やくそく》しますが、ヘンリー卿《きょう》をまもるはずのホームズは、なぜかロンドンにのこり、ダートムアにむかう卿《きょう》には、ワトソンを同行《どうこう》させるのでした。

岩山《いわやま》が点々《てんてん》とちらばり、おそろしい底《そこ》なし沼《ぬま》のある、ダートムアの荒《あ》れ地《ち》。そこにぽつんとたつ、バスカビル館《やかた》。夜《よる》になると女《おんな》のすすり泣《な》く声《こえ》がきこえ、外《そと》では犬《いぬ》の遠《とお》ぼえが……。警告文《けいこくぶん》の送《おく》り主《ぬし》はだれなのか？　呪《のろ》いの魔犬《まけん》はほんとうにいるのか？　ワトソンの前《まえ》にいきなりあらわれ、荒《あ》れ地《ち》をかけめぐって事件《じけん》を解決《かいけつ》するホームズの活躍《かつやく》を、おたのしみください。

日暮《ひぐらし》まさみち

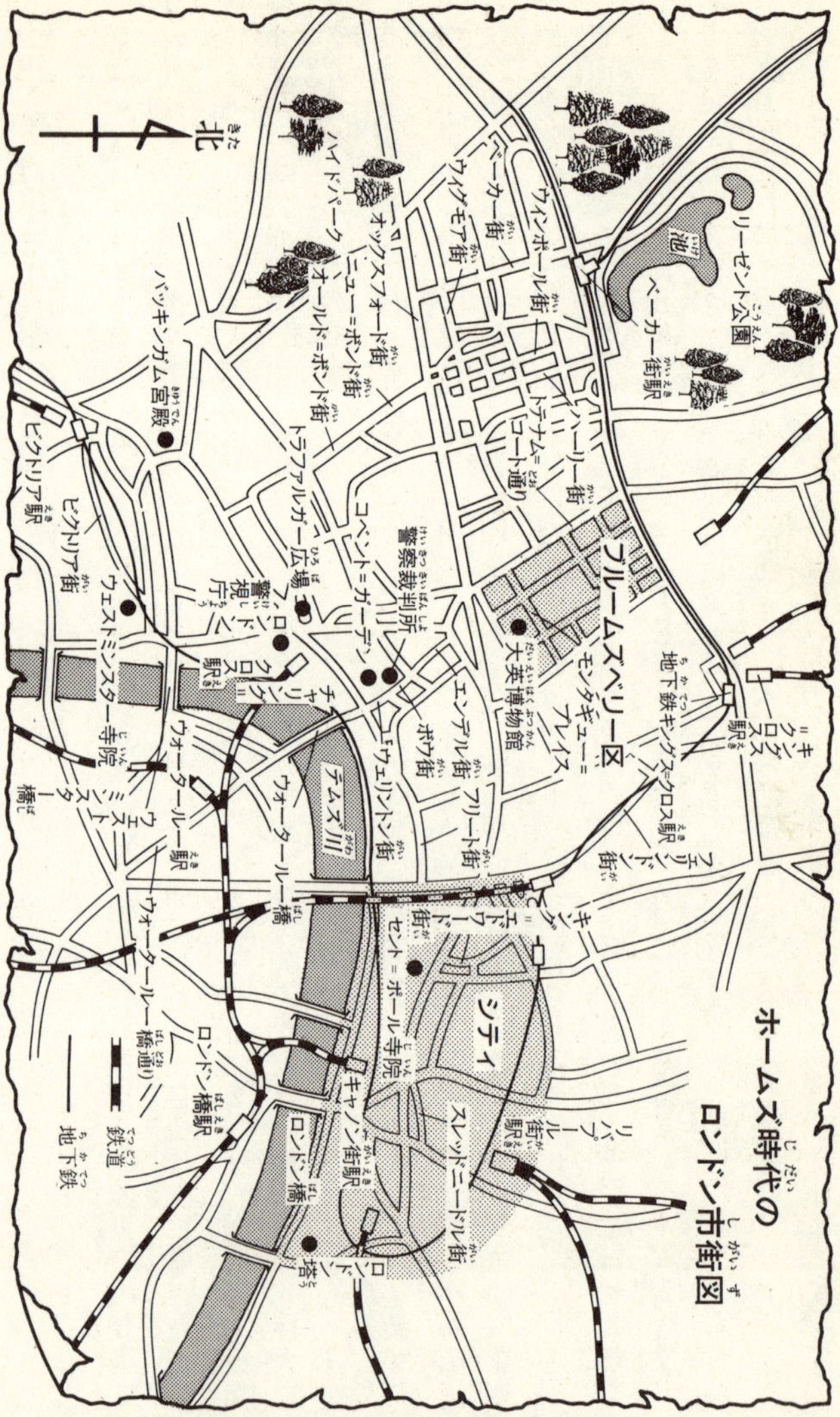
ホームズ時代《じだい》のロンドン市街図《しがいず》
北
リーゼント公園
池
ベーカー街駅
ベーカー街
ウィグモア街
ウィンポール街
ハイドパーク
オックスフォード街
ニュー＝ボンド街
オールド＝ボンド街
バッキンガム宮殿
ビクトリア駅
ビクトリア街
ハーリー街
トテナム＝コート通り
トラファルガー広場
コベント＝ガーデン
警察裁判所
警視庁
ロンドン
ブルームズベリー区
大英博物館
モンタギュー＝プレイス
地下鉄キングズ＝クロス駅
キングズ＝クロス駅
エンデル街
ボウ街
チャリング＝クロス駅
ウェストミンスター寺院
ウェストミンスター橋
ウォータールー駅
ウォータールー橋
ウォータールー橋通り
ウェリントン街
テムズ川
フリート街
ファリンドン街
キング＝エドワード街
セント＝ポール寺院
シティ
リバプール街駅
スレッドニードル街
キャノン街駅
ロンドン橋
ロンドン橋駅
ロンドン塔
鉄道
地下鉄

イギリスの地図《ちず》

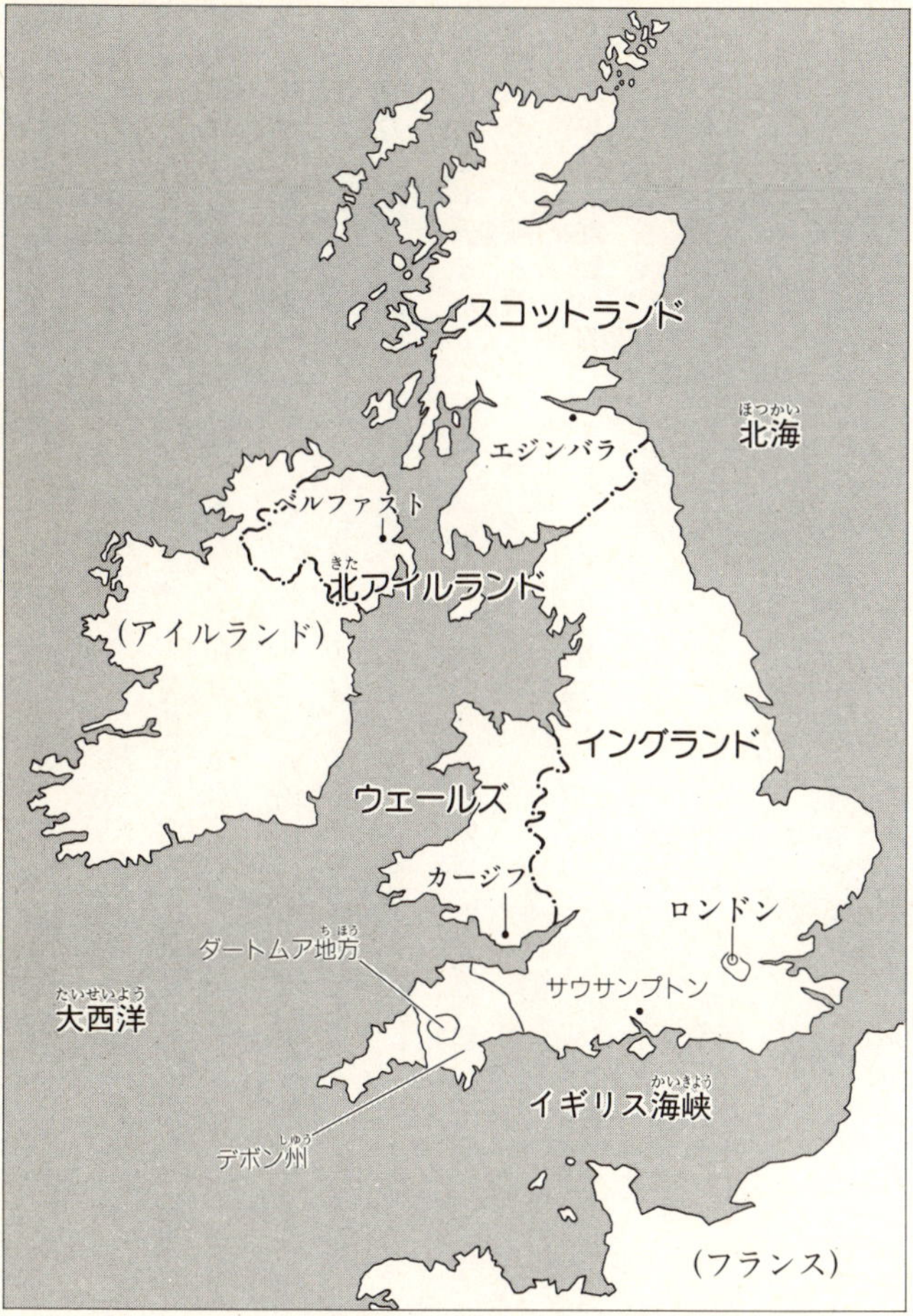

イギリスは，イングランド，ウェールズ，スコットランド，北《きた》アイルランドの4つの国《くに》がむすびついた「グレートブリテンおよび北部《ほくぶ》アイルランド連合王国《れんごうおうこく》」が正式《せいしき》な呼《よ》びかた。

この物語《ものがたり》のおもな登場《とうじょう》人物《じんぶつ》

シャーロック＝ホームズ　有名《ゆうめい》な私立探偵《しりつたんてい》で、世界最初《せかいさいしょ》の探偵《たんてい》コンサルタント。ロンドンのベーカー街《がい》二二一番地《ばんち》B《ビー》に下宿《げしゅく》する。正確《せいかく》な観察《かんさつ》と分析《ぶんせき》にもとづいた鋭《するど》い推理力《すいりりょく》で、難事件《なんじけん》をつぎつぎに解決《かいけつ》。ロンドン警視庁《けいしちょう》の警部《けいぶ》たちからも頼《たよ》りにされている。

ジョン＝H《エイチ》＝ワトソン博士《はかせ》　ホームズの友人《ゆうじん》で、この物語《ものがたり》の語《かた》り手《て》。職業《しょくぎょう》は医者《いしゃ》だが、同《おな》じ家《いえ》に下宿《げしゅく》したことをきっかけに、ホームズといっしょに事件《じけん》の捜査《そうさ》をするようになった。ホームズほどの観察力《かんさつりょく》と推理力《すいりりょく》はないが、正義漢《せいぎかん》で人柄《ひとがら》のよい英国紳士《えいこくしんし》。

ジェームズ＝モーティマー　依頼人《いらいにん》。デボン州《しゅう》グリンペン村《むら》に住《す》む外科医《げかい》で、亡《な》くなったチャールズ＝バスカビル卿《きょう》と親《した》しかった。

チャールズ＝バスカビル卿《きょう》　バスカビル家《け》の当主《とうしゅ》。慈善家《じぜんか》で、多《おお》くのひとにしたわれていたが、館《やかた》の敷地《しきち》にあるイチイの並木道《なみきみち》で変死《へんし》した。

ロジャー＝バスカビル　チャールズ卿《きょう》の、いちばん末《すえ》の弟《おとうと》。バスカビル家《け》のやっかい者《もの》で、イギリスにいられなくなり、中央《ちゅうおう》アメリカにのがれ、その地《ち》で死《し》んだ。

ヘンリー＝バスカビル　バスカビル家《け》三兄弟《きょうだい》の次男《じなん》の息子《むすこ》で後継者《こうけいしゃ》。准男爵《じゅんだんしゃく》。カナダに住《す》んでいたが呼《よ》びもどされた。ロンドンに着《つ》いた直後《ちょくご》、バスカビル館《やかた》がある沼地《ぬまち》に近《ちか》づくなという警告《けいこく》文《ぶん》を受《う》けとる。

パーキンズ　バスカビル館《やかた》の馬係《うまがかり》。

セルデン　ダートムアのプリンスタウン刑務所《けいむしょ》を脱獄《だつごく》した、凶悪《きょうあく》な犯罪者《はんざいしゃ》。

ジョン＝バリモア　バスカビル家《け》に何代《なんだい》にもわたってつかえる、美男子《びなんし》の執事《しつじ》。

イライザ＝バリモア　執事《しつじ》・バリモアの妻《つま》。ワトソンの観察《かんさつ》では、無表情《むひょうじょう》で感情《かんじょう》のない女性《じょせい》。

ジャック＝ステープルトン　沼地《ぬまち》のメリピット荘《そう》で暮《く》らす博物学者《はくぶつがくしゃ》。

ベリル＝ステープルトン　ロジャーの妹《いもうと》。背《せ》が高《たか》く、彫《ほ》りのふかい顔《かお》だちの美人《びじん》。

フランクランド　ラフター館《やかた》に住《す》む、へんくつな老人《ろうじん》。訴訟《そしょう》によるあらそいごとが大好《だいす》き。

ローラ＝ライオンズ　フランクランド老人《ろうじん》の娘《むすめ》。グリンペン村《むら》の近《ちか》くのクーム＝トレーシーに住《す》むタイピスト。

レストレード　ロンドン警視庁《けいしちょう》の警部《けいぶ》。ホームズとのつきあいは長《なが》く、『緋色《ひいろ》の研究《けんきゅう》』をはじめ数多《かずおお》くの事件《じけん》で、いっしょに捜査《そうさ》をしてきた。

第《だい》一章《しょう》　依頼人《いらいにん》を推理《すいり》する

わすれものは語《かた》る

友人《ゆうじん》シャーロック＝ホームズは、いつも朝寝《あさね》ぼうなのだが、ときには早《はや》くおきていることもある。そんなときは、たいてい、徹夜《てつや》でなにかをして、そのままおきていただけなのだ。その日《ひ》も、めずらしく朝《あさ》から食事《しょくじ》のテーブルについていた。

わたしは、暖炉《だんろ》の前《まえ》の敷《し》きものの上《うえ》に立《た》って、ゆうべここを訪《たず》ねてきた客《きゃく》がわすれていったステッキを、ひろいあげてみた。みごとな太《ふと》いステッキで、にぎりは球《きゅう》のかたち、ペナン＝ローヤーと呼《よ》ばれているヤシの一種《いっしゅ》でつくられている。にぎりのすぐ下《した》に、幅《はば》一インチ（一インチは二・五四センチ）ほどもある銀《ぎん》の帯《おび》が巻《ま》いてあった。

帯《おび》には、「王立外科医師会会員《おうりつげかいしかいかいいん》ジェームズ＝モーティマー氏《し》へ、CCH《シーシーエイチ》の友人一同《ゆうじんいちどう》」と、きざまれ、一八八四年《ねん》という年号《ねんごう》がある。いかにも、古風《こふう》な開業医《かいぎょうい》が愛用《あいよう》しそうな、風格《ふうかく》をそなえた、がんじょうでたのもしいステッキだ。

「それで、ワトソン、そいつをどう思《おも》う？」

ホームズはこちらに背中《せなか》をむけていたし、わたしが、なにかしている気配《けはい》をさとらせたはずはない。

「ぼくがなにをしているのか、よくわかるもんだな。頭《あたま》の後《うし》ろにも目《め》があるとしか思《おも》えない。」

「なあに、目《め》の前《まえ》にぴかぴかの銀《ぎん》のコーヒーポットがあるからさ。それより、ワトソン、その客《きゃく》のステッキを、どう思《おも》う？ ざんねんながら会《あ》いそこなって、用件《ようけん》がわからないんだから、たまたまあったその置《お》きみやげが、重要《じゅうよう》な手《て》がかりになる。それを調《しら》べてみて、どんな人物《じんぶつ》を思《おも》いうかべるか、きみの考《かんが》えをきかせてもらおうじゃないか。」

「そうだなあ。」

わたしは、ホームズのやりかたを、できるだけまねしてみることにした。

「このモーティマーというのは、そこそこの年配《ねんぱい》で、評判《ひょうばん》のよい、成功《せいこう》した医者《いしゃ》だ。知《し》りあいたちが、こんなふうに好意《こうい》のしるしを、おくってくれるくらいなんだからね。」

「いいぞ！ おみごと！」

「それに、ひょっとしたら、田舎《いなか》の開業医《かいぎょうい》で、あちこち往診《おうしん》してまわって、よく歩《ある》くんじゃないかな。」

「なぜだい？」

「このステッキ、もともとは、ずいぶんりっぱなものだったんだろう。それが、この使《つか》いこみようからすると、都会《とかい》の医者《いしゃ》の持《も》ちものとは、思《おも》えない。鉄《てつ》でできたじょうぶな先《さき》の部分《ぶぶん》だって、すりへってるよ。つまり、きっとこのステッキを、そうとう持《も》ち歩《ある》いたにちがいないということだ。」

「するどいね！」

「ついでに、この『ＣＣＨ《シーシーエイチ》の友人一同《ゆうじんいちどう》』のことだけど。ＣＣＨ《シーシーエイチ》というのは、どこかの狩猟《しゅりょう》クラブ（狩猟《しゅりょう》＝ハント。ハントの頭《かしら》文字《もじ》はＨ《エイチ》）のことじゃないかな。この医者《いしゃ》に世話《せわ》になった地方《ちほう》のクラブの会員《かいいん》たちが、そのお礼《れい》として、ちょっとした記念《きねん》の品《しな》をおくったってところじゃないだろうか。」

「いやあ、ワトソン、やるじゃないか。」

ホームズはそういうと、椅子《いす》を後《うし》ろに引《ひ》いて、たばこに火《ひ》をつけた。

「きみがぼくの手《て》がけた事件《じけん》のことを、こまかく記録《きろく》してきてくれたのはありがたいけれど、きみは自分《じぶん》の能力《のうりょく》について、文中《ぶんちゅう》で遠慮《えんりょ》しすぎてきたんじゃないかな。きみ自身《じしん》は光《ひか》っていなくても、りっぱに光《ひかり》を伝《つた》える力《ちから》がある。つまり、天才《てんさい》はそなわっていないが、天才《てんさい》を刺激《しげき》するという、すばらしい力《ちから》があるんだ。このぼくは、そのおかげで大《おお》いに助《たす》かっているんだよ。」

こんなほめことばをいってもらったのは、はじめてだった。わたしとしては、ホームズの推理《すいり》方法《ほうほう》をみんなにも知《し》ってもらおうと思《おも》って、努力《どりょく》してきたのだが、ホームズのほうがちっとも興《きょう》味《み》をしめさないので、このごろは、いらだたしく思《おも》っていたほどだった。

だから、このことばは身《み》にしみてうれしかった。そのうえ、お手本《てほん》にした当人《とうにん》からほめてもらえるくらいに、かれの推理方法《すいりほうほう》を自分《じぶん》のものとして応用《おうよう》できるまでになったかと思《おも》うと、ほんとうにうれしくなってしまった。

ホームズは、そんなわたしの手《て》からステッキをとり、しばらく調《しら》べていた。やがて、好奇心《こうきしん》をひかれたらしく、すいかけのたばこをおくと、窓《まど》ぎわに歩《あゆ》みよった。そして、拡大鏡《かくだいきょう》で、ていねいにそのステッキを調《しら》べはじめた。

「こいつはおもしろい。まあ、初歩的《しょほてき》なことだけどね。」

ホームズはそういうと、ソファのいつもの位置《いち》にもどっていった。

「このステッキには、たしかに、ひとつふたつ手《て》がかりがある。それをもとに、いくつかの推理《すいり》ができるな。」

それをきいて、だまってはいられなかった。

「ぼくがなにか見《み》のがしていたっていうのかい？　だいじな点《てん》はひとつも見落《みお》とさなかったはずだが。」

「どうやら、ワトソンくん、きみのだした結論《けつろん》は、おおかたまちがいのようだよ。さっき、きみがぼくを刺激《しげき》してくれるといったのは、じつをいうと、きみのまちがいに気《き》づくうちに、ぼくのほうは真実《しんじつ》にたどりつくことがときどきあるって、そういう意味《いみ》だったんだ。いや、いまは、まるっきり全部《ぜんぶ》、まちがっているわけではないがね。

たしかに、この人物《じんぶつ》は田舎《いなか》の開業医《かいぎょうい》だろう。よく歩《ある》くらしい。」

「それじゃ、ぼくの考《かんが》えたとおりじゃないか。」

「そこまでは、だよ。」

「え？　それで全部《ぜんぶ》じゃないのかい？」

「いや、ちがうな、ワトソンくん、全部《ぜんぶ》じゃない——まだまだだ。いいかい、たとえばだよ、医《い》者《しゃ》に記念《きねん》の品《しな》をおくるとすれば、狩猟《しゅりょう》クラブというより病院《びょういん》（病院《びょういん》＝ホスピタルで、頭文字《かしらもじ》はＨ《エイチ》）のほうじゃないだろうか。そしてその前《まえ》にＣＣ《シーシー》があるから、あのチャリング＝クロス病院《びょういん》じゃないか。自然《しぜん》にそんな考《かんが》えがうかんでくるけどね。」

「なるほど。」

「こっちの考《かんが》えかたのほうが、いかにもありえそうだ。そして、この仮定《かてい》を認《みと》めるとすれば、このまだ見《み》ぬ客《きゃく》について推理《すいり》していく、新《あたら》しい足《あし》がかりができたことになる。」

「うん、それで、ＣＣＨ《シーシーエイチ》がチャリング＝クロス病院《びょういん》のことだとして、ほかにどんなことが推理《すいり》できる？」

「すぐにうかんでこないかい？　ぼくのやりかたはわかってるはずだ。応用《おうよう》してみたまえ！」

「考《かんが》えつくのは、田舎《いなか》に引《ひ》っこむ前《まえ》に町《まち》なかで仕事《しごと》をしていたっていうことくらいかな。」

「もうちょっとふみこんで推理《すいり》して、いいんじゃないかな。こういうふうに考《かんが》えたらどうだい。こういった記念《きねん》の品《しな》をおくるのは、どんなときがいちばん自然《しぜん》か？　友人一同《ゆうじんいちどう》が、心《こころ》づくしの品《しな》をおくるのは、どんなときか？

ずばり、モーティマー先生《せんせい》が独立《どくりつ》して開業《かいぎょう》するために、病院《びょういん》の勤務医《きんむい》をやめるときだろう。ともかく、記念《きねん》の品《しな》がおくられている。先生《せんせい》はロンドンの病院《びょういん》づとめから、田舎《いなか》の開業医《かいぎょうい》に転身《てんしん》したんだろうよ。だとすると、このステッキは、その門出《かどで》のときにおくられた、そう推理《すいり》するのは、いきすぎだろうか？」

「いや、ちっともおかしくないな。」

「それから、かれは病院《びょういん》の常勤医《じょうきんい》ではなかったと、考《かんが》えられる。あそこの病院《びょういん》は、ロンドンで開《かい》業《ぎょう》して、実績《じっせき》をつくった医者《いしゃ》だけが、常勤医《じょうきんい》になれるからだ。それに、常勤医《じょうきんい》になっていたら、田舎《いなか》に引《ひ》っこんだりしないだろうからね。

すると、どういう立場《たちば》か？　外科《げか》か内科《ないか》の、住《す》みこみ研修医《けんしゅうい》といったところだろう。しかも、やめたのは五年前《ねんまえ》だ。ステッキにその年号《ねんごう》がある。

成功《せいこう》した評判《ひょうばん》のよい、年配《ねんぱい》の開業医《かいぎょうい》っていうきみの推理《すいり》は、心《こころ》もとないね、ワトソンくん。ぼくの頭《あたま》にうかぶのは、年《とし》は三十前《まえ》の若《わか》い医者《いしゃ》だ。ひとに好《す》かれる、野心《やしん》のあまりない、うっかり者《もの》で、愛犬《あいけん》を一匹飼《ぴきか》っている。おおざっぱにいって、テリアよりは大形《おおがた》、マスティフよりは小形《こがた》の犬《いぬ》だろう。」

わたしが、そんなばかなと思《おも》って笑《わら》いだすと、ホームズはソファにもたれかかって、小《ち》さな煙《けむり》の輪《わ》を天井《てんじょう》にふきあげた。

「犬《いぬ》のことについちゃ、ぼくにはたしかめようがないが、ともかく、この人物《じんぶつ》の年《とし》と経歴《けいれき》については、ざっと調《しら》べられるよ。」

わたしはそういうと、医学書《いがくしょ》のならぶ自分《じぶん》の小《ち》さな本《ほん》だなから、医師名鑑《いしめいかん》をとりだして、その名前《なまえ》を引《ひ》いてみた。モーティマーという人物《じんぶつ》は数人《すうにん》のっていたが、わたしたちを訪《たず》ねた客《きゃく》らしいのは、ひとりだけだった。その部分《ぶぶん》を声《こえ》にだして読《よ》んでみた。

ジェームズ＝モーティマー。一八八二年《ねん》より、王立外科医師会会員《おうりつげかいしかいかいいん》。現住所《げんじゅうしょ》、デボン州《しゅう》（イングランド南西部《なんせいぶ》の州《しゅう》）ダートムア（デボン州南部《しゅうなんぶ》の岩《いわ》の多《おお》い荒地《こうち》）、グリンペン。一八八二～八四年《ねん》、チャリング＝クロス病院《びょういん》にて外科《げか》住《す》みこみ研修医《けんしゅうい》。論文《ろんぶん》「疾病《しっぺい》の先祖《せんぞ》返《がえ》り説《せつ》」により、ジャクソン賞《しょう》受賞《じゅしょう》。スウェーデン病理学会客員《びょうりがっかいきゃくいん》会員《かいいん》。主要論文《しゅようろんぶん》に、「隔世遺伝《かくせいいでん》による形態異常《けいたいいじょう》」（『ランセット』掲載《けいさい》、一八八二年《ねん》）、「人類《じんるい》は進化《しんか》するか？」（「心理学会誌《しんりがっかいし》」掲載《けいさい》、一八八三年《ねん》三月《がつ》）がある。グリンペン、ソーズリー、ハイバロウ、各教区医官《かくきょうくいかん》。

「地方《ちほう》の狩猟《しゅりよう》クラブとやらは、でてこないじゃないか、ワトソン。」

そういって、ホームズは、いたずらっぽく笑《わら》った。

「ま、田舎《いなか》の医者《いしゃ》だというのは、きみのいったとおりだ。ぼくの推理《すいり》も、まずまず、裏《うら》づけられたようだな。

ほかにもぼくは、たしか、ひとに好《す》かれる、野心《やしん》のない、うっかり者《もの》だといった。経験《けいけん》によると、記念《きねん》の品《しな》をもらったりするのは、この世《よ》のなかでひとに好《す》かれる人間《にんげん》だけだし、ロンドンでの仕事《しごと》をすてて田舎《いなか》にいくなんて、野心《やしん》のない者《もの》しかしないことだ。そして、訪《たず》ねた先《さき》で一時間《じかん》も待《ま》ったあげく、ステッキを置《お》きわすれて名刺《めいし》はのこしていかないとは、この人物《じんぶつ》がうっかり者《もの》でなくて、ほかになんだっていうんだい？」

「犬《いぬ》のことは？」

「いつも、このステッキをくわえて、飼《か》い主《ぬし》のおともをするんだろう。重《おも》いステッキだからね、真《ま》ん中《なか》をしっかりくわえるんだな、歯形《はがた》がくっきりついているよ。この犬《いぬ》のあごは、歯形《はがた》のひらきぐあいからして、ぼくの見《み》たところ、テリアにしては広《ひろ》いし、マスティフほど広《ひろ》くはない。おそらく――いや、まちがいない、巻《ま》き毛《げ》のスパニエルだ。」

ホームズは、はなしながら部屋《へや》を歩《ある》きまわっていたのだが、そういったときは、引《ひ》っこんだ窓《まど》辺《べ》に足《あし》をとめていた。その声《こえ》があまりにも自信《じしん》たっぷりにきこえたので、わたしはおやっと思《おも》って顔《かお》をあげたのだった。

「おそれいったよ。よくもそんな、自信満々《じしんまんまん》ないいかたができるね。」

「どうってことないさ、まさにその犬《いぬ》が、そこの入《い》り口《ぐち》の階段《かいだん》のところにおでましで、飼《か》い主《ぬし》は呼《よ》び鈴《りん》を鳴《な》らしているんだから。

ここにいてくれよ、ワトソン。客《きゃく》はきみの同業者《どうぎょうしゃ》なんだ。いてもらえると、ぼくにはつごうがいいかもしれん。

さあ、わくわくするような運命《うんめい》の瞬間《しゅんかん》だぞ、ワトソン。階段《かいだん》をふみしめる足音《あしおと》の主《ぬし》が、やがてぼくらの世界《せかい》にふみこんでくる。幸運《こううん》か、それとも不幸《ふこう》のはじまりなのか、それはわからない。科学《かがく》の徒《と》、ジェームズ＝モーティマーが、犯罪《はんざい》の専門家《せんもんか》シャーロック＝ホームズに、どんな用《よう》があるのだろう？

どうぞおはいりください！」

ステッキの持《も》ち主《ぬし》

いかにも田舎《いなか》の医者《いしゃ》という人物《じんぶつ》を思《おも》いえがいていたものだから、わたしには客《きゃく》の姿《すがた》が意外《いがい》だった。

あらわれたのは、やけに背《せ》の高《たか》い、やせた男《おとこ》だ。鳥《とり》のくちばしのように長《なが》い鼻《はな》が、いくぶん寄《よ》りぎみの両目《りょうめ》のあいだから、つきだしている。するどい目《め》つきで、瞳《ひとみ》は灰色《はいいろ》。その目《め》が、金《きん》ぶちのめがねの奥《おく》で、きらめいている。

医者《いしゃ》らしいかっこうはしているのだが、なんとなくしまりがないのは、フロックコートがうすよごれていて、ズボンもよれよれのせいだ。若《わか》いのに、早《はや》くも長身《ちょうしん》の背中《せなか》が曲《ま》がり、頭《あたま》をつきだすようにして歩《ある》く姿《すがた》は、いかにも善意《ぜんい》のひとという感《かん》じだった。

客《きゃく》ははいってくるなり、ホームズが手《て》にしているステッキにさっと目《め》をとめ、よろこびの声《こえ》をあげて、かけよってきた。

「ああ、よかった。置《お》きわすれたのは、ここだったのか船会社《ふながいしゃ》だったのか、わからなくて……。そのステッキは、なんとしても、なくすわけにはいかないのです。」

「記念《きねん》の贈《おく》り物《もの》と、お見受《みう》けしましたが。」

ホームズがそういった。

「そうなんですよ。」

「チャリング＝クロス病院《びょういん》からの、ですか？」

「その病院《びょういん》の仲間《なかま》からの、結婚祝《けっこんいわ》いです。」

「おっと、そいつはまずい！」

ホームズが首《くび》をふってみせた。

モーティマー博士《はかせ》は、すこし面《めん》くらって、めがねの奥《おく》でまばたきをした。

「なにか、いけないことでも？」

「われわれのささやかな推理《すいり》を、あなたがくずされてしまったというだけのことですがね。結婚《けっこん》祝《いわ》いですって？」

「ええ、そうです。結婚《けっこん》するので、病院《びょういん》をやめることになりまして。無給《むきゅう》の研修医《けんしゅうい》をつづけていては、一家《いっか》をかまえられません。いつかは顧問医師《こもんいし》になろうというのぞみは、すてました。」

「なるほどね、それなら、それほど的《まと》をはずしたというわけではなさそうです。ところで、モーティマー博士《はかせ》──。」

「いや、博士《はかせ》はやめてください。名前《なまえ》だけでじゅうぶんです。王立医師会《おうりついしかい》の会員《かいいん》だというだけなんですから。」

「きっちりした方《かた》なんですね。」

「わたしは科学《かがく》をたのしんでいるわけでしてね。もっとも、科学《かがく》という、はてしない未知《みち》の大海《たいかい》の浜辺《はまべ》で、貝《かい》がらをひろっているようなものですが。ところで、あなたがシャーロック＝ホームズさんでよろしかったのでしょうか。こちらの方《かた》は──。」

「こちらはぼくの友人《ゆうじん》で、ワトソン博士《はかせ》です。」

「お目《め》にかかれて光栄《こうえい》です。ご友人《ゆうじん》のホームズさんともども、お名前《なまえ》はよく存《ぞん》じております。それにしても、ホームズさん、あなたはじつに興味《きょうみ》ぶかい。これほどりっぱな長頭《ちょうとう》の頭蓋骨《ずがいこつ》には、出会《であ》ったことがありません。もしよろしければ、頭頂骨《とうちょうこつ》の縫合《ほうごう》に、ちょっとさわらせていただくわけにはいきませんか？

いやはや、この頭蓋骨《ずがいこつ》――おっと、まだ実物《じつぶつ》をというわけにはいきませんから、模型《もけい》をつくって、人類学博物館《じんるいがくはくぶつかん》にかざっておきたいほどですな。お世辞《せじ》を申《もう》しあげているのではありません。ほんとうに、あなたの頭蓋骨《ずがいこつ》がほしくてたまりませんよ。」

ホームズは、このおかしな客《きゃく》に、椅子《いす》をすすめた。

「ご専門《せんもん》のこととなると、熱中《ねっちゅう》してしまわれるんですね。ぼくも似《に》たようなものですが。ところで、人《ひと》さし指《ゆび》のようすから察《さっ》すると、ご自分《じぶん》でたばこを巻《ま》かれるようですね。ご遠慮《えんりょ》なく、どうぞ。」

客《きゃく》は紙《かみ》とたばこをとりだして、器用《きよう》な手《て》つきで一本巻《ぽんま》きあげた。昆虫《こんちゅう》の触角《しょっかく》のような、鋭敏《えいびん》でよく動《うご》く、長《なが》くてかすかにふるえる指《ゆび》だ。

ホームズはだまっていたが、ちらちらと射《い》るような目《め》をむけている。この妙《みょう》な客《きゃく》に興味《きょうみ》をそそられているのが明《あき》らかだ。やがて、口《くち》をひらいた。

「まさか、ぼくの頭蓋骨《ずがいこつ》を調《しら》べるという目的《もくてき》のためだけに、ゆうべときょう、わざわざいらしたわけではないと思《おも》いますが？」

「もちろんですとも。でも、調《しら》べる機会《きかい》があれば、うれしいですが。あなたをお訪《たず》ねしましたのは、世間《せけん》のことに鈍感《どんかん》なわたしの身《み》に、とてつもない問題《もんだい》がふりかかってきたからです。あなたを、ヨーロッパで第二《だい》の犯罪専門家《はんざいせんもんか》と見《み》こんで——。」

「ほう！　失礼《しつれい》ですが、第一《だい》の専門家《せんもんか》とは、いったいどなたでしょう？」

ホームズは、むっとした口調《くちょう》で質問《しつもん》をはさんだ。

「厳密《げんみつ》な科学的精神《かがくてきせいしん》を持《も》つ人間《にんげん》ならば、ベルティヨン氏《し》（アルフォンス＝ベルティヨン。パリ警視庁《けいしちょう》鑑定局長《かんていきょくちょう》で犯罪者《はんざいしゃ》の鑑定方式《かんていほうしき》を考案《こうあん》した）の業《ぎょう》績《せき》に、魅力《みりょく》を感《かん》じないではいられません。」

「では、その方《かた》にご相談《そうだん》なさればよろしいでしょう。」

「いや、わたしが申《もう》しあげたのは、厳密《げんみつ》な科学的精神《かがくてきせいしん》に対《たい》して、ということなのです。しかし、実際問題《じっさいもんだい》ということになれば、あなたの右《みぎ》にでる者《もの》などいないと、だれもが認《みと》めるところです。どうか、気《き》をわるくなさらないでください。」

「まあ、いいでしょう。ともかく、モーティマー先生《せんせい》、より道《みち》はやめて、ぼくの助《たす》けが必要《ひつよう》だという問題《もんだい》とはどんなものなのか、はっきりとおはなしください。」

第《だい》二章《しょう》　バスカビル家《け》の呪《のろ》い

魔《ま》犬《けん》の伝説《でんせつ》

「わたしのポケットに、書類《しょるい》があります。」

モーティマー医師《いし》が、そういって、はなしはじめると、すぐにホームズが口《くち》をはさんだ。

「この部屋《へや》にはいってこられたときから、気《き》がついていましたよ。」

「古《ふる》い文書《もんじょ》なのです。」

「十八世紀《せいき》はじめのものですね、にせものでなければですが。」

「どうしておわかりに？」

「先《さき》ほどからのお話《はなし》のあいだずっと、ポケットから一、二インチはみだしていたので、じっくり見《み》ることができたんですよ。年代《ねんだい》の読《よ》みを、何十年《なんじゅうねん》もはずすようでは、専門家《せんもんか》の名《な》が泣《な》きます。ひょっとしてご存《ぞん》じかもしれませんが、ぼくは、そういうテーマのちょっとした論文《ろんぶん》を書《か》いたことがあるんですよ。その文書《もんじょ》はおそらく、一七三〇年《ねん》ころのものだと思《おも》います。」

「正確《せいかく》には一七四二年《ねん》です。」

そういって、モーティマー医師《いし》は胸《むね》ポケットから書類《しょるい》をとりだした。

「一族《いちぞく》に伝《つた》わる書類《しょるい》で、わたしがチャールズ＝バスカビル卿《きょう》から、あずかったものです。バスカビル卿《きょう》は、三か月《げつ》ほど前《まえ》に、いたましくも急死《きゅうし》なさって、デボン州《しゅう》でたいへんな騒《さわ》ぎになりました。

卿《きょう》のかかりつけの医者《いしゃ》だったわたしは、友人《ゆうじん》としても親《した》しくさせていただいていたのです。あの方《かた》は、たくましい精神《せいしん》の持《も》ち主《ぬし》であり、頭《あたま》がよくて、ものごとをてきぱきかたづける方《かた》でした。このわたしもそうですが、迷信《めいしん》などには、まどわされない方《かた》です。なのに、この文書《もんじょ》のことだけは、ずいぶん気《き》になさっていました。あのような最期《さいご》がいずれやってくるという、覚悟《かくご》がおありだったんでしょう。」

ホームズが文書《もんじょ》に手《て》をのばし、ひざの上《うえ》に広《ひろ》げた。

「ほら、ワトソン、S《エス》の字《じ》が、かわるがわる長《なが》くなったり短《みじか》くなったりしているだろう。年代《ねんだい》をつきとめる手《て》がかりのひとつなんだ。」

わたしはホームズの肩《かた》ごしに、黄《き》ばんだ紙《かみ》と、うすれた文字《もじ》をのぞきこんだ。頭《あたま》の部分《ぶぶん》に「バスカビル館《やかた》」という文字《もじ》が見《み》え、その下《した》に大《おお》きく、「一七四二年《ねん》」という文字《もじ》が、走《はし》り書《が》きのように書《か》かれていた。

「陳述書《ちんじゅつしょ》のようなものかな。」

「ええ、バスカビル家《け》に伝《つた》わる、ある伝説《でんせつ》を記《しる》したものです。」

「しかし、ぼくに相談《そうだん》なさりたいのは、もっと最近《さいきん》の、現実的《げんじつてき》な問題《もんだい》なのでは？」

「はい、つい最近《さいきん》の問題《もんだい》です。このうえなく現実的《げんじつてき》な、さしせまった問題《もんだい》で、二十四時間以内《じかんいない》に判断《はんだん》をくださなくてはなりません。ただ、この文書《もんじょ》は短《みじか》いものですし、その問題《もんだい》と密接《みっせつ》にかかわっているのです。もしよろしければ、読《よ》んでおきかせしますが。」

ホームズは、しかたがないという顔《かお》をすると、椅子《いす》に背中《せなか》をあずけて両手《りょうて》の指先《ゆびさき》をつきあわせ、目《め》をとじた。モーティマー医師《いし》は、文書《もんじょ》を明《あか》るいほうにむけて、かんだかい、かすれ声《ごえ》で、こんな内容《ないよう》の奇怪《きかい》な昔話《むかしばなし》を読《よ》みあげるのだった。


バスカビル家《け》の犬《いぬ》とはそもそもなんであったのか、さまざまに語《かた》られてきたが、わたしはヒューゴー＝バスカビル直系《ちょっけい》の子孫《しそん》であり、また、自分《じぶん》も父《ちち》からきいたというその物語《ものがたり》を、わたしも父《ちち》からきかされているので、ひたすら、ありのまま、先《さき》の世《よ》に伝《つた》えようという思《おも》いで記《しる》すことにする。

わが子《こ》らよ、わすれることなかれ。罪《つみ》には罰《ばつ》をくだされる正義《せいぎ》の神《かみ》はまた、慈悲《じひ》の御心《みこころ》をもって、罪《つみ》をおゆるしくだされるものであるから、祈《いの》りと悔《く》いあらためる心《こころ》をもってふりはらえないほどの、重《おも》い呪《のろ》いなど、ありはしないのだ。この物語《ものがたり》からくみとってほしいのは、過去《かこ》のむくいをおそれることではなく、わが一族《いちぞく》をかくもくるしめてきた、いまわしい情欲《じょうよく》が、ふたたびときはなたれて、わざわいをまねかぬよう、将来《しょうらい》にわたって用心《ようじん》することである。

かの大反乱《だいはんらん》の時代《じだい》（一六四二〜六〇年《ねん》。オリバー＝クロムウェルが国王《こくおう》チャールズ一世《せい》をたおし、共和制《きょうわせい》をしいた時代《じだい》）、ここバスカビル荘園《しょうえん》の領主《りょうしゅ》はヒューゴーという名《な》で、このうえなくらんぼうで、神《かみ》をあがめるどころか、おそれもしない男《おとこ》だったという。領民《りょうみん》たちは、神《かみ》の使《つか》いの聖者《せいじゃ》もいないこの土地《とち》では、西部《せいぶ》じゅうに気《き》まぐれと冷酷《れいこく》さで名《な》をとどろかせるこの男《おとこ》を、ゆるすしかなかったにちがいない。

たまたまこのヒューゴーが、バスカビルの領地近《りょうちちか》くに土地《とち》を持《も》つ郷士《ごうし》（身分《みぶん》は騎士《きし》で、ふだんは農業《のうぎょう》などにたずさわる者《もの》）の娘《むすめ》に、思《おも》いをよせるようになった（どす黒《ぐろ》い情欲《じょうよく》をさすには、いかにも美《うつく》しすぎる表現《ひょうげん》であるが）。しかし、このうら若《わか》きおとめは、つつましやかで品行正《ひんこうただ》しく、悪名《あくめい》をおそれて、けっしてヒューゴーに会《あ》おうとしなかった。

そこで、聖《せい》ミカエル祭《さい》（大天使《だいてんし》ミカエルの祝日《しゅくじつ》で、九月《がつ》二十九日《にち》）のころ、ひまをもてあそぶ悪友《あくゆう》ども五、六人《にん》を引《ひ》きつれたヒューゴーは、父親《ちちおや》や兄弟《きょうだい》がるすなのをみはからって屋敷《やしき》に押《お》し入《い》り、娘《むすめ》をさらったのだった。娘《むすめ》を館《やかた》につれてきて階上《かいじょう》のひと部屋《へや》にとじこめておいて、ヒューゴーとその仲間《なかま》たちは、その夜《よ》も、いつもとかわらぬ、どんちゃん騒《さわ》ぎをはじめた。

さて、かわいそうな娘《むすめ》は、階下《かいか》からきこえてくる歌《うた》やどなり声《ごえ》、口《くち》ぎたないののしりのことばに、生《い》きた心地《ここち》もしない。酒《さけ》がはいったヒューゴーの口《くち》からは、大《だい》の男《おとこ》でさえふるえあがるほど、強烈《きょうれつ》なことばがとびだすのだから、むりもないことだった。

おそろしさのあまり、思《おも》いつめた娘《むすめ》は、いさましく身《み》の軽《かる》い男《おとこ》でもためらうような行動《こうどう》にでた。南《みなみ》のかべをはう、ツタ（いまでもある）を伝《つた》って、のき先《さき》から下《した》におり、沼地《ぬまち》をわたって、館《やかた》からは三リーグ（一リーグは約《やく》四・八キロ）へだたった、父《ちち》の農園《のうえん》にむかったのだ。

ややあって、騒《さわ》ぎをぬけだしたヒューゴーが、食事《しょくじ》と飲《の》みものをたずさえて――そして、あわよくばという下心《したごころ》をいだいて――とらわれの娘《むすめ》のもとを訪《おと》ずれたところ、鳥《とり》かごはもぬけのから。小鳥《ことり》は逃《に》げさったあとだった。

さて、ヒューゴーは悪魔《あくま》にとりつかれでもしたかのように、酒盛《さかも》りの場《ば》にかけおりていくと、大《おお》テーブルにとびのって、大《おお》びん、大皿《おおざら》をけちらした。居《い》ならぶ仲間《なかま》たちの前《まえ》で、娘《むすめ》をとりもどせなければ、その夜《よ》のうちに悪魔《あくま》に身《み》も心《こころ》もくれてやると、大声《おおごえ》を張《は》りあげるのだった。

この男《おとこ》の怒《いか》り狂《くる》うさまに、騒《さわ》いでいた一同《いちどう》も血《ち》の気《け》が引《ひ》いたが、とりわけあさはかだったのか、あるいは酔《よ》いかたがわるかったものか、猟犬《りょうけん》をけしかけるがよいと、声《こえ》をあげた者《もの》があった。ヒューゴーはすかさず館《やかた》をとびだし、馬係《うまがかり》に鞍《くら》を用意《ようい》するよう命《めい》じておいて、犬《いぬ》のむれを檻《おり》から放《はな》つ。娘《むすめ》のハンカチのにおいを犬《いぬ》どもにかがせ、かりたてて、絶叫《ぜっきょう》しながら月光《げっこう》の沼地《ぬまち》へむかった。

さて、仲間《なかま》の酔《よ》っぱらいたちは、あっというまの出来事《できごと》にわけがわからず、しばしあぜんと立《た》ちすくんでいた。だが、ようやくはっとして、沼地《ぬまち》でなにがおきようとしているのかを知《し》った。にわかにざわめき、銃《じゅう》を探《さが》しだす者《もの》や、馬《うま》を呼《よ》ぶ者《もの》もあれば、もっと酒《さけ》を飲《の》もうとする者《もの》もある。

だが、その狂《くる》った頭《あたま》がいくぶんさめてくるや、総勢《そうぜい》十三人《にん》が、馬《うま》をかって追《お》いかけていった。こうこうとかがやく月《つき》を頭上《ずじょう》に、馬首《ばしゅ》をならべて、娘《むすめ》がわが家《や》に帰《かえ》ろうとするなら、きっと通《とお》るはずの道《みち》をひた走《はし》る。

一、二マイル（一マイルは約《やく》千六百九メートル）も進《すす》んだところで、一同《いちどう》は沼地《ぬまち》で夜《よる》の番《ばん》をする羊飼《ひつじか》いに行《ゆ》き合《あ》い、狩《か》りを見《み》かけなかったかと、たずねた。伝《つた》えられているところによれば、羊飼《ひつじか》いの男《おとこ》はろくろく口《くち》もきけぬほどにおそれおののいていたが、やがて、じつは、かわいそうな娘《むすめ》が猟犬《りょうけん》に追《お》いたてられているのを見《み》た、と答《こた》えたという。

「それだけではございません。黒《くろ》い馬《うま》にまたがったヒューゴー＝バスカビルさまも、お見《み》かけしましたが、その背後《はいご》に地獄《じごく》の魔犬《まけん》が、音《おと》もなくつきしたがっていたのです。くわばら、くわばら。」

酔《よ》っぱらい郷士《ごうし》らは、羊飼《ひつじか》いをののしって、さらに馬《うま》を進《すす》めた。しかし、すぐに冷水《れいすい》をあびせられる思いに、こおりついた。沼地にひづめの音がして、口から白い泡をふきながら、黒馬が、たづなを引きずり、からっぽの鞍をのせて、全速力でかけてきたのだ。

酔っぱらいたちはおののいて、馬をひとところによせあった。だれしも自分ひとりだったら、とっとと馬の向きをかえるところだが、数をたのんで、なおも沼地を進んだ。

そろそろと馬を進めていくうちに、猟犬のむれに出会った。血統正しく、おそれを知らないことで知られた犬どもが、沼地の、このあたりではゴヤルと呼ぶ深いくぼ地のほとりに、ひとかたまりになって悲しげな声をもらし、しっぽを巻いたり、毛をさかだてて目をむき、せまい谷をのぞきこんだりしている。

当然ながら、馬を止めた一行に、はじめのような酔ったいきおいはなかった。おおかたの者が、こんりんざい先にはいくまいとするなか、肝がすわっているのか、あるいは酒の力をかりてか、三人が谷に馬を乗りいれた。

さて、谷は底のほうで広々とひらけ、巨岩が二つそびえていた。いまもそのままあるその巨岩は、古代人たちの、のこしたものだ。月が明るく照らす、ひらけた地面の真ん中に、あわれな娘が恐怖と疲れで死にいたり、冷たくなって横たわっていた。

しかし、悪魔さえものともしない、つわもの三人の髪の毛がさかだったのは、娘の死体を目にしたからでも、そのそばにヒューゴー＝バスカビルの死体があったからでもない。ヒューゴーの体《からだ》の上《うえ》で、のどにくらいついている、おぞましいものを見《み》たからだった。巨大《きょだい》な黒《くろ》いけだもので、姿《すがた》は犬《いぬ》のようだが、大《おお》きさはこの世《よ》のものとは思《おも》えない。

男《おとこ》たちの目《め》の前《まえ》でもおかまいなしに、怪物《かいぶつ》はヒューゴーののどをくいやぶり、らんらんと光《ひか》る目《め》と血《ち》のしたたるあごを、三人《にん》にむけてきた。ふるえあがった三人《にん》は、命《いのち》からがら、悲鳴《ひめい》をあげながら、沼地《ぬまち》を馬《うま》で逃《に》げた。ひとりは、目《め》にしたものがもとで、その夜《よ》のうちに死《し》に、のこるふたりは、その日《ひ》をさかいに気《き》がおかしくなってしまったという。

わが子《こ》らよ、わが家系《かけい》に代々祟《だいだいたた》るという魔《ま》の犬《いぬ》は、この物語《ものがたり》をはじまりとするのだ。あやふやなことをほのめかされたり、妙《みょう》に憶測《おくそく》したりするよりは、はっきりと知《し》るほうが恐怖《きょうふ》が少《すく》なくてすむだろうと思《おも》い、ここに記《しる》す。

わが家系《かけい》に、不幸《ふこう》にしてとつぜん、悲惨《ひさん》な謎《なぞ》の死《し》をとげた者《もの》が多《おお》いことは、否定《ひてい》できない。それでも、三、四代《だい》も先《さき》の世代《せだい》の罪《つみ》なき者《もの》まで、えんえんと罰《ばつ》することはないと聖書《せいしょ》にもある。神《かみ》のふかき慈悲《じひ》を、よすが（信《しん》じて、たよりにするもの）にしようではないか。

わが子《こ》らよ、神《かみ》の慈悲《じひ》の御心《みこころ》に、おまえたちを託《たく》す。魔《ま》の力《ちから》が支配《しはい》する闇《やみ》の時間帯《じかんたい》には、沼地《ぬまち》にでてゆかぬよう用心《ようじん》せよ。

（ヒューゴー＝バスカビルより、息子《むすこ》ロジャーとジョンへ。妹《いもうと》のエリザベスにはなにも語《かた》らぬこと。）

ヒューゴーの体《からだ》の上《うえ》で、のどにくらいついている、おぞましいものを見《み》たからだった。

巨大《きょだい》な黒《くろ》いけだもので、姿《すがた》は犬《いぬ》のようだが、大《おお》きさはこの世《よ》のものとは思《おも》えない。

よみがえる伝説《でんせつ》

このふしぎな物語《ものがたり》を読《よ》みおえたモーティマー医師《いし》は、めがねをひたいにおしあげて、ホームズのほうをじっと見《み》た。見《み》られたほうは、あくびをひとつして、たばこのすいがらをぽいと暖炉《だんろ》になげ、ひとことといった。

「それで？」

「ご興味《きょうみ》がわきませんか？」

「あいにく、おとぎ話《ばなし》の収集家《しゅうしゅうか》ではありませんので。」

モーティマー医師《いし》が、ポケットからおりたたんだ新聞《しんぶん》を引《ひ》っぱりだした。

「では、ホームズさん、多少《たしょう》新《あたら》しいお話《はなし》をさせていただきましょう。これは、今年《ことし》の六月《がつ》十四日付《かづ》け『デボン＝カウンティ＝クロニクル』紙《し》です。その数日前《すうじつまえ》の、チャールズ＝バスカビル卿《きょう》の死《し》の周辺《しゅうへん》を、短《みじか》い記事《きじ》にしています。」

友人《ゆうじん》が心《こころ》もち身《み》をのりだし、その表情《ひょうじょう》が引《ひ》きしまった。客《きゃく》が、めがねをかけなおして、読《よ》みはじめる。

チャールズ＝バスカビル卿《きょう》が急死《きゅうし》した。次期選挙《じきせんきょ》に、デボン州中部《しゅうちゅうぶ》から立候補《りっこうほ》する自由党《じゆうとう》候補《こうほ》として名前《なまえ》があがっていた、卿《きょう》の死《し》は、この地方《ちほう》に暗雲《あんうん》をなげかけた。バスカビル館《やかた》に暮《く》らした期間《きかん》は比較的短《ひかくてきみじか》かったものの、卿《きょう》のあたたかい人柄《ひとがら》と、ふところの広《ひろ》さは、接《せっ》することのあったひとすべてに愛《あい》され、うやまわれていた。

〝にわか成金《なりきん》〟がはびこるこのごろ、家運《かうん》おとろえた地方《ちほう》の旧家出身者《きゅうかしゅっしんしゃ》が、自力《じりき》で財《ざい》をなし、故郷《こきょう》に帰《かえ》って家《いえ》にいきおいをとりもどさせたとは、快挙《かいきょ》である。広《ひろ》く知《し》られているように、バスカビル卿《きょう》は南《みなみ》アフリカでの投機《とうき》で巨額《きょがく》の富《とみ》をきずいた。欲《よく》をだし、もうけを深追《ふかお》いして、運《うん》に見放《みはな》される者《もの》もいるが、賢明《けんめい》にも、引《ひ》きぎわをこころえて、その富《とみ》をイングランドに持《も》ちかえったのだ。

バスカビル館在住《やかたざいじゅう》は、わずかに二年《ねん》だった。その死《し》によって中断《ちゅうだん》された復興計画《ふっこうけいかく》、開発計《かいはつけい》画《かく》がいかに遠大《えんだい》なものだったかが、語《かた》り草《ぐさ》になっている。子《こ》どもはなく、自分《じぶん》の生《い》きているあいだは、この地方全体《ちほうぜんたい》にその財産《ざいさん》による恩恵《おんけい》をもたらしたいと公言《こうげん》していた。それぞれの立場《たちば》と事情《じじょう》から、卿《きょう》の不慮《ふりょ》の死《し》をなげく者《もの》は多《おお》いだろう。卿《きょう》が地元《じもと》やこの地方《ちほう》の慈善事業《じぜんじぎょう》に多大《ただい》な寄付《きふ》をしてきたことは、本紙《ほんし》の記事《きじ》でも、たびたびとりあげたものである。

バスカビル卿《きょう》が、死《し》にいたった状況《じょうきょう》を調《しら》べる検死《けんし》は、死因《しいん》を完全《かんぜん》に明《あき》らかにしたとはいえないが、少《すく》なくとも、土地《とち》の迷信《めいしん》から生《う》まれたうわさをしりぞけるにはじゅうぶんだ。他殺《たさつ》を疑《うたが》わねばならない根拠《こんきょ》も、自然死以外《しぜんしいがい》になにかあったのではと想像《そうぞう》する理由《りゆう》も、ない。

バスカビル卿《きょう》は、夫人《ふじん》に先立《さきだ》たれ、ある面《めん》で風《ふう》がわりなところもあるといわれていたようだ。なに不自由《ふじゆう》なく暮《く》らせるだけの財産《ざいさん》がありながら、質素《しっそ》を好《この》んだ。バスカビル館《やかた》にいる使用人《しようにん》は、バリモアという名《な》の夫婦者《ふうふもの》で、夫《おっと》が執事《しつじ》、妻《つま》が家政婦《かせいふ》としてつとめていた。

そのふたりの証言《しょうげん》に、何人《なんにん》かの友人《ゆうじん》たちの証言《しょうげん》をあわせてみると、卿《きょう》は、ここしばらく体調《たいちょう》が思《おも》わしくなかったようだ。とくに、なんらかの心臓障害《しんぞうしょうがい》から、顔色《かおいろ》がすぐれず、息切《いきぎ》れや、神経衰弱《しんけいすいじゃく》のはげしい発作《ほっさ》があった。友人《ゆうじん》で主治医《しゅじい》のモーティマー医師《いし》も、同様《どうよう》の証言《しょうげん》をしている。

死亡《しぼう》の事実関係《じじつかんけい》に、こみいったところはない。チャールズ＝バスカビル卿《きょう》は、毎晩《まいばん》きまって、寝《ね》る前《まえ》に、バスカビル館《やかた》の、かの有名《ゆうめい》なイチイ（イチイ科《か》の常緑高木《じょうりょくこうぼく》）並木《なみき》を散歩《さんぽ》していた。バリモア夫婦《ふうふ》も、それが習慣《しゅうかん》だったと証言《しょうげん》している。

六月四日《がつよっか》、卿《きょう》は、翌日《よくじつ》ロンドンへ発《た》つつもりだと知《し》らせて、バリモアに荷物《にもつ》の用意《ようい》をたのんでいた。その晩《ばん》もいつもどおり夜《よる》の散歩《さんぽ》にでかけた。途中《とちゅう》で葉巻《はまき》を一本《ぽん》くゆらせるのも、習慣《しゅうかん》だった。

卿《きょう》は、それきりもどってこなかった。夜《よる》の十二時《じ》になって、バリモアが、玄関《げんかん》の扉《とびら》がまだあいたままなのに気《き》づいたので、胸騒《むなさわ》ぎがして、ランタンに火《ひ》をともし、主人《しゅじん》を捜《さが》しにでかけたという。

地面《じめん》がしめっていて、並木道《なみきみち》に卿《きょう》の足《あし》あとをたどるのは簡単《かんたん》だった。散歩道《さんぽみち》のなかほどに、沼地《ぬまち》にでる門《もん》がある。そこにしばらくたたずんでいたあとがあった。それからまた、足《あし》あとは並木道《なみきみち》を先《さき》に進《すす》み、遺体《いたい》が見《み》つかったのは、道《みち》のつきあたりだった。

バリモアによれば、沼地《ぬまち》への門《もん》をすぎてから主人《しゅじん》の足《あし》あとのつきかたがかわり、その先《さき》ではつま先《さき》だって歩《ある》いていたようだったというが、この点《てん》はまだ解明《かいめい》されていない。

問題《もんだい》の時間帯《じかんたい》に、マーフィーという旅《たび》の馬商人《うましょうにん》が、沼地《ぬまち》のあまり遠《とお》くない場所《ばしょ》にいたが、本人《ほんにん》も証言《しょうげん》しているとおり、酔《よ》っていたようだ。悲鳴《ひめい》がきこえたといってはいるものの、どの方角《ほうがく》からだったかは、わからないといっている。

チャールズ＝バスカビル卿《きょう》の遺体《いたい》に、暴行《ぼうこう》を受《う》けたあとはなかった。医師《いし》の証言《しょうげん》では、顔《かお》が苦痛《くつう》にひどくゆがんでいたことが指摘《してき》された。あまりにすごい形相《ぎょうそう》で、モーティマー医師《いし》は当初《とうしょ》、目《め》の前《まえ》に横《よこ》たわるのが自分《じぶん》の友人《ゆうじん》であり患者《かんじゃ》でもある人物《じんぶつ》と同《おな》じ人物《じんぶつ》とは、とうてい信《しん》じられなかったが、呼吸困難《こきゅうこんなん》や心臓疲労《しんぞうひろう》による死《し》の場合《ばあい》には、めずらしくない徴候《ちょうこう》だと説明《せつめい》している。

検死解剖《けんしかいぼう》の結果《けっか》、長《なが》らく内臓疾患《ないぞうしっかん》があったことが判明《はんめい》、この説明《せつめい》が裏《うら》づけられた。検死陪審《けんしばいしん》団《だん》も、医師団《いしだん》の証言《しょうげん》に同意《どうい》する評決《ひょうけつ》をくだした。

このような結果《けっか》がでたことは、歓迎《かんげい》すべきことだ。チャールズ＝バスカビル卿《きょう》の後継者《こうけいしゃ》が一《いち》日《にち》も早《はや》く館《やかた》に落《お》ちつき、やむなく中断《ちゅうだん》された慈善事業《じぜんじぎょう》が引《ひ》きつがれることが、なによりもだいじである。

検死官《けんしかん》がこの単純《たんじゅん》な死因《しいん》を指摘《してき》して、この死《し》にかんしてささやかれていた、怪奇小説《かいきしょうせつ》ばりのうわさに終止符《しゅうしふ》を打《う》っていなければ、これからバスカビル館《やかた》に住《す》む後継者《こうけいしゃ》を探《さが》すのが、むずかしくなっていたところだ。

いちばん近《ちか》い血縁者《けつえんしゃ》は、いまも健在《けんざい》ならば、チャールズ＝バスカビル卿《きょう》の弟《おとうと》の子息《しそく》にあたる、ヘンリー＝バスカビル氏《し》ということである。アメリカにいるというのが最後《さいご》にわかっている消息《しょうそく》で、遺産相続《いさんそうぞく》の連絡《れんらく》をとるため、この若者《わかもの》の所在《しょざい》を調査中《ちょうさちゅう》である。

モーティマー医師《いし》は、新聞《しんぶん》をたたんで、またポケットにもどした。

「ホームズさん、以上《いじょう》がチャールズ＝バスカビル卿《きょう》の死《し》にかんして、公表《こうひょう》された事実《じじつ》です。」

「ふむ。あなたにお礼《れい》を申《もう》しあげなくてはなりませんね。いくつかの点《てん》で、たしかにおもしろい事件《じけん》を教《おし》えていただいて、興味《きょうみ》を呼《よ》びおこされましたよ。そのころいくつかの新聞《しんぶん》で記事《きじ》を読《よ》んではいたんですが、なにしろ、例《れい》のバチカン（イタリアの首都《しゅと》ローマ市内《しない》にある、世《せ》界最小《かいさいしょう》の独立国《どくりつこく》。元首《げんしゅ》はローマ法王《ほうおう》）のカメオにかんするちょっとした事件《じけん》で、ローマ法王《ほうおう》に義務《ぎむ》をはたさなければならないと、頭《あたま》がいっぱいだったものですから、イギリス国内《こくない》の興味《きょうみ》ぶかい事件《じけん》をいくつか見《み》すごしてしまったようです。

ところで、いまの記事《きじ》で、公表《こうひょう》された事実《じじつ》は全部《ぜんぶ》ですか？」

「全部《ぜんぶ》、書《か》かれています。」

「では、あなただけがご存《ぞん》じの事実《じじつ》のほうを、うかがいましょうか。」

ホームズは椅子《いす》に背中《せなか》をあずけ、両手《りょうて》の指先《ゆびさき》をつきあわせると、なにものにも動《どう》じない、判事《はんじ》のような顔《かお》つきになった。

そのときモーティマー医師《いし》は、なにかを決意《けつい》したような、ようすをしめしていた。

「そういたしますと、わたしの胸《むね》ひとつにおさめていたことを、おきかせすることになります。検死官《けんしかん》の審問《しんもん》でもそれを持《も》ちださなかったのは、仮《かり》にも科学者《かがくしゃ》のはしくれとして、根《ね》も葉《は》もない迷信《めいしん》に肩入《かたい》れするような立場《たちば》に身《み》をおくことに、ためらいがあったからです。さらには、新聞《しんぶん》記事《きじ》にもありましたように、おそろしげな風評《ふうひょう》のあるところへ、それをあおるようなことになっては、バスカビル館《やかた》に住《す》み手《て》がなくなってしまうという気持《きも》ちもありました。

そういうふたつの理由《りゆう》があって、はなしたところでよい結果《けっか》がでるわけでもないし、知《し》っていることを、すべてはなさなくてもよかろうと、りくつをつけたわけですが、あなたにでしたら、遠慮《えんりょ》することはありません。

あの沼地《ぬまち》には住《す》むひともまばらなものですから、近《ちか》くの者《もの》どうしのつきあいがふかくなります。そういうわけでわたしも、チャールズ卿《きょう》とはよくお会《あ》いしました。ラフター館《やかた》のフランクランドさんと博物学者《はくぶつがくしゃ》のステープルトンさんをのぞけば、あのあたりに高等教育《こうとうきょういく》を受《う》けたひとはいないのです。

チャールズ卿《きょう》は引《ひ》きこもった生活《せいかつ》をなさっていましたが、たまたまご病気《びょうき》をきっかけに引《ひ》きあわされたわたしたちは、おたがい科学《かがく》に興味《きょうみ》があって、親《した》しくつきあいつづけました。科学《かがく》にかんする話題《わだい》を南《みなみ》アフリカでたっぷり仕入《しい》れておいでのあの方《かた》と、南《みなみ》アフリカの高原《こうげん》に住《す》む原住《げんじゅう》民《みん》と砂漠《さばく》で暮《く》らす原住民《げんじゅうみん》の骨格《こっかく》を比較《ひかく》する話《はなし》などをして、いっしょに盛《も》りあがった晩《ばん》が、たびたびあったものです。

ここ何《なん》か月《げつ》かのことですが、チャールズ卿《きょう》の神経《しんけい》がぎりぎりまで張《は》りつめていることが、しだいに強《つよ》く感《かん》じとれるようになりました。先《さき》ほどおきかせした伝説《でんせつ》を、あの方《かた》はひどく気《き》になさっていました——気《き》になさるあまり、館内《やかたない》の散歩《さんぽ》はしても、なにがあろうと夜《よる》の沼地《ぬまち》に足《あし》をふみだそうとはなさいませんでした。

まさかと思《おも》われるでしょうが、ホームズさん、ご自分《じぶん》の一族《いちぞく》はおそろしい運命《うんめい》にのみこまれるのだと、あの方《かた》は心《こころ》から信《しん》じていらしたんです。子孫《しそん》に呪《のろ》いはおよばないという、あの古文書《こもんじょ》も気《き》やすめにはなっていませんでした。

不気味《ぶきみ》なものが、いつも自分《じぶん》につきまとっているという考《かんが》えが、あの方《かた》の頭《あたま》からはなれなかったのです。夜《よる》の往診《おうしん》のときになにか怪《あや》しいものを見《み》たり、犬《いぬ》のほえ声《ごえ》を耳《みみ》にしたりしなかったかと、わたしにおたずねになったのも、一度《ど》や二度《ど》ではありませんでした。犬《いぬ》のことは何度《なんど》もくりかえしきかれましたが、きまってわなわなとふるえるような声《こえ》でしたね。

命《いのち》とりになってしまった出来事《できごと》の、三週間《しゅうかん》ほど前《まえ》のある晩《ばん》、馬車《ばしゃ》で館《やかた》にうかがったときのことを、よくおぼえています。あの方《かた》はちょうど、玄関《げんかん》にでていらっしゃいました。二輪馬車《にりんばしゃ》をおりてその正面《しょうめん》に立《た》ちますと、張《は》りついたように動《うご》かないあの方《かた》の視線《しせん》が、あまりにもおそろしそうに、わたしの肩《かた》ごしに、そそがれているではありませんか。

とっさにふりむきますと、ちらりとわたしの目《め》をかすめたのは、子牛《こうし》ほどもある大《おお》きな黒《くろ》い生《い》きものが、馬車道《ばしゃみち》の入《い》り口《ぐち》を横切《よこぎ》るところのように見《み》えました。あの方《かた》があまりに、おそろしそうにされているので、わたしはとっさに、その動物《どうぶつ》のいたところまでいってみました。あたりを見《み》まわして、その姿《すがた》を探《さが》しました。しかし、なにも見《み》あたりませんでしたが、この出来事《できごと》のために、あの方《かた》の神経《しんけい》はすっかりまいってしまったようでした。

その晩《ばん》は、おそくまでおそばについていました。とりみだしたわけを説明《せつめい》しようといわれて、先《さき》ほど読《よ》んでおきかせしたあの古文書《こもんじょ》の物語《ものがたり》を、あの方《かた》がわたしに託《たく》されたのは、そのときのことでした。

こういうささいなことを、おはなしいたしますのは、その後《ご》におこった悲劇《ひげき》を考《かんが》えあわせると、これが意味《いみ》を持《も》ってくるからなのです。でも、あのときのわたしは、とるにたらないことだと思《おも》い、なぜそんなに大騒《おおさわ》ぎするのか、まったくわかりませんでした。

チャールズ卿《きょう》にロンドン行《ゆ》きをおすすめしたのは、わたしです。あの方《かた》の心臓《しんぞう》が弱《よわ》っていることは、もちろん存《ぞん》じていましたし、たとえ妄想《もうそう》のようなものだとはいえ、いつも不安《ふあん》をかかえて生活《せいかつ》していることが、健康《けんこう》によくないことはわかりきっています。都会《とかい》で何《なん》か月《げつ》か気《き》ばらしをすれば、生《う》まれかわったように元気《げんき》になられるだろうと思《おも》ったのです。

あの方《かた》の体《からだ》のぐあいをたいそう心配《しんぱい》なさっていた、わたしたちの共通《きょうつう》の友人《ゆうじん》、ステープルトンさんも、同《おな》じ意見《いけん》でした。なのに、まぎわになって、その希望《きぼう》も水《みず》の泡《あわ》と消《き》えました。

チャールズ卿《きょう》の亡《な》くなった夜《よる》、発見者《はっけんしゃ》になった執事《しつじ》のバリモアが、馬係《うまがかり》のパーキンズをわたしのところまで、馬《うま》で使《つか》いによこしました。おそくまでおきていたわたしは、あの方《かた》が亡《な》くなって、一時間《じかん》もしないうちに、バスカビル館《やかた》に着《つ》くことができたのです。

わたしが調《しら》べたり、たしかめたりした事実《じじつ》は、検死《けんし》のさいにのこらずおはなししました。イチイの並木道《なみきみち》にのこされた足《あし》あとをたどり、たぶんあの方《かた》が足《あし》をとめたと思《おも》われる、沼地《ぬまち》への門《もん》がある場所《ばしょ》を見《み》ました。

たしかに、その場所《ばしょ》からあとの足《あし》あとの、かたちがかわっていました。やわらかいじゃり道《みち》には、ほかにはバリモアの足《あし》あとしかついていませんでした。最後《さいご》に、わたしが着《つ》くまではだれも手《て》をふれていない遺体《いたい》を、注意《ちゅうい》ぶかく調《しら》べました。

チャールズ卿《きょう》はうつぶせに、両腕《りょううで》を広《ひろ》げるようにしてたおれ、指先《ゆびさき》を地面《じめん》にくいこませていました。ものすごい恐怖《きょうふ》かなにかで顔《かお》が引《ひ》きつっていて、あまりのかわりように、ほんとうに本人《ほんにん》なのか、わからないほどでした。

外傷《がいしょう》がまったくなかったのは、たしかです。しかし、取《と》り調《しら》べでバリモアは、ひとつまちがったことを述《の》べています。遺体《いたい》のまわりの地面《じめん》には、なにもあとがのこっていなかった、と。

バリモアは気《き》がつかなかったのです。しかし、わたしは気《き》づきました。すこしはなれたところでしたが、ついたばかりで、くっきりしていたのです。」

「足《あし》あとですか？」

「足《あし》あとです。」

「男性《だんせい》の？　それとも女性《じょせい》の？」

モーティマー医師《いし》は、妙《みょう》な目《め》つきを、ちらりとわたしたちにむけた。答《こた》えるその声《こえ》が、そっとささやくように、かぼそくなった。

「いいえ、巨大《きょだい》な犬《いぬ》の足《あし》あとだったのです。」

第《だい》三章《しょう》　問題《もんだい》

科学者《かがくしゃ》の不安《ふあん》

わたしの背《せ》すじに、ふるえが走《はし》った。モーティマー医師《いし》の声《こえ》もふるえていて、口《くち》にだしたことで自分自身《じぶんじしん》、ぞっとしているらしい。ホームズは、活気《かっき》づいて体《からだ》をのりだし、大《おお》いに興味《きょうみ》をそそられたしるしに、瞳《ひとみ》をするどく、冷《つめ》たくかがやかせた。

「あなたは見《み》たのですね？」

「はっきりと見《み》ました。」

「そして、だまっていたんですね？」

「はなして、なにになるでしょう？」

「なぜ、ほかにはだれも気《き》づかなかったんでしょう？」

「足《あし》あとは、遺体《いたい》からは二十ヤード（一ヤードは約《やく》九十一センチ）ほどはなれていましたから、そんなものを気《き》にとめるひとはいません。伝説《でんせつ》のことを知らなかったら、わたしだって気《き》にとめなかったと思《おも》います。」

「沼地《ぬまち》には、牧羊犬《ぼくようけん》がたくさんいますね？」

「もちろんです。でも、牧羊犬《ぼくようけん》なんかじゃありませんでした。」

「大《おお》きい足《あし》あとと、おっしゃいましたね？」

「それこそ巨大《きょだい》なものでした。」

「しかし、遺体《いたい》に近《ちか》づいてはいなかったんでしょう？」

「ええ。」

「その晩《ばん》の天候《てんこう》は？」

「じめじめして、はだ寒《さむ》い夜《よる》でした。」

「でも雨《あめ》はふっていなかった？」

「そうです。」

「並木《なみき》道《みち》というのは、どんな？」

「高《たか》さ十二フィート（一フィートは約《やく》三十センチ）ほどの、イチイの古木《こぼく》の生《い》け垣《がき》が二列《れつ》にならび、外《そと》にすりぬけられないようになっています。生《い》け垣《がき》にはさまれた散歩《さんぽ》道《みち》の幅《はば》は、八フィートといったところでしょうか。」

「生《い》け垣《がき》と散歩《さんぽ》道《みち》のあいだには、なにかありますか？」

「ええ、それぞれの側《がわ》に、幅《はば》六フィートぐらいの芝生《しばふ》の帯《おび》が。」

「門《もん》のある一か所《しょ》からは、生《い》け垣《がき》をぬけられるということですね？」

「そうです、沼地《ぬまち》に出《で》る、例《れい》の小《ちい》さな門《もん》です。」

「ほかに出入《でい》り口《ぐち》は？」

「ありません。」

「ということは、イチイの並木道《なみきみち》へいくには、館《やかた》からでてくるか、沼地《ぬまち》への門《もん》からはいってくるか、どちらかしかないんですね？」

「並木道《なみきみち》の行《ゆ》きどまりに、あずまや（屋根《やね》が四角錐《しかくすい》のかたちで、かべがなく、柱《はしら》だけがある小屋《こや》）があって、そこをとおりぬけると出《で》口《ぐち》があります。」

「チャールズ卿《きょう》は、そこまでいっていましたか？」

「いいえ。その五十ヤードぐらい手前《てまえ》でたおれていらっしゃいました。」

「では、モーティマー先生《せんせい》――ここがかんじんなのですが――ごらんになった足《あし》あとは、道《みち》の上《うえ》にあったんですね、芝生《しばふ》ではなく？」

「芝生《しばふ》だと足《あし》あとは見《み》わけられません。」

「問題《もんだい》の門《もん》があるほうについていましたか？」

「ええ。あの門《もん》があるほうの、道《みち》のへりに。」

「じつにおもしろい。では、もうひとつ。門《もん》はしまっていましたか?」

「しまっていましたし、錠《じょう》もかかっていました。」

「門《もん》の高《たか》さは?」

「四フィートといったところですね。」

「だれでも乗《の》りこえられる高《たか》さですね?」

「そうですね。」

「門《もん》のそばには、どんな足《あし》あとが?」

「いや、特別《とくべつ》なものは、なにも。」

「おやおや! だれも調《しら》べなかったんですか?」

「いえ、わたしが自分《じぶん》で調《しら》べました。」

「それで……なにも見《み》つけなかったんですか?」

「足《あし》あとは、ぐちゃぐちゃについていました。明《あき》らかにチャールズ卿《きょう》は、あそこに五分《ふん》か十分《ぷん》、立《た》ちどまっていたようです。」

「どうしてそんなことがわかるんです?」

「葉巻《はまき》の灰《はい》が、二か所《しょ》に落《お》ちていましたから。」

「すばらしい! ぼくたちは気《き》があいそうだよ、ワトソン。

ところで、足《あし》あとのほうは？」

「あの方《かた》の足《あし》あとが、じゃりの小《こ》道《みち》いちめんにのこっていました。ほかの足《あし》あとはなにも見《み》わけられませんでした。」

ホームズは、もどかしそうに片手《かたて》でひざをたたいて、声《こえ》をあげた。

「ぼくがそこにいさえしたら！　まったく、こんなおもしろい事件《じけん》は、めったにないですよ。科《か》学《がく》の専門家《せんもんか》に、すばらしい問題《もんだい》をしめしてくれている。ぼくだったら、そのじゃり道《みち》から、ひじょうに多《おお》くのことを読《よ》みとっていたでしょうね。でも、そのじゃり道《みち》も、いまは雨《あめ》にうたれ、野《や》次《じ》馬《うま》の農夫《のうふ》たちの木《き》靴《ぐつ》で、ふみあらされてしまっているでしょうね。

ああ、モーティマー先生《せんせい》、ぼくを呼《よ》んでくださらなかったとは！　あなたの責任《せきにん》は重大《じゅうだい》です。」

「お呼《よ》びするわけにはいかなかったのです、ホームズさん。ここでおはなししたようなことが、世《せ》間《けん》に知《し》れてしまいます。そうしたくない事情《じじょう》は、すでに申《もう》しあげましたよね。それに、その——。」

「なにをためらってらっしゃるのです？」

「どんなに腕《うで》のいい探偵《たんてい》にも、お手《て》あげの領域《りょういき》というものがあります。」

「超《ちょう》自然《しぜん》の領域《りょういき》という意味《いみ》ですか？」

「はっきりそうだとは、いっておりませんが……。」

「なるほど。しかし、どうやらそうお考《かんが》えのようですね。」

「あの悲劇《ひげき》があってから、秩序《ちつじょ》ある自然界《しぜんかい》のことだと説明《せつめい》できない出来事《できごと》が、いくつも耳《みみ》に届《とど》いているのです。」

「たとえばどんな？」

「あのおそろしい出来事《できごと》の前《まえ》に、何人《なんにん》もの人間《にんげん》が沼地《ぬまち》で、バスカビルの魔犬《まけん》にそっくりの、しかも、動物学《どうぶつがく》ではありえない怪物《かいぶつ》のような生《い》きものを見《み》かけているということもわかりました。みな口《くち》をそろえて、青白《あおじろ》い光《ひかり》をおびて、化《ば》け物《もの》か幽霊《ゆうれい》のような、巨大《きょだい》な怪物《かいぶつ》だというのです。

わたしは、見《み》たという者《もの》たちを問《と》いただしてみました。ひとりは、田舎《いなか》の頑固《がんこ》おやじ、ひとりは蹄鉄職人《ていてつしょくにん》、ひとりは沼地《ぬまち》の農夫《のうふ》ですが、みながみな、あの伝説《でんせつ》にでてくる地獄《じごく》の魔犬《まけん》と同《おな》じ、おそろしい怪物《かいぶつ》だというのです。

いってみればわかりますが、あのあたり一帯《いったい》を恐怖《きょうふ》が支配《しはい》しています。夜《よる》の沼地《ぬまち》に足《あし》をふみいれる者《もの》がいるとしたら、とんでもなく、むこうみずな男《おとこ》です。」

「なるほど、りっぱな科学者《かがくしゃ》のあなたまで、それを超自然《ちょうしぜん》のものと信《しん》じるわけですか？」

「なにを信《しん》じていいものやら、わたしにはわからないのです。」

目《め》の前《まえ》にある問題《もんだい》

肩《かた》をすぼめて、ホームズがいった。

「ぼくはこれまでのところ、自分《じぶん》の捜査《そうさ》は、この現実世界《げんじつせかい》にかぎってやってきました。そこそこの世《よ》の悪《あく》とはたたかってきましたが、魔物《まもの》が相手《あいて》では、手《て》におえないと思《おも》います。

とはいえ、足《あし》あとがあったのは現実《げんじつ》のことですよね。」

「伝説《でんせつ》の犬《いぬ》は、人間《にんげん》ののどをくいやぶりました。魔物《まもの》そのものですよ。」

「おや、すっかり超自然《ちょうしぜん》を信《しん》じるほうへいってしまいましたね。

まあいい、モーティマー先生《せんせい》、それではうかがいます。そういうお考《かんが》えならば、いったいなぜ、ぼくのところへ相談《そうだん》にみえたのです？　チャールズ卿《きょう》の死《し》を調《しら》べてもむだだとおっしゃりながら、その同《おな》じ口《くち》が、調《しら》べてほしいとのぞんでいるとは。」

「調《しら》べてほしいと、申《もう》しあげてはいません。」

「では、ぼくはなにをすればいいんですか？」

「ヘンリー＝バスカビル卿《きょう》をどうすべきか、助言《じょげん》をいただきたいのです。」

モーティマー医師《いし》は時計《とけい》を見《み》て、つづけた。

「いまからきっかり一時間《じかん》十五分後《ふんご》に、ウォータールー駅《えき》に着《つ》くのです。」

「相続人《そうぞくにん》ですね？」

「そうです。チャールズ卿《きょう》が亡《な》くなって、この若《わか》い方《かた》がカナダで農業《のうぎょう》をしておられたのを、探《さが》しだしたのです。こちらに届《とど》いた報告《ほうこく》によりますと、あらゆる点《てん》で、りっぱな人物《じんぶつ》です。いまわたしは、医者《いしゃ》としてではなく、チャールズ卿《きょう》の遺言受託執行人《ゆいごんじゅたくしっこうにん》として申《もう》しあげているのです。」

「ほかに相続人《そうぞくにん》として、名《な》のりでるひとはいないんですね？」

「おりません。たどることができた血縁《けつえん》は、ロジャー＝バスカビルだけでした。この方《かた》は三人《にん》兄弟《きょうだい》のご長男《ちょうなん》でお気《き》のどくなことになったチャールズ卿《きょう》の、末《すえ》の弟《おとうと》です。次男《じなん》は若《わか》くして亡《な》くなられたのですが、この方《かた》がヘンリー青年《せいねん》の父親《ちちおや》にあたります。

三男《さんなん》のロジャーという人《ひと》は、一族《いちぞく》のやっかい者《もの》でした。昔《むかし》のバスカビル家《け》に流《なが》れていた横柄《おうへい》な血《ち》を受《う》けつぎ、きくところによると、あの家《いえ》に伝《つた》わる伝説《でんせつ》のヒューゴーの肖像画《しょうぞうが》に生《い》きうつしだったとか。あまりに血《ち》の気《け》が多《おお》く、イギリスにいられなくなって、中央《ちゅうおう》アメリカにのがれたあげく、その地《ち》で一八七六年《ねん》に黄熱病《おうねつびょう》（中南米《ちゅうなんべい》やアフリカ西部《せいぶ》などでみられる伝染病《でんせんびょう》）で亡《な》くなっています。

というわけで、ヘンリー青年《せいねん》が、バスカビル一族《いちぞく》最後《さいご》の子孫《しそん》です。わたしがウォータールー駅《えき》でその方《かた》に会《あ》うまで、あと一時間《じかん》と五分《ふん》。今朝《けさ》、サウサンプトン（イングランド南部《なんぶ》、ハンプシャー州《しゅう》南部《なんぶ》の港町《みなとまち》）に着《つ》いたという電報《でんぽう》をもらったのです。

さあ、ホームズさん、わたしはどうしたらよろしいでしょう？」

「一族代々《いちぞくだいだい》の館《やかた》に、おつれすればよいではないですか。」

「それがもっともよいことに思《おも》えますよね？　しかし……バスカビル館《やかた》にいった一族《いちぞく》の者《もの》はみな、不幸《ふこう》に見《み》まわれるのですよ。もしチャールズ卿《きょう》と生前《せいぜん》おはなしすることができていたら、古《ふる》い家柄《いえがら》の最後《さいご》のおひとりであり、たいへんな財産《ざいさん》の相続人《そうぞくにん》でもあるこの方《かた》を、あのいまわしい場《ば》所《しょ》におつれしてはいけないと、きっとわたしに注意《ちゅうい》なさっただろうという気《き》がします。

とはいえ、まずしく、さびれたあの田舎《いなか》一帯《いったい》がゆたかになるには、どうしても館《やかた》にあるじをむかえなくてはならないことも、否定《ひてい》できません。あの館《やかた》に住《す》み手《て》がなくては、チャールズ卿《きょう》がなさったりっぱなお仕事《しごと》が、なにもかもむだになってしまうのです。

わたしはこの問題《もんだい》で、自分《じぶん》の利害《りがい》に左右《さゆう》されすぎているのかもしれないという気《き》もしています。だからこそ、この件《けん》をあなたのところに持《も》ちこんで、助言《じょげん》をおねがいしているのです。」

ホームズは、しばらく考《かんが》えこみ、やがてこういった。

「わかりやすくいうと、こういうことですね。悪魔《あくま》の手先《てさき》がいるダートムアは、バスカビル家《け》の者《もの》が住《す》むには危険《きけん》だ――それがあなたの意見《いけん》ですね？」

「ともかく、危険《きけん》だと思《おも》えるふしがある、とまでは申《もう》しましょう。」

「そうですか。しかし、仮《かり》に超自然《ちょうしぜん》のものというあなたの説《せつ》が正《ただ》しいとしても、魔界《まかい》の力《ちから》はその若《わか》い方《かた》がロンドンにいようと、デボン州《しゅう》にいようと、呪《のろ》いをかけるのは、たやすいことでしょう。教区《きょうく》の牧師《ぼくし》でもあるまいに、持《も》ち場《ば》でしか魔力《まりょく》を発揮《はっき》しない悪魔《あくま》がいるなんて、とても信《しん》じられません。」

「おもしろそうにおっしゃいますが、ホームズさん、ご自分《じぶん》で身《み》をもって知《し》ることになれば、そうはいかないことでしょうよ。

では、ご助言《じょげん》はこういうことでしょうか。あの若《わか》い方《かた》はロンドンにいてもデボン州《しゅう》にいても、同《おな》じくらい安全《あんぜん》だろうと？　あと五十分《ぷん》で到着《とうちゃく》だ。どうしたらよいでしょう？」

「馬車《ばしゃ》を呼《よ》んで、表《おもて》の扉《とびら》をガリガリひっかいているスパニエル犬《けん》をつれて、ウォータールー駅《えき》へヘンリー＝バスカビル卿《きょう》をむかえにいかれるとよいでしょう。」

「そのあとは？」

「そのあとは、この問題《もんだい》についてぼくが見《み》とおしをたてるまで、その方《かた》には、なにもいわずにおくのです。」

「見《み》とおしがたつまでに、どのくらいかかるでしょう？」

「二十四時間《じかん》ですね。モーティマー先生《せんせい》、あすの朝《あさ》十時《じ》に、ここへきていただければたいへんありがたい。ヘンリー＝バスカビル卿《きょう》をおつれいただけると、今後《こんご》の計画《けいかく》をたてるにあたって助《たす》かります。」

「おっしゃるとおりにいたしますよ、ホームズさん。」

シャツのカフスに約束《やくそく》の時間《じかん》をメモしてから、じっと目《め》をこらし、そのくせ気持《きも》ちはうわの空《そら》といったようすで、客《きゃく》はせかせかとでていった。階段《かいだん》をおりようとするところで、ホームズが呼《よ》びとめた。

「もうひとつだけきかせてください、モーティマー先生《せんせい》。チャールズ卿《きょう》が亡《な》くなる前《まえ》、何人《なんにん》かのひとが沼地《ぬまち》で怪物《かいぶつ》を見《み》たとおっしゃいましたね？」

「三人《にん》が見《み》ています。」

「その後《ご》もだれか見《み》たひとがいますか？」

「見《み》たという話《はなし》はきいていませんね。」

「ありがとう。では、また。」

ホームズは自分《じぶん》の席《せき》にもどった。内心満足《ないしんまんぞく》しているらしく、落《お》ちついた顔《かお》つきをしているということは、目前《もくぜん》の仕事《しごと》が気《き》にいっているのだ。

「でかけるのかい、ワトソン？」

「ぼくに手伝《てつだ》えることがないのなら。」

「いまのところないなあ。きみの助《たす》けをかりたいのは、行動《こうどう》をおこすときだからね。それにしても、この事件《じけん》はすごいよ。いくつかの点《てん》では、ほかにまったく類《るい》を見《み》ない。

ブラッドリーの店《みせ》の前《まえ》をとおったら、いちばん強《つよ》いシャグたばこ（きざみたばこの一種《いっしゅ》）を一ポンド（約《やく》四百五十四グラム）、届《とど》けてくれるように、たのんでおいてもらえないかな？　すまんね。それと、夕《ゆう》がたまでもどらない外出《がいしゅつ》だとありがたいな。ぼくはこれから、今朝《けさ》持《も》ちこまれた、この最高《さいこう》におもしろそうな問題《もんだい》を、たのしませてもらうよ。」

呪《のろ》いか、犯罪《はんざい》か？

わたしにはわかっていた。ぎりぎりまで精神《せいしん》を集中《しゅうちゅう》させ、あらゆる証拠《しょうこ》を吟味《ぎんみ》していくつかの仮説《かせつ》を組《く》みたて、それぞれの説《せつ》をつきあわせてみたうえで、どの点《てん》が重要《じゅうよう》でどの点《てん》がとるにたらないか判断《はんだん》をくだす。その作業《さぎょう》にわが友人《ゆうじん》がとりかかっているあいだは、たったひとりの孤独《こどく》な世界《せかい》にとじこもることが、どうしても必要《ひつよう》なのだと。

そこでわたしは、その一日《いちにち》をクラブですごし、夜《よる》になるまでベーカー街《がい》に帰《かえ》ってこなかった。

ふたたびいつもの居間《いま》にもどってきたのは、九時《じ》近《ちか》くだった。

扉《とびら》をあけたとたん、頭《あたま》をよぎったのは、火事《かじ》だった。部屋《へや》じゅうにもうもうと煙《けむり》がたちこめて、テーブルの上《うえ》のランプの光《ひかり》がかすんでいる。

しかし、部屋《へや》にはいってみると、のどがつかえてせきこんだのは、きつい安《やす》たばこの、いがらっぽい煙《けむり》のせいだとわかり、ひと安心《あんしん》した。

煙《けむり》の幕《まく》のむこうに、ガウンにくるまり、黒《くろ》い陶器《とうき》のパイプをくわえて、ひじかけ椅子《いす》に体《からだ》をまるめたホームズの姿《すがた》が、ぼんやりと見《み》える。くるっと巻《ま》かれた紙《かみ》がいくつも、そのまわりにちらばっていた。

「かぜでもひいたのかい、ワトソン？」

「ちがう、毒《どく》ガスみたいな部屋《へや》の空気《くうき》のせいだよ。」

「かなりけむってるなあ、そういわれてみれば。」

「けむいなんてもんじゃない！ 息《いき》がつまりそうだ。」

「窓《まど》をあけろよ、それなら！ 一日《いちにち》じゅうクラブにいたんだね、どうやら。」

「ホームズ、まったく、きみときたら！」

「あたりかい？」

「大《おお》あたりだよ、だけど、どうして――。」

とまどうわたしの顔《かお》つきに、ホームズが笑《わら》い声《ごえ》をあげる。

「きみときたら、うれしくなるほど新鮮《しんせん》におどろいてくれるね、ワトソン。だからこそ、きみをからかって、ぼくのささやかな力《ちから》をためしてみるのがたのしいんだ。

雨《あめ》もようで道《みち》のぬかるむ日《ひ》に、ひとりの紳士《しんし》が外出《がいしゅつ》する。夜《よる》になって、しみひとつないかっこうで、帽子《ぼうし》も靴《くつ》もぴかぴかのまま、帰《かえ》ってくる。ということは、一日《いちにち》じゅう一つのところにじっとしていたんだ。この紳士《しんし》、友人《ゆうじん》とべったりすごすようなタイプではない。さて、それではどこにいただろう？　答《こた》えはわかりきっているんじゃないか？」

「うむ、わかりきっているなあ。」

「この世界《せかい》は、どうしたことかだれも気《き》づかないけど、わかりきったことだらけなんだ。ぼくのほうは、どこにいたと思《おも》う？」

「きみだって、ずっとすわりっぱなしだったくせに。」

「とんでもない。デボン州《しゅう》にいたのさ。」

「幽体離脱《ゆうたいりだつ》（魂《たましい》が体《からだ》をはなれて、ほかの場所《ばしょ》にいくこと）でもして？」

「まさにそれだよ。体《からだ》はこのひじかけ椅子《いす》にとどまって、ぼくの心《こころ》がでかけているあいだに、大《おお》きなポット二杯《はい》ぶんのコーヒーを飲《の》みほし、とんでもなく大量《たいりょう》のたばこをすいつくしていたというわけさ。体《からだ》にはよくないねえ。

きみがでかけたあと、地図《ちず》専門《せんもん》のスタンフォード書店《しょてん》に使《つか》いをだして、ここにある、例《れい》の沼地《ぬまち》一帯《いったい》の英国政府《えいこくせいふ》陸地《りくち》測量部《そくりょうぶ》作成《さくせい》の地図《ちず》を手《て》にいれた。ぼくの魂《たましい》のほうは、一日《いちにち》じゅうその上《うえ》をさまよっていたんだ。もうあのあたりで道《みち》にまようことはないって、自信《じしん》があるよ。」

「さぞかしくわしい地図《ちず》なんだな？」

「とびきりのくわしさだ。」

そういって、ホームズはある区画《くかく》の地図《ちず》をとりだし、ひざの上《うえ》に広《ひろ》げた。

「さあ、これがぼくらにかかわりのある、問題《もんだい》の地方《ちほう》だ。中央《ちゅうおう》の、それがバスカビル館《やかた》だよ。」

「まわりを森《もり》にかこまれたところかい？」

「そう、それだ。例《れい》のイチイの並木道《なみきみち》というのは、地図《ちず》に名前《なまえ》はでていないが、この線《せん》にそってとおっているにちがいないよ。ほら、その右側《みぎがわ》が沼地《ぬまち》だろ。

この、家《いえ》がすこしかたまっているところが、グリンペンの村《むら》、われらが友人《ゆうじん》モーティマー先生《せんせい》が本拠地《ほんきょち》にしているところだね。ここから半径《はんけい》五マイルというもの、ごらんのとおり、ぽつぽつとほんのわずかの家《いえ》があるのみだ。

ここが、話《はなし》にでてきたラフター館《やかた》。ここに家《いえ》のしるしがあるのは、あの博物学者《はくぶつがくしゃ》の住《す》まいだろう——たしか、ステープルトンとかいう名前《なまえ》だったな。ここの、沼地《ぬまち》には農家《のうか》が二軒《けん》あるらしい。高岩《ハイ＝トア》とどろ沼《ファアール＝マイア》だ。そして、十四マイルはなれたところに、プリンスタウンの大監獄《だいかんごく》がある。

こういったものが点々《てんてん》とあるあたり一帯《いったい》に、住《す》むひともなく暗《くら》い沼地《ぬまち》が広《ひろ》がっているんだ。さあ、これが、悲劇《ひげき》の上演《じょうえん》された舞台《ぶたい》であり、ぼくらが再演《さいえん》に一枚《いちまい》くわわることになるかもしれない舞台《ぶたい》というわけだ。」

「さぞかし荒《あ》れはてたところなんだろうな。」

「うん、舞台設定《ぶたいせってい》はぴったりだ。もしも悪魔《あくま》が人間《にんげん》にちょっかいをだしたいとのぞむのなら――。」

「きみまで超《ちょう》自然説《しぜんせつ》にかたむいているようだな。」

「悪魔《あくま》の手先《てさき》は人間《にんげん》のかたちをしているかもしれないだろ？

手《て》はじめに、ふたつ問題《もんだい》がある。第《だい》一に、はたしてなにかの犯罪《はんざい》があったのかどうか。第《だい》二に、あったとしたらどんな犯罪《はんざい》で、どのようになされたのか。

もちろん、モーティマー先生《せんせい》の意見《いけん》が正《ただ》しくて、ぼくらの相手《あいて》が自然界《しぜんかい》の法則《ほうそく》を超《こ》える力《ちから》なのだとしたら、捜査《そうさ》はそこでおしまいだ。だが、ほかの可能性《かのうせい》をすべてつぶしてしまってからだよ、そこにまいもどるのは。

かまわなければ、もう窓《まど》をしめようよ。ぼくは密閉《みっぺい》されたところのほうが、考《かんが》えごとに集中《しゅうちゅう》できるんでね。といったって、棺桶《かんおけ》にはいってまで考《かんが》えるなんてことは、しやしない。ところで、きみも、この事件《じけん》のことをじっくり考《かんが》えてみたかい？」

「うん、一日《いちにち》ずっと、ずいぶん考《かんが》えたとも。」

「どう思《おも》う？」

「まよってばかりなんだ。」

「たしかに、事件《じけん》そのものがそういう性質《せいしつ》だからなあ。はっきりわかりやすい点《てん》も、いくつかあるぞ。たとえば、足《あし》あとに変化《へんか》があったことだ。それはどうだい？」

「モーティマー先生《せんせい》が、散歩《さんぽ》道《みち》の一部《いちぶ》を、あのひとはつま先《さき》だって歩《ある》いていた、といっていたな。」

「それは、検死《けんし》裁判《さいばん》（死体《したい》を調《しら》べた検死《けんし》官《かん》が、検死《けんし》陪審員《ばいしんいん》の前《まえ》で証人《しょうにん》に、犯罪《はんざい》がからんでいないか尋問《じんもん》する）のとき、まぬけな人物《じんぶつ》がいったことを、そのままくりかえしただけだ。つま先《さき》だって散歩《さんぽ》するやつがいると思《おも》うかい？」

「じゃあ、なんだったんだ？」

「走《はし》っていたんだよ、ワトソン――死《し》にものぐるいで、命《いのち》からがら走《はし》って逃《に》げて、走《はし》ったあげく、心臓《しんぞう》が破裂《はれつ》して、うつぶせにばったりたおれたんだ。」

「なにから逃《に》げたんだろう？」

「そこが問題《もんだい》なんだ。いくつかの点《てん》から考《かんが》えて、あのひとは恐怖《きょうふ》のあまり正気《しょうき》をうしなって、走《はし》りだしたらしい。」

「どうしてそんなことがいえる？」

「ぼくが思《おも》うに、恐怖《きょうふ》のもとは沼地《ぬまち》のほうから近《ちか》づいてきたんだ。もしそうだったとすれば――それがいちばん可能性《かのうせい》が高《たか》いんだが――正気《しょうき》をなくしてでもいないかぎり、館《やかた》のほうへむかって逃《に》げずに、反対《はんたい》にむかって走《はし》ることはないだろう。

例《れい》の旅《たび》の馬商人《うましょうにん》の証言《しょうげん》が正《ただ》しいとすれば、助《たす》けてくれとさけびながら、いちばん助《たす》からない方角《ほうがく》へ走《はし》ったことになる。

それから、まだあるよ。あの晩《ばん》、あのひとはだれを待《ま》っていたんだろう？　館《やかた》のなかではなく、イチイの並木道《なみきみち》で待《ま》っていたのは、なぜだろう？」

「その老貴族《ろうきぞく》はだれかを待《ま》っていたと思《おも》うのかい？」

「かなりの年齢《ねんれい》で、体《からだ》もじょうぶじゃないんだよ。夜《よる》に外《そと》をぶらつくのはいいとしても、足《あし》もとはぬかるんでいるし、雲《くも》ゆきのあやしい晩《ばん》だった。モーティマー先生《せんせい》が葉巻《はまき》の灰《はい》から、ぼくの期待以上《きたいいじょう》にあざやかに推理《すいり》してみせてくれたように、五分《ふん》も十分《ぷん》もそこに、立《た》っていたっていうのは、不自然《ふしぜん》じゃないかい？」

「でも、散歩《さんぽ》するのは毎晩《まいばん》のことだった。」

「沼地《ぬまち》への門《もん》のところで待《ま》つのも毎晩《まいばん》のことだったとは、思《おも》えないね。その反対《はんたい》に、あのひとは沼地《ぬまち》を避《さ》けていた。だが、あの晩《ばん》は、そこで待《ま》っていた。ロンドンに出発《しゅっぱつ》する前夜《ぜんや》だった。かたちが見《み》えてきたぞ、ワトソン。すじがとおってきた。

ぼくのバイオリンをとってくれないかい。この件《けん》について、これ以上《いじょう》考《かんが》えるのは、朝《あさ》になってモーティマー先生《せんせい》とヘンリー＝バスカビル卿《きょう》にお目《め》にかかるまで、おあずけにしよう。」

第《だい》四章《しょう》　ヘンリー＝バスカビル卿《きょう》

若《わか》き遺産相続人《いさんそうぞくにん》

わたしたちは朝食《ちょうしょく》のテーブルを早《はや》めにかたづけ、ホームズはガウン姿《すがた》で約束《やくそく》した客《きゃく》を待《ま》った。依頼人《いらいにん》たちは時間《じかん》に正確《せいかく》で、時計《とけい》がちょうど十時《じ》を知《し》らせたそのとき、モーティマー医師《いし》と、つづいて若《わか》き准男爵《じゅんだんしゃく》（貴族《きぞく》ではなく、国家《こっか》に貢献《こうけん》のあったひとに贈《おく》られる称号《しょうごう》で、卿《きょう》をつけて呼《よ》ばれる。騎士《きし》より上《うえ》で男爵《だんしゃく》より下《した》）があらわれた。

准男爵《じゅんだんしゃく》は、年《とし》のころ三十くらい、小柄《こがら》できびきびした、黒《くろ》い瞳《ひとみ》の男性《だんせい》で、がっしりした体格《たいかく》、黒々《くろぐろ》した太《ふと》い眉《まゆ》、印象《いんしょう》のはっきりした、鼻《はな》っぱしらの強《つよ》そうな顔《かお》の持《も》ち主《ぬし》だった。赤《あか》みがかったツイードの服装《ふくそう》で、大半《たいはん》の時間《じかん》を野外《やがい》ですごしてきたひとらしく、風雨《ふうう》に打《う》たれたたくましさをただよわせている。それでも、落《お》ちついたまなざしや、どうどうとした態度《たいど》には、いかにも紳士《しんし》らしいものがあった。

「こちらが、ヘンリー＝バスカビル卿《きょう》でいらっしゃいます。」

モーティマー医師《いし》が紹介《しょうかい》すると、すぐに当人《とうにん》が口《くち》をひらいた。

「じつは、ふしぎなことに、シャーロック＝ホームズさん、この友人《ゆうじん》が、今朝《けさ》あなたのところへ立《た》ちよろうといいださなかったとしても、わたしだけでもうかがっていたところなんですよ。あなたは、ちょっとした謎《なぞ》も解《と》いてくださいますよね。今朝《けさ》ほど、わたしの手《て》にはあまる、謎《なぞ》に出会《であ》いまして。」

「どうぞ、おかけください、ヘンリー卿《きょう》。ロンドンに到着《とうちゃく》なさってから、なにかとんでもない目《め》にあわれたということですか？」

「たいしたことではないのです、ホームズさん。ほんの冗談《じょうだん》かもしれませんが。この手紙《てがみ》です。手紙《てがみ》といえるしろものかどうかわかりませんが、これが、今朝《けさ》、届《とど》きました。」

かれが封筒《ふうとう》をテーブルにおき、全員《ぜんいん》でそれをのぞきこんだ。ありふれた紙《かみ》で、色《いろ》は灰色《はいいろ》っぽい。『ノーサンバーランド＝ホテル気付《きづけ》、ヘンリー＝バスカビル卿《きょう》』というあて名《な》が、らんぼうに書《か》きなぐってある。チャリング＝クロスの消印《けしいん》があり、前《まえ》の晩《ばん》に投函《とうかん》されていた。

「あなたがノーサンバーランド＝ホテルにお泊《と》まりになることを、知《し》っていた人間《にんげん》は？」

そうたずねながら、ホームズは客《きゃく》にするどい視線《しせん》をむけた。

「いるはずがありません。ホテルを決《き》めたのは、モーティマー先生《せんせい》とお会《あ》いしてからなんですよ。」

「でも、モーティマー先生《せんせい》はきっと、すでにそこにお泊《と》まりだったんでしょう？」

「いいえ、わたしは友人《ゆうじん》のところに泊《と》めてもらっていました。わたしたちがそのホテルにむかうつもりだと、わかるようなことがあったはずはないのです。」

「ふむ！　あなたがたの行動《こうどう》を、やけに気《き》にしている者《もの》がいるようですね。」

ホームズが封筒《ふうとう》から、四《よ》つ折《お》りにした、フールスキャップ判《ばん》（約《やく》四十三センチ×三十四センチの紙《かみ》）の半分《はんぶん》サイズの紙《かみ》をとりだした。それをひらいて、テーブルの上《うえ》に広《ひろ》げた。真《ま》ん中《なか》あたりに、印刷《いんさつ》された活字《かつじ》をはりあわせた、短《みじか》い文章《ぶんしょう》が認《みと》められた。

生《い》きること　と　理性《りせい》の価値《かち》を　尊重《そんちょう》する　なら　沼地《ぬまち》　から遠《とお》ざかること

「沼地《ぬまち》」ということばだけが、インクで手書《てが》きされている。

ヘンリー卿《きょう》が口《くち》をひらいた。

「さあ、あなたなら教《おし》えてくださいますよね、ホームズさん。これはいったいどういう意味《いみ》で、だれがわたしのことを、こんなにも気《き》にしているのでしょう？」

「どうお考《かんが》えですか、モーティマー先生《せんせい》？　これにかんしては、超《ちょう》自《し》然《ぜん》のものがはいる余地《よち》はどこにもないと、お認《みと》めになるほかないでしょう？」

「たしかに。しかし、この手紙《てがみ》は、問題《もんだい》の本質《ほんしつ》は超《ちょう》自《し》然的《ぜんてき》なものだと信《しん》じている者《もの》が、送《おく》ってきたということは、大《おお》いにありえます。」

「なんの問題《もんだい》ですって？」

ヘンリー卿《きょう》が、とがった口調《くちょう》で質問《しつもん》をはさんできた。

「わたし自身《じしん》の問題《もんだい》なのに、わたし以外《いがい》のみなさんのほうが、はるかに多《おお》くのことをご存《ぞん》じのようですが。」

ホームズが答《こた》える。

「ここからお帰《かえ》りになるころには、あなたも同《おな》じだけのことをお知《し》りになっていますよ、ヘンリー卿《きょう》。それはたしかです。

よろしかったら、いまはこのひじょうに興味《きょうみ》ぶかい手紙《てがみ》に、集中《しゅうちゅう》しようではありませんか。

これは、ゆうべこしらえて投函《とうかん》したにちがいない。きのうの『タイムズ』はあるかい、ワトソン？」

「こっちのすみにあるよ。」

「ちょっとたのむ――なかのほうをひらいてみてくれないか、論説欄《ろんせつらん》のあるページだ。わかるかい？」

ホームズは、紙面《しめん》をさっと見《み》やり、上段《じょうだん》から下段《げだん》まで視線《しせん》を走《はし》らせた。

「この、自由貿易《じゆうぼうえき》にかんする、大《おお》きな記事《きじ》だ。一部分《いちぶぶん》、読《よ》ませてもらいますよ。

保護関税《ほごかんぜい》を尊重《そんちょう》することで、自国《じこく》の特産品貿易《とくさんひんぼうえき》、あるいは自国《じこく》の産業《さんぎょう》の振興《しんこう》につながるという、絵《え》に描《か》いたもちにだまされていないだろうか。しかし、理性《りせい》をうしなわずに考《かんが》えるなら、保護関税《ほごかんぜい》の制定《せいてい》を長《なが》い目《め》で見《み》ると、この国《くに》が繁栄《はんえい》から遠《とお》ざかること、輸入品《ゆにゅうひん》の価値《かち》を下《さ》げること、この島国《しまぐに》に生《い》きる人々《ひとびと》の生活水準《せいかつすいじゅん》が全体《ぜんたい》として落《お》ちることにつながる。

どうだい、ワトソン？　けっこうなご意見《いけん》だと思《おも》わないかい？」

ホームズは気分上々《きぶんじょうじょう》という声《こえ》をあげ、満足《まんぞく》そうに両手《りょうて》をこすりあわせた。

手紙《てがみ》の謎《なぞ》、ブーツの謎《なぞ》

モーティマー医師《いし》は、職業《しょくぎょう》がら興味《きょうみ》をそそられたようすでホームズを見《み》つめた。ヘンリー卿《きょう》のほうは、わけがわからない、といったふうに、黒《くろ》い瞳《ひとみ》をわたしにむけた。

「関税制度《かんぜいせいど》だのなんだの、その手《て》のことはくわしく存《ぞん》じませんが、問題《もんだい》の手紙《てがみ》からかけはなれて、話《はなし》が本《ほん》すじをそれてしまったように思《おも》えます。」

「その反対《はんたい》に、まさにその本《ほん》すじの話《はなし》ですよ、ヘンリー卿《きょう》。このワトソンくんは、ぼくのやりかたを、あなたがたよりはよく知《し》っているんですが、そのかれでさえ、この文章《ぶんしょう》の重要性《じゅうようせい》がつかみきれていないようです。」

「うん、じつはそうなんだ。なんのつながりもないように思《おも》える。」

「ところが、ワトソンくん、たいへんなつながりがあるんだな。手紙《てがみ》は、新聞《しんぶん》から切《き》りぬいたものだ、といえるね。『生《い》きる』、『こと』、『理性《りせい》』、『価値《かち》』『尊重《そんちょう》する』、『なら』、『から遠《とお》ざかること』。わからないかい、どこからこのことばをとってきたか？」

「おお、まさしくそうだ！　なるほど、おみごと！」

ヘンリー卿《きょう》が感心《かんしん》していた。

「まだ納得《なっとく》できないとしたら、『から遠《とお》ざかること』というところが、ひとつづきに切《き》りぬかれているという事実《じじつ》で、決《き》まりでしょう。」

「そうか、うむ——そうですよ！」

「いや、ホームズさん、まさかこれほどのすばらしさとは、想像《そうぞう》もできませんでした。」

そういってモーティマー医師《いし》が、おどろきの目《め》で友人《ゆうじん》をまじまじと見《み》た。

「新聞《しんぶん》から切《き》りぬいた、くらいのことならともかく、あなたときたら、新聞《しんぶん》の名前《なまえ》まであげ、さらには論説欄《ろんせつらん》からだ、とまでいってのけた。こんなにおどろいたことはありません。いったいどうして、そんなことがわかったのです？」

「先生《せんせい》、あなたは、アフリカ系《けい》の人間《にんげん》とイヌイットの頭蓋骨《ずがいこつ》の、区別《くべつ》がつけられるのではありませんか？」

「もちろんですとも。」

「どうしてですか？」

「わたしがとくに興味《きょうみ》を持《も》っていることだからです。ちがいははっきりしていますよ。眼窩上《がんかじょう》の隆起《りゅうき》、顔面角《がんめんかく》、顎骨曲線《がっこつきょくせん》——。」

「そして、これは、ぼくがとくに興味《きょうみ》を持《も》っていることで、同《おな》じようにちがいがはっきりしています。ぼくの目《め》には、『タイムズ』の記事《きじ》の、行間《ぎょうかん》がゆったりとってあるバージョイス活字書体《かつじしょたい》と、夕刊紙《ゆうかんし》の安《やす》っぽい活字《かつじ》とのちがいは、あなたにとってのアフリカ系《けい》とイヌイットのちがいと同《おな》じように、ありありとわかるんです。


活字《かつじ》の見《み》きわめは、犯罪《はんざい》の専門家《せんもんか》にとって、もっとも初歩《しょほ》的《てき》な知識《ちしき》のひとつです。といっても、ぼくも若《わか》いころ一度《ど》、『リーズ＝マーキュリー』紙《し》と『ウエスタン＝モーニング＝ニューズ』紙《し》の活字《かつじ》をとりちがえてしまったことがありましたが。

ともかく、『タイムズ』の論説《ろんせつ》は見《み》まちがいようがありません。それ以外《いがい》のところから切《き》りぬいたはずはない。これはきのうの小細工《こざいく》なのですから、かなりの確率《かくりつ》で、手紙《てがみ》に使《つか》われていることばは、きのうの記事《きじ》のなかから見《み》つかるはずだったのです。」

「そこまではわかりましたが、ホームズさん。」

ヘンリー＝バスカビル卿《きょう》が口《くち》をはさむ。

「何者《なにもの》かが手紙《てがみ》の文《ぶん》を、はさみで切《き》りぬいて——。」

「つめ切《き》りばさみで、ですね。」

すかさずホームズがいう。

「刃《は》の部分《ぶぶん》がごく短《みじか》いのがおわかりでしょう、『から遠《とお》ざかること』には二回《かいき》切りこみをいれなければならなかったところからして。」

「そうですね。では、何者《なにもの》かがこの文《ぶん》を、刃《は》の短《みじか》いはさみで切《き》りぬき、のりではって——。」

「ゴムのりで、です。」

「ゴムのりで紙《かみ》にはりつけた。でも、『沼地《マイア》』はなぜ手書《てが》きにしたんでしょう？」

「印刷物《いんさつぶつ》のなかから、見《み》つからなかったからです。ほかのことばは、みなありふれていて、どんな記事《きじ》にでも使《つか》われそうですが、『沼地《マイア》』ということばは、それほど使《つか》われません。」

「ほう、なるほど、そうですね。この手紙《てがみ》から、ほかにもわかることがありますか、ホームズさん？」

「ひとつふたつは、とっかかりがありますが、手《て》がかりをのこさないように、細心《さいしん》の注意《ちゅうい》をはらってありますね。

あて名《な》が、ほら、らんぼうに書《か》きなぐってある。しかし、『タイムズ』は、かなりの教養《きょうよう》があるひと以外《いがい》は、めったに手《て》にすることのない新聞《しんぶん》です。ということは、この手紙《てがみ》をつくったのは教養《きょうよう》のある人物《じんぶつ》で、その人物《じんぶつ》は教養《きょうよう》のない人間《にんげん》のしわざに見《み》せかけたかった。筆跡《ひっせき》をかくそうとしているところからは、あなたがその筆跡《ひっせき》を知《し》っているか、これから知《し》る機会《きかい》のある人物《じんぶつ》、ということがうかがえる。

それから、切《き》りぬいた文字《もじ》がきれいに一列《れつ》にならばないで、上下《じょうげ》に、でこぼこにはりつけてあるでしょう。『生《い》きる』などは、ずいぶんはみだしてしまっている。手紙《てがみ》をつくった人間《にんげん》の、不《ふ》注意《ちゅうい》からなのか、それとも気持《きも》ちにみだれやあせりがあったからなのか。おそらく、あとのほうだと思《おも》いますね。この手紙《てがみ》をつくることは、明《あき》らかに意味《いみ》があることですし、こういう手紙《てがみ》のつくり手《て》が不注意《ふちゅうい》な人物《じんぶつ》だとは、思《おも》えませんから。

この人物《じんぶつ》があせっていたとすると、興味《きょうみ》ぶかい疑問《ぎもん》につながっていきます。なぜあせっていたのか、とね。早朝《そうちょう》までに投函《とうかん》しさえすれば、どんな手紙《てがみ》も、ヘンリー卿《きょう》がホテルをでる前《まえ》に届《とど》くはずなんですよ。手紙《てがみ》をつくっている途中《とちゅう》で、じゃまがはいりそうだったのだろうか？　だれにじゃまされそうだったのか？」

「ちょっと、推理《すいり》でなく推測《すいそく》になっていってませんか。」

モーティマー医師《いし》のことばだった。

「いや、いくつもの可能性《かのうせい》をくらべて、もっともありえそうなものをえらぶところに近《ちか》づいているのですよ。想像力《そうぞうりょく》を科学的《かがくてき》に使《つか》う。ただし、かならず具体的《ぐたいてき》な足場《あしば》があって、思考《しこう》の出発点《しゅっぱつてん》とするのです。

さて、それを推測《すいそく》といわれてしまうかもしれません。しかし、このあて名《な》はどこかのホテルで書《か》いたものだといって、まずまちがいありません。」

「どうしてですか？」

「よくよく見《み》ると、ペンとインクの両方《りょうほう》が、使《つか》いにくかったのだとわかるでしょう。ひとつのことばを書《か》くのに、二度《ど》もペンがひっかかっているし、短《みじか》いあて名《な》なのに三回《かい》もインクが切《き》れている。インクびんがからっぽにちかかったんでしょう。

自分用《じぶんよう》のペンやインクが、そんな状態《じょうたい》でほうっておかれることはめったにありませんし、両方《りょうほう》がいっぺんにとなると、きわめてまれにしかありえない。ところが、ホテルのインクとペンとなると、いつだってそんな状態《じょうたい》になっていますよね。

ええ、チャリング＝クロス付近《ふきん》のホテルのごみ箱《ばこ》を調《しら》べて、論説欄《ろんせつらん》に切《き》りぬきのあとがある『タイムズ』でも見《み》つかれば、このおかしな手紙《てがみ》をよこした人物《じんぶつ》にすぐに手《て》が届《とど》く。そういきれるでしょう。

おや！ これはなんだろう？」

ホームズは、切《き》りぬきをはりつける台紙《だいし》になっているフールスキャップ用紙《ようし》を、顔《かお》のすぐそばまで持《も》ってきて、じっくりと調《しら》べた。

「どうなさいました?」

「いや、なんでもありません。」

そういって、ホームズは紙《かみ》をなげだした。

「半分《はんぶん》に切《き》った白紙《はくし》で、透《す》かしさえはいっていない。このおかしな手紙《てがみ》からは、引《ひ》きだせるかぎりのことを引《ひ》きだしてしまったようです。ところで、ヘンリー卿《きょう》、ロンドンにいらっしゃってから、ほかにもなにかおかしな目《め》にあっておられませんか?」

「いいえ、ホームズさん。なにもなかったと思《おも》いますが。」

「あとをつけられたり、見張《みは》られたりは?」

「わたしは、いきなり三文小説《さんもんしょうせつ》の真《ま》っただ中《なか》に足《あし》をふみいれてしまったようですね。いったいなぜ、わたしがあとをつけられたり、見張《みは》られたりするとおっしゃるんですか?」

「それをこれからおはなしするんです。その話《はなし》にはいる前《まえ》に、ほかにうかがっておくことはありませんか?」

「そうおっしゃられても、あなたがどんなことを、きく価値《かち》があると思《おも》われるかによりますが。」

「いつもの生活《せいかつ》で決《き》まりきったことからはずれていれば、どんなことでもきく価値《かち》が、じゅうぶんにあると思《おも》います。」

ヘンリー卿《きょう》がにんまりする。

「あいにく、イギリスの生活《せいかつ》というのを、あまり存《ぞん》じません。この年《とし》までほとんど、アメリカとカナダで暮《く》らしてきましたので。しかし、ブーツの片方《かたほう》がなくなるというのは、イギリスでも、決《き》まりきったことの部類《ぶるい》にははいらないでしょうね。」

「ブーツが片方《かたほう》、なくなったんですか?」

そうホームズがききかえすと、モーティマー医師《いし》が、声《こえ》をあげて割《わ》りこんだ。

「まあ、まあ。置《お》きわすれただけですよ。ホテルにもどってみれば、見《み》つかりますとも。そういうささいなことをホームズさんにおきかせして、なんになるでしょう?」

「いやあ、いつもの生活《せいかつ》で決《き》まりきったことからはずれていればなんでも……とおっしゃったものので。」

「そのとおりです。どんなにばかげた出来事《できごと》に思《おも》えても、です。ブーツが片方《かたほう》なくなった、とおっしゃいましたね?」

「まあ、置《お》きわすれでしょう。いずれにせよ、ゆうべ、部屋《へや》の扉《とびら》の外《そと》にそろえておいたのが、今朝《けさ》には片方《かたほう》しかなかったんです。靴《くつ》みがきの男《おとこ》にきいても、わかりませんでした。なによりがっかりしたのは、ゆうべストランド街《がい》で買《か》ったばかりで、一度《いちど》もはかずじまいだったってことなんですがね。」

「はいてもいないのに、どうして靴《くつ》みがきにだしておかれたんです？」

「なめし革《がわ》のブーツで、つやだしがまだでした。それで、みがきにだしました。」

「それじゃあ、きのうロンドンに到着《とうちゃく》なさるとすぐに外出《がいしゅつ》して、ブーツを買《か》った、ということですね？」

「はでに買《か》い物《もの》をしました。こちらのモーティマー先生《せんせい》に案内《あんない》していただいて。ご承知《しょうち》のように、わたしはデボン州《しゅう》で地主《じぬし》となるのですから、ふさわしいかっこうをしなくてはなりません。アメリカ西部《せいぶ》で暮《く》らしているときは、身《み》なりにはほとんど、かまわなかったんですよ。いろいろ買《か》ったなかのひとつが、茶色《ちゃいろ》のブーツというわけです――六ドルも払《はら》いました。それが、足《あし》をとおしもしないうちに、盗《ぬす》まれてしまった。」

「盗《ぬす》んだところで、片方《かたほう》では、どうしようもないと思《おも》うんですがね。ぼくもモーティマー先生《せんせい》と同《おな》じ意見《いけん》です。なくなったブーツは、じきに見《み》つかりますよ。」

ホームズのことばのあとで、今度《こんど》は准男爵《じゅんだんしゃく》がきっぱりという。

「さて、みなさん、わたしはとるにたらないこととはいえ、じゅうぶんにはなしてしまったように思《おも》えます。そろそろ、お約束《やくそく》のとおり、われわれがなにを目《め》ざしているのか、説明《せつめい》してくださいませんか。」

「ごもっともです。ではモーティマー先生《せんせい》、ぼくたちにきかせてくださったあの話《はなし》を、あなたの口《くち》からもう一度《いちど》はなしていただくのが、いちばんだと思《おも》いますが。」

ホームズからうながされて、われらが友人《ゆうじん》の科学者《かがくしゃ》はポケットから書類《しょるい》をとりだし、その前日《ぜんじつ》の朝《あさ》のように、一部始終《いちぶしじゅう》を語《かた》った。

ヘンリー＝バスカビル卿《きょう》は、このうえない熱心《ねっしん》さで、ときおりおどろきの声《こえ》をあげながら、耳《みみ》をかたむけた。

「ふーむ、どうやらわたしは、復讐《ふくしゅう》というおまけのついた遺産《いさん》を受《う》けついだらしい。」

それが、長《なが》い物語《ものがたり》をききおえた感想《かんそう》だった。

「もちろん、もの心《ごころ》ついたころから、その犬《いぬ》のことはきいていました。一族《いちぞく》に代々伝《だいだいつた》わる、とっておきの話《はなし》です。これまで深刻《しんこく》に考《かんが》えたことはありませんでしたが。しかし、わたしの伯父《おじ》の死《し》にかたは――うーん、頭《あたま》が混乱《こんらん》しているようで、まだきちんと考《かんが》えられません。警察《けいさつ》があつかう事件《じけん》なのか、牧師《ぼくし》むきの事件《じけん》なのか、みなさんもはっきりとは決《き》めかねていらっしゃるようですね。」

「いかにもそのとおりです。」

「そこへ今度《こんど》は、ホテルにいるわたしへの、この手紙《てがみ》。話《はなし》のおさまりがいいですね。」

「あの沼地《ぬまち》でなにがおこっているのか、わたしたちよりもよく知《し》っている何者《なにもの》かがいる、ということのように思《おも》えます。」

と、モーティマー医師《いし》。ホームズがつづける。

「そしてまた、その何者《なにもの》かは、ヘンリー卿《きょう》に危険《きけん》を警告《けいこく》しているわけですから、悪意《あくい》を持《も》っているわけではない、と。」

「それとも、それなりの目的《もくてき》があって、わたしをおどして近《ちか》づけまいと思《おも》っているか。」

「ふむ、なるほど、それもありうる。大《おお》いに感謝《かんしゃ》しますよ、モーティマー先生《せんせい》、いくつもの、おもしろい解釈《かいしゃく》ができる問題《もんだい》を、ぼくのところに持《も》ちこんでくださって。しかし、現実《げんじつ》の問題《もんだい》として、とりあえず決《き》めなくてはならないことがあります。ヘンリー卿《きょう》、あなたがバスカビル館《やかた》にむかわれるのは、賢明《けんめい》なことかどうか、です。」

「なぜ、いかないほうがよいと?」

「危険《きけん》だと思《おも》われます。」

「一族《いちぞく》の呪《のろ》いが危険《きけん》だという意味《いみ》ですか? それとも、危険《きけん》な人間《にんげん》がいるという意味《いみ》ですか?」

「そう、それこそが、見《み》きわめなくてはならないことなのです。」

「どちらにしても、わたしの気持《きも》ちは決《き》まっています。地獄《じごく》の悪魔《あくま》などいませんよ、ホームズさん。そして、先祖代々《せんぞだいだい》が暮《く》らした、自分《じぶん》のふるさとにむかうわたしをじゃまだてできる人間《にんげん》も、この世《よ》にはいない。この先《さき》も、わたしの気持《き》ちはかわりません。」

そう語《かた》る卿《きょう》は、黒《くろ》い眉《まゆ》をよせ、日焼《ひや》けした顔《かお》をほてらせていた。そこに、バスカビル一族《いちぞく》の炎《ほのお》のような気性《きしょう》は絶《た》えることなく、この最後《さいご》のひとりのなかにも息《いき》づいているのが見《み》てとれた。

「それにしても、ここでうかがった話《はなし》をじっくり考《かんが》えてみるには、時間《じかん》がたりません。ひとりの人間《にんげん》が、よく理解《りかい》したうえでいっきに決断《けつだん》をくだすのは、たいへんなことです。ひとりでしずかに考《かんが》えて、決心《けっしん》したいものです。

そうだ、ホームズさん、いま十一時半《じはん》ですね。わたしはこれでホテルに引《ひ》きあげることにします。ワトソン博士《はかせ》とおふたりで、昼食《ちゅうしょく》におよりくださいませんか、二時《じ》に。そのころには、わたしの考《かんが》えを、もっとはっきりお伝《つた》えできるようになっているでしょう。」

「つごうはどうだい、ワトソン？」

「けっこうだとも。」

「では、うかがいましょう。馬車《ばしゃ》を呼《よ》びましょうか？」

「わたしは歩《ある》きたいのですが。頭《あたま》に血《ち》がのぼってしまいましたから。」

「わたしも、よろこんで歩《ある》くのにおつきあいします。」

モーティマー医師《いし》も、そう同意《どうい》するのだった。

「それでは、のちほどまた、二時《じ》に。それまで、ごきげんよう！」

すりぬけていく影《かげ》

ふたりの客《きゃく》の足音《あしおと》が階段《かいだん》をおりていき、玄関《げんかん》の扉《とびら》がしまる音《おと》がした。と、それまでものうげな夢想家《むそうか》だったホームズが、いきなり、行動派《こうどうは》に変身《へんしん》した。

「帽子《ぼうし》と靴《くつ》だ、ワトソン、すぐに！ ぐずぐずしちゃいられない！」

そういってガウン姿《すがた》で自分《じぶん》の部屋《へや》にとびこむと、あっというまに、フロックコート姿《すがた》になってもどってきた。ふたりで階段《かいだん》をかけおり、通《とお》りにでた。二百ヤード先《さき》に、オックスフォード街《がい》のほうへ歩《ある》いていくモーティマー医師《いし》とヘンリー＝バスカビル卿《きょう》の姿《すがた》が、まだ見《み》えている。

「走《はし》っていって、呼《よ》びとめようか？」

「とんでもない、ワトソン。きみがいやでなければ、ふたりのほうがいいよ。あのふたりは賢明《けんめい》だな、散歩《さんぽ》するにはうってつけの日《ひ》じゃないか。」

ホームズが足《あし》を速《はや》め、わたしたちと前《まえ》をいくふたりとのあいだが、半分《はんぶん》ほどにちぢまった。そのままふたりの百ヤード後《うし》ろから、オックスフォード街《がい》へ、そしてリージェント街《がい》へついていく。ふたりが足《あし》をとめてショーウインドーをのぞきこむと、ホームズも同《おな》じことをするのだった。

その直後《ちょくご》、ホームズがうれしそうに小《ちい》さく声《こえ》をあげた。そのするどい視線《しせん》の方向《ほうこう》をたどると、男《おとこ》をひとり乗《の》せた二輪《にりん》の辻馬車《つじばしゃ》が、とまっていた道《みち》のむかい側《がわ》を、いましもゆっくりと動《うご》きだすところだった。

「あいつだ、ワトソン！ いくぞ！ せめて、顔《かお》だけでもよく見《み》てやろう。」

まさにそのとき、馬車《ばしゃ》の側面《そくめん》の窓《まど》ごしに、もじゃもじゃの黒《くろ》いあごひげと、つき刺《さ》すようなふたつの目《め》が、くるりとこちらをむいた。見《み》るまに前方《ぜんぽう》のはねあげ戸《ど》がぱっとあいたかと思《おも》うと、御者《ぎょしゃ》に声《こえ》がとび、馬車《ばしゃ》はいきなりものすごいスピードで、リージェント街《がい》をかけぬけていった。

ホームズはひっしでべつの辻馬車《つじばしゃ》をつかまえようとしたが、空《から》の馬車《ばしゃ》が見《み》つからない。行《ゆ》きかう馬《ば》車《しゃ》のただなかを、すごいいきおいで走《はし》りだしたホームズだったが、出足《であし》のおくれはどうしようもなく、追《お》うべき馬車《ばしゃ》の姿《すがた》はすでになかった。

「しくじった！」

はきすてるようにそういって、あえぎながら、くやしさに顔色《かおいろ》も青《あお》ざめたホームズが、馬車《ばしゃ》の流《なが》れからぬけでてきた。

「なんという運《うん》のわるさだ。おまけに、なんという手《て》ぎわのわるさだろう？ ワトソン、きみがほんとうに正直《しょうじき》なら、ぼくの手柄話《てがらばなし》といっしょに、この失敗《しっぱい》も記録《きろく》しておいてくれたまえ！」

「だれだろう、あれは？」

「わからん。」

「スパイだろうか？」

「うーん、きいた話《はなし》からはっきりしているのは、ロンドンにきてからのバスカビル卿《きょう》に、だれかが影《かげ》のようにぴったりつきまとっているということだ。でなければ、ノーサンバーランド＝ホテルに泊《と》まることにしたと、あんなにすぐわかってしまうものか。初日《しょにち》にあとをつけられたんだとしたら、二日《ふつか》めにもあとをつけることだろう。

モーティマー医師《いし》が例《れい》の伝説《でんせつ》を読《よ》みあげていたとき、二度《ど》ぼくが窓《まど》のほうによっていったのを、きみは見《み》ていただろう。」

「うん、おぼえているよ。」

「通《とお》りをうろついているやつがいるんじゃないかと思《おも》ったんだが、見《み》あたらなかった。相手《あいて》は頭《あたま》のいいやつだよ、ワトソン。奥《おく》のふかい事件《じけん》だ。ぼくらに手《て》をのばしてきたのが、善意《ぜんい》の使《つか》いなのか悪意《あくい》の手先《てさき》なのか、まだはかりかねているんだが、そいつが力《ちから》と計画性《けいかくせい》をそなえているのはまちがいないね。あのふたりがでていって、すぐあとを追《お》ったのは、姿《すがた》を見《み》せずにつきまとっているやつを、つきとめたいと思《おも》ったからだ。

なんともわるがしこいやつだな。自分《じぶん》の足《あし》にたよらず、馬車《ばしゃ》を使《つか》うとはね。それなら、のろのろあとをついていくことも、そばを走《はし》りぬけることもできて、ふたりに気《き》づかれずにすむ。おまけに、ふたりが馬車《ばしゃ》に乗《の》った場合《ばあい》も、たちまちついていけるという強《つよ》みがある。

ただし、この方法《ほうほう》だと、ひとつ、明《あき》らかな弱点《じゃくてん》がある。」

「御者《ぎょしゃ》に弱《よわ》みをにぎられる。」

「そのとおりだ。」

「しまった、馬車番号《ばしゃばんごう》を見《み》なかった！」

「ワトソンくん、いくらへまをしたからって、このぼくが番号《ばんごう》のことをわすれると、まさか本気《ほんき》で考《かんが》えているわけじゃないだろうね？　二七〇四さ。しかし、番号《ばんごう》はさしあたり役《やく》にたたない。」

「それだけでも、上出来《じょうでき》じゃないか。」

「あの馬車《ばしゃ》に気《き》づいたら、すぐに向《む》きをかえて反対方向《はんたいほうこう》に歩《ある》くべきだった。それから馬車《ばしゃ》をつかまえて、そこそこあいだをあけて追《お》いかければよかったんだ。

いや、ノーサンバーランド＝ホテルへ先《さき》まわりしていれば、もっとよかった。ホテルにもどるバスカビル卿《きょう》のあとから、あの謎《なぞ》の男《おとこ》がやってきたところで、今度《こんど》はこっちがやつを追《お》って、行《ゆ》く先《さき》を見《み》とどけるチャンスだったのになあ。

ところが、いさみ足《あし》をふんで、相手《あいて》にしてやられた。見《み》あげたすばやさ、行動力《こうどうりょく》だよ。こっちはうっかり正体《しょうたい》をさらしてしまい、えものはとり逃《に》がしたってわけだ。」

そんなふうにはなしながら、わたしたちはリージェント街《がい》をゆっくりと歩《ある》いていった。モーテイマー医師《いし》たちの姿《すがた》は、とっくにわたしたちの前《まえ》から消《き》えていた。

「あのふたりをつけていっても、もうしかたがない。あの影《かげ》ははなれていって、もどってきやしないさ。ほかの手《て》を打《う》つことを考《かんが》えて、さらなる勝負《しょうぶ》にでなくては。

馬車《ばしゃ》のなかの顔《かお》を、しっかり見《み》たかい？」

「しっかり見《み》えたのは、あごひげだけだ。」

「ぼくもさ――どう見《み》てもあれはつけひげだと思《おも》うね。あれだけ手《て》のこんだことをする、頭《あたま》のいいやつだ。ひげは顔《かお》をかくすためだけに、使《つか》ったのさ。

おっと、ここだ、ワトソン！」

ホームズがこの地区《ちく》のメッセンジャー事務所《じむしょ》（手紙《てがみ》やことづけを、依頼《いらい》された先《さき》に届《とど》ける仕事《しごと》をする会社《かいしゃ》）にはいっていくと、支配人《しはいにん》が愛想《あいそ》よくむかえた。

「やあ、ウィルソンさん、いつぞやは、ちょっとした事件《じけん》で、さいわいにもお役《やく》にたてたが、おぼえていてくれたみたいだね？」

「もちろんです、わすれもしません。わたしの立場《たちば》が、いや、ひょっとしたら命《いのち》がなくなるところを、救《すく》っていただいたのですから。」

「そんなおおげさな。ちょっと思《おも》いだしたんだがね、ウィルソンさん、きみのところにカートライトという少年《しょうねん》がいたはずだが。ほら、あのときに、なかなかよくやってくれた。」

「はい、いまもおりますよ。」

「呼《よ》んでもらえるかな？　――ありがたい！　それから、この五ポンド札《さつ》（イギリスのお金《かね》の単位《たんい》。この当時《とうじ》の一ポンドは現在《げんざい》の日本《にほん》円《えん》にして約《やく》二万円《まんえん》）を、くずしてもらえるとうれしいんだが。」

十四歳《さい》くらいの、まじめでりこうそうな顔《かお》をした少年《しょうねん》が、支配人《しはいにん》の呼《よ》びだしにこたえて、あらわれた。名《な》高《だか》い探偵《たんてい》を、ありったけの尊敬《そんけい》をこめたまなざしで見《み》あげる。

「ホテル案内《あんない》を持《も》ってきてもらえるかな。」

そうホームズがきりだした。

「ありがとう！　さて、カートライト、ここにある二十三のホテルだが、どれもみな、チャリング＝クロス付近《ふきん》にある。そうだな？」

「はい。」

「一軒《けん》ずつまわってほしい。」

「わかりました。」

「ホテルにいったら、外《そと》にいる玄関《げんかん》のボーイに一シリング（当時《とうじ》イギリスでもちいられたお金《かね》の単位《たんい》。一シリングは、一ポンドの二十分《ぶん》の一）にぎらせるんだ。これが、そのぶんの二十三シリング。」

「はい。」

「それから、きのうのごみを調《しら》べさせてほしいとたのむんだ。だいじな電報《でんぽう》を、まちがって配達《はいたつ》してしまったんで、それを探《さが》しているといえばいい。わかったかい？」

「わかりました。」

「だが、ほんとうに探《さが》すのは、はさみで切《き》りぬいた穴《あな》があいている、『タイムズ』の真《ま》ん中《なか》のページだ。『タイムズ』というのは、こういう新聞《しんぶん》だよ。探《さが》してほしいのは、このページだ。すぐにわかるだろう？」

「はい。」

「どのホテルでも、外《そと》にいるボーイが、ホールの係《かかり》のところへいけというだろうから、ホールの係《かかり》にも一シリングわたすんだよ。ほら、そのぶんの二十三シリングだ。

二十三のうちの二十くらいは、きのうのごみは、もう燃《も》やしてしまったとか処分《しょぶん》したとか、ことわられてしまうかもしれない。だが三軒《げん》くらいは、紙《かみ》くずの山《やま》を見《み》せてくれるだろうから、そこで『タイムズ』のこのページを探《さが》せばいい。

あいにく、見《み》つかる確率《かくりつ》はすごく低《ひく》いぞ。なにかあったときのために、十シリングよけいにわたしておく。報告《ほうこく》を、夕《ゆう》がたまでにベーカー街《がい》に電報《でんぽう》でたのむよ。

さあて、ワトソン、あとぼくらがすべきことは、二七〇四号馬車《ごうばしゃ》の御者《ぎょしゃ》がだれなのか、電報《でんぽう》で問《と》い合《あ》わせることだけだ。ボンド街《がい》のどこか画廊《がろう》でものぞいて、約束《やくそく》どおりホテルに着《つ》けるていどに、時間《じかん》をつぶそうか。」

第《だい》五章《しょう》　手《て》ごわい相手《あいて》

ホテルでの騒《さわ》ぎ

シャーロック＝ホームズは、自分《じぶん》の意志《いし》で気分《きぶん》を切《き》りかえることができる。それは、おどろくほどみごとな能力《のうりょく》だ。その後《ご》二時間《じかん》というもの、かれはわたしたちが巻《ま》きこまれたふしぎな事件《じけん》をきれいさっぱりわすれ、近代《きんだい》ベルギー派《は》の巨匠《きょしょう》たちの絵画《かいが》にすっかり没頭《ぼっとう》していた。

画廊《がろう》をあとにしてからも、ノーサンバーランド＝ホテルに着《つ》くまでずっと、かれの話題《わだい》は、きちんとした知識《ちしき》もないくせに、美術《びじゅつ》のことばかりだった。

「ヘンリー＝バスカビル卿《きょう》は、二階《かい》でお待《ま》ちでございます。お見《み》えになりしだい、ご案内《あんない》するようにと、うけたまわっております。」

そういうホテルの受付係《うけつけがかり》に、ホームズがたずねる。

「宿泊者《しゅくはくしゃ》　名簿《めいぼ》を拝見《はいけん》できませんか？」

「かまいませんよ、どうぞ。」

名簿《めいぼ》のバスカビルの名前《なまえ》のあとには、ふた組《くみ》の宿泊客《しゅくはくきゃく》がくわわっていた。ニューカッスルのシオフィラス＝ジョンソン一家《いっか》と、オールトンのハイ＝ロッジに住《す》むオールドモア夫人《ふじん》とそのメイドだ。

「昔《むかし》つきあいのあったジョンソンだ。」

そういいながら、ホームズは受付係《うけつけがかり》にきく。

「弁護士《べんごし》のジョンソンでしょう、白髪《はくはつ》で、ちょっと足《あし》がわるい？」

「いいえ、この方《かた》は炭鉱主《たんこうぬし》のジョンソンさまでございます。お客《きゃく》さまとお年《とし》のあまりちがわない、たいへんお元気《げんき》な紳士《しんし》でいらっしゃいますよ。」

「職業《しょくぎょう》を勘《かん》ちがいしてるんじゃないかな？」

「とんでもございません。もう長年《ながねん》おなじみのお客《きゃく》さまで、わたくしども、よく存《ぞん》じあげている方《かた》ですから。」

「ふーん、じゃあ、たしかだな。オールドモア夫人《ふじん》の名前《なまえ》にも、おぼえがある。あれこれきくようで気《き》がひけるが、友人《ゆうじん》を訪《たず》ねていって、べつの友人《ゆうじん》にも出会《であ》うってことがよくあるものだから。」

「体《からだ》の不自由《ふじゆう》なご婦人《ふじん》でいらっしゃいますが。もとグロスター市長《しちょう》の奥《おく》さまです。ロンドンにおこしのせつはいつも、当《とう》ホテルをご利用《りよう》いただいております。」

「そうか、ありがとう。どうやら、知《し》りあいではないようだ。」

ふたりで階段《かいだん》をのぼるとき、ホームズは小声《こごえ》で話《はなし》をつづけた。

「いまの質問《しつもん》で、ひじょうに重要《じゅうよう》なことがはっきりわかったよ、ワトソン。われらが友人《ゆうじん》に、ひじょうに関心《かんしん》をよせている者《もの》は、このホテルには泊《と》まっていないという事実《じじつ》だ。つまり、ぼくらも見《み》たとおり、しつこく見張《みは》る一方《いっぽう》で、むこうは絶対《ぜったい》に姿《すがた》を見《み》せたくないわけだよ。さあ、こいつは、すごく意味《いみ》ぶかい事実《じじつ》だぞ。」

「どんな意味《いみ》をふくむんだい？」

「どんなって——おや、いったいどうしたっていうんです？」

階段《かいだん》をのぼりきったところで、わたしたちはヘンリー＝バスカビル卿《きょう》本人《ほんにん》と、はちあわせした。怒《いか》りに顔《かお》を赤《あか》らめ、古《ふる》ぼけてよごれたブーツを片方《かたほう》、手《て》にしている。腹《はら》だちのあまり、ろくに口《くち》もきけずにいた卿《きょう》が、やっとしゃべったと思《おも》ったら、今朝《けさ》の会話《かいわ》ではかけらもでてこなかった、ろこつなアメリカ西部《せいぶ》なまりがとびだした。

「このホテルのやつら、おれをおちょくりやがって。たいがいにしねえと、ちょっかいをだす相手《あいて》をまちがえたってことになるぜ。まったく、あいつめ、なくなったブーツを捜《さが》せなかったら、ただじゃおかねえ。

おれはこれでも、冗談《じょうだん》のつうじないほうじゃないんですがね、ホームズさん、今度《こんど》ばかりはあんまりだ。」

「まだブーツを捜《さが》していらっしゃるんですか？」

「ええ、見《み》つけずにおくものですか。」

「しかし、たしか、新品《しんぴん》の茶色《ちゃいろ》いブーツとおっしゃっていませんでしたか？」

「きのうはそうでした。そして今度《こんど》は、はき古《ふる》した黒《くろ》いブーツです。」

「ええっ！　まさか。」

「そのまさかです。わたしは三足《ぞく》しか持《も》っていないんです——買《か》ったばかりの茶色《ちゃいろ》いのと、古《ふる》い黒《くろ》いのと、いまはいているこのエナメルの靴《くつ》、それだけ。ゆうべ、茶色《ちゃいろ》のかたっぽをとられたと思《おも》ったら、きょうは黒《くろ》のかたっぽがちょろまかされた。」

そこへ、ドイツ人《じん》のボーイが、おどおどしたようすであらわれた。

「ああ、あったのか？　なんとかいったらどうだ、おい、つっ立《た》ってないで！」

「まだでございます。ホテルじゅうに問《と》い合《あ》わせましたが、手《て》ごたえがございませんで。」

「うーん、日《ひ》が暮《く》れるまでにあのブーツがもどってこなけりゃ、支配人《しはいにん》のところにいって、その場《ば》でこのホテルを引《ひ》きはらう話《はなし》をつけるからな。」

「きっと見《み》つけます——しばらくごしんぼういただければ、きっと見《み》つけると、お約束《やくそく》いたします。」

「その約束《やくそく》をわすれないでもらおう。こんなどろぼうの巣《す》で、よりによって靴《くつ》なんかとられてたまるか。

なんともはやホームズさん、失礼《しつれい》いたしました。こんなつまらないことで、お騒《さわ》がせを――。」

「いいえ、大騒《おおさわ》ぎすべきことだと、思《おも》いますよ。」

「なぜ、重大《じゅうだい》なことだとおっしゃるんですか？」

「あなたは、どうお考《かんが》えなのですか？」

「まったく、わけがわかりませんよ。こんな奇妙《きみょう》きわまりないことは、はじめてです。」

「たしかに、奇妙《きみょう》ですね。」

ホームズは考《かんが》えこんでいた。

「ホームズさんは、どう思《おも》われるんですか？」

「まだ、はっきりとはわからないんですよ。今回《こんかい》の一件《いっけん》は、ひじょうにこみいっていますね、ヘンリー卿《きょう》。伯父上《おじうえ》の亡《な》くなったいきさつといい、ぼくがこれまでに手《て》がけた五百ほどの重大事件《じゅうだいじけん》のなかにも、これほど奥《おく》のふかい事件《じけん》がひとつでもあったかどうか。

しかし、いくつかは糸口《いとぐち》をつかんでいますから、そのどこかから真相《しんそう》にたどりつけるでしょう。まちがった糸《いと》をたぐって、むだな寄《よ》り道《みち》をすることがあるかもしれませんが、いずれは正《ただ》しい糸《いと》を引《ひ》けるはずです。」

ことのなりゆき、、、

わたしたちはたのしく食事《しょくじ》をともにし、こうして四人《にん》をむすびつけることになった事件《じけん》は、ほとんど話題《わだい》にしなかった。ホームズがヘンリー卿《きょう》にこれからどうするつもりなのかたずねたのは、食後《しょくご》、個室《こしつ》になっている居間《いま》に席《せき》をうつしてからだった。

「バスカビル館《やかた》にいきます。」

「それは、いつ？」

「今週末《こんしゅうまつ》に。」

「だいたいのところ、そのご決断《けつだん》は賢明《けんめい》だと思《おも》います。ロンドンで、あなたは尾行《びこう》されているということ、じゅうぶんすぎる証拠《しょうこ》があります。人《ひと》がひしめきあっているこの都会《とかい》で、尾行《びこう》しているのが何者《なにもの》なのか、あるいはなにがねらいなのかをつきとめるのは、たやすいことではありません。わるいことをたくらんでいるのなら、あなたに危害《きがい》をくわえるかもしれない。ぼくらは、それをふせぎきれないでしょう。

ご存《ぞん》じでしたか、モーティマー先生《せんせい》、きょう、ぼくのところからの帰《かえ》りに、おふたりがあとをつけられていたことを。」

モーティマー医師《いし》の顔色《かおいろ》がかわった。

「つけられていた！　だれにです？」

「ざんねんながら、それはわかりませんでした。ダートムアのご近所《きんじょ》の方《かた》や知《し》りあいのなかで、たっぷりとした黒《くろ》いあごひげの男性《だんせい》に、お心《こころ》あたりはありませんか？」

「いませんね――いや、ちょっと待《ま》てよ――そうだ、いました。バリモアです、チャールズ卿《きょう》の執事《しつじ》の。たっぷりと黒《くろ》いあごひげをはやしています。」

「ほう！　バリモアはいま、どこに？」

「館《やかた》のるすをまもっています。」

「いまほんとうに館《やかた》にいるか、それとも、万《まん》が一《いち》にもロンドンにいたりしないか、たしかめなくてはなりませんね。」

「どうやってたしかめるんです？」

「電報《でんぽう》の用紙《ようし》をいただけますか。

『ヘンリー卿《きょう》をむかえる準備《じゅんび》は万全《ばんぜん》か？』

これでいいでしょう。あて名《な》は、バスカビル館《やかた》、バリモアどの、だな。

近《ちか》くの電報配達局《でんぽうはいたつきょく》は？　グリンペンですね。けっこう、もう一通《つう》、グリンペンの配達局長《はいたつきょくちょう》にあてて電報《でんぽう》を打《う》ちましょう。

『バリモア氏《し》あての電報《でんぽう》を、本人《ほんにん》に手《て》わたしされたし。不在《ふざい》の場合《ばあい》、ノーサンバーランド＝ホテルのヘンリー＝バスカビル卿《きょう》に返信《へんしん》をねがう。』

これでバリモアがデボン州《しゅう》で持《も》ち場《ば》をはなれていないかどうか、夕《ゆう》がたまでにはわかります。」

ヘンリー卿《きょう》が口《くち》をひらく。

「なるほどね。ところで、モーティマー先生《せんせい》、そのバリモアというのは、いったいどんな男《おとこ》なんです？」

「亡《な》くなった父親《ちちおや》のあとを引《ひ》きついでつかえている、管理人《かんりにん》です。あの館《やかた》の世話《せわ》をするのが、かれでもう四代《だい》めになります。わたしの知《し》っているかぎりでは、かれと奥《おく》さんは、あの地方《ちほう》のだれにもおとらず、きちんとした夫婦《ふうふ》ですよ。」

「それと同時《どうじ》にはっきりしているのは、わが一族《いちぞく》のだれかが、あの館《やかた》にいないかぎり、その夫婦《ふうふ》はこれといった仕事《しごと》をする必要《ひつよう》もなく、らくな暮《く》らしができるということですな。」

と、ヘンリー卿《きょう》。

「それはそうですね。」

「バリモアは、チャールズ卿《きょう》の遺言《ゆいごん》により、なにかもらったんでしょうか？」

ホームズが質問《しつもん》した。

「夫婦《ふうふ》それぞれが、五百ポンドずつです。」

「ほう！　それがもらえることを、前《まえ》から知《し》っていたんでしょうか？」

「ええ。チャールズ卿《きょう》は、ご自分《じぶん》の遺言《ゆいごん》についてはなすのが、お好《す》きでしたから。」

「じつに興味《きょうみ》ぶかいですね。」

「チャールズ卿《きょう》から遺産分《いさんわ》けされた者《もの》に、いちいち疑《うたが》いの目《め》をむけられては、こまりますな。わたしだって、千ポンドをもらったんですから。」

と、モーティマー医師《いし》がいった。

「そうなんですか！　遺産《いさん》をもらったひとは、ほかにも？」

「びっくりするような金額《きんがく》ではありませんが、複数《ふくすう》の個人《こじん》、多数《たすう》の慈善団体《じぜんだんたい》に、遺産《いさん》が分配《ぶんぱい》されました。のこりは、すべてヘンリー卿《きょう》にわたりました。」

「のこりというのは、どのくらいの金額《きんがく》ですか？」

「七十四万《まん》ポンドです。」

ホームズが、おどろいて眉《まゆ》をつりあげた。

「それほどの大金《たいきん》がからんでいるとは、想像《そうぞう》もしていませんでした。」

「チャールズ卿《きょう》は、お金持《かねも》ちだとうわさされていましたけれども、どんなにたくさんのお金《かね》があったのかがわかったのは、あの方《かた》の証券類《しょうけんるい》を調《しら》べることになってからなのです。全部《ぜんぶ》で百万《まん》ポンドちかくになりました。」

「おどろいた！　命《いのち》がけでも手《て》にいれたくなる金額《きんがく》だな。もうひとつ教《おし》えてください、モーティマー先生《せんせい》。こちらの若《わか》い方《かた》に万一《まんいち》のことがあった場合《ばあい》――不愉快《ふゆかい》な仮定《かてい》を持《も》ちだして、恐縮《きょうしゅく》ですが――財産《ざいさん》はどなたが受《う》けつぐことに？」

「チャールズ卿《きょう》のいちばん下《した》の弟《おとうと》のロジャー＝バスカビルは、結婚《けっこん》しないまま亡《な》くなりましたから、遠縁《とおえん》にあたるいとこの、デズモンド家《け》でつぐことになるでしょうね。ジェームズ＝デズモンドという、ウエストモアランド州《しゅう》で牧師《ぼくし》をなさっている、年配《ねんぱい》の方《かた》がいらっしゃいます。」

「ありがとうございます。くわしくうかがうほどに、たいへん興味《きょうみ》ぶかい。ジェームズ＝デズモンドさんに、会《あ》ったことはおありですか？」

「ええ。チャールズ卿《きょう》を訪《たず》ねてこられたことがありました。りっぱなごようすの、聖職者《せいしょくしゃ》らしい方《かた》でしたよ。チャールズ卿《きょう》がぜひに、とおっしゃるのに、遺言《ゆいごん》による財産《ざいさん》の贈与《ぞうよ》をいっさいおことわりになったのを、おぼえています。」

「質素《しっそ》を好《この》まれるその方《かた》が、チャールズ卿《きょう》の巨万《きょまん》の富《とみ》を受《う》けつぐことになるんですね。」

「不動産《ふどうさん》は受《う》けつぐことになるでしょう、不動産《ふどうさん》の相続《そうぞく》は直系《ちょっけい》の血縁《けつえん》にかぎることと、決《き》められていますから。お金《かね》も、現時点《げんじてん》での所有者《しょゆうしゃ》がべつの遺言《ゆいごん》をのこさないかぎり、あの方《かた》が受《う》けつぐことになります。もちろん、いまの所有者《しょゆうしゃ》は、いかようにも自由《じゆう》にできるわけですが。」

「遺言《ゆいごん》をもう用意《ようい》していらっしゃいますか、ヘンリー卿《きょう》？」

「いいえ、ホームズさん、まさか。そんな時間《じかん》はありませんでしたよ。なにせ、事情《じじょう》を知《し》ったのは、ついきのうのことなんですから。

しかし、とにかく、お金《かね》は、爵位《しゃくい》や不動産《ふどうさん》といっしょにしておくべきだという気《き》はします。亡《な》くなった伯父《おじ》の考《かんが》えでもありますし。所有者《しょゆうしゃ》が、あの不動産《ふどうさん》を維持《いじ》できるだけのお金《かね》がなければ、バスカビル家《け》の再興《さいこう》もなにもないでしょう？　館《やかた》と土地《とち》とお金《かね》、この三つは切《き》りはなして考《かんが》えられません。」

「おっしゃるとおりです。さて、ヘンリー卿《きょう》、ぐずぐずしていないでデボン州《しゅう》へむかうのがよかろうということについては、ぼくもあなたと同《おな》じ意見《いけん》です。ただし、ひとつだけ条件《じょうけん》をつけなくてはなりません。絶対《ぜったい》に、おひとりでいってはなりません。」

「モーティマー先生《せんせい》も、いっしょにお帰《かえ》りになるんですよ。」

「それでも、モーティマー先生《せんせい》には仕事《しごと》がおありだし、お住《す》まいは何《なん》マイルもはなれている。どんなにそのお気持《きも》ちがあろうとも、あなたを助《たす》けることができないかもしれません。いけません、ヘンリー卿《きょう》、だれかをおつれにならなければ……信頼《しんらい》のおける、いつもそばについていられる人間《にんげん》を。」

「あなたご自身《じしん》がきてくださることは可能《かのう》ですか、ホームズさん？」

「よほどの危機《きき》がせまったとなれば、なんとしてもぼく自身《じしん》がその場《ば》にいられるようにします。

しかし、おわかりいただけるでしょう、仕事《しごと》がぎっしり、あちらからもこちらからも依頼《いらい》がはいっていて、期限《きげん》なしにロンドンをはなれることは不可能《ふかのう》なのです。

まさにいまも、イギリスでもっとも尊敬《そんけい》される方《かた》が、脅喝者《きょうかつしゃ》に名前《なまえ》をけがされようとしています。とりかえしのつかないスキャンダルをふせぐことのできるのは、このぼくしかいないのです。そういうわけで、ぼくがダートムアにいくのはむりですね。」

「では、どなたにたのめばよろしいでしょう?」

ホームズの手《て》が、わたしの腕《うで》をつかむ。

「もしもぼくの友人《ゆうじん》が引《ひ》きうけてくれれば、あなたが進退《しんたい》きわまったときに、これほど心強《こころづよ》い味方《みかた》になる人物《じんぶつ》はいません。このぼくが、これ以上《いじょう》はないと保証《ほしょう》をします。」

この提案《ていあん》に、わたしはすっかり不意《ふい》打《う》ちをくらった。しかし、答《こた》えるひまもなく、ヘンリー卿《きょう》がわたしの手《て》をとって、ぐっとにぎりしめるではないか。

「なんとも、ほんとうにありがたい、ワトソン先生《せんせい》。あなたならわたしの立場《たちば》をわかっていてくださるし、事情《じじょう》もわたしにおとらず、よくご存《ぞん》じだ。あなたがバスカビル館《やかた》にきてくださり、わたしを見《み》まもっていてくださるなら、そのご恩《おん》は一生《いっしょう》わすれません。」

それでなくともわたしは、冒険《ぼうけん》の予《よ》感《かん》にはいつもわくわくしてしまうのだが、そこへもってきて、ホームズからはうれしいことば、準《じゅん》男爵《だんしゃく》からはいっしょにきてほしいという熱心《ねっしん》な誘《さそ》いだ。

「まいりましょう、よろこんで。これ以上《いじょう》に有益《ゆうえき》な時間《じかん》の使《つか》いかたはないでしょう。」

わたしはそう答《こた》えていた。ホームズが、それを受《う》けていう。

「こまめに報告《ほうこく》をしてくれよ。きっと危険《きけん》なことがあるだろうから、そうなりそうなときは、どうすればよいか指示《しじ》をだすよ。土曜日《どようび》までには、用意《ようい》がととのうだろう？」

「いかがでしょう、ワトソン先生《せんせい》？」

「だいじょうぶですとも。」

「それでは、土曜日《どようび》に。こちらからとくに連絡《れんらく》しないかぎり、パディントン発《はつ》十時《じ》三十分《ぷん》の列車《れっしゃ》で、お目《め》にかかりましょう。」

手《て》づまり

みなが席《せき》を立《た》って、部屋《へや》をでようとしたときだった。バスカビル卿《きょう》が勝《か》ちほこったような声《こえ》をあげて、部屋《へや》のかたすみにすっとんでいったかと思《おも》うと、戸《と》だなの下《した》から、まだ新《あたら》しい茶色《ちゃいろ》いブーツを引《ひ》っぱりだした。

「なくなったブーツだ！」

それを見《み》て、ホームズがいう。

「ぼくらがかかえている難問《なんもん》も、みんなこんなふうにすんなりかたづいてほしいものですね。」

「それにしても、なんておかしなことだろう。わたしは、昼食《ちゅうしょく》の前《まえ》に、この部屋《へや》のすみからすみまで調《しら》べたんですよ。」

そういうモーティマー医師《いし》のことばに、バスカビル卿《きょう》もあいづちを打《う》つ。

「わたしも調《しら》べましたよ。くまなく。」

「そのときは、どこにも見《み》あたらなかったのに。」

「それならば、ボーイが、わたしたちの食事中《しょくじちゅう》においていってくれたんでしょうよ。」

あのドイツ人《じん》のボーイが呼《よ》ばれたが、そのてんまつはなにも知《し》らないといい、あれこれ調《しら》べてみても、さっぱりわからないままだった。つぎつぎとおこる、どれもが意味不明《いみふめい》の小《ちい》さな謎《なぞ》。その一連《いちれん》の謎《なぞ》に、これでまたひとつがくわわったことになる。

チャールズ卿《きょう》の死《し》にまつわる不気味《ぶきみ》な物語《ものがたり》をべつにしても、わずか二日間《ふつかかん》のうちに、わたしたちのまわりで、たてつづけに、ふしぎな出来事《できごと》があった。活字《かつじ》を切《き》りばりした手紙《てがみ》、辻馬車《つじばしゃ》の黒《くろ》ひげ男《おとこ》、消《き》えた新品《しんぴん》の茶色《ちゃいろ》いブーツ、つづいて消《き》えた、はき古《ふる》しの黒《くろ》いブーツ、そして今度《こんど》は、もどってきた新品《しんぴん》の茶色《ちゃいろ》いブーツ。

ベーカー街《がい》にもどる馬車《ばしゃ》のなかで、ホームズはひとことも口《くち》をきかなかった。眉《まゆ》をよせてきびしい表情《ひょうじょう》になっているところからして、わたしも内心《ないしん》はそうだったが、かれもまた、一見《いっけん》つながりのなさそうな奇妙《きみょう》な出来事《できごと》が、どうすれば全部《ぜんぶ》ぴったり、おさまるべきところにおさまるのか、ひっしに考《かん》えているのだった。

午後《ごご》いっぱい、そして夕《ゆう》がたまで、ホームズはたばこの煙《けむり》と考《かん》えごとに、どっぷりつかっていた。

まもなく夕食《ゆうしょく》というころ、電報《でんぽう》が二通届《つうとど》いた。まず一通《つう》は、つぎのようなものだった。

バリモアは館《やかた》にありとのこと。　　バスカビル

そして二通《つう》め。

指示《しじ》どおり二十三ホテルをまわるも、ざんねんながら切《き》りぬきあとの『タイムズ』発見《はっけん》できず。　　カートライト

「二本《ほん》とも、糸《いと》が切《き》れてしまったよ、ワトソン。思《おも》うようにいかないことだらけの事件《じけん》ほど、やる気《き》をかきたてられるものはない。またべつの手《て》がかりをたぐらなくちゃ。」

「まだ、あの男《おとこ》を乗《の》せた馬車《ばしゃ》の、御者《ぎょしゃ》がのこっているじゃないか。」

「そうだな。登録局《とうろくきょく》に、名前《なまえ》と住所《じゅうしょ》を問《と》い合《あ》わせる電報《でんぽう》が打《う》ってあるんだった。どうやら、いまのは、その返事《へんじ》がきたんじゃないかな。」

ところが、玄関《げんかん》の呼《よ》び鈴《りん》が鳴《な》ったのは、電報《でんぽう》の返電《へんでん》どころか、もっとありがたいものの訪《おとず》れだった。扉《とびら》があいてはいってきた、あまり品《ひん》のよくない男《おとこ》は、まさしくその御者本人《ぎょしゃほんにん》ではないか。

「本社《ほんしゃ》から、こちらのだんなが二七〇四号《ごう》をお捜《さが》しだときいてね。あたしは馬車《ばしゃ》を走《はし》らせて七年《ねん》、いまだかつて苦情《くじょう》をいただいちまったことなぞありゃしません。どんな文句《もんく》がおありなのか、じかにうかがおうと、馬車《ばしゃ》のたまり場《ば》からまっすぐまいりやしたぜ。」

「苦情《くじょう》なんてとんでもないよ、きみ。その逆《ぎゃく》で、質問《しつもん》にはっきり答《こた》えてもらえるなら、半《はん》ソブリン（二分《ぶん》の一ポンド）さしあげようじゃないか。」

御者《ぎょしゃ》が、にやりとした。

「ふーん、きょうはやけについてやがる、いや、まったくです。ところで、なにをおききになりたいんで？」

「とにかく、名前《なまえ》と住所《じゅうしょ》をたのむよ、またたのみができたときのために。」

「ジョン＝クレイトン。バラ区《く》のターピー街《がい》三番地《ばんち》。馬車《ばしゃ》のほうは、ウォータールー駅《えき》そばの、シプリーのたまり場《ば》でさ。」

ホームズは、それをメモした。

「さて、クレイトンくん、今朝《けさ》十時《じ》にこの家《いえ》を見張《みは》りにきて、そのあとはリージェント街《がい》で紳士《しんし》ふたりのあとをつけていった、あの客《きゃく》のことを、あらいざらいはなしてもらおうか。」

男《おとこ》はびっくりしたようすで、すこしまごついていた。

「ひゃあ、こっちからはなすことなんかないね、あたしの知《し》ってることぐらいは、とっくにお見《み》とおしのようじゃありませんか。じつんとこ、あのお客《きゃく》は探偵《たんてい》だそうで、あのひとのことはだれにも、ひとこともしゃべっちゃなんねえって、いわれてまして。」

「いいかい、きみ、こいつはきわめて重大《じゅうだい》なことなんだ。ちょっとでもかくしごとをしようとすれば、こまったことになるのはきみのほうだよ。客《きゃく》が、自分《じぶん》は探偵《たんてい》だといったんだな?」

「そうです。」

「それはいつのことだ?」

「馬車《ばしゃ》をおりるときに。」

「ほかにもなにかいったかい?」

「名前《なまえ》をね。」

ホームズが、得意《とくい》げにわたしをちらりと見《み》た。

「へえ、名《な》のったのか？　あつかましくも。なんて名《な》のった？」

「シャーロック＝ホームズ、と。」

御者《ぎょしゃ》のこの返事《へんじ》くらい、みごとな不意《ふい》打《う》ちをホームズにくらわせたのを、わたしは見《み》たことがない。ホームズはこれをきいたとたん、あぜんとして、ことばをうしなった。つづいて、はじかれたように、腹《はら》の底《そこ》から声《こえ》をあげて笑《わら》うのだった。

「みごとな突《つ》きだ、ワトソン——文句《もんく》なしに、一本《いっぽん》とられた！　ぼくのフェンシングにひけをとらない、すばやい、しなやかな剣《けん》さばきの手《て》ごたえありだ。今度《こんど》ばかりは、なかなか痛《いた》いところを突《つ》かれたよ。そうか、そいつの名前《なまえ》はシャーロック＝ホームズだって？」

「はあ、あのお客《きゃく》はそういいましたぜ。」

「たまらないね！　どこでその客《きゃく》をひろったのか、どんなことがあったのかも、全部《ぜんぶ》きかせてくれないか。」

「九時半《じはん》ごろ、トラファルガー広場《ひろば》で呼《よ》びとめられましてね。自分《じぶん》は探偵《たんてい》で、きょう一日《いちにち》、ちゃんというとおり動《うご》いて、なにもきかずにいたら、二ギニー（イギリスで昔《むかし》、使《つか》われた金貨《きんか》。一ギニーは二十一シリング）払《はら》うってんですよ。よろこんで話《はなし》にのりましたよ。

まずはノーサンバーランド＝ホテルにむかって、そこで待《ま》ってたところへ、ふたりだんながあらわれて、客待《きゃくま》ちの馬車《ばしゃ》に乗《の》った。その馬車《ばしゃ》のあとをついてって、このあたりで馬車《ばしゃ》をとめました。」

「家《いえ》のすぐ前《まえ》だろう。」

「うーん、そいつはあんまりはっきりしねえが、あのお客《きゃく》はよっくこころえてたようだったなあ。通《とお》りのなかばで馬車《ばしゃ》をとめて、一時間半《じかんはん》も待《ま》ってましたかね。そのうち例《れい》のだんなふたりが、歩《ある》いてとおりすぎてったもんで、そのあとを追《お》っかけて、ベーカー街《がい》から——。」

「知《し》っている。」

「リージェント街《がい》を四分《ぶん》の三ぐらいまでいきました。そしたら、お客《きゃく》がはねあげ戸《ど》をさっとあけてね、すぐに全速力《ぜんそくりょく》でウォータールー駅《えき》にやれってわめくじゃありませんか。馬《うま》にむちをくれて、十分《ぷん》とかけずに駅《えき》でさ。

お客《きゃく》は、気前《きまえ》よく二ギニーくれて、駅《えき》にはいってった。ただ、馬車《ばしゃ》をおりていっちまおうっていうときになって、ふりむいていったのが、『おまえの乗《の》せた客《きゃく》はシャーロック＝ホームズという名《な》だとおぼえておけば、きっとおもしろいことがあるぞ。』ですと。そういうわけで、名前《なまえ》がわかったんですがね。」

「そうか。姿《すがた》を見《み》たのは、それっきりか？」

「駅《えき》にはいっていくのを見《み》たのが、最後《さいご》ですね。」

「で、そのシャーロック＝ホームズさんは、どんな人物《じんぶつ》だい？」

御者《ぎょしゃ》は頭《あたま》をかいた。

「うーん、すぐにどうとは、いいにくいひとだったからなあ。年《とし》のころは四十ぐらいかね。背《せ》たけはそこそこで、だんな、あんたよか二、三インチ低《ひく》かったよ。気《き》どった身《み》なりで、黒《くろ》いあごひげがあって、ひげの先《さき》を四角《しかく》く刈《か》りこんでた。顔色《かおいろ》はなまっちろい。それっくらいかなあ、思《おも》いだせるのは。」

「目《め》の色《いろ》はどうだ？」

「さあ、どうだったか。」

「もっと思《おも》いだせることはないか？」

「だめだ、思《おも》いだせねえ。」

「しかたがない、じゃあ、ほら、半《はん》ソブリンだ。もっと思《おも》いだして知《し》らせてくれたら、もう半《はん》ソブリンはずむぞ。帰《かえ》っていいぞ！」

「では、これで。ありがたや！」

ほくほく顔《がお》のジョン＝クレイトンが引《ひ》きあげ、ホームズはわたしにむかって肩《かた》をすくめてみせ、にが笑《わら》いするのだった。

「第《だい》三の糸《いと》も、ぷつり、だ。ふりだしにもどる、だな。

憎《にく》たらしいほどのわるがしこさだな！　ここの番地《ばんち》も知《し》っていたし、ヘンリー卿《きょう》がぼくに相談《そうだん》しにきたこともお見《み》とおしだったし、リージェント街《がい》ではぼくの姿《すがた》を見《み》ぬき、馬車《ばしゃ》の番号《ばんごう》から御《ぎょ》者《しゃ》に手《て》がまわるだろうとふんで、あんなだいたんなあいさつをしてくるとはね。

ねえ、ワトソン、今回《こんかい》の敵《てき》は、相手《あいて》にとって不足《ふそく》のないやつだよ。ロンドンでは、ぼくが王手《おうて》をとられた。デボン州《しゅう》で、きみが健闘《けんとう》してくれるのを祈《いの》るしかない。だけど、なんとなくいやな予《よ》感《かん》がするな。」

「なににだい？」

「きみにいってもらうことにだ。やっかいだよ、ワトソン、やっかいで、おまけに危険《きけん》な事件《じけん》だ。なりゆきを見《み》ていると、どんどんいやな予感《よかん》がしてくるんだ。なあ、きみに笑《わら》いとばされてしまうかもしれないが、絶対《ぜったい》ぶじに、ベーカー街《がい》へもどってきてくれよ、たのむから。」

第六章《だいろくしょう》 バスカビル館《やかた》

ホームズの心配《しんぱい》

ヘンリー＝バスカビル卿《きょう》とモーティマー医師《いし》のしたくも、ととのった。約束《やくそく》の日《ひ》、予定《よてい》どおりにわたしたちはデボン州《しゅう》へ出発《しゅっぱつ》した。ホームズは、駅《えき》までいっしょの馬車《ばしゃ》で送《おく》りにでてくれ、わたしに別《わか》れぎわの指示《しじ》と助言《じょげん》をしたのだった。

「こうかもしれない、あれが疑《うたが》わしいと、いろんなことをふきこんでまよわせるようなことは、やめておくよ、ワトソン。ただひたすら事実《じじつ》だけを、できるだけ細大《さいだい》もらさず、くわしく報告《ほうこく》してほしいんだ。考《かんが》えるのは、ぼくにまかせてくれ。」

「どういった事実《じじつ》を？」

「直接《ちょくせつ》であろうとなかろうと、事件《じけん》に関係《かんけい》のありそうなことは、なんでもだよ。とくに、バスカビルの若《わか》い地主《じぬし》と近《ちか》くに住《す》んでいるひとたちとのやりとりや、チャールズ卿《きょう》の死《し》にかんしてなにか新事実《しんじじつ》がないかは、要注意《ようちゅうい》だ。

チャールズ卿《きょう》のほうは、ここ何日《なんにち》かぼく自身《じしん》でも、いくつか問《と》い合《あ》わせてみたんだがね、どうやら収穫《しゅうかく》はなしだな。ひとつだけ、はっきりしたことがある。つぎにひかえる相続人《そうぞくにん》のジェームズ＝デズモンド氏《し》は、人柄《ひとがら》のよいこと疑《うたが》いなしの老紳士《ろうしんし》だから、今度《こんど》のいやがらせのもとはかれじゃない。このひとのことは、考《かんが》えにいれなくてもいいと思《おも》うよ。

そこでのこるのは、あの沼地《ぬまち》で、いまヘンリー＝バスカビル卿《きょう》のまわりにいるひとたちだ。」

「とりあえず、バリモア夫婦《ふうふ》を追《お》いだすことにしたらどうだろう？」

「とんでもない。それ以上《いじょう》はないくらい、大《おお》きな失敗《しっぱい》をおかすことになるよ。もし無実《むじつ》だったら、ひどい仕打《しう》ちになるし、もしも犯人《はんにん》だったら、思《おも》いしらせてやるチャンスをみすみす手《て》ばなすようなものじゃないか。だめだよ、いいかい、疑《うたが》わしい人物《じんぶつ》として、ふたりから目《め》をはなさないようにするんだ。

あと、館《やかた》に馬係《うまがかり》がひとりいたな、たしか。それに、沼地《ぬまち》の農夫《のうふ》がふたりいる。われらが友人《ゆうじん》のモーティマー先生《せんせい》。かれがうそをついているはずはないが、その妻《つま》がいる。モーティマー夫人《ふじん》のことは、なにもわかっていないからね。

それから博物学者《はくぶつがくしゃ》のステープルトンと、その妹《いもうと》。この若《わか》い婦人《ふじん》は、たいそうな美人《びじん》らしい。ラフター館《やかた》のフランクランドも、まだなにもわかっていない人物《じんぶつ》だ。近所《きんじょ》にはほかにも、もうひとりふたりいる。こういったところが、とくに気《き》をつけて観察《かんさつ》してほしい連中《れんちゅう》だ。」

「力《ちから》をつくすよ。」

「武器《ぶき》は持《も》っているね？」

「ああ、持《も》っていくほうがいいだろうと思《おも》っている。」

「そうだとも。昼間《ひるま》だろうが夜《よる》だろうが、ピストルを肌身《はだみ》はなさず、絶対《ぜったい》にゆだんはするなよ。」

いっしょにいくふたりは、すでに一等車《とうしゃ》の席《せき》をとっておいたうえで、プラットホームで待《ま》っていた。

「いや、その後《ご》は何事《なにごと》もありませんでした。」

モーティマー医師《いし》が、ホームズにきかれて、そう答《こた》えた。

「ひとつたしかにいえるのは、ここ二日間《ふつかかん》はあとをつけられていないということです。でかけるときには、かならず、つねにしっかり注意《ちゅうい》していました。つけている者《もの》があれば、絶対《ぜったい》に気《き》づかなかったはずがありません。」

「いつでもふたり、ごいっしょだったでしょうね？」

「きのうの午後以外《ごごいがい》は。ロンドンにくるときはいつも、一日《にち》は趣味《しゅみ》のために使《つか》うことにしているものですから、わたしは外科医師会博物館《げかいしかいはくぶつかん》にいっていました。」

「わたしのほうは、ひとのあつまる公園《こうえん》が見《み》たくて。べつに、何事《なにごと》もありませんでした。」

バスカビル卿《きょう》が、あとを引《ひ》きとってそういった。ところが、ホームズは首《くび》をふりながら、ひどくまじめな顔《かお》つきをしている。

「だとしても、軽《かる》はずみでしたね。おねがいです、ヘンリー卿《きょう》、おひとりで動《うご》くのはおやめください。どんな不幸《ふこう》がふりかかるかわかりませんよ。もう片方《かたほう》のブーツは、でてきたんですか？」

「いいえ、あれっきりもどってきません。」

「そうですか。それはひじょうにおもしろい。では、いってらっしゃい。」

列車《れっしゃ》がプラットホームぞいに動《うご》きはじめたとき、ホームズはさらに、ことばをつけくわえるのだった。

「ヘンリー卿《きょう》、モーティマー先生《せんせい》が読《よ》んできかせてくださった、あの不気味《ぶきみ》な古《ふる》い伝説《でんせつ》にあった一節《いっせつ》をしっかり心《こころ》にとめて、くれぐれも『魔《ま》の力《ちから》が支配《しはい》する闇《やみ》の時間帯《じかんたい》には、沼地《ぬまち》にでていかぬよう。』なさってください。」

列車《れっしゃ》がプラットホームをすっかりはなれてしまったころ、ふりかえってみると、身《み》じろぎもせず、立《た》ったままじっと見《み》おくる、背《せ》が高《たか》くいかめしいホームズの姿《すがた》がまだあった。

沼地《ぬまち》のでむかえ

時間《じかん》があっというまにすぎていく、たのしい旅《たび》だった。旅《たび》のあいだにふたりの道《みち》づれとすっかり親《した》しくなり、モーティマー医師《いし》のスパニエル犬《けん》もなついてくれた。

ものの数時間《すうじかん》もたつと、褐色《かっしょく》だった大地《だいち》が赤《あか》みをおび、れんがの建物《たてもの》は花崗岩《かこうがん》の家《いえ》にかわっていて、整然《せいぜん》と生《い》け垣《がき》をめぐらせた牧草地《ぼくそうち》で赤牛《あかうし》が草《くさ》をはむ景色《けしき》になっていた。青々《あおあお》とした牧草《ぼくそう》や、たっぷり生《お》い茂《しげ》る草木《くさき》からして、湿気《しっけ》は多《おお》いかもしれないが、気候《きこう》にめぐまれているのがわかる。

バスカビル家《け》の若《わか》い当主《とうしゅ》は、窓《まど》にかじりつくようにして外《そと》をながめては、なつかしいデボン州《しゅう》の景色《けしき》がよみがえるたびに、うれしそうに声《こえ》をあげるのだった。

「ふるさとをはなれてこのかた、ずいぶんあちこちに住《す》みましたけれどね、ワトソン先生《せんせい》、ふるさとにまさるところはどこにもありませんでしたよ。」

「デボン州《しゅう》生《う》まれのひとはみな、ふるさとがいちばんだといいますね。」

モーティマー医師《いし》も会話《かいわ》にくわわる。

「あの土地《とち》はもちろんですが、あそこの血《ち》すじのせいでもあるんですよ。この方《かた》の頭《あたま》は、ちょっとごらんになればおわかりでしょう、ケルト民族《みんぞく》らしい丸《まる》いかたちです。こういう頭《あたま》の中身《なかみ》には、ケルト民族《みんぞく》の情熱《じょうねつ》と愛情《あいじょう》がつまっています。

亡《な》くなったチャールズ卿《きょう》の頭《あたま》は、ひじょうにめずらしいタイプで、ゲール民族《みんぞく》とイベルニア民《みん》族《ぞく》の特徴《とくちょう》を半分《はんぶん》ずつお持《も》ちだった。

それにしても、最後《さいご》にバスカビル館《やかた》をごらんになったのは、小《ちい》さいころではありませんでしたか？」

「十代《だい》で父《ちち》を亡《な》くしましたが、それまでも館《やかた》を見《み》たことはなかったんですよ。父《ちち》と暮《く》らしたのは、南海岸《みなみかいがん》の小《ちい》さな家《いえ》でしたから。そこから、わたしはまっすぐアメリカの友人《ゆうじん》のところにまいりました。そう、わたしにはなにもかもはじめての景色《けしき》なのです、ワトソン先生《せんせい》と同《おな》じで。沼地《ぬまち》を見《み》たくてたまらないなあ。」

「そうですか？　もうすぐねがいがかないますよ。ほら、もう見《み》えてきましたから。」

モーティマー医師《いし》が指《ゆび》さした車窓《しゃそう》の外《そと》、いくつもの畑《はたけ》の四角《しかく》い緑《みどり》と、低《ひく》い森《もり》の曲線《きょくせん》のかなたに、灰色《はいいろ》の暗《くら》い丘《おか》がせりあがっていた。丘《おか》のてっぺんは不気味《ぶきみ》なぎざぎざで、夢《ゆめ》にあらわれるふしぎな風景《ふうけい》のように、はるか先《さき》でほの暗《ぐら》くかすんでいる。

バスカビル卿《きょう》は、長《なが》いこと、その景色《けしき》に目《め》をすいよせられたままだった。自分《じぶん》と血《ち》を分《わ》けた男《おとこ》たちが長《なが》きにわたって権力《けんりょく》をふるい、ふかく足《あし》あとをのこした地《ち》。見知《みし》らぬ場所《ばしょ》だったその地《ち》をはじめて見《み》ることが、どんな大《おお》きな意味《いみ》を持《も》つのか、ひたむきなその顔《かお》が物語《ものがた》る。

殺風景《さっぷうけい》な車室《しゃしつ》のかたすみの席《せき》にすわる、ツイードのスーツを着《き》て、アメリカなまりが身《み》についた男《おとこ》。その日焼《ひや》けした顔《かお》とゆたかな表情《ひょうじょう》を見《み》ていると、はるか昔《むかし》からひとの上《うえ》に立《た》ってきた貴《き》族《ぞく》の、たぎる血《ち》を受《う》けつぐ人間《にんげん》なのだと、いまさらながらに感《かん》じさせられる。

ほこり、勇気《ゆうき》、強《つよ》さ、そういったものが、太《ふと》い眉《まゆ》や、感覚《かんかく》のするどそうな鼻《はな》や、うす茶色《ちゃいろ》の大《おお》きな瞳《ひとみ》にやどっている。あの不気味《ぶきみ》な沼地《ぬまち》で、あなどりがたい危険《きけん》が待《ま》ちうけているとしても、ともかく、このひとのためなら危険《きけん》をおかしてもよい、このひともきっと危険《きけん》を分《わ》かちあってくれる、そう思《おも》える同志《どうし》ではある。

列車《れっしゃ》が小《ちい》さな田舎《いなか》の駅《えき》にとまり、わたしたち三人《にん》はそこでおりた。駅《えき》をでると、小《ちい》さな白《しろ》いさくのむこうに、二頭《とう》の馬《うま》に引《ひ》かせた四輪馬車《よんりんばしゃ》がむかえにきていた。わたしたちの到着《とうちゃく》はどうやら一大事《いちだいじ》らしく、駅長《えきちょう》までおでましで、ポーター（駅《えき》で乗客《じょうきゃく》の荷物《にもつ》を運《はこ》んでくれるひと）たちといっしょに、むらがりあつまってきて、荷物《にもつ》を運《はこ》びだしてくれるのだった。

のどかでつつましやかな土地《とち》だ、と思《おも》ったが、門《もん》のそばに、黒《くろ》い制服《せいふく》の兵士《へいし》らしい男《おとこ》がふたり立《た》っていて、ぎょっとした。小銃《しょうじゅう》にもたれかかり、とおりすぎるわたしたちを、じろりとにらむ。

顔《かお》はごつごつで、曲《ま》がった小《ちい》さい体《からだ》の御者《ぎょしゃ》が、ヘンリー卿《きょう》にあいさつした。そして、わたしたちはじきに、白《しろ》くかわいた広《ひろ》い道《みち》を、馬車《ばしゃ》でとぶようにかけていた。道《みち》の両側《りょうがわ》に、波《なみ》うつ牧草地《ぼくそうち》がうねるようにのぼっていき、切《き》り妻屋根《づまやね》の古《ふる》い家々《いえいえ》が、こんもりと茂《しげ》った緑《みどり》のあいだからちらちらのぞく。だが、おだやかな陽光《ようこう》あふれるこの田園風景《でんえんふうけい》のむこうには、夕暮《ゆうぐ》れの空《そら》を背景《はいけい》に、黒々《くろぐろ》と、陰気《いんき》な沼地《ぬまち》がどこまでも弧《こ》をえがき、ところどころに不吉《ふきつ》な、ぎざぎざの丘《おか》がつきだしているのだった。

馬車《ばしゃ》がぐいっと曲《ま》がってわき道《みち》にはいり、何世紀《なんせいき》にもわたって車輪《しゃりん》がすりへらした小道《こみち》を、曲《ま》がりながらのぼっていった。右《みぎ》も左《ひだり》も高《たか》い土手《どて》で、じめじめしたコケがはびこり、たっぷりしたシダの葉《は》がうっそうと茂《しげ》っている。青銅色《せいどうしょく》をしたワラビや、まだら模様《もよう》のイバラが、夕日《ゆうひ》に照《て》りはえる。

馬車《ばしゃ》は力強《ちからづよ》くのぼっていって、花崗岩《かこうがん》の小《ちい》さな橋《はし》をわたった。灰色《はいいろ》の岩《いわ》がごろごろするなかを、泡《あわ》だち、うなりをあげてほとばしる、騒々《そうぞう》しい流《なが》れにそって走《はし》る。道《みち》も川《かわ》もともに、ナラとモミのびっしり生《お》い茂《しげ》る谷《たに》あいを、くねくね曲《ま》がっているのだった。

道《みち》の向《む》きがかわるたびに、ヘンリー卿《きょう》は感動《かんどう》をこめたよろこびの声《こえ》をあげ、しきりとあたりを見《み》まわしては、つぎつぎに質問《しつもん》をくりだしてきた。かれの目《め》には、なにもかもが美《うつく》しくうつるようだったが、わたしの目《め》には、ゆううつで、季節《きせつ》のうつろいを告《つ》げている田舎《いなか》の景色《けしき》としかうつらなかった。

黄色《きいろ》く色《いろ》づいた葉《は》が、道《みち》いちめんにつもり、とおりすぎていくわたしたちの上《うえ》にも、はらはらとまい落《お》ちた。ふきだまる枯《か》れ葉《は》のなか、車輪《しゃりん》のひびきがかき消《け》されていく——バスカビル家《け》を継《つ》ぐ者《もの》をふたたびこの地《ち》にむかえるにあたって、大自然《だいしぜん》がものさびしい贈《おく》り物《もの》をしてきたかのようではないか。

「おや！　なんだろう？」

モーティマー医師《いし》が声《こえ》をあげた。わたしたちの目《め》の前《まえ》には、沼地《ぬまち》のはずれにつきだすように、ヒース（ツツジ科《か》の常緑低木《じょうりょくていぼく》）の原野《げんや》がけわしく盛《も》りあがっている。そのてっぺんに、台座《だいざ》に立《た》つ乗馬姿《じょうばすがた》の銅《どう》像《ぞう》のように、はっきり見《み》えるのは、まぎれもなく馬《うま》に乗《の》った兵士《へいし》の黒《くろ》いかめしい姿《すがた》だった。ライフル銃《じゅう》が、その腕《うで》にかまえられている。わたしたちのとおっている道《みち》を、見張《みは》っているのだった。


「何事《なにごと》だい、パーキンズ？」

モーティマー医師《いし》の問《と》いかけに、御者《ぎょしゃ》が体《からだ》を半分《はんぶん》こちらにむけた。

「プリンスタウンの刑務所《けいむしょ》から逃《に》げた囚人《しゅうじん》がいるんですよ。もう三日《みっか》めになります。ああして、道《みち》という道《みち》、駅《えき》という駅《えき》を見張《みは》ってるんですが、脱獄囚《だつごくしゅう》の影《かげ》もかたちもない。ここいらの農夫《のうふ》たちは、こまっていますよ、いや、まったく。」

「ふーん、なにか知《し》らせたら、五ポンドもらえるんじゃないか。」

「そりゃそうですが、五ポンドもらえるからって、のどをかき切《き》られちまうかもしれないんじゃ、割《わり》にあいませんよ。なにしろ、なみの囚人《しゅうじん》じゃありませんからね。なにをしでかすかわからないやつなんですから。」

「何者《なにもの》なんだい？」

「セルデンですよ、ノッティング＝ヒルでひとを殺《ころ》した。」

その事件《じけん》は、わたしもよくおぼえていた。なみはずれてひどい手口《てぐち》の犯行《はんこう》だったうえ、犯人《はんにん》のふるまいのことごとくに、ひどく残忍《ざんにん》なところが目《め》だったことから、ホームズが関心《かんしん》をよせていたからだ。犯人《はんにん》が死刑《しけい》にならなかったのは、あまりにも極悪《ごくあく》なやり口《くち》だったために、精神状態《せいしんじょうたい》に疑《うたが》いが持《も》たれたからだった。

馬車《ばしゃ》が坂《さか》をのぼりきると、目《め》の前《まえ》にせまってきたのは、どこまでもはてしなく広《ひろ》がる沼地《ぬまち》だった。いびつなかたちのごつごつした石塚《いしづか》や岩山《いわやま》が、そここにある。沼地《ぬまち》にふきおりる冷《つめ》たい風《かぜ》に、わたしたちは身《み》ぶるいした。

このわびしい荒《あ》れ野《の》のどこかに、あの極悪犯《ごくあくはん》がひそんでいる。野生《やせい》のけもののように、穴《あな》に身《み》をかくして、自分《じぶん》をつまはじきにした全人類《ぜんじんるい》へのにくしみを、胸《むね》にかきたてている。そう思《おも》うと、この不毛《ふもう》の荒《あ》れ地《ち》とこごえそうな風《かぜ》、そして暮《く》れかかる空《そら》が、よりいっそう不気味《ぶきみ》に思《おも》えてくる。さすがのヘンリー卿《きょう》もだまりこみ、外套《がいとう》の前《まえ》をぴったりとかきあわせるのだった。

生命《せいめい》に満《み》ちた田園風景《でんえんふうけい》は、ずっと低《ひく》いところに、すっかり遠《とお》ざかってしまった。ふりかえると、低《ひく》くかたむいた夕日《ゆうひ》をあびて、金色《きんいろ》の糸《いと》となった渓流《けいりゅう》や、たがやされたばかりの赤土《あかつち》の大地《だいち》と、うねうねと広《ひろ》がる森林《しんりん》のかがやきがあった。

行《ゆ》く手《て》にのびる道《みち》は、巨大《きょだい》な岩石《がんせき》がころがる、あずき色《いろ》とくすんだ緑《みどり》の広大《こうだい》な斜面《しゃめん》をこえて、ますますひともかよわぬわびしさをましていく。ときおり、沼地《ぬまち》にたつ小《ちい》さな家《いえ》をとおりすぎることはあったが、石《いし》をつみあげたそのかべと屋根《やね》には、建物《たてもの》の輪郭《りんかく》をやわらげるはずのツタさえもはっていないのだった。

不意《ふい》に、おわんのようなくぼ地《ち》が眼下《がんか》にあらわれた。ふきすさぶ風雨《ふうう》に長年《ながねん》さらされて、たわみ、ねじれた、発育不全《はついくふぜん》のナラやモミの木《き》がまばらにはえている。木々《きぎ》のむこうに、細《ほそ》くて高《たか》いふたつの塔《とう》がそそりたっていた。御者《ぎょしゃ》が、むちでそれを指《さ》ししめした。

「バスカビル館《やかた》でございますよ。」

眠《ねむ》れない夜《よる》

館《やかた》の当主《とうしゅ》が、腰《こし》をうかせて、ほおを赤《あか》らめ、目《め》をかがやかせて見《み》つめた。

ほどなくして、番小屋《ばんごや》のある門《もん》に着《つ》いた。複雑《ふくざつ》な網目模様《あみめもよう》をほどこした鉄《てつ》の門《もん》の両側《りょうがわ》には、風雨《ふうう》に耐《た》えて苔《こけ》むした門柱《もんちゅう》がたち、その上《うえ》にはバスカビル家《け》の紋章《もんしょう》のイノシシの頭部《とうぶ》がおかれていた。

黒《くろ》い花崗岩《かこうがん》でできた番小屋《ばんごや》は、朽《く》ちはて、屋根《やね》の垂木《たるき》がむきだしになっていた。だが、そのむかいには、完成《かんせい》なかばの新《あたら》しい番小屋《ばんごや》があった。チャールズ卿《きょう》が南《みなみ》アフリカから持《も》ちかえった富《とみ》が、最初《さいしょ》にもたらした成果《せいか》なのだろう。

門《もん》をくぐると、並木道《なみきみち》だった。そこでは、落《お》ち葉《ば》の上《うえ》をいく馬車《ばしゃ》の車輪《しゃりん》の音《おと》はふたたびしずまった。両側《りょうがわ》から古《ふる》い木々《きぎ》が枝《えだ》をのばしあって、頭上《ずじょう》にうす暗《ぐら》いトンネルをつくっていた。バスカビル卿《きょう》が、長々《ながなが》と暗《くら》い小道《こみち》のつきあたりに、亡霊《ぼうれい》のようにぼうっとうかぶ屋敷《やしき》を見《み》やって、身《み》ぶるいした。そっとたずねる。

「ここで?」

「いえ、いえ、あのイチイ並木《なみき》は、むこう側《がわ》になります。」

若《わか》い後継《あとつ》ぎは、顔《かお》をくもらせて、あたりにさっと目《め》をやった。

「伯父《おじ》が、なにかよくないことがありそうだと感《かん》じたのも、こういうところならむりもない。だれだって背《せ》すじがさむくなる。半年以内《はんとしいない》に、このへんに電灯《でんとう》をずらっとならべることにしましょう。玄関《げんかん》の前《まえ》に、とびきり明《あか》るいスワン&《アンド》エジソン社《しゃ》の白熱電灯《はくねつでんとう》をつければ、こんな暗《くら》い雰囲気《ふんいき》もなくなりますよ。」

並木道《なみきみち》の先《さき》に、広々《ひろびろ》とした芝生《しばふ》がひらけ、いよいよ館《やかた》の前《まえ》だった。うす明《あ》かりのなかで、中央《ちゅうおう》の建物《たてもの》はどっしりとしたつくりで、車寄《くるまよ》せが張《は》りだしているのが見《み》える。正面《しょうめん》全体《ぜんたい》がツタにおおわれているが、ところどころ刈《か》りこまれ、うっそうとした黒《くろ》いベールにあいた穴《あな》のように、窓《まど》や紋章《もんしょう》がのぞく。この中央《ちゅうおう》の棟《むね》から、たくさんの銃眼《じゅうがん》や小窓《こまど》があけられた、古《ふる》い一対《つい》の小塔《しょうとう》がそびえているのだった。

小塔《しょうとう》の左右《さゆう》に、それよりもあとの時代《じだい》の、黒花崗岩《くろかこうがん》づくりの翼状《よくじょう》をした建物《たてもの》が張《は》りだしている。縦《たて》にしきったわくがはまった窓々《まどまど》から、にぶい光《ひかり》がもれ、急傾斜《きゅうけいしゃ》の屋根《やね》に煙突《えんとつ》がつきだし、煙《けむり》がひとすじのぼっていた。

「ようこそ、ヘンリーさま！　バスカビル館《やかた》へ、ようこそおこしくださいました！」

長身《ちょうしん》の男《おとこ》が、車寄《くるまよ》せのかげからでてきて、馬車《ばしゃ》の扉《とびら》をあけてくれた。玄関《げんかん》の黄色《きいろ》みをおびた明《あ》かりを背《せ》に、女性《じょせい》の影《かげ》がうかんでいる。女性《じょせい》のほうもやってくると、荷物《にもつ》をおろす男《おとこ》に手《て》をかした。

「このまま家《いえ》まで乗《の》って帰《かえ》らせていただきますよ、ヘンリー卿《きょう》。家内《かない》が待《ま》っていますから。」

と、モーティマー医師《いし》。

「ちょっとおよりになって、お食事《しょくじ》くらいいかがです？」

「いやあ、ここで失礼《しつれい》いたしますよ。おそらく仕事《しごと》も待《ま》っているでしょうから。館《やかた》をご案内《あんない》してさしあげたいところですが、バリモアにまかせたほうがよいでしょう。それでは。

それから、わたしでお役《やく》にたてることがありましたら、夜《よる》でも昼《ひる》でも遠慮《えんりょ》なくお知《し》らせください。」

馬車《ばしゃ》の音《おと》が小道《こみち》に消《き》えていき、ヘンリー卿《きょう》とわたしが館《やかた》にはいっていく後《うし》ろで、扉《とびら》がバタンと重《おも》い音《おと》をたてた。わたしたちはりっぱな部屋《へや》にいた。広々《ひろびろ》として天井《てんじょう》が高《たか》く、垂木《たるき》は太《ふと》いナラ材《ざい》で、時代《じだい》にみがきをかけられて黒光《くろびか》りしている。

背《せ》の高《たか》い薪《まき》のせ台《だい》のむこうの、ものものしく古《ふる》めかしい暖炉《だんろ》で、薪《まき》がパチパチ燃《も》えていた。ヘンリー卿《きょう》もわたしも、火《ひ》に手《て》をかざした。馬車《ばしゃ》に長《なが》いあいだすわりっぱなしで、すっかり体《からだ》が冷《ひ》えきっていたのだ。

そして、部屋《へや》のなかを見《み》まわした。古《ふる》いステンドグラスのはまった、細長《ほそなが》く背《せ》の高《たか》い窓《まど》。ナラ材《ざい》の羽目板《はめいた》。シカの頭部《とうぶ》のはくせい。かべにかざられた紋章《もんしょう》。中央《ちゅうおう》のランプのほのかな光《ひかり》に、なにもかもがぼうっとうかんでいるのだった。

ヘンリー卿《きょう》が口《くち》をひらく。

「想像《そうぞう》していたとおりのところだ。絵《え》にかいたような、格式《かくしき》のある家《いえ》そのものですね。ここが、わたしの一族《いちぞく》が五百年《ねん》にわたって暮《く》らしてきた館《やかた》なんだ。そう思《おも》うと、おごそかな気持《きも》ちになります。」

かれは少年《しょうねん》のように気持《きも》ちをたかぶらせ、日焼《ひや》けした顔《かお》を紅潮《こうちょう》させて、あたりをしげしげとながめまわした。部屋《へや》の明《あ》かりは、じっと立《た》つその姿《すがた》を照《て》らして、長《なが》い、いくつもの影《かげ》が、かべを伝《つた》わってのび、頭上《ずじょう》の天井《てんじょう》にまで届《とど》いている。

わたしたちに用意《ようい》された部屋《へや》に、荷物《にもつ》を運《はこ》びこんでいたバリモアが、もどってきた。経験《けいけん》ゆたかな使用人《しようにん》らしい、へりくだったもの腰《ごし》で、わたしたちの前《まえ》に立《た》つ。ぱっと人目《ひとめ》をひく外見《がいけん》の男《おとこ》だ。背《せ》が高《たか》く、男前《おとこまえ》の、四角《しかく》に刈《か》りこんだあごひげに、色白《いろじろ》で目鼻《めはな》だちがはっきりした顔《かお》。

「すぐお食事《しょくじ》になさいますか？」

「用意《ようい》ができているのかい？」

「すぐにご用意《ようい》できます。お部屋《へや》に、お湯《ゆ》をお持《も》ちいたしました。ヘンリー卿《きょう》、家内《かない》とわたくしは、この館《やかた》のことが新《あたら》しく決《き》まりますまで、よろこんでおそばにいさせていただきます。ですが、新《あたら》しい生活《せいかつ》をなさるについては、それなりの人手《ひとで》がおいりようとお考《かんが》えなのでは……。」

「新《あたら》しい生活《せいかつ》とは？」

「はい、先代《せんだい》のチャールズさまは、たいそう引《ひ》きこもりがちな暮《く》らしをなさっておいででしたので、わたくしどもだけで、お世話《せわ》がまにあいました。ヘンリーさまはきっと、先代《せんだい》さまよりもおつきあいを広《ひろ》くされるでしょう。そうなれば、使用人《しようにん》たちをいれかえることも必要《ひつよう》かと。」

「おまえたち夫婦《ふうふ》は、ひまをとりたいということかい？」

「だんなさまさえ、ごつごうがよろしければ、でございますが。」

「しかし、おまえの家族《かぞく》は代々《だいだい》ここにいてくれたのではないか？　新《あたら》しい生活《せいかつ》をはじめるにしても、古《ふる》くからの縁《えんき》を切るのは、気《き》がすすまないなあ。」

わたしの目《め》には、執事《しつじ》の白《しろ》い顔《かお》に、なにか気持《きも》ちのゆれがあったようにうつった。

「それはわたくしも、家内《かない》も、同《おな》じでございます、だんなさま。ですが、正直《しょうじき》に申《もう》しあげますと、わたくしどもはふたりとも、チャールズさまを心《こころ》から、おしたい申《もう》しあげておりましたので、亡《な》くなられたことがひどい痛手《いたで》でございます。ここにおりますと、つらくてしかたがないのです。バスカビル館《やかた》にとどまるかぎり、心《こころ》のやすまることはないのではないかと思《おも》えるのでございます。」

「だが、この先《さき》、どうするつもりなのかい?」

「なにか商売《しょうばい》でもやって、うまくやっていけることと存《ぞん》じます。ありがたいことに、チャールズさまのおかげで、元手《もとで》もございます。

さて、そろそろお部屋《へや》にご案内《あんない》いたしましょう。」

この古《ふる》めかしい広間《ひろま》の上部《じょうぶ》は、四方《しほう》に手《て》すりのついた回廊《かいろう》になっていて、おどり場《ば》で折《お》り返《かえ》しになっている階段《かいだん》でのぼっていく。この中央《ちゅうおう》の回廊《かいろう》から、左右《さゆう》に長《なが》い廊下《ろうか》が棟《むね》のはしまでのびていて、すべての寝室《しんしつ》がそこにならんでいた。

わたしの部屋《へや》は、バスカビル卿《きょう》の部屋《へや》と同《おな》じ側《がわ》に、ほぼとなりあわせに用意《ようい》されていた。ここにある部屋《へや》は、屋敷《やしき》の中心部《ちゅうしんぶ》よりはずっと近代的《きんだいてき》で、明《あか》るいかべ紙《がみ》や、たくさんのろうそくが、到着《とうちゃく》したときにわたしが感《かん》じた暗《くら》い印象《いんしょう》を、いくらかやわらげてくれた。

しかし、広間《ひろま》につづく食堂《しょくどう》は、暗《くら》く、気《き》のめいる場所《ばしょ》だった。途中《とちゅう》に段《だん》がある細長《ほそなが》い部屋《へや》で、段《だん》が家族《かぞく》のすわる上座《かみざ》と、使用人《しようにん》たち用《よう》の低《ひく》い下座《しもざ》に、部屋《へや》を分《わ》けている。部屋《へや》のすみには、吟《ぎん》遊楽士《ゆうがくし》（音楽《おんがく》や詩《し》を上演《じょうえん》する旅《たび》の一座《いちざ》）の席《せき》が一段高《だんたか》く張《は》りだしている。

頭上《ずじょう》には黒《くろ》い梁《はり》がいくすじもかかり、その上《うえ》の天井《てんじょう》は黒《くろ》くすすけている。昔《むかし》のようにたいまつをあかあかとともし、はでにうかれ騒《さわ》ぐ宴会《えんかい》でもすれば、この暗《くら》い雰囲気《ふんいき》もなごむかもしれない。

しかし、こうして黒《くろ》い服《ふく》の紳士《しんし》がふたり、笠《かさ》におおわれたランプがなげかける、心《こころ》もとない光《ひかり》の輪《わ》のなかにすわっていると、会話《かいわ》はとぎれがちになり、気持《きも》ちもしずんでいくのだった。

おぼろげにならぶ肖像画《しょうぞうが》の祖先《そせん》たちは、エリザベス朝《ちょう》（エリザベス一世《せい》がイギリスの女王《じょおう》だった一五五八～一六〇三年《ねん》）の騎士《きし》から摂《せっ》政時《しょうじ》代《だい》（イギリス国王《こくおう》ジョージ三世《せい》が病《やまい》にあった一八一一～二〇年《ねん》）のおしゃれな若者《わかもの》まで、さまざまな衣装《いしょう》をつけているが、わたしたちをじっと見《み》おろし、無言《むごん》で威圧《いあつ》している。

わたしたちは、ほとんど会話《かいわ》をかわさなかった。食事《しょくじ》がおわり、近代的《きんだいてき》な玉突《たまつ》き室《しつ》に引《ひ》きあげて一服《いっぷく》できたとき、わたしとしてはやれやれという気持《きも》ちだった。ヘンリー卿《きょう》が口《くち》をひらく。

「いや、どうも、あまり陽気《ようき》なところではありませんね。そのうちになじむのかもしれませんが、いまは、なんだか場《ば》ちがいな感《かん》じがします。こんな屋敷《やしき》にたったひとりで暮《く》らしていれば、伯父《おじ》がすこし精神的《せいしんてき》にまいったとしてもふしぎはないな。

ともかく、さしつかえなければ、今夜《こんや》は早《はや》めにやすみましょう。朝《あさ》になれば、もっと明《あか》るく見《み》えるようになるんじゃないでしょうか。」

ベッドにはいる前《まえ》に、わたしは部屋《へや》のカーテンをあけて、窓《まど》から外《そと》をのぞいてみた。その窓《まど》は、玄関《げんかん》の前《まえ》に広《ひろ》がる芝生《しばふ》に面《めん》していた。そのむこうにある、木々《きぎ》のかたまりがふたつ、たちはじめた風《かぜ》にうめきをあげてゆれている。

半月《はんげつ》が、流《なが》れゆく雲《くも》の切《き》れまから顔《かお》をのぞかせた。ひややかな月明《つきあ》かりに、木々《きぎ》のむこうのぎざぎざした岩《いわ》や、低《ひく》く、どこまでもうねる暗《くら》い沼地《ぬまち》が見《み》える。わたしはカーテンを引《ひ》いた。この日《ひ》最後《さいご》に見《み》たものも、それまでの印象《いんしょう》をかえてはくれなかった。

ところが、それでおしまいではなかった。疲《つか》れてはいるのに目《め》がさえて、何度《なんど》も寝返《ねがえ》りをうちながら、わたしは、眠《ねむ》りたいのになかなか眠《ねむ》れずにいた。遠《とお》くで十五分《ふん》ごとに時《とき》を知《し》らせる時計《とけい》の音《おと》のほか、古《ふる》い屋敷《やしき》はまったくのしずけさにつつまれている。

と、真夜中《まよなか》にとつぜん、はっきりとよくひびく、ききまちがえようのない音《おと》が、わたしの耳《みみ》に届《とど》いた。女《おんな》のすすり泣《な》く声《こえ》だった。

耐《た》えがたい悲《かな》しみに胸《むね》を引《ひ》きさかれた者《もの》が、きこえないようにと、おし殺《ころ》した泣《な》き声《ごえ》だ。わたしはおきあがって、耳《みみ》をすましました。それほど遠《とお》くからではない。まちがいなく屋敷《やしき》のなかからきこえた。三十分《ぷん》ばかり全神経《ぜんしんけい》をかたむけて緊張《きんちょう》していたが、きこえてくるのは時計《とけい》の音《おと》と、かべにからまるツタが風《かぜ》にざわめく音《おと》ばかりだった。

第《だい》七章《しょう》　メリピット荘《そう》の兄妹《きょうだい》

疑《うたが》い

翌朝《よくあさ》のすがすがしい美《うつく》しさは、バスカビル館《やかた》での第《だい》一夜《や》がわたしたちふたりの胸《むね》にうえつけた、不気味《ぶきみ》で影《かげ》のある印象《いんしょう》を、いくぶんぬぐいさってくれた。ヘンリー卿《きょう》とともに朝食《ちょうしょく》の席《せき》につくと、縦長《たてなが》の窓《まど》からふんだんにさしこむ朝日《あさひ》が、窓《まど》の紋章《もんしょう》の模様《もよう》を透《す》かして、うるおいのある光《ひかり》をなげかけていた。

暗《くら》い色《いろ》あいの羽目板《はめいた》は、金色《こんじき》の光《ひかり》をあびて青銅色《せいどうしょく》のようなかがやきを放《はな》ち、これがほんとうにあの、わたしたちの心《こころ》をあんなにも、くもらせた同《おな》じ部屋《へや》だとは、なかなか思《おも》えないほどだった。准男爵《じゅんだんしゃく》が感想《かんそう》をもらす。

「どうやら、わたしたち自身《じしん》のせいだったようですね、館《やかた》のせいではなくて！　旅《たび》の疲《つか》れもありましたし、馬車《ばしゃ》でこごえていましたから、この場所《ばしょ》が暗《くら》く見《み》えてしまったんですよ。気分《きぶん》がかわって元気《げんき》がでてくると、またなにもかも明《あか》るくなった。」

「ただ、あながち気《き》のせいばかりだったともいえませんよ。たとえば、ひょっとしてきこえませんでしたか、女《おんな》のひとのようでしたが、だれかが夜中《よなか》にすすり泣《な》いているのが？」

「たしかに奇妙《きみょう》です。うとうとしかけたころに、わたしもそんな声《こえ》がきこえたような気《き》がするんですよ。かなり長《なが》く耳《みみ》をそばだてていましたが、それっきりでしたので、てっきり夢《ゆめ》でも見《み》たかと。」

「いや、この耳《みみ》で、しっかりききました。たしかに女《おんな》の泣《な》き声《ごえ》でしたね。」

「これは、すぐにたしかめてみなければ。」

かれは呼《よ》び鈴《りん》を鳴《な》らしてバリモアを呼《よ》び、わたしたちがきいた声《こえ》に心《こころ》あたりがないかきいた。主人《しゅじん》の質問《しつもん》を耳《みみ》にしたとき、執事《しつじ》の青白《あおじろ》い顔《かお》にかげりがさしたように見《み》えた。

「この館《やかた》に、女《おんな》はふたりしかおりません、ヘンリーさま。ひとりはあらい場《ば》のメイドで、別棟《べつむね》にやすんでおります。もうひとりがわたくしの家内《かない》でございますが、こちらについては、わたくしがかわってお答《こた》えできましょう。その声《こえ》が家内《かない》のものであったはずはございません。」

とはいえ、これはうそだった。朝食《ちょうしょく》のあと、わたしはたまたま、長《なが》い廊下《ろうか》で、日《ひ》の光《ひかり》をまともに顔《かお》に受《う》けたバリモア夫人《ふじん》に会《あ》ったのだ。大柄《おおがら》な、表情《ひょうじょう》にとぼしく、ものうげな顔《かお》つきの女性《じょせい》で、口《くち》もとがこわばっている。だが、かくそうとしてもかくしきれない、泣《な》きはらして真《ま》っ赤《か》なその目《め》が、はればったいまぶたのあいだからわたしをちらっと見《み》た。

やはり、彼女《かのじょ》だったのだ、夜中《よなか》に泣《な》いていたのは。ならば、夫《おっと》がそれを知《し》らないはずがない。だが、うそと知《し》れるのがわかりきっていて、そうではないといってのけた。なぜ、そんなうそをつくのだ？　そして、彼女《かのじょ》があんなにつらそうに泣《な》いていたのは、なぜだろう？

青白《あおじろ》い顔色《かおいろ》に黒《くろ》いあごひげのこの美男子《びなんし》のまわりに、早《はや》くも、謎《なぞ》めいた暗《くら》い雰囲気《ふんいき》がたちこめてきた。チャールズ卿《きょう》の遺体《いたい》の第一発見者《だいいちはっけんしゃ》はこの男《おとこ》だった。あの老紳士《ろうしんし》が死《し》をむかえたいきさつを、われわれはかれのことばからしか知《し》らないのだ。

リージェント街《がい》で馬車《ばしゃ》に乗《の》っていたのは、やはりバリモアだったのだろうか？　あのとき見《み》たあごひげは、この男《おとこ》のものだったのかもしれない。御者《ぎょしゃ》によると、もうすこし背《せ》が低《ひく》いとのことだったが、そういうことは思《おも》いこみでどうにでもかわるものだ。

いったいどうしたら、それをたしかめられるだろうか？　なにはさておき、まずグリンペンの郵便局長《ゆうびんきょくちょう》に会《あ》って、ためしに送《おく》ったあの電報《でんぽう》が、ほんとうにバリモア本人《ほんにん》の手《て》にわたされたかどうかたしかめることだ。どんな答《こた》えが返《かえ》ってくるかわからないが、ともかく、シャーロック＝ホームズに報告《ほうこく》すべきことができた。

朝食後《ちょうしょくご》、ヘンリー卿《きょう》はたくさんの書類《しょるい》に目《め》をとおさなくてはならなかったので、わたしはゆっくり外出《がいしゅつ》していられた。沼地《ぬまち》のはずれを四マイルほど、気持《きも》ちよく散歩《さんぽ》していくと、ようやく小《ちい》さなさびしい村《むら》にでた。ひときわ大《おお》きな建物《たてもの》が二軒《けん》あって、ほかからぬきんでていた。宿屋《やどや》と、モーティマー医師《いし》の家《いえ》だった。

村《むら》の食料品店《しょくりょうひんてん》もかねる郵便局《ゆうびんきょく》の局長《きょくちょう》は、電報《でんぽう》のことをよくおぼえていた。

「たしかに、ご指示《しじ》のとおり、バリモアさんに届《とど》けさせましたよ。」

「届《とど》けにいったのは？」

「うちの息子《むすこ》です。ジェームズ、先週《せんしゅう》、館《やかた》のバリモアさんに電報《でんぽう》を届《とど》けたよな？」

「うん、父《とう》さん、届《とど》けたよ。」

「本人《ほんにん》に手《て》わたしたかい？」

わたしは、そうきいてみた。

「それがね、バリモアさん、そんとき屋根裏《やねうら》にあがってたんで、本人《ほんにん》にはわたせなくって、奥《おく》さんに手《て》わたした。すぐにわたしておくって、引《ひ》き受《う》けてくれたよ。」

「バリモアさんの姿《すがた》を見《み》かけたかい？」

「見《み》えませんでした。だって、屋根裏《やねうら》だったんだもの。」

「見《み》えないのに、どうして屋根裏《やねうら》にいたってわかるの？」

「そりゃ、奥《おく》さんなら、自分《じぶん》のだんなの居場所《いばしょ》くらいわかってるはずじゃないですか。」

むっとした調子《ちょうし》で、局長《きょくちょう》がそう口《くち》をはさんだ。

「電報《でんぽう》が届《とど》いていないってんですか？　なにか手《て》ちがいがあったなら、文句《もんく》があるのはバリモアさんご本人《ほんにん》でしょうに。」

それ以上《いじょう》深追《ふかお》いしてもむだのようだった。たしかに、ホームズはうまい手《て》を打《う》ったが、あのころバリモアがずっとロンドンにはいなかったという、証拠《しょうこ》はないのだった。

バリモアがロンドンにいたとしたら——生《い》きているチャールズ卿《きょう》を最後《さいご》に見《み》た人間《にんげん》と、イギリスにもどったばかりの後継《あとつ》ぎを、最初《さいしょ》につけまわした人間《にんげん》が、同一人物《どういつじんぶつ》だったとしたら、どういうことになるのだろう？　かれは何者《なにもの》かの手先《てさき》なのか、かれ自身《じしん》に邪悪《じゃあく》なたくらみがあるのか？　バスカビル一族《いちぞく》をなやませて、どんな得《とく》になるのか？

わたしは、『タイムズ』の論説欄《ろんせつらん》を切《き》りばりした、あの奇妙《きみょう》な警告《けいこく》のことを考《かんが》えた。あれはかれのしわざなのか、それとも、かれの計画《けいかく》をくいとめようとするだれかがしたことなのだろうか？

考《かんが》えつく動機《どうき》としては、ただひとつ、ヘンリー卿《きょう》がほのめかしたように、一族《いちぞく》の者《もの》がおびえて館《やかた》に近《ちか》づかなければ、バリモア夫妻《ふさい》は居《い》ごこちのよい家《いえ》に、いつまでもぬくぬくと居《い》すわれるということくらいだ。だが、そのていどの見方《みかた》では、若《わか》い准男爵《じゅんだんしゃく》を見《み》えないクモの糸《いと》でからめとろうとでもするかのような、底《そこ》なしの手《て》のこんだたくらみに対《たい》して、じゅうぶん納得《なっとく》できる説明《せつめい》にはならない。

ホームズ自身《じしん》、世間《せけん》をあっといわせるような事件《じけん》の数々《かずかず》をあつかってひさしいが、これほどこみいった事件《じけん》にお目《め》にかかったことはないといっていた。どんよりとさびしい道《みち》を帰《かえ》っていきながら、友人《ゆうじん》がいまかかりきりの仕事《しごと》から早《はや》く解放《かいほう》されて、わたしの肩《かた》にのしかかるこの重荷《おもに》をおろしにやってきてくれるようにと、祈《いの》るような気持《きも》ちだった。

沼地《ぬまち》の博物学者《はくぶつがくしゃ》

わたしの考《かんが》えごとは、いきなりとぎれてしまった。背後《はいご》からかけよる足音《あしおと》とともに、わたしの名前《なまえ》を呼《よ》ぶ声《こえ》がしたのだ。たぶんモーティマー医師《いし》だと思《おも》ってふりむくと、おどろいたことに、わたしを追《お》いかけていたのは見知《みし》らぬ人間《にんげん》だった。

小柄《こがら》でほっそりした、ひげをきれいにそって、とりすました顔《かお》の男《おとこ》だ。色《いろ》のうすい金髪《きんぱつ》に、とがりぎみのあご、年《とし》は三十から四十のあいだといったところで、灰色《はいいろ》の服《ふく》を着《き》て、むぎわら帽子《ぼうし》をかぶっている。植物《しょくぶつ》採集《さいしゅう》用《よう》のブリキの容器《ようき》を肩《かた》にさげ、片手《かたて》には緑色《みどりいろ》の捕虫《ほちゅう》網《あみ》を持《も》っていた。息《いき》をきらしながら、そばによってきていう。

「失礼《しつれい》とは思《おも》いますが、ワトソン先生《せんせい》でいらっしゃいますね。この沼地《ぬまち》では、みんなかざりっけなしでしてね、正式《せいしき》に紹介《しょうかい》されるまでじっと待《ま》ってたりしないんです。おたがいの友人《ゆうじん》、モーティマーくんから、きっとおききおよびでしょう。メリピット荘《そう》のステープルトンです。」

「その網《あみ》と箱《はこ》からして、そうだろうと思《おも》いました。ステープルトンさんは博物学者《はくぶつがくしゃ》だとのことでしたからね。しかし、わたしのことは、どうして？」

「モーティマーくんのところを訪《たず》ねていたんですよ。あなたが診察室《しんさつしつ》の前《まえ》をとおりかかられたとき、窓《まど》から見《み》かけましてね、教《おし》えてもらいました。帰《かえ》り道《みち》は同《おな》じですから、追《お》いかけて自己紹介《じこしょうかい》させていただこうと思《おも》いました。ヘンリー卿《きょう》は、旅《たび》の疲《つか》れなどでていらっしゃらないでしょうね？」

「とてもお元気《げんき》ですよ、おかげさまで。」

「チャールズ卿《きょう》が悲《かな》しい死《し》にかたをされたので、新《あたら》しい准男爵《じゅんだんしゃく》がここにお住《す》まいにならないのではないかと、みんなそれは心配《しんぱい》でした。裕福《ゆうふく》な方《かた》に、こんな田舎《いなか》に引《ひ》っこんで、骨《ほね》をうずめていただくなんて、お気《き》のどくなことですよね。だけど、申《もう》しあげるまでもありませんが、この地《ち》方《ほう》にとっては死活問題《しかつもんだい》なのです。ヘンリー卿《きょう》は、まさか、迷信《めいしん》じみたことをおそれてはいらっしゃらないでしょうね？」

「それはなさそうですよ。」

「あなたももちろん、あの一族《いちぞく》にとりついた魔犬《まけん》の伝説《でんせつ》をご存《ぞん》じなんでしょう？」

「話《はなし》にはきいています。」

「このへんの農夫《のうふ》たちが、どれほどまどわされやすく信《しん》じやすいかといったら、ふつうじゃありません。だれでもかれでも、沼地《ぬまち》でそれらしい化《ば》け物《もの》を見《み》たといってゆずらないのです。」

そういうかれの顔《かお》は笑《わら》っていたが、目《め》はこの問題《もんだい》を重《おも》く考《かんが》えていると、語《かた》っているように見《み》えた。そして、こうつけくわえるのだった。

「この話《はなし》が、チャールズ卿《きょう》の心《こころ》にも重《おも》くのしかかっていたんですよ。きっと、そのせいで、あんなお気《き》のどくなことになったんだ。」

「あんな、とは？」

「お気持《きも》ちがたかぶっていたところへ、なにか犬《いぬ》のたぐいがあらわれて、それがあの方《かた》の弱《よわ》った心臓《しんぞう》にひどいショックをあたえたんでしょう。亡《な》くなられた晩《ばん》にイチイ並木《なみき》で、ほんとうになにかそういったものを、見《み》てしまったのではないかと思《おも》えてしかたがないんですよ。なにかよくないことがおきるのではと、わるい予感《よかん》がありました。あの方《かた》のことが大好《だいす》きでしたし、心臓《しんぞう》のぐあいがよくないことも知《し》っていましたから。」

「心臓《しんぞう》のことを、どうして？」

「友人《ゆうじん》のモーティマーくんからきいていました。」

「では、チャールズ卿《きょう》は犬《いぬ》に追《お》いかけられて、その恐怖《きょうふ》のために亡《な》くなったのだとお考《かんが》えなんですね？」

「ほかに考《かんが》えられますか？」

「わたしの考《かんが》えは、まだまとまっていません。」

「シャーロック＝ホームズさんのお考《かんが》えは？」

このことばに、わたしは一瞬《いっしゅん》はっとしたが、ちらっと目《め》をやると、相手《あいて》の顔《かお》はおだやかで、目《め》も落《お》ちついている。おどろかすつもりではなかったようだ。

「あなたがたのことを知《し》らないふりなどしても、意味《いみ》がありませんよ、ワトソン先生《せんせい》。あなたのお書《か》きになった、数々《かずかず》の探偵《たんてい》の話《はなし》は、ここにいるわたしたちのところにも伝《つた》わっています。それをおおやけになさったからには、あなたご自身《じしん》のことも知《し》られてしまうのです。

モーティマーくんがお名前《なまえ》をだせば、あなたがどなたなのか、わからないわけがありませんよ。あなたがここにいらっしゃるんだったら、それはつまり、シャーロック＝ホームズ氏《し》そのひとが、ここでのことに興味《きょうみ》をお持《も》ちだということになる。自然《しぜん》と、ホームズさんがどうお考《かんが》えなのか、好奇心《こうきしん》がわいてきます。」

「ざんねんながら、そのご質問《しつもん》には、わたしでは答《こた》えようがないんじゃないかと。」

「あの方《かた》は、これからいらっしゃるんですかね？」

「いまのところは、ロンドンをはなれられないのです。気《き》がかりな事件《じけん》が、ほかにもいくつかありまして。」

「ざんねんだなあ！　われわれには見《み》とおせないこの闇《やみ》を、すこしは晴《は》らしてくださることでしょうに。

でも、あなたご自身《じしん》が調《しら》べていらっしゃることで、もしもわたしでお役《やく》にたつことがありましたら、どうぞおっしゃってください。疑《うたが》わしいことや、どういうふうに調《しら》べようかというお考《かんが》えでも、教《おし》えていただければ、この場《ば》でだって、なにか手助《てだす》けできることがあるかもしれませんよ。」

「申《もう》しあげておきますが、わたしはただ、友人《ゆうじん》としてヘンリー卿《きょう》を訪《たず》ねてきているだけなのです。手助《てだす》けしていただくことなど、なにも。」

「さすがですね！ごもっともですとも。細心《さいしん》のお心《こころ》くばりをなさるんですね。どうも、よけいな口《くち》だしをいたしましたようで、おしかりを受《う》けてもしかたがありません。お約束《やくそく》しますよ、もうこの話《はなし》は持《も》ちだしません。」

本道《ほんどう》から草《くさ》ぶかい小道《こみち》がわきにそれて、くねくねと沼地《ぬまち》を横切《よこぎ》っていく、その分岐点《ぶんきてん》までやってきた。右手《みぎて》は、かつて花崗岩《かこうがん》が切《き》りだされた、岩《いわ》のごろごろするけわしい丘《おか》だった。わたしたちに面《めん》している側《がわ》は、黒々《くろぐろ》としたがけになっていて、いくつものくぼ地《ち》に、シダやイバラがはえている。そのずっとむこうの高台《たかだい》から、ひとすじの煙《けむり》がたなびいていた。

「この沼地《ぬまち》の小道《こみち》をしばらく歩《ある》くと、メリピット荘《そう》なんですよ。一時間《じかん》ばかりごいっしょにいかがでしょう、妹《いもうと》をご紹介《しょうかい》できればうれしいんですが。」

まず考《かんが》えたのは、ヘンリー卿《きょう》のそばについていなくては、ということだった。しかし、すぐに、卿《きょう》の書斎《しょさい》のテーブルにつみあげられた、書類《しょるい》や勘定書《かんじょうが》きの山《やま》を思《おも》いだした。たしかに、あれの処理《しょり》にわたしの手《て》をかすことはできない。それに、ホームズも、沼地《ぬまち》の住人《じゅうにん》たちをよく観察《かんさつ》するようにと、念《ねん》をおしていたではないか。わたしはステープルトンの誘《さそ》いにのり、ふたりでその小道《こみち》にむかった。

沼地《ぬまち》のふしぎ

「ふしぎだらけのところですよ、この沼地《ぬまち》は。」

波《なみ》うつような丘陵《きゅうりょう》地帯《ちたい》、どこまでもうねっていく緑《みどり》、そのところどころに、泡《あわ》だつ波《なみ》がしらのような、ぎざぎざした花崗岩《かこうがん》をとさかのようにいただく景色《けしき》を、ぐるりと見《み》わたしながら、ステープルトンは、はなしはじめるのだった。

「絶対《ぜったい》にたいくつなさることはありませんよ。思《おも》いもよらない秘密《ひみつ》が、いろいろとあります。あまりにも広大《こうだい》で、あまりにも不毛《ふもう》で、あまりにも謎《なぞ》めいていて。」

「では、沼地《ぬまち》にはおくわしいんですね？」

「ここにきて、まだたったの二年《ねん》です。ここの住民《じゅうみん》たちから見《み》れば、新参者《しんざんもの》でしょう。チャールズ卿《きょう》が住《す》まわれるようになったすぐあとに、わたしたちがまいりました。でも、興味《きょうみ》をひくものがいっぱいあるものですから、この地方一帯《ちほういったい》は、くまなく探険《たんけん》してまわりましたよ。わたしよりもこのあたりにくわしい人間《にんげん》は、そうそういないと思《おも》います。」

「わかりにくい土地《とち》なんですか？」

「それはそれはわかりにくいですとも。たとえば、この、北側《きたがわ》に広々《ひろびろ》とひらけた平原《へいげん》ですが、いびつなかたちの丘《おか》がいくつもつきだしているでしょう。なにか目《め》につくものが見《み》えますか？」

「馬《うま》を走《はし》らせるには、またとない場所《ばしょ》のようですが。」

「そう思《おも》われるのも当然《とうぜん》ですが、馬《うま》を走《はし》らせて、命《いのち》を落《お》としたひとが何人《なんにん》もいるんですよ。ひときわ緑《みどり》あざやかなところが、びっしりそこらじゅうにあるでしょう？」

「ええ、ほかのところより土《つち》がいいようですね。」

ステープルトンが笑《わら》い声《ごえ》をあげた。

「あれがグリンペン＝マイアー、底《そこ》なしのどろ沼《ぬま》です。あそこで一歩《いっぽ》でもふみあやまれば、人間《にんげん》だろうとけものだろうと命《いのち》はありません。ついきのうも、沼地《ぬまち》にいた小馬《こうま》が一頭《とう》、あそこにまよいこむのを見《み》ました。二度《にど》とでてきませんでしたよ。ずいぶん長《なが》いこと、どろ沼《ぬま》の穴《あな》から首《くび》をのばしていましたが、とうとうのみこまれてしまってね。

雨《あめ》の少《すく》ない季節《きせつ》でさえ、あそこをとおるのはあぶないんですが、このごろのような秋雨《あきさめ》のあとは、おそろしいところです。それでも、わたしは、あのど真《ま》ん中《なか》までたどりつけるし、生《い》きて帰《かえ》れますよ。

ああ、かわいそうに、また小馬《こうま》が!」

青々《あおあお》としたスゲのあいだで、なにか茶色《ちゃいろ》いものが、もがき、のたうちまわっている。くるしげに長《なが》くのび、もだえる首《くび》が上《うえ》につきだし、ものすごい悲鳴《ひめい》が沼地《ぬまち》にひびきわたった。わたしは、おそろしさに血《ち》もこおる思《おも》いだったが、知《し》りあったばかりのわたしのつれは、もうすこし神経《しんけい》がずぶといらしい。

「しずんだ! 沼《ぬま》のえじきになったんです。二日《ふつか》で二頭《とう》、いや、もっと多《おお》いんでしょう、たぶん。やつら、乾燥期《かんそうき》にあそこにちょくちょくいくようになるんですが、あぶない時期《じき》との区別《くべつ》ができないんですね。底《そこ》なし沼《ぬま》に足《あし》をとられるはめになるんです。最悪《さいあく》ですよ、グリンペンの底《そこ》なし沼《ぬま》は。」

「そこを、あなたはとおりぬけられるとおっしゃる?」

「ええ、身軽《みがる》な者《もの》だったらとおれる道《みち》が、ひとつふたつはあるんです。見《み》つけだしましたよ。」

「しかし、なぜまた、あんな気味《きみ》のわるいところへ、いこうと思《おも》われるんですか?」

「そうですねえ、むこうに丘《おか》がいくつか見《み》えるでしょう? あれはじつは島《しま》なんですよ。長年《ながねん》のうちに、底《そこ》なし沼《ぬま》にじわじわととりかこまれてしまい、まわりをすっかり切《き》りはなされてしまったんです。でも、たどりつく知恵《ちえ》さえあれば、あそこにはめずらしい植物《しょくぶつ》があり、めずらしいチョウがいます。」

「わたしも、いつか運《うん》だめしをしてみましょう。」

ステープルトンが、おどろいた顔《かお》でわたしを見《み》た。

「とんでもない。そんなことを考《かんが》えないでくださいよ。あなたに万一《まんいち》のことがあったら、わたしのせいになります。はっきりいって、生《い》きて帰《かえ》れる見《み》こみは、これっぽっちもありませんよ。わたしだって、どうにかおぼえている、おぼつかない道《みち》しるべをたよりにして、やっとなんですから。」

「おや！　なんだろう？」

長《なが》く尾《お》を引《ひ》く、いいようもなく悲《かな》しげなうめき声《ごえ》が、沼地《ぬまち》じゅうに低《ひく》くひびいている。そのあたり一帯《いったい》の空気《くうき》をふるわせ、それでいて、どこからきこえてくるのか、わからない。はっきりしない、つぶやくような声《こえ》がふくらんでいって、太《ふと》い遠《とお》ぼえになり、それから弱《よわ》まって、またもの悲《がな》しげに、ふるえるかすかな声《こえ》にもどった。ステープルトンが、おもしろがっているような顔《かお》で、わたしを見《み》た。

「怪《あや》しいところですよ、この沼地《ぬまち》は！」

「それにしても、いまのは？」

「農民《のうみん》たちは、バスカビル家《け》の魔犬《まけん》がえものをもとめて、さけんでいるのだといいます。これまでにも一、二度《ど》、きいたことがありましたが、こんなにはっきりきいたのは、はじめてです。」

胸《むね》に恐怖《きょうふ》の冷《つめ》たいかたまりをかかえて、わたしは、イグサがあちこちに青々《あおあお》とかたまる丘陵《きゅうりょう》の、広大《こうだい》なうねりをぐるっとながめた。はてしない広《ひろ》がりを見《み》わたすかぎり、動《うご》くものといえばただ、わたしたちの後《うし》ろの岩山《トア》で騒《さわ》がしく不吉《ふきつ》な鳴《な》き声《ごえ》をあげる二羽《わ》のワタリガラス（スズメ目《もく》カラス科《か》の、もっとも大形《おおがた》のカラス）のみだった。

「あなたは教養《きょうよう》のある方《かた》だ。そんなばかげたことを、信《しん》じていらっしゃるわけではありませんよね？　あんなに気味《きみ》のわるい音《おと》、原因《げんいん》はなんだとお考《かんが》えですか？」

「沼《ぬま》がへんな音《おと》をたてることが、ときどきあります。どろがしずむ音《おと》とか、水《みず》がわきだすとか、なにかの音《おと》でしょう。」

「いや、いや、あれは生《い》きものの声《こえ》でした。」

「そうですねえ、あるいはそうかもしれない。サンカノゴイ（コウノトリ目《もく》サギ科《か》。夜行性《やこうせい》で、湖沼《こしょう》などの湿地《しっち》にすむ）というサギ科《か》の鳥《とり》の、うなるような鳴《な》き声《ごえ》をおききになったことは？」

「いいえ、ありませんが。」

「ひじょうにめずらしい鳥《とり》です。ほとんど絶滅《ぜつめつ》したも同然《どうぜん》——いまのイギリスにはいないでしょう。しかし、この沼地《ぬまち》ではどんなことがあってもおかしくない。ええ、さっききこえたのが、サンカノゴイ最後《さいご》の一羽《わ》の鳴《な》き声《ごえ》だったとしても、わたしはおどろきませんね。」

「あんなに気味《きみ》のわるい、へんなものは、いまだかつて耳《みみ》にしたことがありませんよ。」

「そうですね、なにをとっても、うす気味《きみ》わるいところです。あそこの丘《おか》の斜面《しゃめん》をごらんなさい。あれはなんだと思《おも》われますか？」

けわしい坂《さか》のいちめんに、石《いし》をつんだ灰色《はいいろ》の輪《わ》が、少《すく》なくとも二十はあった。

「なんだろう？　羊《ひつじ》のかこいですか？」

「いいえ、われらがご先祖《せんぞ》さまたちの住《す》まいです。先史時代《せんしじだい》の人間《にんげん》たちは、この沼地《ぬまち》にたくさん住《す》んでいました。その後《ご》はとりたてて住《す》む者《もの》もなく、ならべた石《いし》が、住《す》むひとのいなくなったときそっくりそのままにあるんです。あれが、屋根《やね》のとれた小屋《こや》というわけですね。興味《きょうみ》がおありなら、なかにはいってごらんなさい、炉《ろ》や寝台《しんだい》だって見《み》られますから。」

「それにしても、ちょっとした町《まち》ですね。人間《にんげん》が住《す》んでいたのは、いつごろのことですか？」

「新石器時代《しんせっきじだい》です――年代《ねんだい》はわかりません。」

「どんな暮《く》らしだったんでしょう？」

「このあたりの斜面《しゃめん》で、牧畜《ぼくちく》をしたんですよ。青銅《せいどう》の剣《けん》が石《いし》の斧《おの》にとってかわりだしたころには、錫《すず》をほりだすことをおぼえました。

そのむかいの丘《おか》に、大《おお》きな溝《みぞ》がほられているでしょう。あれも、当時《とうじ》の人間《にんげん》がのこしたものです。いやあ、沼地《ぬまち》のあちこちで、ほかではまず見《み》られないようなものに、いろいろお目《め》にかかれることでしょうよ、ワトソン先生《せんせい》。

おっと、ちょっとだけ失礼《しつれい》します！　あいつはきっと、シクロピデスだ。」

小《ちい》さなハエだかガのようなものが、小道《こみち》の上《うえ》をひらひらと横切《よこぎ》ったかと思《おも》うと、もうステープルトンが、ものすごいいきおいでかけだし、全速力《ぜんそくりょく》で追《お》いかけていった。その生《い》きものはまっすぐに底《そこ》なし沼《ぬま》のほうへとんでいったので、わたしはうろたえた。知《し》りあったばかりの男《おとこ》は、一瞬《いっしゅん》も立《た》ちどまることなく、草《くさ》むらから草《くさ》むらへ、とびうつりながらあとを追《お》い、緑色《みどりいろ》の捕虫《ほちゅう》網《あみ》が宙《ちゅう》に波《なみ》うっている。灰色《はいいろ》の服《ふく》と、気《き》まぐれにジグザグをえがく不規則《ふきそく》な動《うご》きは、巨大《きょだい》なガのようだ。

その場《ば》に立《た》ちつくして、追《お》っていくかれの姿《すがた》を見《み》まもるわたしは、なみはずれた身《み》のこなしに舌《した》を巻《ま》きながらも、沼《ぬま》の落《お》とし穴《あな》に足《あし》をふみはずさなければいいがと気《き》をもんでいた。そのとき足音《あしおと》がしたので、ふりむくと、すぐそばの小道《こみち》に、女性《じょせい》の姿《すがた》があった。メリピット荘《そう》があるところをしめしていた、ひとすじの煙《けむり》の方角《ほうがく》からやってきたのだが、沼地《ぬまち》のくぼ地《ち》にかくれて、すぐそばにくるまで見《み》えなかったのだ。

まようことなく、このひとが話《はなし》にきいたステープルトンの妹《いもうと》だと思《おも》った。なにしろ、この沼《ぬま》地《ち》に若《わか》い女性《じょせい》など、そうそういるはずがないし、だれかが彼女《かのじょ》のことを美人《びじん》だといっていたのをおぼえていた。近《ちか》づいてきている女性《じょせい》はまさしくそのとおりで、しかもまれに見《み》る美《うつく》しさだった。

これほどちがいがきわだっている兄《あに》と妹《いもうと》は、まずいないと思《おも》う。ステープルトンは、明《あか》るい色《いろ》の髪《かみ》の毛《け》に灰色《はいいろ》の目《め》で、ふつうの肌色《はだいろ》なのに、妹《いもうと》のほうは、どんなイギリス女性《じょせい》の黒《くろ》みがかった髪《かみ》よりもこい黒髪《くろかみ》の持《も》ち主《ぬし》で、ほっそりと上品《じょうひん》で、背《せ》が高《たか》い。ほこらしげで、彫《ほ》りのふかい顔《かお》だちは、あまりにととのいすぎていて、無表情《むひょうじょう》な彫刻《ちょうこく》を思《おも》わせる。だが、感情《かんじょう》ゆたかな口《くち》もとと美《うつく》しく情熱的《じょうねつてき》な黒《くろ》い瞳《ひとみ》が、その印象《いんしょう》を救《すく》っていた。文句《もんく》のつけようがない容姿《ようし》に、しとやかな服《ふく》をまとった彼女《かのじょ》が、わびしい沼地《ぬまち》の小道《こみち》にふとあらわれたことは、なんともふしぎな感《かん》じがした。

わたしがふりむいたとき、彼女《かのじょ》の目《め》は兄《あに》の姿《すがた》を追《お》っていたが、足《あし》を速《はや》めてこちらに近《ちか》よってきた。帽子《ぼうし》をとり、なにかあいさつをいおうとしたそのとき、相手《あいて》の口《くち》から思《おも》いもよらないことばがとびだした。

「お帰《かえ》りください！　このままロンドンにお帰《かえ》りください、すぐに。」

わたしはぽかんとして、まじまじと彼女《かのじょ》を見《み》るしかなかった。燃《も》えるような目《め》でわたしを見《み》つめる彼女《かのじょ》は、じれったそうに地面《じめん》をふみ鳴《な》らすのだった。

「どうして、帰《かえ》らなくちゃならないんです？」

「ご説明《せつめい》できません。でも、おねがいです。お帰《かえ》りになって、二度《にど》とふたたびこの沼地《ぬまち》にいらっしゃらないで。」

低《ひく》く、熱《ねつ》をおびた声《こえ》で、はなしかたには、妙《みょう》に舌《した》たらずなところがあった。

「でも、わたしはきたばかりなんですよ。」

女《おんな》の声《こえ》が高《たか》くなる。

「ああ、どうして！　あなたのためを思《おも》って申《もう》しあげているのに、わかっていただけないのでしょうか？　ロンドンにお帰《かえ》りくださいな！　今夜《こんや》にでも！　どんなことをしてでも、この場所《ばしょ》からはなれてください！

いけない！　兄《あに》がこちらに！　いまのお話《はなし》、ないしょにしてください。

あそこの、スギナモのなかで咲《さ》いている、ランの花《はな》をつんでくださいません？　この沼地《ぬまち》には、ランがみごとに咲《さ》くんですよ、もう花《はな》のさかりにはちょっとおそうございますけれども。」

チョウを追《お》うのはあきらめたステープルトンが、はげしい運動《うんどう》に息《いき》を荒《あら》らげ、顔《かお》を赤《あか》くしてもどってきた。

「やあ、きていたのか、ベリル！」

そう声《こえ》をかけたが、わたしには、心《こころ》のこもったあいさつにはきこえなかった。

「ええ、ジャック、暑《あつ》そうだわね。」

「うん、シクロピデスを追《お》いかけてたのさ。すごくめずらしいやつで、こんな秋《あき》のおわりに見《み》かけることは、めったにない。くやしいなあ、捕《つか》まえられなかった！」

なにげなさをよそおっているが、はなしているあいだにも、かれの小《ちい》さな、灰色《はいいろ》の目《め》は、ひっきりなしに妹《いもうと》とわたしをちらちら見《み》くらべている。

「どうやら、自己紹介《じこしょうかい》はすんだんだな。」

「ええ。この沼地《ぬまち》のほんとうの美《うつく》しさをごらんになるには、少々《しょうしょう》おそすぎましたって、ヘンリー卿《きょう》に申《もう》しあげていたところよ。」

「えっ、この方《かた》をどなただと思《おも》ってるんだい？」

「ヘンリー＝バスカビル卿《きょう》でしょう。」

「いいえ、とんでもない。ヘンリー卿《きょう》の友人《ゆうじん》ですが、ただの一市民《いちしみん》ですよ。医者《いしゃ》で、ワトソンと申《もう》します。」

表情《ひょうじょう》ゆたかな彼女《かのじょ》の顔《かお》が、さっと赤《あか》くなり、困惑《こんわく》しているようだ。

「とんちんかんなお話《はなし》をしてしまったようですわ。」

「だって、話《はなし》をする時間《じかん》なんて、そうなかっただろう。」

兄《あに》は、さぐるような目《め》つきでそういった。

「ワトソン先生《せんせい》は、お客《きゃく》さまじゃなくて、こちらにお住《す》まいになる方《かた》と思《おも》って、おはなししただけですわ、わたくし。ランの花《はな》にはまだ早《はや》いとか、もうおそいなんて、どうでもよろしいことなのにね。でも、せっかくですから、メリピット荘《そう》におこしいただけますでしょう？」

ちぐはぐなふたり

ほんのちょっと歩《ある》いただけで、沼地《ぬまち》にぽつんとたつ家《いえ》に着《つ》いた。昔《むかし》ゆたかだった時代《じだい》には、牧《ぼく》畜《ちく》をいとなむ農家《のうか》だったのを、修理《しゅうり》して、近代的《きんだいてき》な住《す》まいにしたものだ。

家《いえ》のまわりは果樹園《かじゅえん》だった。沼地《ぬまち》ではたいてい、木《き》がすくすくと成長《せいちょう》していかないものだが、ここでもやはりいじけたような木々《きぎ》のためか、一帯《いったい》はみすぼらしく陰気《いんき》だった。むかえてくれたのは、妙《みょう》な、くたびれた服装《ふくそう》の、年老《としお》いてしわだらけの使用人《しようにん》で、この家《いえ》には似《に》あっているように思《おも》われた。

ところが、家《いえ》のなかには、品《ひん》のよい家具《かぐ》でととのえた広々《ひろびろ》とした部屋《へや》がいくつもあり、あの若《わか》い女性《じょせい》の趣味《しゅみ》のよさを見《み》たような気《き》がするのだった。

窓《まど》から、花崗岩《かこうがん》の点々《てんてん》とするはてしない沼地《ぬまち》が、はるかかなたの地平線《ちへいせん》まで、とぎれることなく広《ひろ》がっているのをながめていると、たいそう教養《きょうよう》のある男《おとこ》と、美《うつく》しい女《おんな》が、どういうわけでこんなところに住《す》むことになったのか、ふしぎに思《おも》えてしかたがなかった。

「よりによって、へんなところに住《す》んだものですよね？」

まるで、わたしの考《かんが》えていることに答《こた》えるかのように、ステープルトンがいった。

「それでも、なんとかそこそこにたのしくやっていますよ、なあ、ベリル？」

「たのしいわ。」

だが、返事《へんじ》には、心《こころ》からそう思《おも》っている、ひびきがなかった。ステープルトンが語《かた》りはじめる。

「わたしは、学校《がっこう》を経営《けいえい》していたのです。北《きた》の地方《ちほう》で。わたしみたいな気性《きしょう》の男《おとこ》には、単調《たんちょう》でたいくつな仕事《しごと》でしたが、若者《わかもの》たちといっしょに生活《せいかつ》し、若々《わかわか》しい精神《せいしん》を育成《いくせい》するのに手《て》をかし、自分《じぶん》の人格《じんかく》や理想《りそう》をうえつけるという、得《え》がたい特権《とっけん》は貴重《きちょう》でしたね。

しかし、運《うん》がありませんでした。学校《がっこう》でひどい伝染病《でんせんびょう》がはやり、男子《だんし》生徒《せいと》三人《にん》の死者《しゃ》がでました。その痛手《いたで》からたちなおれず、資金《しきん》もあらかたつかいきってしまい、とりかえしがつきませんでした。

とはいえ、生徒《せいと》たちとのたのしい交遊《こうゆう》はうしないましたが、不運《ふうん》もまたよし、といえるのですがね。なにしろ、植物《しょくぶつ》学《がく》と動物学《どうぶつがく》には目《め》がありませんから、ここでは、どこまでもつづく野外《やがい》観察《かんさつ》ができるわけですよ。妹《いもうと》も、わたし同様《どうよう》、自然界《しぜんかい》に夢中《むちゅう》です。

ワトソン先生《せんせい》、窓《まど》から沼地《ぬまち》をごらんになっているあなたのお顔《かお》から察《さっ》して、お考《かんが》えになっていたことに対《たい》する答《こた》えは、こんなところです。」

「たしかに、すこしばかりたいくつなところなのではないか、という思《おも》いはよぎりました――あなたはともかく、たぶん妹《いもうと》さんにとっては、と。」

すかさず、彼女《かのじょ》がいう。

「いえ、いえ、たいくつなんて、とんでもない。」

「本《ほん》もあれば、研究《けんきゅう》することもある、そのうえ、よいご近所《きんじょ》づきあいにもめぐまれています。モーティマー先生《せんせい》は、ご自分《じぶん》の専門《せんもん》について、たいそう知識《ちしき》をお持《も》ちです。亡《な》くなられたチャールズ卿《きょう》も、すばらしいはなし相手《あいて》でいらっしゃいました。あの方《かた》とのおつきあいがふかかったぶん、いいようもなくさびしいですよ。いかがでしょう、午後《ごご》にでもうかがって、ヘンリー卿《きょう》とお近《ちか》づきになりたいと存《ぞん》じますが、おじゃまでしょうか?」

「きっと、よろこばれることでしょうよ。」

「では、おうかがいするつもりだと、お伝《つた》えいただけますか。ヘンリー卿《きょう》が新《あたら》しい環境《かんきょう》になじまれるまで、わたしたちにも、なにかお手伝《てつだ》いできることがあるかもしれません。ワトソン先生《せんせい》、ちょっと二階《かい》へいらして、わたしの、チョウやガのコレクションでもごらんにりませんか？　イギリス南西部《なんせいぶ》では、いちばん種類《しゅるい》がそろっていると思《おも》います。ひととおりごらんになったころには、昼食《ちゅうしょく》のしたくも、ととのうでしょう。」

しかし、自分《じぶん》のいるべきところにもどらなくてはと、わたしは気《き》がせいた。陰気《いんき》な沼地《ぬまち》、不運《ふうん》な小馬《こうま》の死《し》、バスカビル家《け》の不気味《ぶきみ》な伝説《でんせつ》を思《おも》いださせる、この世《よ》のものならぬ声《こえ》。なにもかもが、わたしの思《おも》いを、ものさびしくそめるものばかりだった。

これらの印象《いんしょう》はあいまいなものだが、ステープルトンの妹《いもうと》が口《くち》にした、断固《だんこ》とした警告《けいこく》がある。あれほど熱心《ねっしん》に伝《つた》えようとしていたのだ。なにか重大《じゅうだい》で、ふかいわけがあることはまちがいない。

昼食《ちゅうしょく》までと引《ひ》きとめられるのをふりきるようにして、わたしはすぐに帰途《きと》につき、先《さき》ほどきた草《くさ》ぶかい小道《こみち》をもどっていった。

ところが、このあたりにくわしい者《もの》には、近道《ちかみち》があるにちがいない。本道《ほんどう》までいかないうちに、おどろいたことに、道《みち》ばたの岩《いわ》にステープルトンの妹《いもうと》がすわっているではないか。息《いき》せききって走《はし》ったのだろうか、ほおが美《うつく》しく赤《あか》くそまり、片手《かたて》でわき腹《ばら》をおさえている。

「先《さき》まわりしようとして、ずっと走《はし》ってまいりましたの、ワトソン先生《せんせい》。帽子《ぼうし》をかぶるひまもありませんでしたわ。ぐずぐずできません、わたくしがいないことを、兄《あに》に気《き》づかれてしまいますから。

ひとことおわびを申《もう》しあげたかったのです。あなたをヘンリー卿《きょう》とまちがえるなんて、ほんとうに、ばかな思《おも》いちがいをいたしました。わたくしがいったことは、どうぞおわすれくださいませ。あなたにはなんの関係《かんけい》もないことでございます。」

「そうおっしゃられても、わすれられませんよ、ステープルトンさん。わたしはヘンリー卿《きょう》の友《ゆう》人《じん》であり、あの方《かた》の身《み》の安全《あんぜん》はひとごとではないのです。わけをおきかせください。ヘンリー卿《きょう》がロンドンに帰《かえ》られることを、どうしてそんなに強《つよ》くのぞまれるのか。」

「気《き》まぐれな女《おんな》のせりふだったのです、ワトソン先生《せんせい》。わたくしのことをもっとよく知《し》っていただけば、おわかりいただけますが、わたくし、わけもなく意味《いみ》のないことを、よくいうんです。」

「いいえ、まさか。あのとき、お声《こえ》がふるえていました。あなたの目《め》の色《いろ》も、おぼえていますよ。どうか、おねがいですから、ごまかさないでください、ステープルトンさん。

ここにやってきてからというもの、わたしはずっと影《かげ》につきまとわれているような気《き》がしているんです。グリンペンの底《そこ》なし沼《ぬま》にいるような気分《きぶん》ですよ。そこらじゅうに青々《あおあお》とした草《くさ》むらがあって、足《あし》をとられてしずむかもしれないのに、道《みち》しるべとなるものがなにもない。

どういうことをおっしゃりたかったのか、教《おし》えてください。あなたが警告《けいこく》されたことは、きっとヘンリー卿《きょう》にお伝《つた》えしますよ。」

一瞬《いっしゅん》、彼女《かのじょ》の顔《かお》をまよいがかすめたが、ふたたび目《め》にきびしさがもどった。

「思《おも》いすごしです、ワトソン先生《せんせい》。兄《あに》もわたくしも、チャールズ卿《きょう》が亡《な》くなったことがたいへんなショックでした。それは親《した》しくさせていただいていたのです。卿《きょう》は沼地《ぬまち》をこえて、わが家《や》まで歩《ある》いていらっしゃるのが、お好《す》きでしたから。

あの方《かた》は、一族《いちぞく》にかかった呪《のろ》いのことを、たいそう気《き》にしていらっしゃいました。亡《な》くなったときに、あの方《かた》が口《くち》になさっていた恐怖《きょうふ》には、なにかしらわけがあったにちがいないと、わたくし、なんとなく感《かん》じたものです。

そういうわけですから、またご一族《いちぞく》の方《かた》がいらして、こちらにお住《す》まいになるというのが気《き》になって、その方《かた》にふりかかる危険《きけん》のことを、ご注意申《ちゅういもう》しあげなくてはと思《おも》ったのです。わたくしがお伝《つた》えしようと思《おも》ったことは、それだけですわ。」

「危険《きけん》とは？」

「魔犬《まけん》の話《はなし》をご存《ぞん》じでしょう？」

「そういう、ばかげた話《はなし》など、信《しん》じません。」

「でも、わたくしは信《しん》じているのです。もしあなたのお力《ちから》で、ヘンリー卿《きょう》をここからつれだしてさしあげることができるなら、そうなさってください。この土地《とち》は、あのご一族《いちぞく》の方々《かたがた》の命《いのち》をうばいつづけてきているんです。世界《せかい》は広《ひろ》うございます。どうしてわざわざ、危険《きけん》なところに住《す》まわれなければいけませんの？」

「それは、危険《きけん》なところだからこそです。ヘンリー卿《きょう》は、そういう方《かた》なんですよ。あなたから、もっとはっきりしたことをうかがえないかぎり、卿《きょう》を動《うご》かしてほしいといわれても、とてもできない相談《そうだん》ですね。」

「はっきりしたことなど、申《もう》しあげられませんわ。はっきりしたことを存《ぞん》じませんから。」

「もうひとつうかがいます、ステープルトンさん。はじめてお目《め》にかかったとき、このていどのことをおっしゃるつもりだったなら、なぜ、お兄《にい》さんにきかせまいとなさったのです？　お兄《にい》さんが、いや、だれだって、その話《はなし》をするなとはいわないでしょう。」

「兄《あに》は、館《やかた》にひとが住《す》まわれることを、強《つよ》く希望《きぼう》しているのです。沼地《ぬまち》のまずしいひとびとのためには、それがなによりたいせつだと考《かんが》えていますから。ヘンリー卿《きょう》を追《お》いだすようなことを、わたくしが申《もう》しあげたと知《し》れば、かんかんに怒《おこ》ることでしょう。ともかく、これで、申《もう》しあげるべきことは申《もう》しあげました。これでおしまいにいたします。もどらなければ……いないことがわかれば、あなたに会《あ》っていたのだろうと、兄《あに》に疑《うたが》われてしまいます。では、ごきげんよう！」

彼女《かのじょ》は身《み》をひるがえし、たちまちのうちに、点々《てんてん》とちらばっている岩《いわ》のあいだに姿《すがた》を消《け》した。そしてわたしはといえば、つかみどころのない不安《ふあん》を感《かん》じながら、バスカビル館《やかた》への道《みち》をたどっていった。

第《だい》八章《しょう》　ホームズへの報告《ほうこく》

沼地《ぬまち》のひとびと

わたしの目《め》の前《まえ》のテーブルの上《うえ》に、シャーロック＝ホームズに報告《ほうこく》を書《か》きおくった手紙《てがみ》がある。ここからは、それを引《ひ》きうつして、ことのなりゆきをたどっていこう。

一枚《まい》なくなってはいるが、そのほかには事件《じけん》の真《ま》っただ中《なか》にいたときのわたしが、どう感《かん》じ、なにを疑《うたが》っていたかが正確《せいかく》に書《か》かれている。つぎつぎにおこった悲劇《ひげき》は、なまなましくおぼえているが、記憶《きおく》よりも、手紙《てがみ》のほうがより正確《せいかく》だろう。

十月《がつ》十三日《にち》、バスカビル館《やかた》にて

親愛《しんあい》なるホームズへ

これまでの手紙《てがみ》と電報《でんぽう》で、世界《せかい》のかたすみの、神《かみ》にも見《み》すてられたようなこの地《ち》で、いままでにおこったことは、もれなく伝《つた》わっていることと思《おも》う。この沼地《ぬまち》にいればいるほど、沼地《ぬまち》の霊《れい》がじわじわ心《こころ》にしみこんでくるよ。沼地《ぬまち》は広大《こうだい》でいんうつな魔界《まかい》だ。

ひとたび沼地《ぬまち》のふところにいだかれるや、近代《きんだい》イギリスらしさはかけらもなくなり、そのかわり、いたるところで先史時代《せんしじだい》の人間《にんげん》たちの暮《く》らしや仕事《しごと》に気《き》づかされることになる。歩《ある》いていく先《さき》のいたるところに、そのわすれられたひとびとの家々《いえいえ》があり、墓《はか》があり、寺院《じいん》としてつくられたものらしい巨大《きょだい》な石柱《せきちゅう》がある。

岩《いわ》の切《き》りたつ丘《おか》の斜面《しゃめん》を背《せ》にぽつぽつとたっている、灰色《はいいろ》の石《いし》づくりの小屋《こや》を見《み》ていると、自《じ》分《ぶん》の生《い》きている時代《じだい》から切《き》りはなされてしまう。目《め》の前《まえ》でその低《ひく》い入《い》り口《ぐち》から、毛皮《けがわ》をまとった毛《け》ぶかい男《おとこ》がはいだしてきて、石《いし》の矢《や》じりの矢《や》を弓《ゆみ》につがえたとしても、自分《じぶん》がここにいるより、原始人《げんしじん》の出現《しゅつげん》のほうが自然《しぜん》だと思《おも》えることだろう。

ふしぎな話《はなし》だよ、昔《むかし》からずっと不毛《ふもう》の土地《とち》だったはずのここに、あの時代《じだい》、たくさんの人間《にんげん》が暮《く》らしていたとは。ぼくは考古学者《こうこがくしゃ》じゃないが、想像《そうぞう》としては、そのひとびとは争《あらそ》いごとを好《この》まない、しいたげられた種族《しゅぞく》で、ほかの種族《しゅぞく》が見《み》むきもしない土地《とち》での暮《く》らしに、がまんするほかなかったのだろうかと。

いやいや、こんなことはみな、きみがぼくにいいつけた任務《にんむ》とかかわりのないことであって、てっていして実際的《じっさいてき》な精神《せいしん》の持《も》ち主《ぬし》であるきみには、おもしろくもなんともないだろうね。いまでもわすれられないよ、太陽《たいよう》が地球《ちきゅう》のまわりをまわっていようが、地球《ちきゅう》が太陽《たいよう》のまわりをまわっていようが、きみにはちっとも関心《かんしん》がなかったことを。というわけで、ヘンリー＝バスカビル卿《きよう》にかんする話《はなし》にもどろう。

ここ何日《なんにち》か、きみになにも報告《ほうこく》しなかったのは、きょうまでのところ、とりたてて何事《なにごと》もなかったからだ。ここにきて、思《おも》いもよらぬ展開《てんかい》になってきた。順《じゆん》を追《お》って報告《ほうこく》しよう。ただし、まずは、この状況《じようきよう》をめぐるいくつかのことを、きみに知《し》っておいてもらわなくてはならない。

ひとつは、これまでほとんどふれていなかったが、沼地《ぬまち》に逃《に》げこんだ脱獄囚《だつごくしゆう》のこと。ここにはもういないと思《おも》われる根拠《こんきよ》が強《つよ》くなってきて、人家《じんか》のまばらなこのあたりのひとびとは、かなりほっとしている。脱獄《だつごく》から二週間《しゆうかん》、姿《すがた》も見《み》えなければ、それらしいうわさもきこえてこない。それだけのあいだ、ずっと沼地《ぬまち》にひそんでいられるとは、とても考《かんが》えられない。

もちろん、かくれていることはちっともむずかしくない。隠《かく》れ家《が》にする石《いし》づくりの小屋《こや》は、よりどりみどりなんだから。だが、沼地《ぬまち》にいる羊《ひつじ》でも捕《つか》まえて殺《ころ》さないかぎり、食《た》べるものはなにもない。したがって、ぼくたちはもういないのだと考《かんが》え、沼地《ぬまち》に住《す》む農家《のうか》のひとたちも、まくらを高《たか》くして眠《ねむ》れるようになった。

この館《やかた》には大《だい》の男《おとこ》が四人《にん》いるので、自分《じぶん》たちの身《み》はじゅうぶんまもれる。だけど、ステープルトン兄妹《きようだい》のことを考《かんが》えると、正直《しようじき》いって心配《しんぱい》だ。助《たす》けを呼《よ》ぼうにも、どこからでも数《すう》マイルははなれているんだ。メイドがひとり、年《とし》よりの使用人《しようにん》がひとり、そして妹《いもうと》と兄《あに》。しかも、兄《あに》はそれほど強《つよ》そうな男《おとこ》とは思《おも》えない。

あの家《いえ》では、ノッティング゠ヒルの殺人犯《さつじんはん》のような、なにをするかわからないやつがその気《き》になって、押《お》し入《い》ってきたら、ひとたまりもないよ。ヘンリー卿《きょう》もぼくも、それが心配《しんぱい》で、馬係《うまがかり》のパーキンズを泊《と》まりこませようと申《もう》しでたんだが、ステープルトンがきき入れなくてね。

じつは、われらが准男爵《じゅんだんしゃく》が、うるわしき隣人《りんじん》に、ひとかたならぬ関心《かんしん》を見《み》せはじめている。ふしぎでもなんでもないがね。かれのような活動的《かつどうてき》な男《おとこ》には、こんなわびしい土地《とち》は、時間《じかん》が止《と》まっているように感《かん》じられるだろうし、相手《あいて》はあれほどの魅力的《みりょくてき》な美女《びじょ》なんだから。

どことなく南国的《なんごくてき》で異国情緒《いこくじょうちょ》を感《かん》じさせるあの妹《いもうと》は、ひややかで感情《かんじょう》をあまりあらわさない兄《あに》とは、妙《みょう》に対照的《たいしょうてき》だよ。もっとも、兄《あに》も、炎《ほのお》を胸《むね》に秘《ひ》めているような気《き》がするが。

妹《いもうと》に対《たい》する兄《あに》の力《ちから》のすごさは、びっくりするほどだ。妹《いもうと》は、話《はなし》をするときに兄《あに》の顔色《かおいろ》をうかがって、はなしてもよいかどうか、許可《きょか》をもとめているみたいなんだ。

たしかに、兄《あに》は妹《いもうと》をだいじにしているとは思《おも》う。だけど、冷《つめ》たく光《ひか》るあの目《め》、しっかりとむすばれたうすいくちびる、あれは、自信《じしん》がありすぎて、おそらくは残酷《ざんこく》な人間《にんげん》のものだな。きみには、おもしろい研究材料《けんきゅうざいりょう》だろう。

ステープルトンは、初日《しょにち》にさっそくバスカビル館《やかた》を訪《たず》ねてきて、その翌朝《よくあさ》にはもう、極悪人《ごくあくにん》ヒューゴー伝説《でんせつ》ゆかりの地《ち》といわれる場所《ばしょ》に、ぼくらをつれていってくれた。

沼地《ぬまち》にはいっていくこと数《すう》マイル、気味《きみ》のわるいところで、いかにもあの物語《ものがたり》を生《う》みそうだった。ぎざぎざの岩山《いわやま》のあいだに、短《みじか》い谷《たに》があって、谷《たに》の先《さき》にひらける、白《しろ》いワタスゲ（カヤツリグサ科《か》の多年草《たねんそう》。白《しろ》い綿《わた》ボールのような実《み》をつける）が、まばらに茂《しげ》る草地《くさち》。その真《ま》ん中《なか》に、ふたつの巨大《きょだい》な岩《いわ》がそびえている。てっぺんがすりへってとがり、おそろしげな巨大《きょだい》なけものの牙《きば》が、化石《かせき》になったように見《み》える。どこをとっても、あの伝説《でんせつ》の場面《ばめん》にぴったりだ。

ヘンリー卿《きょう》はひじょうに興味《きょうみ》をかきたてられ、超自然《ちょうしぜん》のものが人間《にんげん》の世界《せかい》に手《て》をだすなんて、ありうるとほんとうに思《おも》うかと、何度《なんど》もステープルトンにきいていた。なにげないききかたをしていたけれど、それこそ、かれがそうとう本気《ほんき》にしているしるしだ。

ステープルトンはしんちょうな答《こた》えかたをしていたが、ことばをひかえているのが、すぐにわかった。准男爵《じゅんだんしゃく》がどう感《かん》じるかに気《き》をつかって、遠慮《えんりょ》がちの意見《いけん》しか口《くち》にださないんだ。でも、一族《いちぞく》がなにかの邪悪《じゃあく》な力《ちから》にくるしめられた、似《に》たような話《はなし》をいくつかした。ここでの出来事《できごと》についてうわさされていることを、かれも信《しん》じているような印象《いんしょう》だったね。

帰《かえ》りにメリピット荘《そう》で、昼食《ちゅうしょく》をごちそうになった。ヘンリー卿《きょう》がステープルトン嬢《じょう》と知《し》りあったのは、このときだよ。ひと目《め》で、あの女性《じょせい》に強《つよ》くひかれたようだった。ぼくが大《おお》きな勘《かん》ちがいをしているのでなければ、ふたりはおたがいにひかれあったのだと思《おも》う。

帰《かえ》り道《みち》で、ヘンリー卿《きょう》は、しきりに彼女《かのじょ》の話《はなし》をしていた。それからというもの、ぼくらがあの兄妹《きょうだい》と会《あ》わずにすごした日《ひ》は、ほとんどない。今夜《こんや》は兄妹《きょうだい》が夕食《ゆうしょく》にくるし、来週《らいしゅう》はぼくらがむこうにいくという話《はなし》になっている。

あのふたりの縁組《えんぐ》みなら、ステープルトンは大賛成《だいさんせい》しそうなものだよね。ところがそうではなくて、ヘンリー卿《きょう》が自分《じぶん》の妹《いもうと》に関心《かんしん》をしめすと、この兄《あに》が絶対《ぜったい》にゆるせないという顔《かお》つきになるのに、ぼくは何度《なんど》も気《き》づいた。

兄《あに》はたしかに妹《いもうと》のことをすごく気《き》づかっている。妹《いもうと》がいなくなれば、兄《あに》ひとりのさびしい暮《く》らしになるだろう。でも、こんなにすばらしい結婚話《けっこんばなし》のじゃまをするとなれば、自分勝手《じぶんかって》もいいところじゃないか。

それでも、ふたりの親《した》しさが愛《あい》という実《み》をむすぶのを、あの兄《あに》がのぞんでいないのは、たしかだ。あのひとたちをなんとかふたりきりにさせないよう、兄《あに》が手《て》をまわす場面《ばめん》を、ぼくは何度《なんど》も目《め》にした。

というわけで、絶対《ぜったい》にヘンリー卿《きょう》をひとりっきりで外出《がいしゅつ》させてはいけないという、きみの指示《しじ》だが、恋愛問題《れんあいもんだい》がからんでくるとさらに難問《なんもん》がふえて、なおさらやっかいなことになるだろう。きみの命令《めいれい》を文字《もじ》どおりに実行《じっこう》しようとすれば、ぼくの株《かぶ》はたちまちさがるだろうね。

先日《せんじつ》、もっと正確《せいかく》にいうと木曜日《もくようび》のことだが、モーティマー医師《いし》がぼくらと昼食《ちゅうしょく》をともにした。ロング＝ダウンという丘《おか》で塚《つか》をほりおこしていて、先史時代《せんしじだい》の人間《にんげん》の頭蓋骨《ずがいこつ》を手《て》にいれた

み《み》
と、大《おお》よろこびだった。あれほどひとつのことに夢中《むちゅう》になれる人間《にんげん》はいやしないね!

あとからステープルトン兄妹《きょうだい》もやってきた。ヘンリー卿《きょう》が希望《きぼう》すると、人柄《ひとがら》のよい医師《いし》は、みんなをイチイ並木《なみき》に案内《あんない》して、先代《せんだい》の死《し》んだ晩《ばん》の出来事《できごと》をくわしく説明《せつめい》してくれた。

長々《ながなが》とつづく暗《くら》い散歩道《さんぽみち》だったよ、あのイチイの並木道《なみきみち》ってやつは。両側《りょうがわ》を刈《か》りこんだ生《い》け垣《がき》の高《たか》いかべのあいだに道《みち》があって、左右《さゆう》に細長《ほそなが》い芝生《しばふ》の帯《おび》がある。つきあたりが、荒《あ》れはてた古《ふる》いあずまやだ。

道《みち》のなかほどに沼地《ぬまち》へつうじる門《もん》。あの老貴族《ろうきぞく》が、葉巻《はまき》の灰《はい》を落《お》としていたところだ。白《しろ》い木《もく》製《せい》の門《もん》に、かんぬきがついている。そのむこうは、広々《ひろびろ》とした沼地《ぬまち》だ。

きみの仮説《かせつ》を思《おも》いだして、ぼくはそのときの出来事《できごと》のありったけを、思《おも》いえがこうとしてみた。老貴族《ろうきぞく》がそこに立《た》って、沼地《ぬまち》のほうからなにかがやってくるのを目《め》にした。そのなにかは、正気《しょうき》をなくさせるほど、おそろしいものだった。走《はし》りに走《はし》って逃《に》げたあげく、ついに恐怖《きょうふ》と体力《たいりょく》の限界《げんかい》で息《いき》を引《ひ》きとった。

老貴族《ろうきぞく》が逃《に》げたのは、長《なが》くて暗《くら》い生《い》け垣《がき》のトンネルだった。では、なにから逃《に》げたのか? 沼《ぬま》地《ち》の牧羊犬《ぼくようけん》だろうか? それとも、音《おと》もなくせまる、巨大《きょだい》な黒《くろ》い魔《ま》の犬《いぬ》か?

その出来事《できごと》には、手《て》をくだした人間《にんげん》がいたのだろうか? あの青白《あおじろ》い顔《かお》の、用心《ようじん》ぶかいバリモアは、まだなにか知《し》っているのだろうか? おぼろげで、雲《くも》をつかむようなことばかりだが、この出来事《できごと》の背後《はいご》には犯罪《はんざい》の暗《くら》い影《かげ》が動《うご》いているのはたしかだ。

前回《ぜんかい》の手紙《てがみ》を書《か》いたあとで、もうひとりの住人《じゅうにん》に会《あ》ったよ。ラフター館《やかた》のフランクランド氏《し》だ。ここから四マイルばかり南《みなみ》に住《す》んでいる。この老人《ろうじん》は、赤《あか》ら顔《がお》で、白髪《はくはつ》で、怒《おこ》りっぽい。かれが情熱《じょうねつ》をむける先《さき》はイギリスの法律《ほうりつ》で、裁判《さいばん》をするのにかなりの財産《ざいさん》をつぎこんできている。

かれはとにかく争《あらそ》うことがたのしみなのだ。訴《うった》えるのも訴《うった》えられるのも大好《だいす》きで、気《き》づいてみると訴訟《そしょう》が金《かね》のかかる道楽《どうらく》になっていたというのも、うなずける話《はなし》だ。

あるときは、私有地《しゆうち》を通行禁止《つうこうきんし》にして、村《むら》のひとたちに、とおれるものならとおってみろとふっかける。またあるときは、他人《たにん》の敷地《しきち》の門《もん》をこわして、遠《とお》い昔《むかし》からそこは通《とお》り道《みち》だったといいはり、不法侵入《ふほうしんにゅう》で訴《うった》えるならそうするがいいと、その持《も》ち主《ぬし》につっかかる。

昔《むかし》の荘園《しょうえん》の権利《けんり》や公共地《こうきょうち》の権利《けんり》をよく勉強《べんきょう》していて、その知識《ちしき》を、ファーンワージーの村人《むらびと》のために役《やく》だてることもあれば、村人《むらびと》をこまらせるのに使《つか》うこともある。村《むら》の通《とお》りでは、最近《さいきん》のかれがなにをしたかによって、大《おお》よろこびでたたえられたり、身《み》がわり人形《にんぎょう》が火《ひ》あぶりにされたりするんだ。

いまのところは、七件《けん》ばかり裁判《さいばん》をかかえていて、おそらくはそのために、のこった財産《ざいさん》もつかいはたすだろうから毒《どく》もぬかれて、その先《さき》はおとなしくなるはずだといううわさだ。法律《ほうりつ》のことさえなければ、根《ね》はしんせつな、お人好《ひとよ》しのようだからね。こんなことを書《か》くのも、まわりにいる人間《にんげん》のことを報告《ほうこく》するよう、きみに念《ねん》をおされたからだ。

かれがいま、妙《みょう》なことをやっているよ。素人天文学者《しろうとてんもんがくしゃ》で、りっぱな望遠鏡《ぼうえんきょう》を持《も》っているんだが、自分《じぶん》の家《いえ》の屋根《やね》に望遠鏡《ぼうえんきょう》をすえつけて、例《れい》の脱獄囚《だつごくしゅう》を見《み》つけてやろうと、一日《いちにち》じゅう沼地《ぬまち》をくまなく見《み》わたしているんだ。

この仕事《しごと》に全力《ぜんりょく》をあげてくれていれば、けっこうなことだが、近親者《きんしんしゃ》の同意《どうい》をとらずに墓《はか》をあばいたのはけしからん、といって、モーティマー医師《いし》を訴《うった》えるらしいという、うわさもある。ロング＝ダウンの丘《おか》の塚《つか》から、新石器時代《しんせっきじだい》の頭蓋骨《ずがいこつ》をほりおこしたのはけしからん、というわけだよ。

この人物《じんぶつ》、たいくつになりがちなぼくらの生活《せいかつ》の救《すく》いだね。ここでは決定的《けっていてき》に欠《か》けている、心《こころ》のほぐれるちょっとしたおかしさを、かれはあたえてくれる。

深夜《しんや》の出来事《できごと》

さて、脱獄囚《だつごくしゅう》、ステープルトン兄妹《きょうだい》、モーティマー医師《いし》、ラフター館《やかた》のフランクランドについて、最新《さいしん》の情報《じょうほう》を送《おく》ったところで、ようやく、いちばん重要《じゅうよう》なことを記《しる》してしめくくるよ。バリモアについてもっとくわしく、そしてとくに、ゆうべ新《あたら》しくわかった、びっくりするようなことについて報告《ほうこく》する。

まず、バリモアがほんとうに館《やかた》にいたかどうかたしかめるために、きみがロンドンから打《う》った、例《れい》の電報《でんぽう》のことだ。すでに説明《せつめい》した、あの郵便局《ゆうびんきょく》長の証言《しょうげん》だが、あのこころみはむだだった。いたという証拠《しょうこ》も、いなかったという証拠《しょうこ》もない。

ヘンリー卿《きょう》にそのことをはなしたところ、いかにもあのひとらしく率直《そっちょく》なやりかたで、すぐにバリモアを呼《よ》んで、自分《じぶん》で電報《でんぽう》を受《う》けとったかどうかきいたんだ。バリモアは、受《う》けとったと答《こた》えたよ。

「使《つか》いの男《おとこ》の子《こ》が、おまえに手《て》わたしたのか？」

ヘンリー卿《きょう》にそうきかれ、バリモアは、はっとしたようすで、ちょっと考《かんが》えこんでいた。

「いいえ、わたくしはそのとき、物置《ものおき》にあがっておりまして、家内《かない》が持《も》ってまいりました。」

「返事《へんじ》は自分《じぶん》で書《か》いたのかい？」

「いいえ。返事《へんじ》を家内《かない》に伝《つた》えまして、家内《かない》が下《した》におりていって書《か》きました。」

その晩《ばん》になって、かれのほうからその話題《わだい》をむしかえしてきた。

「だんなさま、今朝《けさ》のご質問《しつもん》のことですが、どういうことなのか、さっぱりわからないのでございます。まさか、なにかご信頼《しんらい》をなくすようなことを、わたくしが、しでかしたということでしょうか？」

ヘンリー卿《きょう》は、そういうことではないと、安心《あんしん》させなくてはならなかった。そこで、ロンドンで手配《てはい》して届《とど》いたばかりの品物《しなもの》のなかから、自分《じぶん》が着《き》ていた服《ふく》を、バリモアにたくさんあたえて、なだめにかかった。

ぼくは、バリモアの女房《にょうぼう》に注目《ちゅうもく》している。太《ふと》ってどっしりしているが、生《き》まじめで、かたくるしくて、ひじょうに厳格《げんかく》な気性《きしょう》だ。きみでも、これほど感情《かんじょう》をあらわさない女《おんな》は想像《そうぞう》できないと思《おも》う。

だが、知《し》らせたとおり、ここにきた最初《さいしょ》の晩《ばん》に、彼女《かのじょ》がはげしくすすり泣《な》くのをきいたし、そのあと、顔《かお》に涙《なみだ》のあとがのこっているのに、何度《なんど》か気《き》づいた。なにかのふかい悲《かな》しみが、彼女《かのじょ》をくるしめているんだ。罪《つみ》の意識《いしき》にさいなまれているのだろうかと思《おも》ったり、夫婦《ふうふ》のあいだでバリモアが暴力《ぼうりょく》をふるうのだろうかと疑《うたが》ったりすることもある。

このバリモアという人物《じんぶつ》には、なにやら妙《みょう》な、うさんくさいところがあると、ぼくはずっと感《かん》じていたんだ。そしてゆうべの一件《いっけん》で、その疑《うたが》いは決定的《けっていてき》なものになった。

その一件自体《いっけんじたい》はささいなことに思《おも》えるかもしれない。きみも知《し》っているとおり、ぼくはあまり眠《ねむ》りがふかいほうではない。この館《やかた》で見張《みは》り役《やく》につくようになってから、以前《いぜん》よりもっと眠《ねむ》れない。ゆうべ、午前《ごぜん》二時《じ》ごろのことだ、ぼくの部屋《へや》の前《まえ》をとおる足音《あしおと》で、目《め》がさめた。ぼくはおきだして、扉《とびら》をあけ、のぞいてみた。黒《くろ》い影《かげ》が長々《ながなが》と、廊下《ろうか》にのびている。影《かげ》の主《ぬし》は、ろうそくを片手《かたて》に、廊下《ろうか》をそっと歩《ある》いていく男《おとこ》。

シャツとズボンというかっこうで、はだしだった。輪郭《りんかく》が見《み》えただけだったが、背《せ》の高《たか》さからして、バリモアだ。そろりそろり、用心《ようじん》ぶかく歩《ある》くその姿《すがた》には、いいようがない後《うし》ろめたさ、うさんくささがある。

きみに伝《つた》えてあるとおり、広間《ひろま》をぐるりとめぐる回廊《かいろう》に、廊下《ろうか》はいったんつきあたるが、そのちょうどまむかいのところから、また廊下《ろうか》がつづいている。

ぼくのところからバリモアが見《み》えなくなるのを待《ま》って、あとをつけた。回廊《かいろう》をまわりきったところで、かれはその先《さき》の廊下《ろうか》のつきあたりにいた。ひらいた扉《とびら》からもれる明《あ》かりに、かれが一室《いっしつ》にはいっていったのがわかった。

ところで、そのあたりの部屋《へや》は家具《かぐ》をそなえてないし、使《つか》われてもいない。となると、かれはなにをしているのか、ますますの謎《なぞ》だ。ろうそくの光《ひかり》が動《うご》かないとすると、じっと立《た》っているのか。ぼくはできるかぎり足音《あしおと》をしのばせて、廊下《ろうか》をそっと進《すす》み、扉《とびら》のすきまからのぞいてみた。

バリモアは、窓《まど》ぎわにしゃがんで、ろうそくを窓《まど》ガラスにおしつけるようにしていた。こちらから半分見《はんぶんみ》えるその横顔《よこがお》が、沼地《ぬまち》の闇《やみ》をじっと見《み》つめて、期待《きたい》にこわばっているようだ。しばらく、そうして目《め》をこらしていた。

腹《はら》の底《そこ》からうめくような声《こえ》をもらしたかと思《おも》うと、バリモアは明《あ》かりを消《け》した。ぼくは、すぐ

さま部屋《へや》にとって返《かえ》した。直後《ちょくご》に、しのび足《あし》がふたたび、ぼくの部屋《へや》の前《まえ》をとおって、もどっていった。

かなりあとになってから、ぼくがうとうとまどろんでいると、どこかで鍵《かぎ》をあける音《おと》がしたが、それがどこからきこえてきたのかはわからなかった。

いったいどういうことなのか、見当《けんとう》もつかないが、この暗《くら》い館《やかた》のなかで、秘密《ひみつ》のうちになにやらおこなわれているのだ。いずれ真相《しんそう》をあばくよ。

ぼくの推理《すいり》できみをわずらわせるのは、さしひかえるよ。事実《じじつ》だけがほしいということだったからね。

今朝《けさ》、ヘンリー卿《きょう》とじっくりはなしあって、ゆうべぼくが見《み》たことをもとに、作戦《さくせん》をたてた。いまのところは、それについて書《か》かないが、次回《じかい》の報告《ほうこく》はおもしろく読《よ》んでもらえることと思《おも》う。

第《だい》九章《しょう》　ホームズへの第《だい》二の報告《ほうこく》

沼地《ぬまち》のふたり

十月《がつ》十五日《にち》　バスカビル館《やかた》にて
親愛《しんあい》なるホームズへ
この任務《にんむ》についたばかりのころは、きみにたいした報告《ほうこく》もできないまま日々《ひび》がすぎてしまったが、ここにきて、おくれをとりもどしている。このところ、数々《かずかず》の出来事《できごと》が、めまぐるしく、おきているのだ。
前回《ぜんかい》の報告《ほうこく》は、とっておきの新事実《しんじじつ》、窓辺《まどべ》のバリモアの話《はなし》までだった。今回《こんかい》は、報告《ほうこく》すべきことがすでにたっぷりたまっている。大《おお》きな見《み》こみちがいでなければ、きみもさぞかしおどろくだろうと思《おも》う。
事態《じたい》は、ぼくがまったく思《おも》いもよらなかった方向《ほうこう》へむかっている。ここ四十八時間《じかん》のうちに、ずっとはっきりしてきたとも、さらにこみいってきたともいえる。ともかく、全部《ぜんぶ》を伝《つた》えるから、きみが判断《はんだん》してくれたまえ。

あのふしぎなことがあった翌朝《よくあさ》、朝食《ちょうしょく》の前《まえ》に、廊下《ろうか》の先《さき》の、バリモアが前《まえ》の晩《ばん》にいた部屋《へや》を調《しら》べてみた。あの男《おとこ》が熱心《ねっしん》に外《そと》を見《み》つめていた西側《にしがわ》の窓《まど》は、この館《やかた》のほかの窓《まど》とはちがう、特別《とくべつ》なものだったんだよ。どの窓《まど》からよりも間近《まぢか》に、沼地《ぬまち》を見《み》わたせるんだ。二本《ほん》の木《き》のあいだにひらけたところがあって、その位置《いち》からだと、なににもさえぎられずに沼地《ぬまち》を見《み》とおせる。ほかの窓《まど》からは、沼地《ぬまち》の遠《とお》くのほうしか見《み》えないんだよ。

つまり、この窓《まど》を使《つか》う目的《もくてき》はそれしかないんだから、バリモアは沼地《ぬまち》になにかを、あるいはだれかを、探《さが》していたにちがいない。あんなに闇《やみ》のこい晩《ばん》に、なんであれ、探《さが》せる見《み》こみはなかっただろうに。

頭《あたま》にうかんだのは、かれが浮気《うわき》をしているのかもしれないということだった。それなら、こそこそした動《うご》きや、妻《つま》の精神《せいしん》が不安定《ふあんてい》なことも、なるほどと思《おも》える。人目《ひとめ》をひく、はっとするような美男子《びなんし》だ、田舎娘《いなかむすめ》の心《こころ》をうばうことくらいわけはないだろうから、それほど見当《けんとう》ちがいな説《せつ》でもないだろう。

部屋《へや》にもどってからきこえた、扉《とびら》のあく音《おと》は、こっそりかわしてあった約束《やくそく》をまもりにでかけた、ということだったのかもしれない。とまあ、あの朝《あさ》、ぼくなりにそんな目《め》ぼしをつけた。根《ね》も葉《は》もないことだったという結果《けっか》になるかもしれないが、とにかく、ぼくが疑《うたが》っていることを報《ほう》告《こく》しておく。

　それにしても、バリモアがどんなつもりであんなことをしたにせよ、答《こた》えがだせるまでぼくひとりの胸《むね》にしまっておくのには、耐《た》えられそうになかった。朝食《ちょうしょく》のあとで准男爵《じゅんだんしゃく》の書斎《しょさい》にいって、ぼくの見《み》たことをすべて知《し》らせたよ。かれは思《おも》っていたよりも、おどろかなかった。

「バリモアが夜中《よなか》に歩《ある》きまわっていることには、わたしも気《き》づいていました。そのことで、かれに話《はなし》をしようと思《おも》っていたんですよ。二、三度《ど》、廊下《ろうか》を行《ゆ》き来《き》する足音《あしおと》をきいたことがあります。いまおっしゃった、ちょうどそのころでした。」

「すると、あの窓《まど》のところへは、毎晩《まいばん》のようにいっているのかもしれませんね。」

「ひょっとするとね。もしそうだったら、こっそりあとをつけて、目的《もくてき》を見《み》とどけることもできるでしょう。ホームズさんがここにいらっしゃったら、どうなさるのでしょうね。」

「きっと、いまおっしゃった、まさにそのとおりのことをしますよ。バリモアのあとをつけて、なにをしているのか見《み》とどけるでしょう。」

「では、ごいっしょにやりましょう。」

「しかし、きっと感《かん》づかれてしまいますよ。」

「あの男《おとこ》は、耳《みみ》が遠《とお》いんですよ。ともかく、それをたのみにするしかありません。今夜《こんや》、わたしの部屋《へや》にいて、かれがとおりかかるまで、待《ま》っていることにしましょう。」

ヘンリー卿《きょう》は、うれしそうにもみ手《で》をした。じっとしているばかりの沼地《ぬまち》での生活《せいかつ》に、気《き》ばらしになることができたとばかりに、よろこんでいるのがありありだったな。

准男爵《じゅんだんしゃく》は、チャールズ卿《きょう》のために設計《せっけい》をした建築家《けんちくか》や、ロンドンからやってきた工事《こうじ》の請負《うけおい》業者《ぎょうしゃ》と話《はなし》を進《すす》めている。この館《やかた》も、まもなくがらりとかわるだろうと、たのしみだよ。プリマスから内装《ないそう》や家具《かぐ》の業者《ぎょうしゃ》も呼《よ》ばれていた。ぼくらの友人《ゆうじん》には、どうやら大々的《だいだいてき》な計画《けいかく》があって、手《て》間《ま》と費用《ひよう》をおしまずに、一族《いちぞく》の栄光《えいこう》をとりもどすつもりらしい。

館《やかた》がよそおいも新《あら》たになったあかつきには、かれに必要《ひつよう》なのは妻《つま》だけで、それがそろえばかんぺきだ。ここだけの話《はなし》だが、あの婦人《ふじん》さえうんといってくれれば、この件《けん》はうまくいくはずで、かなりはっきりしたきざしが見《み》えている。かれのほうがステープルトン嬢《じょう》に夢中《むちゅう》で、これほど女《おんな》にほれこんでいる男《おとこ》にはこれまでお目《め》にかかったことがないくらいだ。

ところで、この真実《しんじつ》の恋《こい》だが、だれでも順調《じゅんちょう》に進《すす》んでほしいと期待《きたい》するはずだが、じつはうまくいっていないんだ。たとえばきょうも、まったく思《おも》いがけず波風《なみかぜ》がたって、かれはそうとううろたえ、心《こころ》を痛《いた》めていた。

バリモアにかんする相談《そうだん》をしたあと、ヘンリー卿《きょう》が帽子《ぼうし》をかぶって外出《がいしゅつ》のしたくをするじゃないか。もちろん、ぼくもでかけるしたくをしたよ。ところが、かれがへんな目《め》でぼくを見《み》る。

「おや、ワトソン先生《せんせい》まで?」

「行《ゆ》き先《さき》が沼地《ぬまち》かどうかによりますが。」

「ええ、沼地《ぬまち》にまいります。」

「では、わたしがどういう指示《しじ》を受《う》けているかは、ご存《ぞん》じでしょう。おじゃまして申《もう》しわけないが、ホームズが熱心《ねっしん》に、わたしにはあなたのそばをはなれるなと、あなたにはひとりきりで沼地《ぬまち》にいくなとくりかえしていたのを、あなたもおききになったはずですよ。」

ヘンリー卿《きょう》はぼくの肩《かた》に手《て》をおいて、にっこりした。

「ねえ、あんなに頭《あたま》のよいホームズさんにも、沼地《ぬまち》にきてからのわたしにどんなことがおこるか、見《み》とおせないこともあったというわけです。なにがいいたいか、わかっていただけますね？あなたは、やぼで鈍感《どんかん》とは正反対《せいはんたい》のひとと信《しん》じています。ひとりでいかせていただきますよ。」

ぼくは、なんともこまった立場《たちば》に立《た》たされた。なんといったらいいのか、どうしたらいいのかまよって、心《こころ》を決《き》めかねているうちに、かれはステッキを手《て》にでかけてしまった。

しかし、よくよく考《かんが》えてみると、ぼくは良心《りょうしん》がひどくとがめた。どんな口実《こうじつ》があっても、かれをぼくの目《め》の届《とど》かないところにいかせてしまってはいけなかった。指示《しじ》にしたがわなかったばかりに不幸《ふこう》なことがおきたと、帰《かえ》ってきみに報告《ほうこく》しなくてはならなくなったら、どんな気持《きも》ちがするだろうかと思《おも》いうかべたよ。

いや、ほんとに、そう考《かんが》えただけで顔《かお》が赤《あか》くなってきた。まだ手《て》おくれではない、追《お》いつけるだろうと、すぐさまメリピット荘《そう》の方角《ほうがく》へむかった。

全速力《ぜんそくりょく》で道《みち》をいそいだが、ヘンリー卿《きょう》の姿《すがた》はどこにもない。とうとうそのまま、沼地《ぬまち》の小道《こみち》が枝分《えだわ》かれするところまできた。そこで、ひょっとして見当《けんとう》ちがいのほうにきてしまったかと心配《しんぱい》になって、あたりを見《み》わたせる丘《おか》にのぼってみた——うす暗《ぐら》い石切《いしき》り場《ば》になっている例《れい》の丘《おか》だ。

そこからだと、すぐにかれの姿《すがた》が見《み》つかった。沼地《ぬまち》の小道《こみち》の、四分《ぶん》の一マイルほど先《さき》にいた。そばの女性《じょせい》は、きっとステープルトン嬢《じょう》だ。どう見《み》ても、前《まえ》もってしめしあわせておいて、約束《やくそく》どおり会《あ》っているというようすだ。

ふたりは、道《みち》をゆっくり歩《ある》いていきながら、熱心《ねっしん》にはなしている。いっしょうけんめいにしゃべっているらしいステープルトン嬢《じょう》が、すばやく小《こ》きざみに両手《りょうて》を動《うご》かし、ヘンリー卿《きょう》はじっと耳《みみ》をかたむけていたが、一、二度《ど》、反論《はんろん》するように首《くび》を強《つよ》く横《よこ》にふった。

岩《いわ》にかこまれてふたりを見《み》まもるぼくは、これからどうしたらよいかと、すっかりこまってしまった。あとを追《お》って、親《した》しげにはなすふたりのあいだに割《わ》りこむのも無作法《ぶさほう》だし、だからといって、わずかのあいだも、かれを目《め》の届《とど》かないところへやってはならないのだ。

友人《ゆうじん》のことをこそこそのぞき見《み》ているのが、たまらなくいやだった。だがこうなったら、この丘《おか》からかれを見張《みは》りつづけるしかないし、あとで自分《じぶん》の良心《りょうしん》にしたがって、見《み》ていたことを打《う》ち明《あ》けるしかないと思《おも》った。

ほんとうに危険《きけん》がふってわいたとしても、こんなに遠《とお》くにいては、ぼくは、なんの役《やく》にもたたなかっただろう。しかしなんともやっかいなことになっていて、ぼくにはほかにどうしようもなかったことはきみだって認《みと》めてくれるだろう。

ヘンリー卿《きょう》と女性《じょせい》が足《あし》をとめ、小道《こみち》で立《た》ち話《ばなし》に夢中《むちゅう》になっていたそのとき、ぼくはふと気《き》づいた。ふたりを見《み》ているのは、ぼくだけじゃなかったんだ。ふわっと宙《ちゅう》にういている緑色《みどりいろ》が目《め》にとまり、よく見《み》るとそれは、でこぼこの地面《じめん》を動《うご》いている男《おとこ》が手《て》にした、棒《ぼう》の先《さき》についているのだった。

ステープルトンと捕虫網《ほちゅうあみ》だ。ぼくよりもずっと、ふたりに近《ちか》いところにいて、ふたりのいるほうへむかっているらしい。

ちょうどこのとき、ヘンリー卿《きょう》がステープルトン嬢《じょう》を、いきなり自分《じぶん》のそばに引《ひ》きよせた。片手《かたて》を女性《じょせい》の背中《せなか》にまわしたところ、彼女《かのじょ》のほうは顔《かお》をそらせて、ふりほどこうとしているようだった。かれが顔《かお》をよせると、彼女《かのじょ》はそれをさえぎるように片手《かたて》をあげる。と、つぎの瞬間《しゅんかん》に、ふたりの体《からだ》がぱっとはなれたかと思《おも》うと、くるりと向《む》きをかえたのだった。

ステープルトンのせいだった。猛然《もうぜん》と、ふたりのほうへかけつけてくる。後《うし》ろにぶらさがった捕虫網《ほちゅうあみ》がこっけいだった。ふたりの前《まえ》で身《み》ぶり手《て》ぶりをしながら、こうふんしてほとんど踊《おど》っているようだった。

目《め》にしている場面《ばめん》がどういう意味《いみ》なのか、ぼくにはさっぱりわからなかったが、ステープルトンがヘンリー卿《きょう》をののしり、ヘンリー卿《きょう》がわけを説明《せつめい》し、それを相手《あいて》がききいれないものだから、自分《じぶん》も相手《あいて》以上《いじょう》に頭《あたま》にきた、というところだろうか。

女性《じょせい》のほうは、ひらきなおったようにだまって、そばに立《た》っていた。とうとう、ステープルトンが背中《せなか》をむけて歩《ある》きだし、妹《いもうと》にむかって、断固《だんこ》としたようすで手《て》まねきした。彼女《かのじょ》は、ヘンリー卿《きょう》のほうをためらいがちにちらっと見《み》てから、兄《あに》とならんで去《さ》っていったのだった。

博物学者《はくぶつがくしゃ》の怒《おこ》ったような身《み》ぶりからして、妹《いもうと》は不機嫌《ふきげん》な兄《あに》に八《や》つ当《あ》たりされているようだった。准《じゅん》男爵《だんしゃく》は、しばらくふたりの後《うし》ろ姿《すがた》をぽつんと見《み》おくっていた。そしてのろのろと、きた道《みち》をもどっていった。うなだれて、がっくりと肩《かた》を落《お》として。

ままならない恋《こい》

どういうことだったのかさっぱりわからなかったが、ヘンリー卿《きょう》が知《し》らないところで、あんなに親《した》しげな場面《ばめん》を見《み》てしまったことが、ぼくは後《うし》ろめたくてしかたなかった。そこで、丘《おか》をかけおりて、ふもとで准《じゅん》男爵《だんしゃく》に会《あ》った。

かれの顔《かお》は真《ま》っ赤《か》で、眉《まゆ》をよせ、やり場《ば》のない怒《いか》りにわれをわすれているようだった。

「おどろいたな、ワトソン先生《せんせい》！　どこからふってわいたんです？　まさか、あれほどおねがいしたのに、ついてこられたんじゃないでしょうね？」

ぼくは、なにもかも説明《せつめい》した。とてもあとにのこってはいられないと思《おも》ったこと、あとを追《お》ったこと、一部始終《いちぶしじゅう》を見《み》たこと。ぼくを見《み》るかれの目《め》が、一瞬《いっしゅん》、つき刺《さ》さるようにするどくなった。だが、正直《しょうじき》に打《う》ち明《あ》けたので、かれの怒《いか》りもやわらいでいって、とうとう、くやしそうな笑《わら》い声《ごえ》をあげた。

「あんな野原《のはら》の真《ま》ん中《なか》だったら、じゃまがはいりそうにないって、だれだって思《おも》うでしょう。ところが、おどろきましたね、わたしが彼女《かのじょ》に求婚《きゅうこん》するのを、村《むら》じゅうこぞって見物《けんぶつ》におでましだ——しかも、みじめな結果《けっか》になったのを！　あなたはどの席《せき》からごらんになりました？」

「あの丘《おか》の上《うえ》です。」

「ずいぶん後《うし》ろの席《せき》じゃありませんか？　あの兄《にい》さんなんか、最前席《さいぜんせき》にいましたよ。わたしたちの前《まえ》にあらわれたのを、ごらんになってたでしょう？」

「ええ、見《み》ていました。」

「頭《あたま》がおかしいやつだと思《おも》ったことはありませんか——あのひとの兄《にい》さんを？」

「そう思《おも》ったことはありません。」

「わたしには、まともに見《み》えました。きょうまではずっと。だけど、あの男《おとこ》、でなければこのわたしか、どちらかの頭《あたま》がおかしいのだと、そう思《おも》っていただいてけっこうですよ。それにしても、わたしのどこがいけなかったんでしょう？　ワトソン先生《せんせい》、あなたはもう何週間《なんしゅうかん》か、わたしのそばにいらっしゃいますよね。率直《そっちょく》にいってください！　愛《あい》する女性《じょせい》のよき夫《おっと》となるのに、さまたげとなるようなことが、わたしにはなにかあるんでしょうか？」

「あるはずがありません。」

「世間《せけん》での地位《ちい》に文句《もんく》のつけようはないでしょうから、あの男《おとこ》がいやなのはこのわたし自身《じしん》のはず。わたしのどこが気《き》にくわないんでしょう？　男《おとこ》だろうが女《おんな》だろうが、これまで知《し》りあった人間《にんげん》にいやな思《おも》いをさせたことなど、一度《いちど》もなかったのに。そんなわたしに、あの男《おとこ》、妹《いもうと》には指《ゆび》一本《いっぽん》ふれさせようともしないとは。」

「そういったんですか？」

「ええ、もっといろいろいいましたよ。ねえ、ワトソン先生《せんせい》、あのひとと知《し》りあってからほんの数週間《すうしゅうかん》ですけど、ひと目見《めみ》たときにはもう、運命《うんめい》の相手《あいて》だという気《き》がしたんです。あのひとだって。わたしといっしょにいるときのあのひとは、しあわせそうでした。まちがいありません。女性《じょせい》の瞳《ひとみ》のかがやきは、ことば以上《いじょう》にものをいいます。

なのに、あの男《おとこ》はわたしたちを、絶対《ぜったい》にふたりだけにさせなかった。きょうになって、はじめて、彼女《かのじょ》とふたりだけで話《はなし》をするチャンスを見《み》つけたんです。

よろこんで会《あ》ってくれたあのひとも、いざ会《あ》ってみると、語《かた》ろうとするのは愛《あい》のことばじゃない。それどころか、できるならば、わたしにも愛《あい》を語《かた》らせようとはしないんですよ。なにかというと、ここにいると危険《きけん》だ、わたしがここをはなれるまでは心《こころ》がやすまらない、そればかりです。

わたしは、あのひとに会《あ》ったからには、すぐにここをでていくつもりはない、ほんとうにわたしにでていってほしいと思《おも》うなら、そうさせる方法《ほうほう》はただひとつ、いっしょについてきてくれることだ、そう伝《つた》えました。

はっきりと結婚《けっこん》を申《もう》しこんだつもりですが、答《こた》えをもらうより早《はや》く、あの兄《にい》さんが、気《き》でも狂《くる》ったような顔《かお》つきでこっちに走《はし》ってきましたからね。

あの男《おとこ》は、顔色《かおいろ》をなくすほど怒《いか》り狂《くる》い、色《いろ》のうすい目《め》はたけり狂《くる》って火《ひ》をふかんばかりでした。わたしがあのひとに、なにをしたというのでしょう？　わたしが、あのひとのいやがるようなことを、むりやりしたとでも？　準男爵《じゅんだんしゃく》だから好《す》きなことをしていいと、思《おも》いあがっていたとでも？

あのひとの兄《あに》でなければ、もっと答《こた》えようがあります。しかし現実《げんじつ》に兄《にい》さんだからこそ、妹《いもうと》さんに対《たい》するわたしの気持《きも》ちにやましいところなどない、どうか妻《つま》になってほしいと思《おも》っていると伝《つた》えたのです。

そういってもむだだったものですから、わたしもかっとなって、そばにあのひとがいながら、つい、きついことばを返《かえ》してしまいました。あの男《おとこ》があのひとをつれていってしまい、それまでですよ、ごらんになっていたとおり。かくしてわたしはここで、このあたりのだれよりもひどく、とほうにくれている。

いったいぜんたい、どうなっているんでしょうね、ワトソン先生《せんせい》。教《おし》えていただけるものなら、お返《かえ》ししきれないほどご恩《おん》にきますよ。」

あれこれ考《かんが》えてはみたものの、じつはぼく自身《じしん》、さっぱりわけがわからなかった。地位《ちい》、財《ざい》産《さん》、年齢《ねんれい》、人柄《ひとがら》、外見《がいけん》、かれはすべてのことにめぐまれている。一族《いちぞく》に伝《つた》わる不吉《ふきつ》な運命《うんめい》をべつにすれば、文句《もんく》のつけようがない。そのかれの求婚《きゅうこん》を、当《とう》の妹《いもうと》の気持《きも》ちはおかまいなしに、あれほどあっさりと拒絶《きょぜつ》するとは、そして妹《いもうと》のほうも、抵抗《ていこう》もしないでそのことを受《う》けいれるとは、じつにふしぎだ。

ところが、さっそくその日《ひ》の午後《ごご》、ステープルトンが訪《たず》ねてきて、ぼくたちの困惑《こんわく》に決着《けっちゃく》がついた。

午前中《ごぜんちゅう》の無礼《ぶれい》をわびにやってきたかれは、ヘンリー卿《きょう》と書斎《しょさい》で長《なが》いあいだ、ふたりだけで話《はなし》をしていた。はなしあいの結果《けっか》、いさかいは水《みず》にながし、仲《なか》なおりのしるしに、今度《こんど》の金曜日《きんようび》、ぼくたちはメリピット荘《そう》で食事《しょくじ》をすることになった。ヘンリー卿《きょう》はこういっている。

「それでも、あの男《おとこ》の頭《あたま》がおかしくないとは、いいきれませんね。今朝《けさ》、わたしを目《め》がけて走《はし》ってきたときの、あの目《め》つき、わすれられませんよ。しかし、あれほどみごとなあやまりかたができる者《もの》は、ちょっといない。それは、認《みと》めざるをえません。」

「どうしてあんなことをしたのか、いいわけがあったんですか？」

「妹《いもうと》は、自分《じぶん》の人生《じんせい》のすべてなのだそうですよ。むりもありません。あのひとのすばらしさが、かれにわかっているのなら、うれしいですよ。これまで、いつもいっしょにいたし、かれがいうには、ずっとひとりぼっちで、そばにいるのは妹《いもうと》だけ、妹《いもうと》がいなくなると考《かんが》えただけで、ほんとうにたまらなくなったとか。

わたしがあのひとに思《おも》いをよせるようになるとは、本気《ほんき》にしていなかった、ほんとうにそうなのだと見《み》せつけられて、妹《いもうと》が手《て》もとをはなれていくかもしれないと、ひどい衝撃《しょうげき》を受《う》けた、あのときいったことや、やったことはその痛手《いたで》のあまりであって、自分《じぶん》の本意《ほんい》ではないのだ、ということでした。

しでかしてしまったことは、なにもかもすまなかったと、さんざんあやまりました。妹《いもうと》のような美《うつく》しい娘《むすめ》を、一生《いっしょうじ》自分《ぶん》の手《て》もとにおいておけるなどと思《おも》うのは、いかにもばかげたことで、自分勝手《じぶんかって》な考《かんが》えだともいいました。どうせ手《て》ばなすことになるのなら、ほかのだれよりも、わたしのような近《ちか》くに住《す》む者《もの》のところにやりたいものだ、とも。

しかし、いずれにしても、かれには痛手《いたで》で、心《こころ》がまえをするにはしばらく時間《じかん》がかかるでしょうね。三か月《げつ》ばかり、結婚《けっこん》の話《はなし》をたなあげにして、そのあいだはあのひとと、恋愛《れんあい》ぬきの友《とも》だちづきあいをするだけ、そういうことでおさめると約束《やくそく》するなら、かれのほうからはいっさい反対《はんたい》しないとのことです。わたしがそう約束《やくそく》して、それで一件落着《いっけんらくちゃく》です。」

ということで、こまごまとある謎《なぞ》のうち、ひとつが解《と》けた。ぼくらがふかみにはまっているこのどろ沼《ぬま》で、ともかくも底《そこ》に足《あし》が届《とど》いたようなものだ。ステープルトンが妹《いもうと》の求婚者《きゅうこんしゃ》を──それもヘンリー卿《きょう》のような、ねがってもない求婚者《きゅうこんしゃ》を──冷《つめ》たくあしらったわけが、やっとわかった。

さて、もつれた糸束《いとたば》をほぐして引《ひ》きだした、もう一本《ぽん》の糸《いと》にとりかかろう。深夜《しんや》のすすり泣《な》き、涙《なみだ》のあとがのこるバリモア夫人《ふじん》の顔《かお》、使《つか》われていない部屋《へや》の西側《にしがわ》の格子窓《こうしまど》にこっそりでかけていく執事《しつじ》の謎《なぞ》だ。

よろこんでくれ、ホームズくん。そして、ぼくを代役《だいやく》に立《た》て、がっかりせずにすんだといってくれよ──ぼくをここへ送《おく》りこんだときの、きみの信頼《しんらい》を、ぼくは裏切《うらぎ》らなかった、と。なにもかも、一夜《や》にして、すっかりはっきりしたんだよ。

ろうそくの合図《あいず》

つい、「一夜《や》にして」といってしまったが、正《ただ》しくはふた晩《ばん》にわたる仕事《しごと》だったな。最初《さいしょ》の晩《ばん》の待《ま》ちぶせは、まったくのからぶりにおわったから。ヘンリー卿《きょう》の部屋《へや》で、ふたりして朝《あさ》がた三時近《じちか》くまでおきていたが、階段《かいだん》の時計《とけい》の音《おと》のほかは、どんな物音《ものおと》もしなかった。寝《ね》ずの番《ばん》をしていて、あんなに気《き》がめいったこともない。しまいには、ふたりそれぞれ、椅子《いす》にすわったまま眠《ねむ》ってしまった。さいわい、ふたりともくじけず、もう一度《いちど》がんばってみようということになった。

つぎの晩《ばん》、ランプの火《ひ》を小《ちい》さくして、わずかな物音《ものおと》もたてないように、じっとすわってたばこをふかしていた。まったく、時間《じかん》のたつのが、なんとおそかったことか。それでも、しんぼう強《づよ》く、いまかいまかとがんばった。えものがまよいこんでくるのを期待《きたい》して、罠《わな》を見《み》まもる猟師《りょうし》も、同《おな》じ気持《きも》ちにちがいないよ。

時計《とけい》が一時《じ》を打《う》ち、二時《じ》を打《う》った。二度《ど》めもあきらめることになるのかと、がっくりしそうになったそのときだ、ふたりともはっと、体《からだ》をまっすぐにたてなおし、くたびれた感覚《かんかく》を、ふたたびするどくとぎすました。廊下《ろうか》に足音《あしおと》がしたのだ。

息《いき》を殺《ころ》して、とおりすぎる足音《あしおと》が遠《とお》くできこえなくなるまで、耳《みみ》をそばだてていた。それから、准男爵《じゅんだんしゃく》がそっと部屋《へや》の扉《とびら》をあけ、ふたりであとを追《お》いはじめた。めざす男《おとこ》は、すでに回廊《かいろう》をまわってしまっていて、廊下《ろうか》は、はしからはしまで真《ま》っ暗闇《くらやみ》だった。足音《あしおと》をしのばせて、別棟《べつむね》までいく。

ちょうどぎりぎりのところで、背《せ》が高《たか》く、黒《くろ》いあごひげの人影《ひとかげ》が、肩《かた》をまるめて、ぬき足《あし》さし足《あし》で廊下《ろうか》をいくのがちらっと見《み》えた。そして、前《まえ》に見《み》たときと同《おな》じ扉《とびら》をくぐりぬけて、ろうそくの明《あ》かりが暗闇《くらやみ》のなかで扉《とびら》をふちどり、廊下《ろうか》の暗《くら》がりを横切《よこぎ》ってひとすじの黄色《きいろ》い光《ひかり》がのびた。ぼくらは、自分《じぶん》たちの体重《たいじゅう》できしみはしないかと、床板《ゆかいた》の一枚一枚《まいまい》をたしかめながら、しんちょうに、その光《ひかり》のほうへにじりよっていった。

用心《ようじん》のため靴《くつ》ははかずにきたのだが、それでも、古《ふる》い木《き》の板《いた》は足《あし》もとでギシギシ鳴《な》る。ぼくらの近《ちか》づいていく音《おと》を、相手《あいて》がききのがすはずはないと思《おも》えたことも、何度《なんど》かあった。ところが、さいわいにして相手《あいて》の耳《みみ》はかなり遠《とお》く、自分《じぶん》のしていることにすっかり気《き》をとられてもいた。

とうとうたどり着《つ》いた扉《とびら》のすきまから、ぼくらがのぞきこんでみると、かれは窓《まど》ぎわにしゃがんでいた。ろうそくを片手《かたて》に、青白《あおじろ》い顔《かお》をぴったり窓《まど》ガラスにおしつけるようにしていて、二日《ふつか》前《まえ》の晩《ばん》にぼくが見《み》たようすとまったく同《おな》じだ。

ぼくらはとくに作戦《さくせん》をたててはいなかったが、ヘンリー卿《きょう》は、まっすぐにぶつかっていく道《みち》こそいちばん自然《しぜん》にきまっている、と考《かんが》えるひとだ。つかつかとはいっていき、窓辺《まどべ》のバリモアは、ヒュッとするどい息《いき》の音《おと》をたてたかと思《おも》うと、ぱっと立《た》ちあがって、ぼくらの前《まえ》で、すっかり血《ち》の気《け》をうしなって身《み》をふるわせるのだった。

白《しろ》い仮面《かめん》のような顔《かお》にひときわ目《め》だつ黒《くろ》い瞳《ひとみ》が、恐怖《きょうふ》とおどろきに満《み》ちて、ヘンリー卿《きょう》とぼくをまじまじと見《み》た。

「ここでなにをしているんだ、バリモア？」

「なんでもございません。」

すっかりうろたえて、ほとんど口《くち》がきけなかった。ろうそくがふるえて、部屋《へや》のなかの影《かげ》がゆらゆら揺《ゆ》れる。

「窓《まど》でございます。ちゃんとしまっているかどうか、夜《よる》には見《み》まわっております。」

「二階《かい》の窓《まど》を？」

「はい、窓《まど》はすべて。」

ヘンリー卿《きょう》の口調《くちょう》がきびしくなる。

「いいかい、バリモア、われわれはほんとうのことをきかせてもらうつもりだ。ぐずぐずせずに、さっさとしゃべるほうが身《み》のためだぞ。さあ！　いいのがれはよせ！　その窓《まど》のところで、なにをしていた？」

バリモアは力《ちから》なくこちらを見《み》やり、こまりきって弱《よわ》りはてたように両手《りょうて》をにぎりしめた。

「なにもわるいことはしておりません。ろうそくを窓《まど》にかかげておりました。」

「なぜ、ろうそくを窓《まど》にかかげていたんだ？」

「お見《み》のがしください、だんなさま——どうぞ、お見《み》のがしを！　誓《ちか》って申《もう》しあげます。わたくしのかくしごとではないのでございます。わたくしの口《くち》から申《もう》しあげるわけにはまいりません。わたくしひとりだけにかかわることでしたら、だんなさまにかくしだてなどいたしません。」

ふと思《おも》いついて、ぼくは執事《しつじ》のふるえる手《て》から、ろうそくをとった。

「これをかかげて、信号《しんごう》にしていたんですよ。なにか応答《おうとう》があるかどうか、たしかめてみましょう。」

ぼくは、執事《しつじ》がしていたようにろうそくをかかげ、夜《よる》の闇《やみ》をじっと見《み》すかした。月《つき》は雲《くも》の後《うし》ろにあって、黒《くろ》くかたまった木立《こだち》と、やや明《あか》るい沼地《ぬまち》の広《ひろ》がりが、ぼんやり見《み》わけられた。

そのとき、ぼくはよろこびの声《こえ》をあげていた。小《ちい》さな針先《はりさき》のような黄色《きいろ》い光《ひかり》が、とつぜん闇《やみ》のベールをさしつらぬき、四角《しかく》い窓《まど》わくの暗《くら》い額《がく》ぶちの中心《ちゅうしん》に、ゆるぎない明《あ》かりをともしたのだった。

「あそこだ！」

ぼくの声《こえ》に、執事《しつじ》があわてて口《くち》をはさむ。

「いいえ、いいえ、なんでもございません――なんでもないのでございます。たしかに、あれは――。」

ヘンリー卿《きょう》が声《こえ》をあげる。

「明《あ》かりを窓《まど》の左右《さゆう》にふってごらんなさい、ワトソン先生《せんせい》！　ほら、あっちも動《うご》く！

さて、こまったやつだな。これでも、合図《あいず》していたのではないというのか？　さあ、はなしてしまえ！　あっちにいるお仲間《なかま》は、何者《なにもの》なんだ？　これは、どういうたくらみなんだ？」

男《おとこ》の顔《かお》つきが、見《み》るからにひらきなおってきた。

「だんなさまがたには関係《かんけい》のないことです、ほっといてください。申《もう》しあげられません。」

「それでは、おまえはこの場《ば》でくびだ。」

「けっこうでございますとも。やめなくてはならないとしたら、やめさせていただくしかありません。」

「つらよごしだ。まったく、恥《はじ》を知《し》れ。おまえの一族《いちぞく》は、百年《ねん》あまりも、この屋根《やね》の下《した》でわたしの一族《いちぞく》とともに暮《く》らしてきたのではないか。その家《いえ》で、わたしに、なにかよからぬことをたくらむとは……。」

「いいえ、ちがいます、だんなさま。だんなさまにたくらみなど、とんでもない！」

それは女性《じょせい》の声《こえ》だった。自分《じぶん》の夫《おっと》にもまして青《あお》ざめ、おびえきったバリモア夫人《ふじん》が、入《い》り口《ぐち》に立《た》っていた。スカートの上《うえ》に肩《かた》かけを巻《ま》きつけ、ふくらんだその姿《すがた》は、せっぱつまった表情《ひょうじょう》をしていなかったら、こっけいに見《み》えるところだ。執事《しつじ》が声《こえ》をかけた。

「おひまをだされたよ、イライザ。もうおしまいだ。荷物《にもつ》をまとめなさい。」

「ああ、ジョン、ジョン、わたくしのせいね？　わたくしなのでございます、だんなさま――なにもかも、わたくしのせいなのです。このひとはただ、わたくしのためにしてくれていただけ、わたくしのたのみをきいてくれていただけなのです。」

「では、はなしてもらおう！　どういうことなんだ？」

「あわれな弟《おとうと》が、沼地《ぬまち》で飢《う》えております。わたくしどもの目《め》の届《とど》くところで、むざむざ見殺《みごろ》しにはできません。この明《あ》かりは、食《た》べものの用意《ようい》ができているという合図《あいず》、むこうの明《あ》かりが、食《た》べものを運《はこ》んでいく場所《ばしょ》を知《し》らせているのでございます。」

「では、その弟《おとうと》というのは――。」

「脱獄囚《だつごくしゅう》でございます――人殺《ひとごろ》しのセルデンなのです。」

バリモアもいう。

「それが真相《しんそう》なのでございます。わたくしの秘密《ひみつ》ではない、だからわたくしの口《くち》からは申《もう》しあげられないといいました。でも、それをおきかせしたからには、だんなさまへのたくらみごとがあったかどうか、おわかりいただけますでしょう。」

夜中《よなか》に人目《ひとめ》をしのんで、窓辺《まどべ》でろうそくをともしていたのは、そういうわけだったのだ。ヘンリー卿《きょう》もぼくも、おどろきの目《め》でこの女性《じょせい》を見《み》つめていた。この、感情《かんじょう》を表《おもて》にださない、鈍重《どんじゅう》そうな人間《にんげん》と、この国《くに》で悪名高《あくめいたか》い犯罪者《はんざいしゃ》が姉弟《きょうだい》などということが、ありうるのだろうか?

「そうなのでございます、だんなさま、わたくしは旧姓《きゅうせい》セルデン、あれはわたくしの弟《おとうと》でございます。

あの子《こ》は小《ちい》さいときにあまやかされすぎました。好《す》きほうだいにさせてしまって、あの子《こ》は世《よ》の中《なか》は自分《じぶん》の思《おも》いどおりになる、自分《じぶん》の好《す》きなようにできると、思《おも》いあがるようになりました。大《おお》きくなるにつれ、わるい仲間《なかま》ができ、悪魔《あくま》にのりうつられたようになって、母《はは》をさんざんなやませ、家名《かめい》にどろをぬりました。つぎつぎと罪《つみ》に手《て》をそめて、落《お》ちるところまで落《お》ちても、絞首台《こうしゅだい》につるされるほんの一歩手前《いっぽてまえ》にいるのは、神《かみ》さまのお情《なさ》けでございます。

それでも、わたくしにしてみますと、いつまでたってもくるくる巻《ま》き毛《げ》のかわいい弟《おとうと》のまま、姉《あね》としてかわいがり、遊《あそ》び相手《あいて》になってやった弟《おとうと》にはかわりないのです。

あの子《こ》が脱獄《だつごく》したわけは、それなのです。わたくしがこちらにいることを知《し》り、助《たす》けてくれといえばことわれないことが、わかっていたのでございます。ある晩《ばん》、体《からだ》を引《ひ》きずるようにして、ここにやってきました。看守《かんしゅ》たちのきびしい追《お》っ手《て》がかかり、疲《つか》れはて、飢《う》えて死《し》にそうになって。わたくしどもに、どうすることができるでしょう?

館《やかた》にかくまい、食事《しょくじ》をさせて、めんどうをみてやりました。そこへ、だんなさまがおもどりになりました。弟《おとうと》は、ほとぼりがさめるまでは、沼地《ぬまち》がどこよりも安全《あんぜん》だろうと、あそこに身《み》をひそめたのでございます。

ひと晩《ばん》おきに、窓《まど》に明《あ》かりをともして、あの子《こ》がまだ沼地《ぬまち》にいるかどうか、たしかめました。合図《あいず》に返事《へんじ》があれば、主人《しゅじん》がパンと肉《にく》を運《はこ》んでやりました。あの子《こ》がどこかへ姿《すがた》を消《け》してくれることをねがわない日《ひ》はございませんでしたが、沼地《ぬまち》にいるかぎりは見《み》すてられないのです。

いまの話《はなし》にうそいつわりはございません。わたくしは、正直《しょうじき》なキリスト教徒《きょうと》ですから、おとがめを受《う》けるとすれば、主人《しゅじん》ではなく、わたくしのほうでございます。主人《しゅじん》は、わたくしのためにしてくれていただけなのですから。」

心《こころ》からいっしょうけんめいにはなすそのことばには、きく者《もの》を納得《なっとく》させる力《ちから》があった。

「ほんとうなのか、バリモア？」

「はい、だんなさま。ひとこともまちがいなく。」

「ふむ、自分《じぶん》の妻《つま》の味方《みかた》についたことを、責《せ》めるわけにいかないな。さっきいったことは、水《みず》にながしてくれ。ふたりとも、さがっていいぞ。これ以上《いじょう》の話《はなし》は、朝《あさ》になってからすることにしよう。」

魔犬《まけん》の遠《とお》ぼえ

ふたりがいなくなって、ぼくらはもう一度《いちど》窓《まど》の外《そと》をながめた。ヘンリー卿《きょう》がさっと窓《まど》をあけると、ひんやりした夜風《よかぜ》がぼくらの顔《かお》にふきつけた。ふかい闇《やみ》のかなたに、小《ちい》さな黄色《きいろ》い光《ひかり》の点《てん》がまだともっている。ヘンリー卿《きょう》がつぶやく。

「思《おも》いきったことをするなあ。」

「ここからしか見《み》えない場《ば》所《しょ》なんでしょう。」

「きっとそうなんだろう。どのあたりだと思《おも》う?」

「裂け岩《クレフト=トア》のそばじゃないかな。」

「せいぜい一、二マイルしかはなれていないな。」

「もっと近《ちか》いのでは。」

「そうだな、バリモアが食《た》べものを運《はこ》んでいたんだ、遠《とお》いはずがない。あいつは、あのろうそくのそばで待《ま》っているんだな。そうだ、ワトソン先生《せんせい》、わたしはあの男《おとこ》を捕《つか》まえにいきます!」

同《おな》じことを、ぼくも考《かんが》えていた。バリモア夫婦《ふうふ》は、ぼくらを信用《しんよう》して打《う》ち明《あ》けたわけではない。打《う》ち明《あ》けざるをえなくなったのだ。あの男《おとこ》は、社会《しゃかい》にとって危険《きけん》であり、あわれむこともゆるすこともできない、まぎれもなく悪《わる》いやつだ。この機会《きかい》に、悪《わる》いことのできない場所《ばしょ》につれもどすという、ぼくらの義務《ぎむ》をはたすだけだ。

残酷《ざんこく》で凶暴《きょうぼう》なあの男《おとこ》のことだ、ぼくらが手《て》をこまねいていたら、ほかの者《もの》がひどい目《め》にあうことになるだろう。たとえば、ぼくらの隣人《りんじん》ステープルトン兄妹《きょうだい》が、ある晩《ばん》おそわれるかもしれない。あるいはそういう考《かんが》えもあって、ヘンリー卿《きょう》はいっしょうけんめいになったのかもしれない。

「ぼくもいきますよ。」

「では、ピストルを持《も》って、靴《くつ》をはいて。出発《しゅっぱつ》は早《はや》ければ、早《はや》いほどいい。あいつが明《あ》かりを消《け》して、いなくなるかもしれません。」

ものの五分《ふん》とたたず、ぼくらは外《そと》にでて、目標《もくひょう》めざして出発《しゅっぱつ》していた。どんよりした秋《あき》の明《あ》けがたの風《かぜ》と、カサカサと落《お》ち葉《ば》のまうなか、木々《きぎ》の暗《くら》がりをいそいでぬけていく。夜《よる》の空気《くうき》が、しめった枯《か》れ葉《は》のにおいをふくんで、たれこめている。

ときどき月《つき》がちらっと顔《かお》をのぞかせるが、空《そら》いちめんに雲《くも》が走《はし》り、ちょうど沼地《ぬまち》にでたころ、雨《あめ》が細《ほそ》くふりはじめた。明《あ》かりはまだ、前方《ぜんぽう》に見《み》えている。ぼくは声《こえ》をかけた。

「あなたのほうの武器《ぶき》は？」

「狩猟《しゅりょう》用のむちを持《も》っています。」

「すばやく近《ちか》づかないとね。なにをするかわからないやつだということですから……。不意《ふい》をついて、手《て》むかうすきをあたえず、目《め》にもの見《み》せてやりましょう。」

「ねえ、ワトソン先生《せんせい》、ホームズさんはなんとおっしゃるでしょうかね？　例《れい》の、魔《ま》の力《ちから》の支配《しはい》しやすい闇《やみ》の時間帯《じかんたい》、ってやつですが？」

まるでそのことばに答《こた》えるように、沼地《ぬまち》のはてしない暗闇《くらやみ》のなかから、とつぜん、ふしぎなさけび声《ごえ》があがった。前《まえ》にぼくが、グリンペンの底《そこ》なし沼《ぬま》のそばで耳《みみ》にした、あの声《こえ》だ。風《かぜ》にのって届《とど》いたその声《こえ》は、低《ひく》く引《ひ》きずるような、くぐもった声《こえ》だったのが、ひときわ高《たか》い遠《とお》ぼえになり、悲《かな》しそうななげきになって、消《き》えてゆく。

いくどもいくどもその声《こえ》がひびき、あたりいちめんの空気《くうき》にしみわたって、耳障《みみざわ》りで、気持《きも》ちがすさんでくるようなおそろしさだ。ぼくの腕《うで》をつかむヘンリー卿《きょう》の顔《かお》が、闇《やみ》にぽっかり白《しろ》くうかんだ。

「ちょっと、ワトソン先生《せんせい》、あれはなんですか？」

「わかりません。沼地《ぬまち》では音《おと》がするものだとか。前《まえ》にも一度《ど》ききました。」

音《おと》がやみ、まったくのしずけさがぼくらをつつみこんだ。耳《みみ》をすましてみても、なにもきこえない。ヘンリー卿《きょう》がいった。

「ワトソン先生《せんせい》、あれは犬《いぬ》の鳴《な》き声《ごえ》でしたね。」

ぼくは血《ち》のこおる思《おも》いがした。にわかに恐怖《きょうふ》にとりつかれた。かすれ声《ごえ》だったからだ。かれが、さらにきいてくる。

「あの声《こえ》のことをなんと呼《よ》んでいるんです？」

「だれがですか？」

「この村《むら》のひとたち。」

「ああ、教養《きょうよう》のないひとばかりじゃありませんか。そんなひとたちのいうことを、なぜ気《き》になさいます？」

「教《おし》えてください、ワトソン先生《せんせい》。村《むら》のひとたちは、どういっているんです？」

ぼくはためらっていたが、はぐらかしきれるものではない。

「バスカビル家《け》の魔犬《まけん》の鳴《な》き声《ごえ》だと。」

かれはうめき声《ごえ》をもらし、しばらくだまりこんだ。やっと口《くち》をひらく。

「犬《いぬ》だったな。しかし、何《なん》マイルもはなれた、ずっとむこうのほうからきこえたようでした、わたしには。」

「どこからか、よくわかりませんね。」

「風《かぜ》とともに、巻《ま》きおこって、やんでいきました。グリンペンの底《そこ》なし沼《ぬま》の方角《ほうがく》じゃありませんか？」

「ええ、そうですね。」

「そうか、あそこだったのか。ねえ、ワトソン先生《せんせい》、あなただって、あれは犬《いぬ》の鳴《な》き声《ごえ》だと思《おも》われたんじゃありませんか？　わたしは子《こ》どもじゃない。ご心配《しんぱい》いりませんから、ほんとうのことをおっしゃってください。」

「前《まえ》にあれをきいたとき、ステープルトンといっしょだったんですよ。めずらしい鳥《とり》の鳴《な》き声《ごえ》かもしれない、とのことでした。」

「いや、ちがうね、犬《いぬ》だ。うーむ、ここでのうわさには、真実《しんじつ》もふくまれているのかな？　もとになった事件《じけん》はひどくおそろしいものですが、ほんとうにわたしにまで危険《きけん》がおよんでいるんでしょうか？　そんなこと、信《しん》じてはいらっしゃいませんよね、ワトソン先生《せんせい》？」

「もちろん、信《しん》じませんとも。」

「それにしても、ロンドンでだったら笑《わら》い話《ばなし》になることも、この沼地《ぬまち》の暗闇《くらやみ》に立《た》って、あんな鳴《な》き声《ごえ》をきいたとなると、笑《わら》いごとではありませんね。それに、伯父《おじ》のこともある！　伯父《おじ》がたおれていたそばには、犬《いぬ》の足《あし》あとがあったんですよ。話《はなし》があうじゃありませんか。

わたしは自分《じぶん》で自分《じぶん》をおくびょう者《もの》とは思《おも》いませんけどね、ワトソン先生《せんせい》、あの声《こえ》には、まさに血《ち》がこおりつきましたよ。ほら！」

さしだされたその手《て》が、大理石《だいりせき》のように冷《つめ》たかった。

「あしたには、元気《げんき》になりますよ。」

「あの声《こえ》、頭《あたま》からふりはらえないような気《き》がします。さて、とりあえずはどうしたらよいでしょうね？」

「引《ひ》きかえしましょうか？」

「いや、とんでもありません。あの男《おとこ》を捕《つか》まえにでてきたんですよ、やろうではありませんか。わたしたちが脱獄囚《だつごくしゅう》を追《お》う、そして、ひょっとしたら、地獄《じごく》の魔犬《まけん》がわたしたちを追《お》う。さあ！この沼地《ぬまち》に、地獄《じごく》の悪魔《あくま》どもがせいぞろいしているものかどうか、見《み》とどけてやりましょう。」

謎《なぞ》はふかまる

ぼくらは、暗闇《くらやみ》のなかを、つまずきながらのろのろ進《すす》んだ。まわりには、黒《くろ》くおぼろにうかぶ、ごつごつした岩山《いわやま》の不気味《ぶきみ》な姿《すがた》、前方《ぜんぽう》には、一点《てん》の黄色《きいろ》い光《ひかり》が、じっとともっている。闇夜《やみよ》にともる明《あ》かりのありかほど、距離《きょり》のつかみにくいものはない。ときには地平線《ちへいせん》のかなたに、かがやいているように見《み》えるし、また、ときにはほんの何《なん》ヤードか先《さき》にあるようにも見《み》える。それでも、ようやく、その光《ひかり》がどこからきているかわかり、実際《じっさい》にすぐ近《ちか》くまできていたのだった。

火《ひ》のついたろうそくが一本《ぽん》、岩《いわ》の割《わ》れ目《め》に、両側《りょうがわ》からの風《かぜ》をさえぎるように、また、バスカビル館《やかた》の方角《ほうがく》以外《いがい》からは見《み》えないように、立《た》ててあった。花崗岩《かこうがん》の大岩《おおいわ》が、近《ちか》づいていくぼくらの姿《すがた》をかくしてくれ、その岩《いわ》かげからぼくらは、その合図《あいず》の光《ひかり》をじっと見《み》おろした。

あたりに生《い》きものの気配《けはい》がまるでないこの沼地《ぬまち》の真《ま》ん中《なか》で、たった一本燃《ぽんも》えるろうそくを見《み》ていると、ふしぎな気《き》がする――ただひとすじの黄色《きいろ》い炎《ほのお》と、その両側《りょうがわ》の岩《いわ》はだのかがやき。ヘンリー卿《きょう》がささやく。

「さて、どうしましょう？」

「ここで待《ま》ちましょう。明《あ》かりの近《ちか》くにいるはずです。ちょっと見《み》てみましょうか。」

ぼくがそういいおわるかおわらぬかのうちに、ふたりともその姿《すがた》を見《み》た。割《わ》れ目《め》にろうそくが燃《も》えている、その岩《いわ》の上《うえ》に、不吉《ふきつ》な黄色《きいろ》い顔《かお》がつきでていた。

うすよごれた欲望《よくぼう》がいっぱいにきざみつけられ、縫《ぬ》いこまれたような、けだものじみた顔《かお》。どろにまみれ、あごにひげがさかだち、つやのない髪《かみ》の毛《け》をたらし、まるで、丘《おか》の斜面《しゃめん》のくぼ地《ち》に昔《むかし》住《す》んでいたという、未開《みかい》の人間《にんげん》のひとりといってもおかしくない。

下《した》からの光《ひかり》が、その小《ち》さな、ずるそうな目《め》にうつり、その目《め》が、左右《さゆう》の闇《やみ》を射《い》ぬくようにうかがった。まるで、猟師《りょうし》の足音《あしおと》をききつけた、わるがしこくて気《き》の荒《あら》いけもののように。

どうやら、なにかがかれの不安《ふあん》を呼《よ》びさましたらしかった。バリモアだったらやっているはずの合図を、ぼくらがしなかったのかもしれない。あるいは、なにかほかの理由があって、ようすがおかしいと思《おも》っているのか。いずれにせよ、その悪党《あくとう》の顔《かお》に、心配《しんぱい》の色《いろ》がありありと見《み》てとれた。

いつ明《あ》かりをぱっと消《け》して、闇《やみ》に姿《すがた》を消《け》してもおかしくない。ぼくはとびだしていった。ヘンリー卿《きょう》もとびだした。同時《どうじ》に脱獄囚《だつごくしゅう》が、ぼくらにののしりのことばをあびせながら、石《いし》をなげてきた。ぼくらの盾《たて》になった大岩《おおいわ》にあたったその石《いし》が、くだけちる。

ちらりと見《み》えたのは、ずんぐりした、がんじょうそうな姿《すがた》が、すっくと立《た》って、身《み》をひるがえすところだった。ちょうどそのとき、運《うん》よく、雲《くも》の切《き》れまから月《つき》がのぞいた。ぼくらが丘《おか》の上《うえ》にかけあがると、反対側《はんたいがわ》の斜面《しゃめん》をものすごい速《はや》さでかけおりる男《おとこ》の姿《すがた》があった。ロッキーヤギのように身《み》のこなしも軽《かる》く、岩《いわ》をひょいひょいとびこしていく。

うまくすれば、その距離《きょり》からでもピストルで足《あし》をねらえたかもしれない。しかし、ぼくが武器《ぶき》を持《も》ってきたのは、おそわれたときに身《み》をまもるためであって、武器《ぶき》を持《も》たずに逃《に》げる人間《にんげん》を撃《う》つためではない。

ぼくらはふたりとも、足《あし》が速《はや》く、それなりにきたえてもいたのだが、すぐに、追《お》いつける見《み》こみがなくなった。月明《つきあ》かりのなかで、あの男《おとこ》の姿《すがた》はかなり長《なが》いあいだ見《み》えていたが、やがてそれも、遠《とお》い丘《おか》の斜面《しゃめん》の大岩《おおいわ》をぬって、めまぐるしく動《うご》く、小《ちい》さなつぶほどになっていった。

ぼくらは、走《はし》りに走《はし》って、すっかり息《いき》もきれてしまったが、あの男《おとこ》とのあいだは引《ひ》きはなされていくばかり。とうとう、足《あし》をとめ、ふたりとも岩《いわ》の上《うえ》にへたりこんであえいだ。そして、かなたに消《き》えていく男《おとこ》の姿《すがた》を、にらんでいた。

このときだよ、なんともふしぎな、思《おも》いもよらなかったことがおきたのは……。ぼくらは岩《いわ》から腰《こし》をあげ、しかたなく追《お》いかけるのをあきらめて、館《やかた》に引《ひ》きあげようとしていた。そのとき月《つき》が右手《みぎて》に低《ひく》くかかり、その銀色《ぎんいろ》の円《えん》の下側《したがわ》の曲線《きょくせん》が、花崗岩《かこうがん》の岩山《いわやま》のてっぺんをかすめようとしていた。そこに、月光《げっこう》を背《せ》にして、まるで黒檀《こくたん》の彫像《ちょうぞう》のように黒々《くろぐろ》と、岩山《いわやま》に立《た》つ男《おとこ》の姿《すがた》があるではないか。

目《め》のさっかくなんかじゃなかったんだよ、ホームズ。ほんとうに、あれほどはっきりしたものを見《み》たことなどないくらいだ。

ぼくが判断《はんだん》できたかぎりでは、あれは、背《せ》の高《たか》い、やせた男《おとこ》の姿《すがた》だった。両足《りょうあし》をややひらきかげんに立《た》ち、腕《うで》を組《く》んでうつむいたところは、眼下《がんか》に横《よこ》たわる泥炭《でいたん》と花崗岩《かこうがん》のはてしない沼地《ぬまち》に、じっと思《おも》いをはせているかのようだった。

あれはまさに、あのおそろしい土地《とち》の霊《れい》だったのかもしれない。脱獄囚《だつごくしゅう》ではない。この男《おとこ》がいたのは、脱獄囚《だつごくしゅう》が姿《すがた》を消《け》したところとは、遠《とお》くはなれているんだ。それに、ずっと背《せ》が高《たか》かった。

思《おも》わず声《こえ》をあげ、その男《おとこ》を指《ゆび》さして教《おし》えようとしたところ、ふりむいて准男爵《じゅんだんしゃく》の腕《うで》をつかもうとしているわずかのあいだに、姿《すがた》がなくなっていた。花崗岩《かこうがん》のとがった先端《せんたん》は、あいかわらず、月《つき》の下側《したがわ》にくいこんでいたが、そのてっぺんにあった、音《おと》もなくじっとたたずむ人影《ひとかげ》は、あとかたもなくなっていた。

そちらの方角《ほうがく》に足《あし》をのばして、岩山《いわやま》を調《しら》べてみたいと思《おも》ったものの、かなり遠《とお》いところだ。ヘンリー卿《きょう》は、あの鳴《な》き声《ごえ》に、まだめいっている。一族《いちぞく》に伝《つた》わる不吉《ふきつ》な物語《ものがたり》をあらためて思《おも》いおこし、新《あたら》しい冒険《ぼうけん》にのりだすような気分《きぶん》ではない。ひとりすっくと岩山《いわやま》に立《た》つ男《おとこ》の姿《すがた》を見《み》ていないので、そのふしぎな存在感《そんざいかん》とどうどうたる態度《たいど》からぼくが感《かん》じとった、ぞくぞくするような感覚《かんかく》がない。

「きっと、看守《かんしゅ》ですよ。あいつが逃《に》げだしてからというもの、この沼地《ぬまち》には看守《かんしゅ》たちがうようよいるんですからね。」

そういうかれの説《せつ》が、あるいは正《ただ》しいのかもしれない。それでも、ぼくはもうすこしたしかめてみたいところだった。きょう、プリンスタウンの監獄《かんごく》に、どのあたりに見当《けんとう》をつけて脱獄囚《だつごくしゅう》を捜《さが》すべきか連絡《れんらく》するつもりだ。それにしても、ぼくらの手《て》で捕《と》らえて、意気《いき》ようようと監獄《かんごく》に送《おく》りかえすことができず、かえすがえすもくやしいよ。

ここまでが、ゆうべのてんまつだ。ホームズくん、報告《ほうこく》ということにかんしては、ぼくはなかなかよくやっていると、きみも認《みと》めてくれるはずだ。知《し》らせることのなかには、事件《じけん》とまったく関係《かんけい》のないことも多《おお》いが、きみが事実《じじつ》をすべて知《し》っておけるようにすることがいちばんだと思《おも》う。結論《けつろん》をみちびきだすのに役《やく》だつのがどれか、それをえらびだすのは、きみにまかせるべきだろう。

いくらか前《まえ》に進《すす》んでいっているのは、たしかだ。バリモア夫婦《ふうふ》にかんしては、どうしてあんなことをしていたのか、動機《どうき》がわかり、そのおかげで、状況《じょうきょう》がずいぶんはっきりした。しかし、沼地《ぬまち》は、数々《かずかず》の謎《なぞ》と得体《えたい》の知《し》れない住人《じゅうにん》をかかえ、いぜんとしてはかり知《し》れない。ひょっとしたらつぎの報告《ほうこく》で、これについても多少《たしょう》は明《あき》らかにできるかもしれないが。

なんといっても、きみがぼくらのところにきてくれるのがいちばんなんだがね。いずれにせよ、二、三日《にち》のうちには、また手紙《てがみ》を書《か》くつもりだ。

第《だい》十章《しょう》　沼地《ぬまち》での日記《にっき》より

新事実《しんじつ》

ここまでのところは、わたしがはじめのころ、ホームズに書《か》きおくった報告《ほうこく》の手紙《てがみ》を引用《いんよう》すれば、ことたりた。しかし、ここから先《さき》は、そのやりかたをあきらめて、そのころつけていた日記《にっき》の助《たす》けをかりながら、ふたたび記憶《きおく》をたよりに、話《はなし》を進《すす》めるしかない。日記《にっき》からいくつか抜《ぬ》き書《が》きをするだけでも、どんなにこまかいことまでもらさず、頭《あたま》にきざみつけられたあのころの場面《ばめん》が、まざまざとよみがえってくる。では、沼地《ぬまち》で、脱獄囚《だつごくしゅう》をとり逃《に》がしたほか、いろいろとふしぎな目《め》にあった、その翌朝《よくあさ》から、話《はなし》をつづけよう。

十月《がつ》十六日《にち》――どんよりして霧《きり》がふかい日《ひ》で、一時《いちじ》は霧雨《きりさめ》になった。館《やかた》にはうねるような雲《くも》がたれこめ、ときおり雲《くも》が切《き》れると沼地《ぬまち》の荒々《あらあら》しい曲線《きょくせん》が見《み》える。その丘《おか》の斜面《しゃめん》には銀色《ぎんいろ》のすじがながれ、遠《とお》くにはぬれた岩《いわ》はだに光《ひかり》を受《う》けてきらめく、巨岩《きょがん》のむれがある。

館《やかた》の外《そと》も内《うち》もゆううつだ。ヘンリー卿《きょう》は、ゆうべ気持《きも》ちがたかぶった反動《はんどう》で、ふさぎこんでいる。わたしの心《こころ》も重《おも》くるしく、危険《きけん》がせまっているような気《き》がしてしようがない——つきまとってはなれない、正体《しょうたい》がわからないためにいっそうおそろしい危険《きけん》が。

そんな気持《きも》ちになるには、原因《げんいん》があるのではないだろうか？　このところたてつづけにあった、わたしたちをとりまく、なにか不吉《ふきつ》な力《ちから》をしめしているような出来事《できごと》を、あらためてよく考《かんが》えてみる。

この館《やかた》の前《まえ》のあるじの死《し》——一族《いちぞく》に伝《つた》わる伝説《でんせつ》の、条件《じょうけん》をきっちり満《み》たしていた。農夫《のうふ》たちからたびたび持《も》ちあがる声《こえ》——怪《あや》しい化《ば》け物《もの》が、沼地《ぬまち》にあらわれるという。わたし自身《じしん》、二度《ど》まで、犬《いぬ》の遠《とお》ぼえにそっくりな声《こえ》を耳《みみ》にした。

それがほんとうに自然界《しぜんかい》の法則《ほうそく》からはずれたものだとは、信《しん》じられないし、ありえないことだ。かたちある足《あし》あとをのこし、あたりにほえ声《ごえ》をまきちらす怪物《かいぶつ》のような犬《いぬ》など、絶対《ぜったい》に考《かんが》えられない。

ひょっとして、ステープルトンがそんな迷信《めいしん》におちいるかもしれず、モーティマー医師《いし》もおちいるかもしれない。だが、わたしにひとつとりえがあるとしたら、それは常識《じょうしき》なのであって、どんなことがあっても、そんなことを信《しん》じはしない。

信《しん》じたりしたら、このあたりのあさはかな農夫《のうふ》と同《おな》じていどになることではないか。かれらはただの怪《あや》しい犬《いぬ》では満足《まんぞく》できず、口《くち》からも目《め》からも地獄《じごく》の炎《ほのお》をはく魔犬《まけん》にしたてなければ気《き》がすまないのだ。ホームズなら、そんなばかばかしい話《はなし》に、耳《みみ》をかさないだろう。わたしはその代理人《だいりにん》なのだ。

それにしても、事実《じじつ》は事実《じじつ》だ。沼地《ぬまち》の鳴《な》き声《ごえ》を、わたしは二回《かい》もきいた。現実《げんじつ》に、巨大《きょだい》な犬《いぬ》が沼地《ぬまち》をうろついているとしたらどうだろう。かなりいろいろなことに説明《せつめい》がつく。だとしても、そんな犬《いぬ》がどこに姿《すがた》をかくしていられるのか？　どこでえさを手《て》にいれているのか？　どこからやってきたのか？　昼間《ひるま》に姿《すがた》を見《み》た者《もの》がいないのは、どういうことなのか？　自然界《しぜんかい》の法則《ほうそく》にのっとって説明《せつめい》しようとしても、ぶつかる難問《なんもん》の多《おお》さにかわりはないといわざるをえない。

犬《いぬ》のことをべつにしても、ロンドンでは実際《じっさい》に、かならず人間《にんげん》がからんでいた。馬車《ばしゃ》の男《おとこ》に、ヘンリー卿《きょう》に沼地《ぬまち》にくるなと警告《けいこく》する手紙《てがみ》。これらは現実《げんじつ》にあったことだが、それがまもってくれる味方《みかた》のしわざか、敵《てき》のしわざかの見当《けんとう》はつかない。

味方《みかた》にせよ敵《てき》にせよ、やつはいまどこにいるのだろう？　ロンドンにのこっているのか、それとも、わたしたちについてここまできているのか？　まさか――やつが、わたしが岩山《いわやま》の上《うえ》にいるのを見《み》た、あのふしぎな人影《ひとかげ》だということがあるだろうか？

なるほど、あの人影《ひとかげ》を見《み》たのはほんのつかのまのことだったが、はっきりいえることはいくつかある。このあたりでわたしが会《あ》ったことのある人物《じんぶつ》ではない。ちなみに、わたしはもう、あたりの住人《じゅうにん》にはのこらず会《あ》っている。

あの姿《すがた》は、ステープルトンよりもずっと背《せ》が高《たか》く、フランクランドよりもずっとやせていた。バリモアの背《せ》かっこうならあてはまるかもしれないが、わたしたちはかれを館《やかた》にのこしてでかけたし、絶対《ぜったい》に、わたしたちのあとをつけてきたはずがない。

すると、あいかわらず、正体不明《しょうたいふめい》の男《おとこ》につけまわされているわけだ。ロンドンで正体不明《しょうたいふめい》の男《おとこ》につけまわされていたときと、まったく同《おな》じように。わたしたちは、あの男《おとこ》をふりきっていなかったのだ。そいつを捕《つか》まえれば、むずかしい問題《もんだい》もすべて、ようやくおわりをむかえるのかもしれない。これだけをめざして、これからわたしは全力《ぜんりょく》をかたむけるつもりだ。

最初《さいしょ》は、わたしの計画《けいかく》を全部《ぜんぶ》、ヘンリー卿《きょう》にはなしておこうと思《おも》った。つぎに思《おも》いなおして、わたしひとりだけでことを進《すす》め、できるだけだれにもはなさずにおくのが、いちばん賢明《けんめい》だと考《かんが》えた。

ヘンリー卿《きょう》ときたら、口数《くちかず》が少《すく》なく、うわのそらだ。沼地《ぬまち》のあの声《こえ》のせいで、妙《みょう》に落《お》ちつかなくなっている。卿《きょう》の不安《ふあん》をつのらせるようなことは、いわないでおこう。わたしひとりで、自分《じぶん》の目的《もくてき》にむかっていくつもりだ。

今朝《けさ》、朝食《ちょうしょく》のあとで、ちょっとした事件《じけん》があった。バリモアが、ヘンリー卿《きょう》とふたりで話《はなし》をさせてほしいとねがいでて、しばらくふたりで書斎《しょさい》にこもった。玉突《たまつ》き室《しつ》にいるわたしの耳《みみ》に、ひときわ高《たか》くなった声《こえ》が、一度《いちど》ならずきこえてきて、なにをめぐっていいあっているのかが、かなりはっきりわかった。

すこしたってから、ヘンリー卿《きょう》が扉《とびら》をあけ、わたしを呼《よ》びいれた。

「バリモアが、苦情《くじょう》をいってきました。かれは自分《じぶん》からすすんで秘密《ひみつ》を明《あ》かしたのに、わたしたちが義理《ぎり》の弟《おとうと》を追《お》いかけたのは、公正《こうせい》じゃないと。」

顔色《かおいろ》こそ青《あお》ざめていたが、執事《しつじ》は、わたしたちの前《まえ》に落《お》ちつきはらって立《た》っていた。

「頭《あたま》に血《ち》がのぼっていたかもしれません。ことばがすぎたようでしたら、どうぞおゆるしください。」

「それでもやはり、あんまりびっくりしたものですから。今朝《けさ》がたおふたりが帰《かえ》っていらしたのをきいて、セルデンを追《お》いかけていらっしゃったのだと知《し》って。あのあわれな男《おとこ》は、わたくしが追《お》っ手《て》をさしむけなくたって、立《た》ちむかわなければならない相手《あいて》がたっぷりいるんですよ。」

ヘンリー卿《きょう》がいいかえす。

「おまえが自分《じぶん》からすすんではなしてくれていたら、話《はなし》はちがっていただろうよ。おまえがやっとはなしてくれたのは、いや、おまえではなくて、おまえの女房《にょうぼう》がやっとはなしてくれたのは、問《と》いつめられてどうしようもなくなってからじゃないか。」

「それをあのように利用《りよう》されることになろうとは、思《おも》ってもみなかったのでございます、だんなさま——ほんとうに、思《おも》ってもみませんでした。」

「あの男《おとこ》は、みんなにとって危険《きけん》なのだぞ。沼地《ぬまち》にはぽつりぽつりと家《いえ》がちらばっているし、あの男《おとこ》はどんなことをやってのけるかわからない。あの顔《かお》をひと目《め》でも見《み》れば、わかるじゃないか。たとえば、ステープルトンさんの家《いえ》をごらん。あのひとひとりだけしか、家《いえ》のまもり手《て》がいないんだよ。あの男《おとこ》をとじこめてしまうまでは、だれだって安全《あんぜん》じゃない。」

「義弟《おとうと》は、家《いえ》に押《お》し入《い》ったりいたしません。誓《ちか》って申《もう》しあげます。この国《くに》の方々《かたがた》に、めいわくをおかけすることも、二度《にど》とございません。ほんとうに、だんなさま、二、三日《にち》のうちには必要《ひつよう》な手《て》はずがととのい、南《みなみ》アメリカへむかうことになっております。

おねがいでございます、義弟《おとうと》がまだ沼地《ぬまち》にいることを、警察《けいさつ》に知《し》らせないでやってください。沼地《ぬまち》の捜索《そうさく》はやんでおりますから、船《ふね》の用意《ようい》ができるまで、おとなしく待《ま》っていられるのです。警察《けいさつ》にお知《し》らせになれば、わたくしと家内《かない》がめんどうに巻《ま》きこまれずにはすみません。どうか、警察《けいさつ》にはなにもおっしゃらないでください。」

「いかがでしょうね、ワトソン先生《せんせい》？」

わたしは、肩《かた》をすくめた。

「なにごともなく国《くに》をでていってくれるなら、納税者《のうぜいしゃ》の負担《ふたん》はへることでしょうがね。」

「しかし、でていくまでにも、ひとに危害《きがい》をくわえる機会《きかい》はありますが?」

「そんなばかなこと、するはずがございません。ほしいはずのものはみな、わたくしどもが持《も》たせてやっております。罪《つみ》をおかせば、かくれているところが知《し》られてしまうことにもなりましょう。」

「それもそうだ。それなら、バリモア――。」

「ありがとうございます、だんなさま、心《こころ》より感謝《かんしゃ》いたします! 義弟《おとうと》がまた捕《つか》まることにでもなれば、かわいそうな家内《かない》はとても生《い》きてはいけないところでございました。」

「わたしたちは、重罪犯《じゅうざいはん》を助《たす》け、けしかけたことになるんじゃありませんか、ワトソン先生《せんせい》? しかし、こんなことをきかされては、あの男《おとこ》を引《ひ》きわたす気《き》にはなりませんね。ここまでとしましょう。

よし、バリモア、さがってよいぞ。」

執事《しつじ》は、感謝《かんしゃ》のことばをいくつかきれぎれに口《くち》にして、去《さ》ろうとした。ところが、しばらくためらったあと、引《ひ》きかえしてきたのだ。

「ありがたいお心《こころ》くばりをいただきました。わたくしも、できるかぎりご恩《おん》にむくいとう存《ぞん》じます。

あることを存《ぞん》じあげております、だんなさま。とっくにおはなししておくべきだったかもしれませんが、なにぶん、気《き》がついたのは、検死《けんし》からずいぶんたってからのことでございまして。この世《よ》のどなたにも、まだ、ひとことももらしておりません。お気《き》のどくなチャールズ卿《きょう》が、亡《な》くなられたことにかかわることでございます。」

ヘンリー卿《きょう》もわたしも、思《おも》わず椅子《いす》から立《た》ちあがっていた。

「どんなふうに亡《な》くなられたか、知《し》っているのか?」

「いいえ、それは存《ぞん》じません。」

「では、どういうことだ?」

「あの方《かた》があの時間《じかん》に、例《れい》の門《もん》のところにいらっしゃったのはなぜか、わかったのです。ご婦人《ふじん》にお会《あ》いになるためでございました。」

「ご婦人《ふじん》に会《あ》うためだって!　チャールズ卿《きょう》が?」

「はい。」

「で、そのご婦人《ふじん》の名前《なまえ》は?」

「お名前《なまえ》は存《ぞん》じませんが、頭文字《かしらもじ》ならお教《おし》えできます。L《エル》=L《エル》でございました。」

「どうしてわかった、バリモア?」

「はあ、だんなさま、伯父上《おじうえ》さまは、あの日《ひ》の朝《あさ》、お手紙《てがみ》を一通《つう》受けとられました。いつもは、それはたくさんの手紙《てがみ》が届《とど》いておりました。お顔《かお》の広《ひろ》い方《かた》で、お心《こころ》がやさしいことでよく知《し》られておりましたから、こまりごとをかかえたひとが、だれかれとなくたよってきておりました。

ところが、あの朝《あさ》にかぎって、たまたま、その手紙《てがみ》が一通《つう》だけだったのでございます。それで、おやっと思《おも》いました。クーム＝トレーシーからの手紙《てがみ》で、あて名《な》は女性《じょせい》が書《か》いた字《じ》でございました。」

「それで？」

「ええ、それ以上《いじょう》はなにも考《かんが》えませんでしたし、家内《かない》がおりませんでしたら、それっきりになっていたところです。つい二、三週間前《しゅうかんまえ》のこと、家内《かない》が、チャールズ卿《きょう》の書斎《しょさい》をそうじしておりまして――亡《な》くなって以来《いらい》、手《て》つかずでございました――暖炉《だんろ》の奥《おく》に、手紙《てがみ》を燃《も》やした灰《はい》を見《み》つけました。

手紙《てがみ》はあらかた、黒《くろ》い灰《はい》になってこぼれておりましたが、便箋《びんせん》のはしがわずかにかたちをとどめていたのです。そして、書《か》いてあることが、黒《くろ》こげの紙《かみ》の上《うえ》で灰色《はいいろ》になった文字《もじ》から、かろうじて読《よ》めたのでございます。

手紙《てがみ》のおしまいにつけた追伸《ついしん》のようでございました。『どうか、どうか、紳士《しんし》でいらっしゃると信《しん》じての、おねがいです、この手紙《てがみ》は焼《や》きすててください。十時《じ》に、門《もん》の前《まえ》でお待《ま》ち申《もう》しあげます。』その下《した》に、L《エル》＝L《エル》という頭文字《かしらもじ》の署名《しょめい》がございました。」

「その燃《も》えのこりを、とってあるのか？」

「いいえ、動《うご》かしただけで、はらはらとくずれてしまいました。」

「チャールズ卿《きょう》は、それと同《おな》じ筆跡《ひっせき》の手紙《てがみ》を、ほかにも受《う》けとられたのか？」

「それが、お手紙《てがみ》に、とりたてて注意《ちゅうい》はしていなかったものですから……。そのお手紙《てがみ》にしても、一通《つう》だけしかこなかったというぐうぜんがなければ、見《み》すごしていたことでしょう。」

「L《エル》＝L《エル》とはだれのことか、心《こころ》あたりがあるかい？」

「ございません。わたくしも、だれだろうと思《おも》っているくらいで。ただ、このご婦人《ふじん》のことを調《しら》べられれば、チャールズ卿《きょう》の亡《な》くなられたいきさつも、もっとよくわかるような気《き》がいたします。」

「それにしても、へんじゃないか、バリモア。こんなにだいじなことを、どうしてかくしておいたんだ？」

「それは、その、わたくしどもがやっかいごとをかかえてしまってから、まもなくのことでございまして。

それ以外《いがい》にもあります。夫婦《ふうふ》ともども、よくお心《こころ》にかけていただきまして、チャールズ卿《きょう》をたいへんおしたい申《もう》しあげておりましたので。ことをほじくりだしても、亡《な》くなられた先代《せんだい》さまのためにはならないでしょうし、ご婦人《ふじん》がらみとなれば、軽《かる》はずみなことはできないと思《おも》いました。どんなにごりっぱな方《かた》といえども――。」

「名前《なまえ》に傷《きず》がつくと考《かんが》えた？」

「まあ、ろくなことにはなるまいと思《おも》いました。ですが、ここにいたって、だんなさまにはかくべつのお心《こころ》くばりをいただき、わたくしどもの存《ぞん》じていることをお伝《つた》えしのこしては、気《き》がすまなくなりました。」

「よくわかったよ、バリモア。さがっていいぞ。」

執事《しつじ》がでていくと、ヘンリー卿《きょう》はわたしのほうをむいた。

「さて、ワトソン先生《せんせい》、この新事実《しんじじつ》をどう思《おも》われますか？」

「これまでにもまして、闇《やみ》がこくなったような気《き》がします。」

「わたしも、そう思《おも》います。しかし、L《エル》＝L《エル》をつきとめることさえできれば、展望《てんぼう》がひらけるのではないでしょうか。その意味《いみ》では、前進《ぜんしん》です。その女性《じょせい》を見《み》つけだすことができれば、なにか事実《じじつ》を知《し》っている人間《にんげん》がいることがわかるわけですから。どうしたらいいでしょうね？」

「すぐ、ホームズに知《し》らせましょう。ずっと探《さが》してきた手《て》がかりになることでしょう。いよいよ本人《ほんにん》がやってくるんじゃないでしょうか。」

すぐに部屋《へや》にむかい、今朝《けさ》の話《はなし》をホームズに報告《ほうこく》する手紙《てがみ》を書《か》きあげた。このごろのかれは、どうやらものすごくいそがしいらしい。ベーカー街《がい》からのたよりはめったになく、たまにあっても、ごく短《みじか》い。わたしが送《おく》った情報《じょうほう》への意見《いけん》はなく、わたしがすべきことについても、ほとんどふれていない。きっと、あの脅迫《きょうはくじょう》状の事件《じけん》で手《て》いっぱいなのだ。

だが、この新《あら》たに明《あき》らかになった事実《じじつ》には、まちがいなく注意《ちゅうい》をひかれるはずで、ホームズも興味《きょうみ》を新《あら》たにするにちがいない。ここにきてほしいものだ。

頭文字《かしらもじ》がL《エル》＝L《エル》の女《おんな》

十月《がつ》十七日《にち》——一日《いちにち》じゅう、どしゃ降《ぶ》りの雨《あめ》に、ツタがざわめき、のき先《さき》から雨《あま》だれ。わびしく、冷《ひ》えびえとした、雨《あめ》をしのぐものすらない沼地《ぬまち》にほうりだされている、脱獄囚《だつごくしゅう》のことを思《おも》う。極悪人《ごくあくにん》とはいえ、あわれな！　その罪《つみ》がどれほどのものであろうとも、それのいくらかをつぐなうほどには、くるしめられてきたはずだ。

そして、もうひとりの男《おとこ》のことを思《おも》う——馬車《ばしゃ》のなかに見《み》えた顔《かお》、月光《げっこう》にうかぶ姿《すがた》。あの男《おとこ》も、この大雨《おおあめ》のなかにいるのだろうか？　姿《すがた》の見《み》えない見張《みは》り役《やく》の、暗闇《くらやみ》の男《おとこ》も？

夕《ゆう》がた、雨《あま》よけの身《み》じたくをして、水《みず》びたしになった沼地《ぬまち》を、遠《とお》くまで歩《ある》いてみた。心《こころ》のなかすぐに部屋《へや》にむかい、今朝《けさ》の話《はなし》をホームズに報告《ほうこく》する手紙《てがみ》を書《か》きあげた。

十月《がつ》十七日《にち》——一日《いちにち》じゅう、どしゃぶりの雨《あめ》に、ツタがさわめき、のき先《さき》から雨《あま》だれ。

には不吉《ふきつ》な思《おも》いがあふれ、雨《あめ》がほおを打《う》ち、風《かぜ》が耳《みみ》もとでうなりをあげる。こんな日《ひ》にあの底《そこ》なし沼《ぬま》にまよいこんだりしたら、どうなることか。地面《じめん》がかたい高台《たかだい》ですら、どろ沼《ぬま》になっているというのに。

ひとり沼地《ぬまち》を見《み》つめる、あの男《おとこ》が立《た》っていた、黒岩《ブラック＝トア》を見《み》つけた。ごつごつしたそのてっぺんから、わたしも、気《き》のめいるような丘陵地《きゅうりょうち》をながめた。あずき色《いろ》のその表面《ひょうめん》を、雨足《あまあし》がさっとかけぬける。重《おも》たげな、暗《くら》い青《あお》みをおびた灰色《はいいろ》の雲《くも》が、景色《けしき》におおいかぶさるように低《ひく》くたれこめ、不気味《ぶきみ》な丘《おか》の斜面《しゃめん》にたなびいて、ふもとで灰色《はいいろ》のうずを巻《ま》く。

左手《ひだりて》のかなたのくぼ地《ち》に、霧《きり》で半分《はんぶん》かくれた、バスカビル館《やかた》のほそい塔《とう》が、木々《きぎ》をつきぬけてたっている。丘《おか》のそこらじゅうの斜面《しゃめん》にごろごろしている、先史時代《せんしじだい》の石《いし》の小屋《こや》をべつにすれば、見《み》わたすかぎり、人間《にんげん》くさいものといえばその塔《とう》だけだった。二日前《ふつかまえ》の晩《ばん》、まさにこの場所《ばしょ》で見《み》た、あのひとりきりの男《おとこ》は、あとかたもなく姿《すがた》を消《け》していた。

帰《かえ》りがけに、どろ沼《ファール＝マイア》の沼地《ぬまち》のはずれの農家《のうか》から、でこぼこ道《みち》を、一頭《とう》だて馬車《ばしゃ》でやってきたモーティマー医師《いし》が、わたしに追《お》いついてきた。かれは、わたしたちにとても気《き》をつかってくれていて、ほとんど一日《にち》も欠《か》かさず館《やかた》を訪《たず》ねてきてくれている。

そのかれが、馬車《ばしゃ》に乗《の》るよう熱心《ねっしん》にすすめ、わたしを送《おく》っていってくれた。かわいがっているスパニエル犬《けん》の姿《すがた》が見《み》えないと、かれはひどく心《こころ》を痛《いた》めていた。沼地《ぬまち》にさまよいでていったきり、もどってこないという。わたしは、せいいっぱいなぐさめのことばをかけた。しかし、内心《ないしん》、グリンペンの底《そこ》なし沼《ぬま》での小馬《こうま》のことを思《おも》いだし、愛犬《あいけん》には二度《にど》と会《あ》えないだろうと思《おも》うのだった。

でこぼこ道《みち》を馬車《ばしゃ》にゆられながら、わたしは話題《わだい》をかえることにした。

「ところで、モーティマー先生《せんせい》、このあたりの、馬車《ばしゃ》でいける距離内《きょりない》の住人《じゅうにん》で、知《し》らないひとは、まずいないでしょうね？」

「おそらくね。」

「では、頭文字《かしらもじ》がL《エル》＝L《エル》の女性《じょせい》をご存《ぞん》じでしたら、教《おし》えていただけませんか？」

しばらく考《かんが》えこんでいたかれが、答《こた》える。

「いませんねえ。放浪者《ほうろうしゃ》や季節《きせつ》の雇《やと》われ人《にん》のなかには、わたしの知《し》らないひとも多少《たしょう》はいますが、農夫《のうふ》や地主《じぬし》で、その頭文字《かしらもじ》のひとはいませんね。

いや、ちょっと待《ま》てよ。」

やや、間《ま》があった。

「ローラ＝ライオンズがいた——あのひとの頭文字《かしらもじ》がL《エル》＝L《エル》ですよ。ただし、クーム＝トレーシーに住《す》んでいますが。」

「どういう女性《じょせい》ですか？」

「フランクランドの娘《むすめ》なんです。」

「ほう！　かわり者《もの》のフランクランド老人《ろうじん》の？」

「そのとおり。ライオンズという名前《なまえ》の、沼地《ぬまち》に絵《え》を描《か》きにきていた画家《がか》と、結婚《けっこん》したんですよ。あとになって、この相手《あいて》がひどいやつだとわかりました。おまけに、彼女《かのじょ》はすてられてしまいましてね。

もっとも、わたしのきいたところでは、結婚《けっこん》がうまくいかなかったのは、かならずしも一方《いっぽう》だけのせいでもないようです。父親《ちちおや》は、親《おや》の認《みと》めない結婚《けっこん》をしたといって、娘《むすめ》と縁《えん》を切《き》ったようですが、ほかにもまだ、ひとつかふたつは理由《りゆう》があるんじゃないでしょうか。なにしろ、年《とし》よりと若《わか》いのと、ろくでなしふたりにはさまれて、あの娘《むすめ》はずいぶん苦労《くろう》したことでしょうね。」

「どうやって生活《せいかつ》しているんです？」

「フランクランド老人《ろうじん》が、わずかな生活費《せいかつひ》をわたしているんじゃないでしょうか。でも、あのおやじ自身《じしん》も訴訟《そしょう》でかなりくるしいんですから、それ以上《いじょう》のことはむりですね。

娘《むすめ》は自分《じぶん》のしたことのむくいを受《う》けたのかもしれませんが、彼女《かのじょ》の暮《く》らしむきがわるくなっていくのを、ほうってはおけません。その身《み》の上話《うえばなし》がひろまって、このあたりのひとたちの何人《なんにん》かが、ふつうに暮《く》らしていけるように、力《ちから》をかしたんです。

ステープルトンさんや、チャールズ卿《きょう》もそのひとりでした。このわたしも、ささやかながら……。そのおかげで、あのひとはタイピストの仕事《しごと》につけたんですよ。」

かれは、わたしがそんなことをたずねたわけを知《し》りたがったが、あまりくわしくは教《おし》えず、てきとうにお茶《ちゃ》をにごしておいた。こちらの秘密《ひみつ》を、打《う》ち明《あ》けなければならない理由《りゆう》もないしね。あすの朝《あさ》、クーム＝トレーシーへいってみることにしよう。もし、評判《ひょうばん》のよくないローラ＝ライオンズ夫人《ふじん》に会《あ》うことができれば、謎《なぞ》が謎《なぞ》を呼《よ》ぶなかで、手紙《てがみ》の件《けん》の謎《なぞ》を解《と》く、大《おお》きな一歩《いっぽ》をふみだすことができるだろう。

たしかにわたしは、ヘビのようにずるい知恵《ちえ》を身《み》につけてきている。モーティマー医師《いし》が、めんどうな質問《しつもん》でつっこんでくると、さりげなく、フランクランドの頭蓋骨《ずがいこつ》はどんなタイプかと切《き》りかえしてやって、そのあとは、ずっと骨相学《こっそうがく》の話《はなし》しかきかされずにすんだ。シャーロック＝ホームズと、だてに何年《なんねん》も暮《く》らしてきたわけではないというわけだ。

もうひとりの男《おとこ》

あともうひとつだけ、この天気《てんき》が大荒《おおあ》れでゆううつな日《ひ》の出来事《できごと》を、記《しる》しておく。ついいましがた、わたしがバリモアとした話《はなし》のことだ。いずれ切《き》り札《ふだ》として使《つか》えそうな、強力《きょうりょく》な手《て》がかりをもらったのだ。

モーティマー医師《いし》は、館《やかた》によって夕食《ゆうしょく》をともにし、ヘンリー卿《きょう》と食後《しょくご》にトランプ遊《あそ》びをしていた。図書室《としょしつ》にいるわたしに、執事《しつじ》がコーヒーを持《も》ってきてくれたので、その機会《きかい》にいくつかきいてみることにした。

「ねえ、きみたち夫婦《ふうふ》のだいじな弟《おとうと》は、出発《しゅっぱつ》したのかい？　それとも、まだあそこにひそんでいるのかな？」

「わからないのでございますよ。ぜひとも出発《しゅっぱつ》していてほしいのですが。ここにいれば、めいわくなだけですからね！　最後《さいご》に食《た》べものを運《はこ》んでおいてやってから、音《おと》さたありません。しかも、それは三日《みっか》も前《まえ》からのことなのです。」

「そのときは姿《すがた》を見《み》ているのかい？」

「いいえ。でも、そのつぎにまいりましたときには、食《た》べものがなくなっておりました。」

「では、いたことはたしかなんだな？」

「そうお思《おも》いですよね。べつの男《おとこ》に食《た》べられてしまったのでなければ、ですが。」

コーヒーカップを口《くち》に運《はこ》ぶ手《て》を途中《とちゅう》でとめ、わたしはバリモアをまじまじと見《み》た。

「もうひとりいるということか、それは？」

「ええ。沼地《ぬまち》には、義弟《おとうと》のほかにもうひとり、べつの男《おとこ》がいるのでございます。」

「姿《すがた》を見《み》たのかい？」

「いいえ。」

「じゃあ、どうしてわかる?」

「一週間《しゅうかん》かそこら前《まえ》に、セルデンからききました。やはりかくれているのですが、わたくしにわかっているかぎりでは、この男《おとこ》は脱獄囚《だつごくしゅう》ではございません。いやな感《かん》じです、ワトソン先生《せんせい》——はっきり申《もう》しあげて、わたくしはいやな感《かん》じがいたします。」

それは、にわかに力《ちから》のこもった口調《くちょう》だった。

「なあ、いいかい、バリモア! わたしがいま気《き》になっているのは、きみの主人《しゅじん》のことだけだ。ここにやってきた目的《もくてき》はただひとつ、卿《きょう》を助《たす》けることなんだ。正直《しょうじき》に教《おし》えておくれ、なにがいやな感《かん》じなのか。」

バリモアはしばらくいいよどんでいた。思《おも》わず口《くち》ばしってしまったことを、しまったと思《おも》っているのか、それとも、自分《じぶん》が感《かん》じていることを、ことばにあらわすのがむずかしいのか。やっと口《くち》をひらいたと思《おも》ったら、沼地《ぬまち》に面《めん》した、雨《あめ》に打《う》たれている窓《まど》のほうへ片手《かたて》をふりながら、声《こえ》をあげるのだった。

「このところおきていること、全部《ぜんぶ》でございますよ! どことなく、やりかたがきたない。不吉《ふきつ》な悪事《あくじ》がたくらまれています。まちがいなく! ヘンリー卿《きょう》がもう一度《いちど》ロンドンにもどられることになれば、心《こころ》からほっとすることでしょう!」

「でも、どうしてそんな気《き》がするんだい？」

「チャールズ卿《きょう》の亡《な》くなられかたを、おわすれなく！　検死官《けんしかん》の方《かた》がどうおっしゃろうと、あれはどう見《み》ても不吉《ふきつ》でございました。

夜《よる》の沼地《ぬまち》にひびく声《こえ》はご存《ぞん》じでしょう。たとえ金《かね》をやるといわれても、日《ひ》がしずんでから、沼地《ぬまち》をとおろうとする人間《にんげん》なんて、ひとりもおりません。

そして、この得体《えたい》の知《し》れない男《おとこ》！　あそこにかくれて、見張《みは》りながら待《ま》っているんです！　なにを待《ま》っているというのでしょう？　どういうことなのでございましょう？

バスカビルの名《な》を持《も》つ、どなたにとっても、よいことではございません。ヘンリー卿《きょう》が新《あたら》しく雇《やと》われる使用人《しようにん》たちに、この館《やかた》の仕事《しごと》を引《ひ》きつげるようになりしだい、ここをでていきとうございます。」

「その得体《えたい》の知《し》れない男《おとこ》のことで、わかっていることがあったら、教《おし》えてくれないかい？　セルデンはなんといっていた？　どこにかくれているのか、なにをしているのか、セルデンは知《し》っていたんだろうか？」

「一、二度見《どみ》かけたけれども、用心《ようじん》ぶかい男《おとこ》で、ちっともしっぽをつかませなかったとか。はじめは警察《けいさつ》だと思《おも》ったが、すぐに、なにか自身《じしん》の計画《けいかく》を持《も》っているらしいことがわかった、ということでございました。見《み》たかぎりでは紳士《しんし》らしいですが、なにをしているのかは、セルデンにはわからずじまいでした。」

「どこに住《す》みついているといっていた？」

「丘《おか》の斜面《しゃめん》の、古《ふる》い家《いえ》――古代《こだい》のひとびとが住《す》んでいた、石《いし》の小屋《こや》です――あのあたりだと。」

「食《た》べものは、どうしているんだろうな？」

「セルデンは、男《おとこ》の子《こ》がひとり、その男《おとこ》の使《つか》いをしていて、必要《ひつよう》なものいっさいを運《はこ》んでいるのに気《き》づいたそうです。ほしいものは、クーム＝トレーシーで手《て》にいれるのではないでしょうか。」

「よくわかった、バリモア。いつかまた、もっとくわしく話《はなし》をきかせてもらうかもしれないよ。」

執事《しつじ》がいなくなると、わたしは黒《くろ》い窓《まど》のところにいった。くもった窓《まど》ガラスごしに、ながれゆく雲《くも》と、風《かぜ》にふきあげられてはげしくゆれる、影絵《かげえ》のような木々《きぎ》をながめた。館《やかた》のなかにいてさえ荒《あ》れもようの晩《ばん》なのだ。沼地《ぬまち》の石《いし》の小屋《こや》のなかはどんなふうなのだろうか。

こんなときにあんな場所《ばしょ》にひそんでいられるとは、どれほどの憎《にく》しみがあってのことなのだろう！　これほどの試練《しれん》に耐《た》えられるとは、どれほど奥《おく》のふかい、どれほど決心《けっしん》のかたい目的《もくてき》あってのことなのだろう！

そこに、沼地《ぬまち》のその小屋《こや》にこそ、わたしをこれほどじりじりなやませる問題《もんだい》の、中心《ちゅうしん》があるような気《き》がする。これからは一日《にち》もむだにせず、謎《なぞ》の中心《ちゅうしん》に手《て》が届《とど》くまで、全力《ぜんりょく》でやってみよう。

第《だい》十一章《しょう》　岩山《いわやま》の男《おとこ》

なやめるタイピスト

わたしの日記《にっき》からの抜《ぬ》き書《が》きでつづった前《まえ》の章《しょう》では、十月《がっ》十八日《にち》にいたるまでのことを語《かた》ってきた。この日《ひ》をさかいに、それまでのふしぎな出来事《できごと》の数々《かずかず》が、おそろしい結末《けつまつ》にむかって、めまぐるしく動《うご》きはじめる。つづく数日間《すうじつかん》にあったことは、わたしの頭《あたま》にきざみこまれて、けっして消《き》えることがない。そのころつけたメモを見《み》なくても、話《はなし》ができるくらいに。

わたしが、きわめて重要《じゅうよう》なふたつの事実《じじつ》をたしかにつかんだ、その翌日《よくじつ》の話《はなし》からはじめよう。

重要《じゅうよう》な事実《じじつ》のひとつは、クーム＝トレーシーのローラ＝ライオンズ夫人《ふじん》がチャールズ＝バスカビル卿《きょう》に手紙《てがみ》を書《か》き、卿《きょう》が死《し》ぬことになったまさにその場所《ばしょ》、その時間《じかん》に、卿《きょう》と会《あ》う約束《やくそく》をしていたこと。

もうひとつは、沼地《ぬまち》にひそんでいる男《おとこ》が、丘《おか》の斜面《しゃめん》にある石《いし》の小屋《こや》のひとつにいる、ということだ。

このふたつの事実《じじつ》を手《て》にいれたのに、この暗闇《くらやみ》に、なんの光《ひかり》もあてられないとすれば、きっとわたしには知恵《ちえ》か勇気《ゆうき》のどちらかがたりないのだ、と思《おも》っている。

ライオンズ夫人《ふじん》についてわたしが知《し》ったことを、ゆうべのうちにヘンリー卿《きょう》に伝《つた》える機会《きかい》がなかった。モーティマー医師《いし》が卿《きょう》と、夜《よ》がふけるまでトランプをしていたのだ。しかし、朝食《ちょうしょく》の席《せき》で准男爵《じゅんだんしゃく》に、新《あら》たにわかったことを知《し》らせて、クーム＝トレーシーまでいっしょにいく気《き》があるかどうかきいた。

はじめは、卿《きょう》も大《おお》いに乗《の》り気《き》だったが、わたしひとりでいったほうが、よい結果《けっか》になるのではないかということで、ふたりで考《かんが》えなおした。あまりおおげさに訪《たず》ねていっては、情報《じょうほう》をききだしにくくなるだけだろう。それで、ヘンリー卿《きょう》をひとりのこしていくことに、いささか良心《りょうしん》がとがめたが、わたしひとりで、新《あら》たな手《て》がかりをもとめてでかけていった。

クーム＝トレーシーに着《つ》くと、パーキンズに馬《うま》たちをまかせて、わたしは話《はなし》をききだすべき女性《じょせい》のいるところを探《さが》した。彼女《かのじょ》の住《す》む家《いえ》は、村《むら》の中心部《ちゅうしんぶ》に近《ちか》くてわかりやすく、なんなく見《み》つかった。

メイドは、気《き》さくで、わたしをなかにいれてくれた。居間《いま》にとおされてみると、レミントン商会製《しょうかいせい》のタイプライターにむかっていた女性《じょせい》が、ぱっと立《た》ちあがってにこやかにむかえてくれた。ところが、訪《たず》ねてきたのが知《し》らない相手《あいて》だとわかったとたん、彼女《かのじょ》は顔《かお》をくもらせて、ふたたび腰《こし》をおろし、わたしの用件《ようけん》をきくのだった。

ぱっと見《み》たところ、ローラ＝ライオンズ夫人《ふじん》は、ずばぬけた美人《びじん》だった。目《め》と髪《かみ》の毛《け》の両方《りょうほう》が、うす茶色《ちゃいろ》で、そばかすがかなりあるものの、ほおにはこのうえなく美《うつく》しい花《はな》のような赤《あか》みがさし、黄色《きいろ》いバラの花《はな》の中心《ちゅうしん》にひそむ優美《ゆうび》なピンク色《いろ》とでもいえるものだった。くりかえすが、ひと目見《めみ》たときは、はっとする美《うつく》しさなのだ。ところが、よく見《み》ると欠点《けってん》が目《め》につく。どことなく、違和感《いわかん》があるのだ。なにか表情《ひょうじょう》に品《ひん》がなく、たぶん目《め》だが、なんとなくきついようだし、口《くち》もとがちょっとしまらない。こういう印象《いんしょう》が玉《たま》にきずだった。もちろん、これはあとからこじつけたことだが……。

そのときわたしの頭《あたま》にあったのは、自分《じぶん》がすばらしい女性《じょせい》の目《め》の前《まえ》にいて、そのひとから、訪《たず》ねてきたわけをきかれているということだけだった。自分《じぶん》の任務《にんむ》がひじょうに微妙《びみょう》なものだと、まったくわかっていなかった。

「お父《とう》さまのことを、よく存《ぞん》じあげております。」

話《はなし》のきりだしかたがまずかったことを、相手《あいて》の返事《へんじ》から思《おも》い知《し》らされるはめになった。

「父《ちち》とは、わたくし、なんの接点《せってん》もございません。父《ちち》からは、なにもしてもらっておりませんし、父《ちち》のお知《し》りあいだからといわれても、わたくしにはかかわりのないことです。亡《な》くなられたチャールズ＝バスカビル卿《きょう》や、そのほかのごしんせつな方《かた》たちがいらっしゃらなければ、あのあてにならない父《ちち》しかいないわたくしは、食《た》べていけなかったでしょう。」

「お訪《たず》ねしたのは、そのチャールズ＝バスカビル卿《きょう》のことでなのです。」

女性《じょせい》のほおに、そばかすがうかびあがった。

「あの方《かた》のことで、わたくしが、なにをおはなしできるのでしょうか？」

彼女《かのじょ》の指《ゆび》が、タイプライターの上《うえ》で、いらだたしそうに動《うご》いている。

「あの方《かた》をご存《ぞん》じだったのでしょう？」

「いま申《もう》しあげたように、それはそれはごしんせつにしていただきました。こうしてひとりで暮《く》らしていけるのも、こまっているわたくしに手《て》をさしのべて、心《こころ》をくだいてくださったあの方《かた》あればこそです。」

「手紙《てがみ》をやりとりなさいましたか？」

その女性《じょせい》はさっと目《め》をあげた。うす茶色《ちゃいろ》の目《め》が、きっと光《ひか》っている。口調《くちょう》もするどい。

「なんのために、そんなことをおききになるんです？」

「うわさがおおやけになることを、避《さ》けたいのです。わたしたちの力《ちから》のおよばない、外部《がいぶ》の人間《にんげん》にまかせてしまうより、わたしがうかがったほうがいいと思《おも》います。」

彼女《かのじょ》はだまりこみ、その顔《かお》は青《あお》ざめたままだった。やがて、どことなくひらきなおって、いどむような態度《たいど》で、顔《かお》をあげた。

「よろしいでしょう、お答《こた》えします。おききになりたいことは？」

「チャールズ卿《きょう》と、手紙《てがみ》をやりとりなさいましたか？」

「たしかに、一度《ど》か二度《ど》、おしみなくこまやかなお心《こころ》づかいをくださった、お礼《れい》の手紙《てがみ》をさしあげました。」

「手紙《てがみ》を書《か》かれた日付《ひづけ》を、おぼえていらっしゃいますか？」

「いいえ。」

「あの方《かた》とお会《あ》いになったことは？」

「ございます。一、二度《ど》ですが、あの方《かた》がクーム＝トレーシーにいらっしゃったときに。ひかえめな紳士《しんし》で、ひとのためになさることも、目《め》だたないのがお好《す》きでした。」

「しかし、めったに会《あ》わず、手紙《てがみ》もほとんどやりとりせずに、どうやってあの方《かた》は、あなたのおっしゃったように、救《すく》いの手《て》をさしのべることができるほど、あなたのことをよく知《し》るようになられたのでしょう？」

このわたしの反論《はんろん》に、すぐさま答《こた》えが返《かえ》ってきた。

「わたくしの悲《かな》しい身《み》の上《うえ》をご存《ぞん》じの方《かた》が、何人《なんにん》かいらっしゃって、力《ちから》をあわせてお助《たす》けくださったのです。そのおひとりの、ステープルトンさんが、ご近所《きんじょ》のチャールズ卿《きょう》と親《した》しくおつきあいがおありでした。ステープルトンさんには、とりわけしんせつにしていただきましたの。

チャールズ卿《きょう》がわたくしのことをお知《し》りになったのも、あの方《かた》をつうじてでしたわ。」

チャールズ卿《きょう》が何度《なんど》か、ステープルトンをつうじて慈善《じぜん》のほどこしをしていたということは、わたしも知《し》っていた。この女性《じょせい》のことばには真実《しんじつ》みがある。わたしはさらに質問《しつもん》をつづけることにした。

「チャールズ卿《きょう》に、会《あ》ってほしいという手紙《てがみ》をだされましたか？」

ライオンズ夫人《ふじん》のほおが、またも怒《いか》りに赤《あか》らんだ。

「なんとも、それはあまりに失礼《しつれい》なご質問《しつもん》です。」

「おゆるしください。どうしてもうかがっておかなくてはならないのです。」

「では、お答《こた》えいたしますが、まちがいなく、そんなことはございません。」

「チャールズ卿《きょう》が亡《な》くなった当日《とうじつ》にも、ですか？」

目《め》の前《まえ》の女性《じょせい》の顔《かお》から、赤《あか》みがたちまち消《き》えて、血《ち》の気《け》がまったくなくなった。かわいたくちびるからでた「いいえ」ということばは、声《こえ》にならず、わたしは動《うご》きを読《よ》みとった。

「きっと、思《おも》いちがいをなさっているんですね。手紙《てがみ》の一部《いちぶ》を、引用《いんよう》してさしあげることだって、できるんですよ。『どうか、どうか、紳士《しんし》でいらっしゃると信《しん》じての、おねがいです、この手紙《てがみ》は焼《や》きすててください。十時《じ》に、門《もん》の前《まえ》でお待《ま》ち申《もう》しあげます。』」

あわや気《き》をうしなってしまうかと思《おも》われたが、彼女《かのじょ》はひっしで気《き》をとりなおした。うめくようにいう。

「紳士《しんし》などというものは、いなくなってしまったの？」

「それでは、チャールズ卿《きょう》に失礼《しつれい》というものです。あの方《かた》は、たしかに手紙《てがみ》を焼《や》きすてました。たとえ燃《も》やしても、読《よ》める場合《ばあい》があるのです。やはり、あの手紙《てがみ》を書《か》かれたんですね？」

胸《むね》につかえていたものを、いっきにはきだすように、悲鳴《ひめい》のようなことばがほとばしりでた。

「ええ、わたくしがその手紙《てがみ》を書《か》きました。書《か》きましたとも。かくすことなどあるものですか。恥《は》ずかしがらなくてはいけないわけなど、ありませんわ。助《たす》けていただきたかったのです。お目《め》にかかることができれば、きっと助《たす》けていただけると思《おも》って、会《あ》ってくださいとおねがいいたしました。」

「でも、どうしてあんな時間《じかん》に？」

「その翌日《よくじつ》にはロンドンにおでかけで、何《なん》か月《げつ》もおるすになるのだと、ぎりぎりになって知《し》ったばかりだったからです。それより早《はや》い時間《じかん》には、わたくしのほうが出向《でむ》いていけない事情《じじょう》がありました。」

「では、館《やかた》に訪《たず》ねていかないで、庭《にわ》で待《ま》ちあわせをしたのは、なぜです？」

「おひとり暮《ぐ》らしの男性《だんせい》のお宅《たく》に、女《おんな》ひとり、あんな時間《じかん》に訪《たず》ねていけるとお思《おも》い？」

「うーむ。そこにいかれたとき、なにがあったのですか？」

「まいりませんでした。」

「ライオンズ夫人《ふじん》、そんなばかな!」

「ええ、神《かみ》かけて誓《ちか》って申《もう》しあげますわ。わたくしは、まいりませんでした。さしつかえることがありまして。」

「どんな?」

「個人的《こじんてき》な事情《じじょう》にかかわることです。申《もう》しあげられません。」

「あなたは、チャールズ卿《きょう》が亡《な》くなられた時間《じかん》に、亡《な》くなられた場所《ばしょ》で、亡《な》くなられた当人《とうにん》と会《あ》う約束《やくそく》をなさっていたけれども、その約束《やくそく》をまもらなかった、ということになりますよ。」

「それが事実《じじつ》です。」

くりかえし何度《なんど》も、さまざまな方向《ほうこう》から質問《しつもん》してみたが、それ以上《いじょう》のことはききだせなかった。わたしは、結論《けつろん》がでないこの話《はなし》を、もうきりあげようとして、立《た》ちあがった。

「ライオンズ夫人《ふじん》、あなたは、ご存《ぞん》じのことを、のこらずはなされていません。このことで、きわめて重《おも》い責任《せきにん》を引《ひ》き受《う》け、きわめて誤解《ごかい》されやすい立場《たちば》に立《た》とうとしておられるんですよ。わたしが警察《けいさつ》に協力《きょうりょく》をたのんだ場合《ばあい》は、あなたが疑《うたが》われること、まずまちがいなしです。あなたにやましいところがないのなら、あの日《ひ》、チャールズ卿《きょう》に手紙《てがみ》をだしていたことを、なぜ最初《さいしょ》に認《みと》めなかったのですか?」

「それは、だしたと認《みと》めれば、誤解《ごかい》されるのではないかと、へんなうわさに巻《ま》きこまれることになるかもしれないと、気《き》がかりだったからです。」

「それに、チャールズ卿《きょう》に、あなたからの手紙《てがみ》を焼《や》きすてるよう、あんなにしっかり念《ねん》をおされたのは、なぜです？」

「手紙《てがみ》をお読《よ》みになったのなら、おわかりでしょう。」

「全部《ぜんぶ》を読《よ》んだとはいいませんでしたよ。」

「引用《いんよう》なさったじゃありませんか。」

「それは、追伸《ついしん》のところだけです。申《もう》しあげたとおり、手紙《てがみ》は燃《も》えて、全文《ぜんぶん》は読《よ》めなかった。もう一度《いちど》うかがいますが、亡《な》くなられた日《ひ》に受《う》けとった手紙《てがみ》を、焼《や》きすてるよう、チャールズ卿《きょう》にあんなにしっかり念《ねん》をおされたのは、どういうわけなんですか？」

「個人《こじん》の秘密《ひみつ》にかかわる内容《ないよう》だったからです。」

「それでは、なおさらのこと、正式《せいしき》な取《と》り調《しら》べにならないようにしたほうがいいじゃありませんか。」

「それでは、申《もう》しあげます。わたくしの不幸《ふこう》な身《み》の上《うえ》のことが、いくらかはお耳《みみ》にはいっているとすれば、わたくしが早《はや》まった結婚《けっこん》をして、後悔《こうかい》していることはご存《ぞん》じでしょう。」

「そこまでのことは、ききおよんでいます。」

「ぞっとするほどきらいな夫《おっと》から、たえまなくいじめられてばかりの生活《せいかつ》だったのです。法律《ほうりつ》はあの夫《おっと》につごうよくできていて、夫《おっと》がそれをのぞめば、またいっしょに暮《く》らさなければなりません。

チャールズ卿《きょう》にお手紙《てがみ》をさしあげたのは、あるていどの費用《ひよう》を工面《くめん》（お金《かね》をやりくりすること）できれば、わたくしが自由《じゆう》の身《み》になれる希望《きぼう》があると知《し》ったからです。それは、わたくしにとってすべてです——おだやかな気持《きも》ち、しあわせ、自分《じぶん》をたいせつに思《おも》うこと——なにもかもがかなうということなのです。チャールズ卿《きょう》はお心《こころ》の広《ひろ》い方《かた》だと存《ぞん》じていました。わたくしの口《くち》からじかにおはなしすれば、わたくしを助《たす》けてくださるだろうと思《おも》いました。」

「では、どうしていくのをやめることに？」

「そうこうしているうちに、べつのところからお助《たす》けいただいたからです。」

「それでは、どうして、チャールズ卿《きょう》に、それを説明《せつめい》する手紙《てがみ》を書《か》かなかったんですか？」

「書《か》いていたはずです。翌朝《よくあさ》の新聞《しんぶん》で、あの方《かた》が亡《な》くなられたという記事《きじ》を見《み》なかったら。」

この女性《じょせい》の話《はなし》はつじつまがぴったりあっていて、さんざん質問《しつもん》をぶつけたというのに、つけいるすきがなかった。話《はなし》をたしかめるには、彼女《かのじょ》がほんとうに、あの悲《かな》しい出来事《できごと》があったころ、夫《おっと》に対《たい》して離婚《りこん》の訴訟《そしょう》手続《てつづ》きをおこしているかどうか、調《しら》べることくらいしかない。

彼女《かのじょ》が、ほんとうはバスカビル館《やかた》にいったのに、いかなかったといっているとは、考《かんが》えにくい。小型馬車《こがたばしゃ》でいくしかないだろうし、クーム＝トレーシーにもどるのは翌日《よくじつ》の朝《あさ》になってしまう。そんな遠出《とおで》をしたら、かくしとおせるはずはないのだから。

つまり、彼女《かのじょ》の話《はなし》はほんとうである、あるいは、ともかくも一部《いちぶ》はほんとうである、ということになりそうだ。

外《そと》にでたわたしは、いきごみもくじけ、がっくりきていた。わたしは、ふたたび行《ゆ》き止《ど》まりのかべに、つきあたってしまった。任務《にんむ》をはたしたいわたしの行《ゆ》く手《て》には、かならずかべが、立《た》ちはだかるように思《おも》えてくる。

それにしても、あの女性《じょせい》の顔《かお》つきや態度《たいど》を思《おも》いかえすにつけ、わたしの目《め》に見《み》えないところに、なにかがかくされているような感《かん》じが強《つよ》くなっていく。なぜ、あんなに青《あお》ざめたのだろう？　なぜ、どうしようもなくなるところまで、なにも認《みと》めようとしなかったのだろう？　なぜ、あの悲《かな》しい出来事《できごと》のあったとき、あんなにもかたく口《くち》をとじていたのだろう？

こうした疑問《ぎもん》がすべて解《と》ければ、彼女《かのじょ》が潔白《けっぱく》なはずはないと、わかるはずだ。とはいえ、この方向《ほうこう》にはこれ以上《いじょう》進《すす》めない。もうひとつの手《て》がかりに目《め》をむけて、沼地《ぬまち》の石《いし》の小屋《こや》を調《しら》べにいくしかない。

おせっかいな老人《ろうじん》

その小屋《こや》の方向《ほうこう》は、きわめてあいまいだった。馬車《ばしゃ》で館《やかた》にもどる道々《みちみち》で気《き》づいたが、丘《おか》という丘《おか》に古代《こだい》のひとびとがのこした小屋《こや》があるのだった。

バリモアは、得体《えたい》の知《し》れないあの男《おとこ》は、見《み》すてられた石《いし》の小屋《こや》のひとつに住《す》みついていると明《あ》かしていた。だが、この沼地《ぬまち》には、四方《しほう》のすみずみまで、何百《なんびゃく》という数《かず》の小屋《こや》がちらばってい る。ただ、わたしは経験《けいけん》で自分《じぶん》を案内《あんない》できる。あの男《おとこ》は、たったひとり、黒岩《ブラック＝トア》のてっぺんに立《た》っていた。すると、黒岩《ブラック＝トア》を中心《ちゅうしん》に捜《さが》すことになる。

そこからはじめて、沼地《ぬまち》じゅうの石《いし》の小屋《こや》をひとつひとつ調《しら》べてでも、めざすひとつを見《み》つけてみせよう。男《おとこ》がなかにいたら、いざとなればピストルをつきつけてでも、じかにその口《くち》からきだしてやろう。何者《なにもの》なのか、わたしたちをしつこくつけまわすのはなぜなのか。

ごみごみしたリージェント街《がい》ならばいざしらず、人気《ひとけ》のないこの沼地《ぬまち》で、わたしたちをかわして逃《に》げるのはむずかしいだろう。もし、つきとめた石《いし》の小屋《こや》に男《おとこ》がいなかったら、そこで待《ま》ちぶせよう。どんなに長《なが》い時間《じかん》だろうと、男《おとこ》がもどってくるまで寝《ね》ないで待《ま》ってやる。

ホームズはロンドンで、あの男《おとこ》をとり逃《に》がした。師匠《ししょう》が捕《つか》まえるのに失敗《しっぱい》したあの男《おとこ》を、弟子《でし》のわたしが、捕《つか》まえることができれば、たいしたものだ。

今度《こんど》の捜査《そうさ》では運《うん》に見《み》はなされることばかりだったが、とうとうわたしにつきがまわってきた。その幸運《こううん》を運《はこ》んできたのは、ほかでもない、フランクランド氏《し》だ。灰色《はいいろ》のあごひげをはやした赤《あか》ら顔《がお》のフランクランドが、わたしが馬車《ばしゃ》でいく大通《おおどお》りに面《めん》した、庭《にわ》の門《もん》の外《そと》に立《た》っていた。いつになく機嫌《きげん》のよい声《こえ》をかけてくる。

「やあ、ワトソン先生《せんせい》、いや、ほんとに、馬《うま》をやすませたほうがいいですよ。ちょっとなかでワインでもいっぱいやって、祝《いわ》ってやってくだされ。」

この男《おとこ》の、娘《むすめ》への仕打《しう》ちについてきかされたあとだけに、とても愛想《あいそ》よくするような気分《きぶん》ではなかったが、パーキンズと馬車《ばしゃ》を館《やかた》に帰《かえ》さなくてはと思《おも》っていたところだったので、よい機会《きかい》だった。

わたしは馬車《ばしゃ》をおり、夕食《ゆうしょく》までには歩《ある》いてもどると、ヘンリー卿《きょう》への伝言《でんごん》をたのんだ。そして、フランクランドについて食堂《しょくどう》にはいった。

老人《ろうじん》はくすくす笑《わら》いながら、さけぶようにいった。

「きょうはたいへんな日《ひ》です――わが人生《じんせい》の記念《きねん》すべき日《ひ》のひとつですぞ。ふたつのことをなしとげましてね。つまり、法律《ほうりつ》は法律《ほうりつ》であるということと、法《ほう》に訴《うった》えることをおそれぬ者《もの》がここにいるということを、やつらに教《おし》えてやりました。

ミドルトンのじじいの敷地《しきち》のど真《ま》ん中《なか》、しかもですぞ、玄関先《げんかんさき》から百ヤードとはなれていないところをつっきる、通行権《つうこうけん》を勝《か》ちとったんですよ。どうですか？　ああいう権力者《けんりょくしゃ》どもにゃ、庶《しょ》民《みん》の権利《けんり》をふみにじるべからずってことを、思《おも》い知《し》らせてやりましょうや。あいつらめ！　それに、ファーンワージーの連中《れんちゅう》がピクニックに使《つか》ってた森《もり》を、立《た》ち入《い》り禁止《きんし》にしてやりましたよ。あのいまいましい連中《れんちゅう》ときたら、所有権《しょゆうけん》なんてものがあることも知《し》らんし、好《す》き勝手《かって》なところに紙《かみ》くずやらあきびんやら、へいきでちらかしてくんです。

どっちもかたづきましたぞ、ワトソン先生《せんせい》、両方《りょうほう》ともわしが勝《か》ちましてな。こんな日《ひ》は、自分《じぶん》ちのウサギの飼育場《しいくじょう》で銃《じゅう》を撃《う》ったジョン＝モーランド卿《きょう》を、近所迷惑《きんじょめいわく》のかどでやっつけて以来《いらい》のことだ。」

「いったいどうやって？」

「記録《きろく》をごらんになるがいい。読《よ》みごたえがありますぞ——王座裁判所《おうざさいばんしょ》にて、フランクランド対《たい》モーランド。二百ポンドかかりましたが、わしが勝《か》った。」

「なにか得《とく》になることでもありましたか？」

「なんにも、なんにも。訴訟《そしょう》で利益《りえき》を得《え》ないのが、わしのじまんでね。てっていして、公共《こうきょう》の義《ぎ》務感《むかん》から行動《こうどう》しておる。

たとえばファーンワージーの連中《れんちゅう》なんぞ、さぞかし今夜《こんや》あたり、わしの身《み》がわり人形《にんぎょう》を焼《や》くこったろうな。前《まえ》にそういうことがあったとき、恥《は》ずかしい騒《さわ》ぎはやめさせろって、警察《けいさつ》にいってやったんだが。州《しゅう》警察《けいさつ》ときたら、目《め》もあてられないひどさですな。保護《ほご》してもらう権利《けんり》のある者《もの》も保護《ほご》しきれないとは。

フランクランド対警察《たいけいさつ》の訴訟《そしょう》も、世間《せけん》の目《め》をひきますぞ。わしに対《たい》するあつかいを、後悔《こうかい》することになる日《ひ》がくるだろうとは、いっておいたんだが、そのことばがもうほんとうのことになった。」

「というと？」

わたしの問《と》いに、老人《ろうじん》が得意《とくい》そうな顔《かお》をしてみせた。

「警察《けいさつ》が死《し》ぬほど知《し》りたがっていることを、このわしが知《し》っておるからだ。だが、あのろくでもないやつらを助《たす》けるようなことを、するもんかね。」

この老人《ろうじん》のむだ話《ばなし》から逃《に》げだす口実《こうじつ》を、あれこれ探《さが》していたわたしだが、ここへきて、もっと話《はなし》をききたいと思《おも》うようになった。この老人《ろうじん》のへそまがりな性格《せいかく》は、いやというほど見《み》せられているから、わたしが強《つよ》く関心《かんしん》をしめせば、ないしょ話《ばなし》をやめてしまうことはわかりきっている。無関心《むかんしん》をよそおって、いってみる。

「どうせ、密猟《みつりょう》かなにかでしょう？」

「はっ、はっは。そんなながまやさしいことじゃありませんぞ！　沼地《ぬまち》にいる脱獄囚《だつごくしゅう》のことは、ご存《ぞん》じかな？」

わたしは、ぎくっとした。

「まさか、居所《いどころ》をご存《ぞん》じなのではないでしょうね？」

「たしかな居所《いどころ》は知《し》らんが、警察《けいさつ》が捕《つか》まえるのに役《やく》だつことを、がっちりつかんでおる。考《かんが》えつかんかったかね？　あいつを捕《つか》まえるには、どこから食《た》べものを手《て》にいれているかつきとめて、そこからたどっていけばいいんだとは？」

どうも、この老人《ろうじん》は、真相《しんそう》に気味《きみ》のわるいほど近《ちか》づいているらしい。

「なるほどねえ。それにしても、脱獄囚《だつごくしゅう》が沼地《ぬまち》のどこかにいると、どうしてわかるんです？」

「わかるとも。わしはこの目《め》で、食《た》べものをあいつのところに運《はこ》ぶ、使《つか》いの姿《すがた》を見《み》たんだからな。」

バリモアも気《き》のどくに。いじのわるい、おせっかいじいさんの気分《きぶん》しだいで、深刻《しんこく》なことになる。そう思《おも》ったが、つぎのひとことで、気《き》が軽《かる》くなったのだった。

「びっくりしなさんな、食《た》べものを運《はこ》んでいるのは、子《こ》どもですぞ。わしは、屋根《やね》の上《うえ》から毎《まい》日《にち》、望遠鏡《ぼうえんきょう》でその姿《すがた》を見《み》ておった。決《き》まった時間《じかん》に、決《き》まった道《みち》をとおっていく。行《ゆ》き先《さき》は、あの脱獄囚《だつごくしゅう》のところ以外《いがい》にありゃしないでしょう？」

これこそ、まさに幸運《こううん》！　それでも、はやる気持《きも》ちと、興味《きょうみ》のあるそぶりをおさえた。子《こ》どもとは！　バリモアも、謎《なぞ》の男《おとこ》のところには、男《おとこ》の子《こ》がいろいろなものを運《はこ》んでいっているといっていた。

フランクランドがぐうぜん発見《はっけん》したのは、脱獄囚《だつごくしゅう》のではなく、あの男《おとこ》の手《て》がかりだったのだ。かれが知《し》っていることをききだせれば、長《なが》く、つらい追跡《ついせき》の手間《てま》がはぶけそうだ。しかし、この場《ば》のわたしの切《き》り札《ふだ》は、信《しん》じられないという顔《かお》、どうでもよさそうな態度《たいど》なのだった。

「もっとありえそうなのは、沼地《ぬまち》で羊《ひつじ》の番《ばん》をしている父親《ちちおや》のところへ、息子《むすこ》が食事《しょくじ》を届《とど》けているということじゃないでしょうかねえ。」

ちょっと反論《はんろん》してみせただけで、この頑固《がんこ》じいさんに火《ひ》がついた。いじわるそうな目《め》でわたしをにらみ、猫《ねこ》を怒《おこ》らせたときのように、灰色《はいいろ》のあごひげをさかだてる。

「そんなばかな！」

そういって、はるかに広《ひろ》がる沼地《ぬまち》のほうを指《ゆび》さした。

「むこうに、黒岩《ブラック＝トア》が見《み》えますかな？　ほれ、その先《さき》に、イバラの茂《しげ》みがある低《ひく》い丘《おか》がありますな？　あそこは、この広《ひろ》い沼地《ぬまち》でいちばん、石《いし》がごろごろしておる。羊飼《ひつじか》いが陣《じん》どっていそうなところですかな？　あんたのご意見《いけん》は、じつにばかばかしい。」

わたしは、よく知《し》りもしないでいってしまったと、しおらしく答《こた》えておいた。わたしが下手《したて》にでたことで気《き》をよくした老人《ろうじん》は、さらに打《う》ち明《あ》け話《ばなし》をしてくれるのだった。

「信《しん》じてもらっていいはずだ。このわしは、しっかりした裏《うら》づけがあってはじめて、意見《いけん》をいうことにしておる。荷物《にもつ》をかかえた男《おとこ》の子《こ》を、何度《なんど》も何度《なんど》も見《み》ているのでな。毎日《まいにち》、しかも、ときには一日《いちにち》に二回《かい》、わしは——おお、そうだ、ワトソン先生《せんせい》。わしの目《め》のまよいかな、たったいま、あの丘《おか》の斜面《しゃめん》をなにか動《うご》いちゃいませんかな？」

何《なん》マイルもはなれたところだったが、くすんだ緑色《みどりいろ》と灰色《はいいろ》の上《うえ》に、小《ちい》さな黒《くろ》い点《てん》がはっきり見《み》えた。

「ちょっときてごらんなさい！　ご自分《じぶん》の目《め》で見《み》て、ご自分《じぶん》で判断《はんだん》なさるがいい。」

そうさけんで、フランクランドは階段《かいだん》をかけあがった。なまり板《いた》でふいた、たいらな屋根《やね》に立《た》つ望遠鏡《ぼうえんきょう》は、三脚《さんきゃく》にとりつけたすばらしい設備《せつび》だった。フランクランドがそれに目《め》をおしつけて、満足《まんぞく》の声《こえ》をあげる。

「さあ、ワトソン先生《せんせい》、早《はや》く！　丘《おか》をこえてしまう！」

たしかに、小《ちい》さなつつみを肩《かた》にのせた小柄《こがら》な男《おとこ》の子《こ》が、丘《おか》をゆっくりとのぼっていく姿《すがた》があった。子《こ》どもが尾根《おね》にたどりつくと、青《あお》くさえた空《そら》に、ぼろぼろの服《ふく》を着《き》た異様《いよう》な人影《ひとかげ》が、くっきりうかんで見《み》えた。あとをつけられていないか、こっそりと人目《ひとめ》をうかがうかのように、あたりを見《み》まわす。そして、丘《おか》のむこうに姿《すがた》を消《け》した。

「どうです！　わしのいったとおりでしょうが？」

「たしかに、こっそり使《つか》いをしているらしい少年《しょうねん》がいましたね。」

「それがどんな使《つか》いだか、州《しゅう》警察《けいさつ》のやつにだって見当《けんとう》がつくってもんですよ。だが、わしからは、やつらにひとことだっていうものかね。ご内密《ないみつ》にしていただきますぞ、ワトソン先生《せんせい》。ひとことだって、もらさないでいただきましょう！　よろしいですか！」

「おのぞみどおりにいたします。」

「連中《れんちゅう》には、けしからんあしらいかたをされた——けしからん。わしが訴《うった》えて、事実《じじつ》が表《おもて》ざたになったら、この国《くに》じゅうに、身《み》ぶるいするような怒《いか》りが走《はし》りますぞ。どんなことがあっても、警《けい》察《さつ》に力《ちから》なぞかさん。ここいらの村《むら》の悪党《あくとう》どもが、身《み》がわり人形《にんぎょう》でなくてこのわし自身《じしん》を火《ひ》あぶりにしても、かまいやしないっていう連中《れんちゅう》だ。

まさか、もう帰《かえ》ろうっていうんじゃないでしょうね！　このすばらしい日《ひ》を祝《いわ》って、ワインのびんを、いっしょにからにしてくださいよ！」

しかし、わたしは、老人《ろうじん》のたのみこみをことわり、歩《ある》いて帰《かえ》るわたしを館《やかた》まで送《おく》ってくれるというのも、なんとか思《おも》いとどまらせた。見送《みおく》られているあいだは帰《かえ》り道《みち》を歩《ある》きつづけ、それから、おもむろに沼地《ぬまち》にまぎれこんで、先《さき》ほど少年《しょうねん》が姿《すがた》を消《け》した石《いし》だらけの丘《おか》にむかった。

なにもかもが、わたしにつごうよく運《はこ》んだ。そして、幸運《こううん》の女神《めがみ》がわたしのとおり道《みち》になげてくれたこの好機《こうき》を、自分《じぶん》の力《ちから》やがまんがたりないせいで、つぶすことだけは絶対《ぜったい》にしないようにと、わたしは自分《じぶん》にいいきかせるのだった。

待《ま》ちぶせ

丘《おか》のてっぺんに着《つ》くころには、太陽《たいよう》がもうかたむきかけていた。眼下《がんか》に長々《ながなが》と広《ひろ》がる斜面《しゃめん》の、片側《かたがわ》は金色《こんじき》のかがやきをおびた緑色《みどりいろ》にそまり、もう一方《いっぽう》の側《がわ》はすっぽりと灰色《はいいろ》のかげにしずんでいる。かなたの稜線《りょうせん》にはもやがたれこめ、そこから、ベリバー岩《いわ》とビクセン岩《いわ》のふしぎなかたちがぬっとつきだしている。

その広《ひろ》い一帯《いったい》にわたって、音《おと》をたてるものも、動《うご》くものも、いっさいないのだった。青《あお》い空高《そらたか》くには、カモメかシギらしい、大《おお》きな灰色《はいいろ》の鳥《とり》がまっている。天空《てんくう》と、その下《した》の荒《あ》れ地《ち》のあいだで、生《い》きているものといえば、その鳥《とり》とわたしだけのように思《おも》える。不毛《ふもう》の景色《けしき》、ひとりぼっちのさびしさ、目前《もくぜん》にしている謎《なぞ》と緊急《きんきゅう》の仕事《しごと》――すべてが冷《つめ》たく胸《むね》にせまる。

少年《しょうねん》の姿《すがた》はどこにも見《み》えなかった。ただ、見《み》おろす丘《おか》の谷《たに》あいに、古《ふる》い石《いし》の小屋《こや》がまるくひとかたまりになっていて、そのなかに、まだじゅうぶん雨風《あめかぜ》をしのげる屋根《やね》がのこっている小屋《こや》がひとつあった。

それが目《め》にとまったとき、わたしの胸《むね》はおどった。これこそ、得体《えたい》の知《し》れないあの男《おとこ》がひそむ隠《かく》れ家《が》にちがいない。ついに、あの男《おとこ》の隠《かく》れ家《が》の入《い》り口《ぐち》に立《た》った――手《て》をのばせば届《とど》くところに、あの男《おとこ》の秘密《ひみつ》がある。

チョウがとまっているところへ、ステープルトンが捕虫網《ほちゅうあみ》をかざして近《ちか》づくときのように、ゆだんなく小屋《こや》に近《ちか》づいていくと、やはり期待《きたい》どおり、その場所《ばしょ》は住《す》みかに使《つか》われていた。岩《いわ》のあいだに、たよりない小道《こみち》があって、くずれかかった入《い》り口《ぐち》につづいていた。

なかは、しずまりかえっていた。謎《なぞ》の男《おとこ》は、そこにひそんでいるのか、それとも沼地《ぬまち》をうろついているのか。なにかがおこる予感《よかん》がして、神経《しんけい》が張《は》りつめる。たばこをなげすて、ピストルのにぎりをつかんで、わたしはさっと入《い》り口《ぐち》によると、なかをのぞきこんでみた。だれもいない。

しかし、そこにはたしかな手《て》がかりにたどりついたことをしめす、じゅうぶんな跡《あと》があった。ここは、たしかにあの男《おとこ》の住《す》みかだ。

防水布《ぼうすいふ》にくるんだ毛布《もうふ》が、かつては新石器時代《しんせっきじだい》の人間《にんげん》が眠《ねむ》ったにちがいない、板状《いたじょう》の石《いし》の上《うえ》においてある。そまつな炉《ろ》に、火《ひ》をたいたあとの灰《はい》がつもっている。そのそばに、調理器具《ちょうりきぐ》がいくつかと、水《みず》が半分《はんぶん》はいったバケツがひとつ。

あき缶《かん》がいくつもころがっているのは、しばらく前《まえ》からここに人間《にんげん》がいるしるしだ。まだらにさしこむ光《ひかり》に目《め》が慣《な》れてくると、かたすみには小《こ》ざらが一枚《まい》に、中身《なかみ》が半分《はんぶん》のこっている酒《さか》びんもあった。

小屋《こや》の真《ま》ん中《なか》に、テーブルのような、たいらな石《いし》があり、小《ちい》さな布《ぬの》のつつみがおいてあった――ほかでもない、望遠鏡《ぼうえんきょう》でのぞいて見《み》た少年《しょうねん》の、肩《かた》にのっていたものだ。中身《なかみ》は、ひとかたまりのパン、牛《ぎゅう》タンの缶《かん》づめ一個《こ》、モモの缶《かん》づめ二個《こ》。

中身《なかみ》を調《しら》べたあと、つつみをもとのようにおこうとして、どきっとした。つつみの下《した》に、なにか書《か》きつけてある紙《かみ》がおいてあったのだ。手《て》にとってみると、鉛筆《えんぴつ》で、こう書《か》きなぐってある。

「ワトソン先生《せんせい》は、クーム＝トレーシーへでかけた。」

しばらくのあいだ、その紙《かみ》を手《て》に、そこに立《た》って、この短《みじか》いメモの意味《いみ》をあれこれ考《かんが》えていた。では、ヘンリー卿《きょう》ではなくわたしだったのか、この謎《なぞ》の男《おとこ》につけられていたのは。自分《じぶん》でわたしのあとをつけるのではなく、ほかの者《もの》に――おそらく、あの少年《しょうねん》に――わたしのあとをつけさせていた。これが、その報告《ほうこく》だ。

この沼地《ぬまち》にやってきてからの、わたしの行動《こうどう》は、細大《さいだい》もらさず見張《みは》られていたのかもしれない。そういえば、目《め》には見《み》えない力《ちから》が働《はたら》いているような気《き》が、いつもしていた。

わたしたちのまわりには、目《め》のこまかい網《あみ》が、あまりにもみごとな手《て》ぎわでたくみに、そっと張《は》りめぐらされていて、ぎりぎりの瞬間《しゅんかん》まで、その網《あみ》にからめとられてしまっていることに気《き》づかなかったのだ。

この報告《ほうこく》があるからには、ほかにもあるのではないかと、小屋《こや》のなかをあちこち探《さが》してみた。

しかし、それらしいものはあとかたもなく、こんなへんな場所《ばしょ》に住《す》みついている男《おとこ》が、どんな人間《にんげん》なのか、どんなねらいを持《も》っているのか、手《て》がかりになるようなものも見《み》つけられなかった。ただ、きびしさに耐《た》えられる、不便《ふべん》な暮《く》らしをものともしない人間《にんげん》にちがいない、とわかっただけだ。

あの大雨《おおあめ》の日《ひ》を思《おも》いうかべ、すきまだらけの屋根《やね》を見《み》て、とてもひとが住《す》めるところではないこの場所《ばしょ》にがんばっている男《おとこ》の決心《けっしん》は、よほどかたく、ゆるぎないものであろうと納得《なっとく》した。わたしたちに悪意《あくい》をいだいた敵《てき》なのか、それともひょっとしたら、わたしたちをまもってくれる天使《てんし》なのか？　わたしは、それをたしかめるまでは、この小屋《こや》をはなれない決心《けっしん》をした。

小屋《こや》の外《そと》では夕日《ゆうひ》がすっかりかたむいて、西《にし》の空《そら》があかね色《いろ》と金色《こんじき》にかがやいていた。それが、遠《とお》くグリンペンの、底《そこ》なし沼《ぬま》の水《みず》たまりに反射《はんしゃ》して、あちこちが赤《あか》みがかった色《いろ》に照《て》りはえている。

バスカビル館《やかた》のふたつの塔《とう》が見《み》え、グリンペンの村《むら》のありかを教《おし》える、うすい煙《けむり》が遠《とお》くにたちのぼっている。そのあいだにある丘《おか》のむこうが、ステープルトン兄妹《きょうだい》の住《す》まいだ。金色《こんじき》の夕日《ゆうひ》につつまれて、なにもかもがあわあわとやわらかく、平和《へいわ》だった。しかし、それをながめるわたしの胸中《きょうちゅう》は、平和《へいわ》な大自然《だいしぜん》にひたっているどころか、刻一刻《こくいっこく》とせまってくる対決《たいけつ》への、不安《ふあん》とおそれにおののいている。神経《しんけい》をぴりぴりさせながらも覚悟《かくご》を決《き》めて、わたしは小《こ》屋《や》のかたすみの暗《くら》がりに腰《こし》をおろし、ここの住人《じゅうにん》が帰《かえ》ってくるのを、生《き》まじめに根気《こんき》よく待《ま》つのだった。

とうとう、物音《ものおと》がきこえてきた。遠《とお》くで、靴《くつ》が石《いし》にあたってたてる、コツコツというするどい音《おと》がしたのだ。一歩《ぽ》、また一歩《ぽ》、どんどん近《ちか》くなってくる。

わたしは、暗《くら》がりのすみへ後《あと》ずさりし、ポケットのなかでピストルの撃鉄《げきてつ》をおこして、謎《なぞ》の男《おとこ》の姿《すがた》をちらとでも見《み》る機《き》会《かい》をつかむまでは、見《み》つからないようにしなければと、自分《じぶん》にいいきかせた。

長《なが》いあいだ、なにごともおこらない。男《おとこ》は立《た》ちどまっているらしい。と、ふたたび足音《あしおと》が近《ちか》づいてきて、小屋《こや》の入《い》り口《ぐち》に影《かげ》がさした。

「美《うつく》しい夕暮《ゆうぐ》れだよ、ワトソンくん。外《そと》にでたほうが、ずっと気持《きも》ちいいと思《おも》うけどなあ。」

それは、ききなれた声《こえ》だった。

第《だい》十二章《しょう》　沼地《ぬまち》の死《し》

味方《みかた》をあざむく

しばらくのあいだ、わたしは息《いき》ができなかった。自分《じぶん》の耳《みみ》を疑《うたが》った。やがて、頭《あたま》が働《はたら》くようになり、声《こえ》がまただせるようになった。それと同時《どうじ》に、わたしをおしつぶしていた責任《せきにん》の重《おも》みが、またたくまに胸《むね》の内《うち》から消《き》えていくような気《き》がした。落《お》ちついていて、刺《さ》すような、皮肉《ひにく》っぽいあの声《こえ》の持《も》ち主《ぬし》は、この世《よ》にただひとりしかいないはずだ。わたしは、思《おも》わずさけんでいた。

「ホームズ！　ホームズなのか！」

「でてきたまえよ。くれぐれもピストルには気《き》をつけて、だよ。」

ごつごつした入《い》り口《ぐち》に身《み》をかがめると、かれが石《いし》に腰《こし》かけていた。おどろいたわたしの顔《かお》を見《み》おろす灰色《はいいろ》の目《め》が、たのしくてしかたがなさそうだ。やせてやつれてはいるが、顔色《かおいろ》はさえ、背《せ》すじもぴんとしている。するどい顔《かお》が、日《ひ》に焼《や》け、風《かぜ》にさらされてざらついている。

ツイードの服《ふく》に布《ぬの》の帽子《ぼうし》という服装《ふくそう》は、沼地《ぬまち》を旅《たび》するほかの人《ひと》たちとかわらない。持《も》ちまえの性格《せいかく》から、猫《ねこ》のようにきれい好《ず》きなかれのこと、どういうふうにくふうしたのだろうか、ベーカー街《がい》での暮《く》らしそのままに、ひげはきれいにそってあるし、シャツもぱりっとしているのだった。

「だれかに会《あ》えてこんなにうれしいと思《おも》ったことはないよ。」

そういって、わたしはかれの手《て》をにぎりしめた。

「こんなにびっくりしたことは、じゃないのかい?」

「うーん、まあね。」

「おどろいたのはきみのほうだけじゃない、いや、まったく。きみが、ぼくの一時的《いちじてき》な隠《かく》れ家《が》を見《み》つけだそうとは……。ましてや、そのなかで待《ま》ちぶせしていようとは、入《い》り口《ぐち》まであとほんの二十歩《ぽ》ってところにくるまで、考《かんが》えてもみなかったよ。」

「足《あし》あとをのこしたかな?」

「いや、ワトソン、いくらぼくでも、世界《せかい》じゅうのすべての人間《にんげん》の足《あし》あとのなかから、きみの足《あし》あとを見《み》わけることはできないんじゃないかな。まあ、ぼくを本気《ほんき》でだましたかったら、たばこ屋《や》をかえることだね。見《み》つけたたばこのすいがらに、オックスフォード街《がい》のブラッドレーのしるしがはいっていれば、わが友《とも》ワトソンがそのへんにいることぐらいわかるさ。

ほら、そこの道《みち》のわきに落《お》ちている。きっと、ひとのいない小屋《こや》に突入《とつにゅう》しようとしたときに、なげすてたんだろうね。」

「ずばりそのとおり。」

「そんなことだろうと思《おも》った。そして、きみのねばり強《づよ》さにはつねづね感心《かんしん》させられているから、武器《ぶき》を手《て》の届《とど》くところにおいて、住人《じゅうにん》がもどるのをかくれて待《ま》ちぶせているにちがいない、そう考《かんが》えた。ここにいるのが例《れい》の犯罪者《はんざいしゃ》だと、ほんとに思《おも》っていたのかい？」

「だれともわからなかったんだが、つきとめてみせるつもりだった。」

「すごいぞ、ワトソン！　どうして、この場所《ばしょ》がわかった？　ひょっとして、脱獄囚《だつごくしゅう》を追《お》いかけた晩《ばん》、ぼくの姿《すがた》を見《み》たのかい？　あの、ぼくがついうっかりして月《つき》の光《ひかり》を背中《せなか》にあびてしまったときに。」

「うん、見《み》たとも。」

「きっと、ここを捜《さが》しあてるには、小屋《こや》をひとつひとつ調《しら》べてきたんだろうね？」

「いや、きみの使《つか》いの男《おとこ》の子《こ》が目《め》をつけられててね、それで、どのあたりを捜《さが》したらいいのかわかったんだ。」

「なるほど、望遠鏡《ぼうえんきょう》をかまえた、あの老人《ろうじん》だな。最初《さいしょ》に見《み》たときにはなんだかわからなかったんだが、レンズが光《ひか》っていたよ。」

かれが立《た》ちあがって、小屋《こや》をのぞきこんだ。

「お、カートライトがなにか運《はこ》んできてくれてるな。この紙《かみ》は？　そうか、きみ、クーム＝トレーシーにいってたのかい？」

「ああ。」

「ローラ＝ライオンズ夫人《ふじん》に会《あ》いに？」

「そのとおりだ。」

「いいぞ！　ぼくらふたりは、どうやら同《おな》じ方向《ほうこう》に調《しら》べを進《すす》めていってたらしいぞ。おたがいの調《しら》べたことを合《あ》わせてみれば、事件《じけん》の情報《じょうほう》がかなりそろうだろう。」

「いやあ、きみがここにいてくれて、心《こころ》からうれしいよ。ほんとに、ぼくががんばらなきゃっていう気持《きも》ちと、ふかまる謎《なぞ》の両方《りょうほう》で、頭《あたま》がどうにかなってしまいそうだった。それにしても、いったいどうやってここにきて、なにをしていたんだい？　ベーカー街《がい》で、例《れい》の脅迫状《きょうはくじょう》事件《けん》にかかりっきりになってるとばかり思《おも》っていたよ。」

「そういうふうに、きみには思《おも》いこんでいてほしかったんだ。」

わたしは、思《おも》わずむっとして、声《こえ》をあげていた。

「それじゃ、ぼくを使《つか》っておきながら、信用《しんよう》してないってことじゃないか！　もうちょっとましなやりかたをしてくれてもいいんじゃないか、ホームズ。」

「ねえ、きみ、きみは今度《こんど》の事件《じけん》で、いや、これまでも数々《かずかず》の事件《じけん》で、ぼくのかけがえのない相《あい》棒《ぼう》だった。もしもだまされたような気《き》がするんだったら、ゆるしてほしい。

ほんとうは、ぼくがこんなふうにしたのは、きみのためでもあるんだ。きみが危険《きけん》なことになっていると思《おも》ったからこそ、ここにやってきて、自分《じぶん》でいろいろ調《しら》べることにしたのさ。

ぼくまでヘンリー卿《きょう》やきみといっしょにいては、きみたちと同《おな》じようなものの見《み》かたになってしまう。それに、ぼくがいることで、ひじょうに手《て》ごわい相手《あいて》が警戒《けいかい》を強《つよ》めてしまうだろう。

こんなふうにしたおかげで、館《やかた》に泊《と》まっていたらできなかったかもしれないほど、動《うご》きまわることができたし、こうしていることを秘密《ひみつ》にしておいたために、いざというときには全力《ぜんりょく》を投入《とうにゅう》して、思《おも》い知《し》らせてやることができる。」

「それにしても、なぜぼくに教《おし》えてくれなかった?」

「きみが知《し》っていてもなんにもならないし、へたをするとぼくの正体《しょうたい》が知《し》られてしまいかねない。きみがぼくに、伝《つた》えたいことができるかもしれないし、しんせつ心《しん》で、ぼくになにかねぎらいの品物《しなもの》を届《とど》けようとするかもしれない。そういう危険《きけん》は、ないにこしたことはないんだよ。

ぼくは、カートライトをつれてきた——ほら、あのメッセンジャー事務所《じむしょ》にいた子《こ》だよ。必要《ひつよう》なものの世話《せわ》は、あの子《こ》にしてもらった。パンとか、清潔《せいけつ》なシャツとかのことだがね。それだけで、じゅうぶんだろう? 目《め》がもうひと組《くみ》、よく動《うご》く足《あし》がもうひと組《くみ》できたようなもので、ありがたかったよ。」

「ということは、ぼくの報告《ほうこく》なんて、まるっきりむだだったんじゃないか！」

報告《ほうこく》をまとめる苦労《くろう》や、ほこらしく感《かん》じたことを思《おも》いだして、ぼくの声《こえ》はふるえていた。

ホームズが、ポケットから手紙《てがみ》の束《たば》をとりだした。

「ほら、きみの報告《ほうこく》はここだよ。ね、何度《なんど》も何度《なんど》もよく読《よ》ませてもらったんだ、わかるだろう。うまいこと手《て》はずをつけて、ほんの一日《にち》おくれで受《う》けとれるようにしたのさ。なみはずれてむずかしい事件《じけん》に対《たい》して、きみが見《み》せてくれた熱意《ねつい》と知性《ちせい》には、心《こころ》から感心《かんしん》する。」

自分《じぶん》がだまされていたことに、まだわりきれない気分《きぶん》だったが、ホームズのほめことばの心地《ここち》よさが、わたしの胸《むね》の怒《いか》りをなだめた。かれがいったことは正《ただ》しいし、かれが沼地《ぬまち》にいることをわたしが知《し》らずにいたことが、実際《じっさい》に、われわれの目的《もくてき》にとってはいちばんよかったのだとも、内心《ないしん》では感《かん》じていた。

くもっていたわたしの顔《かお》が晴《は》れていくのを見《み》て、ホームズがいう。

「ずいぶん顔色《かおいろ》がよくなった。

さて、ローラ＝ライオンズ夫人《ふじん》を訪《たず》ねてみてどうだったか、教《おし》えてくれよ。きみがでかけていったのが、彼女《かのじょ》に会《あ》うためだというのは、すぐに見当《けんとう》がついた。とっくに気《き》がついていたんだが、今度《こんど》の一件《いっけん》で、クーム＝トレーシーに住《す》んでいて、ぼくらの役《やく》にたちそうな人物《じんぶつ》といえば、彼女《かのじょ》ぐらいしかいないからね。じつのところ、きょう、きみが訪《たず》ねていなかったら、あした、ぼくが出向《でむ》いていたところだ。」

博物学者《はくぶつがくしゃ》の秘密《ひみつ》

とっぷりと日《ひ》が暮《く》れて、沼地《ぬまち》を夕闇《ゆうやみ》がおおっていた。空気《くうき》が冷《つめ》たくなってきたので、わたしたちは、ぬくもりをもとめて小屋《こや》にはいった。うす暗《ぐら》いなかで、ふたり腰《こし》をおろして、わたしは、あの女性《じょせい》とどんな話《はなし》をしたか、ホームズにきかせるのだった。

ホームズはたいそう興味《きょうみ》ぶかかったらしく、ときどきは満足《まんぞく》するまで、くりかえしはなしてきかせるところもあった。わたしの話《はなし》がおわると、ホームズがきりだす。

「こいつは、きわめて重要《じゅうよう》だ。ひどくこみいっている状況《じょうきょう》のなかで、どうしてもつなげられなかったすきまが、これでうまった。気《き》がついたかい、この女性《じょせい》とステープルトンって男《おとこ》が、とても親《した》しいことに？」

「それほど親《した》しいとは知《し》らなかった。」

「まちがいないね。会《あ》って話《はなし》をしたり、手紙《てがみ》を書《か》いたりして、ふたりはすっかりつうじあっているよ。さて、これで、ぼくらはひじょうに強力《きょうりょく》な武器《ぶき》を手《て》にしたことになる。これを利用《りよう》して、かれの奥《おく》さんを引《ひ》きはなすことができれば——。」

「奥《おく》さんって？」

「ああ、いろいろ情報《じょうほう》をもらったお返《かえ》しに、ぼくからも情報《じょうほう》をさしあげるとするか。ここではステープルトン嬢《じょう》でとおっているあの女性《じょせい》だが、ほんとうはあの男《おとこ》の妻《つま》だ。」

「そんなばかな！　ホームズ、自分《じぶん》のいってることがわかってるのか？　ヘンリー卿《きょう》があのひとに思《おも》いをよせるのを、あの男《おとこ》は認《みと》めたっていうのに？」

「それは、ヘンリー卿《きょう》が恋《こい》におちたとしても、ヘンリー卿以外《きょういがい》に、だれも傷《きず》つく者《もの》がいないからだよ。あの男《おとこ》が、とくべつに気《き》をくばって、ヘンリー卿《きょう》が彼女《かのじょ》に手《て》をだせないようにしていることを、きみだって気《き》づいていただろう。もう一度《いちど》いうよ、あれは妻《つま》だ、妹《いもうと》じゃない。」

「だけど、どうしてそんな手《て》のこんだあざむきかたを？」

「彼女《かのじょ》を独身《どくしん》だということにしておくほうが、あの男《おとこ》にとって彼女《かのじょ》は役《やく》にたつ——やつは、そういう見《み》とおしをしているんだよ。」

それまでの、ことばにならなかった直感《ちょっかん》や、ばくぜんとした疑《うたが》いが、とつぜんはっきりしたかたちになって、あの博物学者《はくぶつがくしゃ》の上《うえ》に焦点《しょうてん》をむすんだ。無表情《むひょうじょう》でつかみどころのない、むぎわら帽子《ぼうし》をかぶって捕虫網《ほちゅうあみ》を手《て》にした、あの男《おとこ》。そこにわたしは、なにやらぞっとするようなものを見《み》る思《おも》いだった——はかり知《し》れない忍耐力《にんたいりょく》と、たくらみを持《も》って、にこやかな笑顔《えがお》のかげに殺《さつ》意《い》をかくしている、化《ば》け物《もの》のような男《おとこ》。

「では、あの男《おとこ》なのか、ぼくらの敵《てき》は――ロンドンでぼくらのことをかぎまわっていたのは、あの男《おとこ》なのか？」

「そうだろうね。」

「そして、あの警告《けいこく》――彼女《かのじょ》が手紙《てがみ》を送《おく》ったんだな！」

「そのとおり。」

見《み》えている部分《ぶぶん》と推定《すいてい》される部分《ぶぶん》が半々《はんはん》の、おそろしい犯罪《はんざい》のかたちが、長《なが》いあいだわたしをとりまいていた闇《やみ》のなかから、不気味《ぶきみ》にうかびあがってきた。

「だけど、たしかなんだろうか、ホームズ？　どうして、あの女性《じょせい》が妻《つま》だとわかったんだい？」

「それは、あの男《おとこ》が、ついうっかりして、ほんとうの身《み》の上《うえ》をすこしだけ、会《あ》ったばかりのきみに教《おし》えてしまったからだよ。きっと、あのときからそのことを、さんざん後悔《こうかい》したことと思《おも》う。あの男《おとこ》は以前《いぜん》、イングランド北部《ほくぶ》の学校長《がっこうちょう》だった、ほんとうにね。

じつは、教師《きょうし》の経歴《けいれき》ほど、調《しら》べやすいものはない。教師紹介所《きょうししょうかいじょ》がいくつもあって、教職《きょうしょく》についたことのある人物《じんぶつ》ならだれのことだって、どんな人間《にんげん》かわかる。ちょっと調《しら》べただけで、ある学校《がっこう》がおぞましい事情《じじょう》でつぶれ、学校《がっこう》の所有者《しょゆうしゃ》が――名前《なまえ》はちがっていたがね――その妻《つま》とともに行方《ゆくえ》をくらました、ということがわかった。人相《にんそう》はぴったりだ。行方不明《ゆくえふめい》の男《おとこ》が、昆虫学《こんちゅうがく》に熱《ねっ》中《ちゅう》していたとわかれば、もうまちがいないね。」

謎《なぞ》の暗雲《あんうん》が晴《は》れはじめたが、まだベールにつつまれたままのところも多《おお》い。

「あの女性《じょせい》がほんとうはかれの妻《つま》なら、ローラ＝ライオンズ夫人《ふじん》はどうなっているんだ？」

「それが、きみの調《しら》べてくれたことからわかった、重要《じゅうよう》な点《てん》のひとつだよ。きみがあの女性《じょせい》に会《あ》って話《はなし》をしてくれたおかげで、ずいぶんいろいろなことがはっきりしてきた。あの女性《じょせい》と夫《おっと》のあいだに、離婚話《りこんばなし》が持《も》ちあがっているとは知《し》らなかった。それがほんとうなら、ステープルトンを独身《どくしん》だと思《おも》っている彼女《かのじょ》が、かれの妻《つま》になることをあてにしているのさ。」

「では、彼女《かのじょ》がほんとうのことを知《し》ったら？」

「ああ、そのときこそ、彼女《かのじょ》はぼくらの役《やく》にたつのさ。まずすべきことは、彼女《かのじょ》に会《あ》うこと――ぼくらふたりでだよ――あしたにでも。

ところで、ワトソン、きみは本来《ほんらい》の仕事《しごと》を、長《なが》いあいだほうりっぱなしにしちゃいないかい？　バスカビル館《やかた》にいるべきじゃないか。」

夕焼《ゆうや》けの最後《さいご》のひとすじも、西《にし》の空《そら》のかなたへ消《き》えてしまい、沼地《ぬまち》に夜《よる》がおとずれていた。むらさき色《いろ》の夜空《よぞら》に、星《ほし》がいくつか、かすかにまたたいている。わたしは、腰《こし》をあげた。

「最後《さいご》にひとつ教《おし》えてくれ、ホームズ。きみとぼくのあいだで、かくしだてすることなどないはずだな。いったいどういうことなんだろう？　あの男《おとこ》はなにをするつもりなんだ？」

答《こた》えるホームズの声《こえ》が低《ひく》くなる。

「殺《ころ》そうとしているんだよ、ワトソン——たくみにねりあげられた、血《ち》も涙《なみだ》もない殺人《さつじん》をたくらんでいる。でもくわしいことは、きかないでくれ。ぼくがしかけた網《あみ》はあの男《おとこ》にせまろうとしている。もちろん、あっちはヘンリー卿《きょう》に網《あみ》をしかけているんだが。きみの力《ちから》をかりたおかげで、勝算《しょうさん》はこっちにある。たったひとつ、ぼくらをおびやかす危険《きけん》がある。こちらの準備《じゅんび》がととのうより早《はや》く、あの男《おとこ》が攻撃《こうげき》をしかけることだよ。もう一日《にち》あれば——おそくとも二日《ふつか》だな——事件《じけん》を解決《かいけつ》できるんだが、それまでは、病気《びょうき》の子《こ》についているやさしい母親《ははおや》にでもなったつもりで、できるだけヘンリー卿《きょう》のそばについていて、まもってほしい。きょうのきみの働《はたら》きぶり自《じ》体《たい》は、たいしたものだったけれども、それでも、かれのそばをはなれてほしくなかったなと思《おも》ってしまうよ。おや!」

ものすごい悲鳴《ひめい》が——沼地《ぬまち》のしずけさをやぶって、恐怖《きょうふ》と苦痛《くつう》のさけびが長《なが》く尾《お》を引《ひ》いた。ぞっとするようなその悲鳴《ひめい》に、わたしは体《からだ》じゅうの血《ち》がこおりついた。あえぐような声《こえ》がもれる。

「いまのはなんだ?　どうしたんだろう?」

ホームズは、ぱっととびあがった。身《み》のこなしのすばやいその体《からだ》の影法師《かげぼうし》が、小屋《こや》の入《い》り口《ぐち》にかぶさり、肩《かた》を低《ひく》く、顔《かお》をつきだすようにして、暗闇《くらやみ》のなかをうかがっていた。ホームズが小声《こごえ》でいう。

「しっ！　だまって！」

その悲鳴《ひめい》は、はげしさゆえに大《おお》きくきこえたが、はるか先《さき》の、闇《やみ》につつまれた平原《へいげん》のあたりでとどろいたものだった。いままた、わたしたちの耳《みみ》にとびこんできた悲鳴《ひめい》はさらに近《ちか》くに、さらに大《おお》きく、前《まえ》にもましてせっぱつまったものにきこえる。

「どこだ？」

ホームズのささやき声《ごえ》。ふるえているその声《こえ》から、さしもの鉄《てつ》の男《おとこ》ホームズも、しんそこ動揺《どうよう》しているらしい。

「あっちじゃないか。」

わたしは、暗闇《くらやみ》のほうを指《ゆび》さした。

「いや、あっちだ！」

またもや、くるしそうな悲鳴《ひめい》が、夜《よる》のしずけさをなぎはらった。これまでよりも大《おお》きく、ずっと近《ちか》く。さらに、べつの音《おと》が新《あら》たにくわわった。ふかく、くぐもったうめきが、音楽《おんがく》のように、しかしおそろしげに、たえまなくうなりをあげる潮騒《しおさい》のように、高《たか》くなったり低《ひく》くなったりするのだった。

魔犬《まけん》のえじき

「犬《いぬ》だ！　いくぞ、ワトソン、さあ！　ああ、手《て》おくれでなければいいが！」

そう声《こえ》をあげて、ホームズは、沼地《ぬまち》をさっとかけだした。わたしもつづく。

ところが、すぐ目《め》の前《まえ》のでこぼこの地面《じめん》のいずこからともなく、最後《さいご》にひとつ、絶望《ぜつぼう》のさけびがあがり、つづいて、重《おも》いものがドサッと落《お》ちるにぶい音《おと》がひびいた。わたしたちは足《あし》をとめて、耳《みみ》をすました。風《かぜ》もそよがない夜《よる》の、重《おも》くるしいしずけさをやぶる音《おと》は、きこえてこない。

ホームズが、とりみだしたようすで、ひたいに手《て》をあてた。地面《じめん》をどすどすふみ鳴《な》らす。

「やられた、ワトソン。おそかった。」

「そんなばかな、なにかのまちがいだよ！」

「手《て》をひかえていたのが、あさはかだった。それに、きみもだよ、ワトソン。持《も》ち場《ば》をはなれていた結果《けっか》を、見《み》ろよ！　しかし、ともかく、最悪《さいあく》のことがおこったのなら、かならず復讐《ふくしゅう》してみせるぞ！」

目《め》かくしされたも同然《どうぜん》の、不気味《ぶきみ》な闇《やみ》のなかを、わたしたちは走《はし》った。岩《いわ》につまずき、ハリエニシダ（マメ科《か》の落葉低木《らくようていぼく》）の茂《しげ》みをかきわけ、丘《おか》の斜面《しゃめん》を息《いき》をきらしながらのぼり、かけおり、あのおそろしい声《こえ》がきこえてきた方角《ほうがく》をひたすらめざして……。小高《こだか》い場所《ばしょ》にのぼるたびに、ホームズはひっしであたりを見《み》まわしたが、沼地《ぬまち》はふかい闇《やみ》にとざされ、ものさびしいその表面《ひょうめん》を、動《うご》くものはなにもない。

「なにか見《み》えるかい？」

「だめだ。」

「いや、しずかに！　あれはなんだ？」

ふってわいたように、低《ひく》いうめき声《ごえ》がきこえた。もう一度《いちど》、今度《こんど》は左手《ひだりて》からだ！　そっちは、岩山《いわやま》の尾根《おね》がとぎれて、切《き》りたったがけになって、岩《いわ》だらけの斜面《しゃめん》を見《み》おろすようになっている。そのでこぼこした斜面《しゃめん》に、黒《くろ》くて、おかしな物体《ぶったい》が、翼《つばさ》を広《ひろ》げたワシのようなかたちにのびていた。

そちらへむかって走《はし》ると、ぼんやりした輪郭《りんかく》が、はっきりしたかたちになってきた。男《おとこ》が、地《じ》面《めん》にうつぶせに横《よこ》たわっているのだった。首《くび》がおそろしい角度《かくど》におれて、体《からだ》の下《した》にめりこみ、肩《かた》をまるめて体《からだ》を曲《ま》げて、宙返《ちゅうがえ》りでもするかのようなかっこうで。

あまりにむごたらしいありさまだったので、わたしはつい先《さき》ほどのうめき声《ごえ》が、この男《おとこ》の死《し》にぎわのものだったとは、すぐに思《おも》いいたらなかった。わたしたちが見《み》おろしている黒《くろ》いかたまりは、かすかな声《こえ》ももらさず、ぴくりとも動《うご》かない。

片手《かたて》をさしのべたホームズが、おそろしそうなさけびをあげて、手《て》を引《ひ》っこめた。かれがつけたマッチの火《ひ》に照《て》らしだされたのは、血《ち》のりのついた自分《じぶん》の指《ゆび》と、男《おとこ》のつぶれた頭蓋骨《ずがいこつ》からじわじわ広《ひろ》がった、おぞましい血《ち》の海《うみ》だった。その光《ひかり》のなかで見《み》たものはまだあって、わたしたちは胸《むね》がむかついて、気《き》をうしなうところだった——ヘンリー＝バスカビル卿《きょう》の遺体《いたい》だった。

特徴《とくちょう》があるこの赤《あか》っぽいツイードの上着《うわぎ》を、わたしたちのどちらも、わすれているはずがない——ベーカー街《がい》ではじめて会《あ》った朝《あさ》、卿《きょう》が着《き》ていたまさにその服《ふく》だった。一瞬《いっしゅん》でそれをたしかめたところで、マッチの火《ひ》がふるえて消《き》えた。まるで、わたしたちの胸《むね》の希望《きぼう》が消《き》えてしまったように。

ホームズがうめき声《ごえ》をもらした。闇《やみ》に、その顔《かお》が青白《あおじろ》くうかぶ。わたしは、両手《りょうて》のこぶしをにぎりしめて、さけんでいた。

「ちくしょう！ ひとでなしめ！ ああ、ホームズ、ぼくは、かれをほったらかしにしてこんな目《め》にあわせた自分《じぶん》を、絶対《ぜったい》にゆるせない。」

「きみよりももっと、ぼくのほうがわるいよ、ワトソン。事件《じけん》をきれいに解決《かいけつ》しようとしたばかりに、依頼人《いらいにん》の命《いのち》をおろそかにしてしまった。この仕事《しごと》をはじめてから受《う》けた、最大《さいだい》、最悪《さいあく》の敗北《はいぼく》だ。

それにしても、なぜだ——なぜなんだ。ぼくがあれほど警告《けいこく》しておいたのに、たったひとりで沼地《ぬまち》にでて、命《いのち》を危険《きけん》にさらすなんて。」

「悲鳴《ひめい》をきいたのに——ああ、あんな悲鳴《ひめい》を！　——なのに、助《たす》けられなかったとは！　卿《きょう》を死《し》に追《お》いやった、あのひどい犬《いぬ》はどこだ？　いまこのときも、このあたりの岩《いわ》のあいだに、ひそんでいるかもしれない。それに、ステープルトン、かれはどこにいる？　思《おも》い知《し》らせてやる。」

「そうとも。かならずだ。伯父《おじ》が、そしていままた甥《おい》が、殺《ころ》された——ひとりは伝説《でんせつ》の魔犬《まけん》をまざまざと見《み》て、恐怖《きょうふ》のあまり死《し》に、もうひとりは、魔犬《まけん》に追《お》われて、ひっしにのがれようとしたあげく、死《し》んだ。

だが、あの男《おとこ》とそのけだもののつながりは、これから明《あき》らかにしなくてはならないんだ。ぼくたちが声《こえ》をたしかにきいたことはべつとして、けだものがほんとうにいたということは証明《しょうめい》できないんだよ。ヘンリー卿《きょう》は、どう見《み》ても、転落《てんらく》して死《し》んでいるんだから。

しかし、あの男《おとこ》がどんなに悪知恵《わるぢえ》の働《はたら》くやつだろうと、あした一日《いちにち》のうちには、かならずぼくがおさえてみせる。」

わたしたちは、たたきつぶされた遺体《いたい》をあいだにはさんで立《た》ち、つらい思《おも》いをかかえ、打《う》ちのめされていた。とつぜんおこった、とりかえしのつかない惨事《さんじ》に、うんざりするほど長《なが》いあいだの苦労《くろう》も、水《みず》の泡《あわ》だった。やがて、月《つき》がのぼり、わたしたちは、かわいそうな友人《ゆうじん》が落《お》ちていった岩《いわ》のてっぺんによじのぼって、高《たか》いところから、銀色《ぎんいろ》の部分《ぶぶん》と黒《くろ》い部分半々《ぶぶんはんはん》の、暗《くら》い沼地《ぬまち》を見《み》わたした。

何《なん》マイルもはなれたかなたの、グリンペンの方角《ほうがく》に、ぽつんと黄色《きいろ》い明《あ》かりがともっている。ステープルトン兄妹《きょうだい》の、人里《ひとざと》はなれた住《す》まいの明《あ》かり以外《いがい》に考《かんが》えられない。くやしまぎれに呪《のろ》いのことばをはきながら、わたしはこぶしをそちらへふりあげ、にらみつけるのだった。

「どうして、いますぐ捕《つか》まえないんだ？」

「完全《かんぜん》に解決《かいけつ》できたわけじゃない。あいつは、どこまでも用心《ようじん》ぶかく、ずるがしこい。問題《もんだい》なのは、わかっていることじゃなくて、それを証明《しょうめい》できるかということなんだ。ひとつでもしくじったら、あの悪党《あくとう》は逃《に》げてしまうよ。」

「じゃあ、どうするんだい？」

「あしたは、しなくちゃならないことがいっぱいある。今夜《こんや》はふたりで、気《き》のどくな友人《ゆうじん》のために、葬式《そうしき》をしよう。」

わたしたちは急《きゅう》な斜面《しゃめん》をおりて、銀色《ぎんいろ》の石《いし》のわきに黒《くろ》く、くっきりとうかびあがる遺体《いたい》に近《ちか》づいていった。くるしそうにねじまがった手足《てあし》を見《み》ると、わたしの体《からだ》も痛《いた》みにふるえ、目《め》が涙《なみだ》でくもるのだった。

「ひとを呼《よ》びにいかなくちゃ、ホームズ！　ふたりだけじゃ、館《やかた》まで運《はこ》んでいけないよ。どうしたっていうんだ、頭《あたま》がおかしくなったんじゃないだろうね？」

ホームズがひと声高《こえたか》くさけんで、遺体《いたい》の上《うえ》にかがみこんだのだ。そして、こおどりして笑《わら》い声《ごえ》をあげ、わたしの手《て》をにぎりしめた。これがほんとうに、自分《じぶん》にも他人《たにん》にもきびしい、わが友人《ゆうじん》だろうか？　こんな情熱《じょうねつ》がかくされていたなんて！

「あごひげだ！　あごひげが！　あごひげがある！」

「あごひげ？」

「准男爵《じゅんだんしゃく》じゃない——これは——そう、これは、ぼくのおとなりさん、あの脱獄囚《だつごくしゅう》だよ！」

いそいで、遺体《いたい》をあおむけにしてみると、血《ち》のしたたるあごひげが、冷《つめ》たくさえわたる月《つき》のほうをむいた。つきでたひたい、落《お》ちくぼんだ、けものじみた目《め》は、まちがえようがない。ろうそくの光《ひかり》に照《て》らされて、岩《いわ》ごしにわたしをにらんだ、あの顔《かお》——犯罪者《はんざいしゃ》セルデンの顔《かお》だった。

そのとき、一瞬《いっしゅん》ですべてがのみこめた。ヘンリー卿《きょう》が、着《き》ていた服《ふく》をバリモアにやったとはなしてくれたのを、思《おも》いだした。逃亡中《とうぼうちゅう》のセルデンに援助《えんじょ》として、バリモアがその服《ふく》をまわしてやったのだ。靴《くつ》、シャツ、帽子《ぼうし》——なにもかもヘンリー卿《きょう》のものだった。

この死《し》がおそろしい悲劇《ひげき》であることにかわりはないものの、法律《ほうりつ》によって、死刑《しけい》になっても当《とう》然《ぜん》の男《おとこ》だったのだ。わたしは、ホームズにいいいきさつをはなした。胸《むね》は、感謝《かんしゃ》とよろこびで満《み》ちていた。

「すると、この服《ふく》が、かわいそうなこの極悪人《ごくあくにん》の死《し》をまねいたんだな。まちがいないよ、犬《いぬ》のやつ、ヘンリー卿《きょう》の持《も》ちもののにおいをかがされたんだ――おそらく、ホテルで盗《ぬす》まれた靴《くつ》だろう。それで、この男《おとこ》を追《お》いかけたのさ。

それにしても、ひとつだけ、ひどくふしぎなことがあるよ。この暗闇《くらやみ》で、どうしてセルデンは、犬《いぬ》が追《お》いかけてくることがわかったんだろう?」

「声《こえ》がきこえたんだよ。」

「沼地《ぬまち》で犬《いぬ》の鳴《な》き声《ごえ》をきいたくらいで、この脱獄囚《だつごくしゅう》みたいな気《き》の荒《あら》い男《おとこ》が、恐怖《きょうふ》にかられるかね。しかも、捕《つか》まる危険《きけん》があるのに、助《たす》けをもとめて大声《おおごえ》をあげたりはしないだろう。さっきの悲鳴《ひめい》からすると、追《お》いかけられていると知《し》ってから、ずいぶん長《なが》いこと走《はし》ってきたにちがいないよ。どうして気《き》づいたのだろう?」

「ぼくがもっとふしぎに思《おも》うのは、なぜその犬《いぬ》が――だよ。ぼくらの推測《すいそく》がみんな正《ただ》しいと仮定《かてい》してだがね――。」

「ぼくは仮定《かてい》なんか、いっさいしない。」

「うん、だったら、どうしてその犬《いぬ》は今夜《こんや》、放《はな》されたか、だ。いつでも沼地《ぬまち》に放《はな》されて、走《はし》りまわっているわけじゃないと思《おも》うんだ。ヘンリー卿《きょう》が沼地《ぬまち》にいると思《おも》わないかぎり、ステープルトンは犬《いぬ》を放《はな》したりしないだろう。」

「ふたつのうち、ぼくの難問《なんもん》のほうが、ずっと手《て》ごわい。きみの疑問《ぎもん》には、すぐに説明《せつめい》がつくが、ぼくのは、いつまでたっても謎《なぞ》のままかもしれないんだからね。

さしあたっての問題《もんだい》は、この気《き》のどくな男《おとこ》の遺体《いたい》をどうするかだ。ここにほうっておいて、キツネやカラスのえさにするわけにもいくまい。」

「警察《けいさつ》に連絡《れんらく》がとれるまで、石《いし》の小屋《こや》のどれかに運《はこ》びこんでおいたらどうだろう。」

「それがいい。それくらいのとこだったら、ふたりで運《はこ》んでいけるな。

おや、ワトソン、これはどうしたことだ？　あの男《おとこ》だよ。じきじきにおでましとは、なんとすばらしい、なんとだいたんな！　怪《あや》しんでいるようなことは、ひとことも口《くち》にするんじゃないよ――ひとことも、だよ。でないと、ぼくの計画《けいかく》がだいなしになってしまう。」

人影《ひとかげ》が沼地《ぬまち》のむこうから近《ちか》づいてくる。葉巻《はまき》の赤《あか》い火《ひ》が、ぼうっと見《み》えた。月《つき》の光《ひかり》をあびて、あの博物学者《はくぶつがくしゃ》の小柄《こがら》な姿《すがた》と、気《き》どった歩《ある》きかたが、はっきりわかる。わたしたちに気《き》づいて足《あし》をとめたが、またこちらにむかってきた。

「おや、ワトソン博士《はかせ》じゃありませんか？　まさか、こんな時間《じかん》に、沼地《ぬまち》でお目《め》にかかるなんて……。

それはともかく、おやおや、これは？　けが人《にん》でも？　まさか――まさか、ヘンリー卿《きょう》だなんて、おっしゃらないでくださいよ！」

かれは、あわててわたしの前《まえ》をとおり、死《し》んだ男《おとこ》の上《うえ》にかがみこんだ。はっと息《いき》をのむ音《おと》がして、指《ゆび》のあいだから葉巻《はまき》がぽろりと落《お》ちて、つっかえながらいった。

「だ——だれですか、これは?」

「セルデンです。プリンスタウンから逃《に》げてきた男《おとこ》ですよ。」

ステープルトンは、青《あお》ざめた顔《かお》をわたしたちにむけたが、おどろくと同時《どうじ》にがっかりしていることを、ひっしにかくしていた。ホームズを、そしてわたしを、するどい目《め》で見《み》る。

「なんということでしょう! この男《おとこ》は、どうして死《し》んだのです?」

「あの岩山《いわやま》から落《お》ちて、首《くび》の骨《ほね》をおったようです。友人《ゆうじん》とわたしは沼地《ぬまち》をぶらついていて、悲鳴《ひめい》をききました。」

「わたしも悲鳴《ひめい》をきいたのです。それで、でてきたんですが。ヘンリー卿《きょう》のことが気《き》になりまして。」

「なぜ、とくにヘンリー卿《きょう》のことが?」

わたしは、きかずにはいられなかった。

「うちにいらっしゃいませんかと、お誘《さそ》いしていましたのでね。なかなかお見《み》えにならないので、当然《とうぜん》ですが、ごぶじかどうか心配《しんぱい》になってきたところで、沼地《ぬまち》の悲鳴《ひめい》をきいたのです。」

そこで、かれはもう一度《いちど》、わたしの顔《かお》とホームズの顔《かお》をそれぞれ、射《い》るような目《め》で見《み》るのだった。

「ところで、悲鳴《ひめい》のほかに、なにかおききになりましたか？」

ホームズが答《こた》える。

「いいえ。あなたはおききになったんですか？」

「いいえ。」

「では、どうしてそんなことを？」

「だって、農夫《のうふ》たちが、幽霊犬《ゆうれいいぬ》がいるとかなんとか、うわさしているのをご存《ぞん》じでしょう。夜《よる》の沼地《ぬまち》で、鳴《な》き声《ごえ》がするそうですよ。だから今夜《こんや》も、そんな声《こえ》をきいたひとがいるのかなと思《おも》いましてね。」

今度《こんど》は、わたしが答《こた》える。

「そんなものは、なにもきこえませんでしたね。」

「すると、この気《き》のどくな男《おとこ》はどうして死《し》んだと思《おも》われますか？」

「長《なが》いあいだ雨風《あめかぜ》にさらされ、追《お》われる暮《く》らしの不安《ふあん》から、きっと頭《あたま》がおかしくなったんでしょう。気《き》がへんになって沼地《ぬまち》にとびだしたあげくに、走《はし》りまわってがけから落《お》ちて、首《くび》の骨《ほね》をおったんですよ。」

「いかにも、そう考《かんが》えるのが、すじかもしれませんね。」

そういって、ステープルトンはため息《いき》をついた。ほっとしたらしい。

「あなたは、どうお考《かんが》えですか、シャーロック＝ホームズさん？」

わたしの友人《ゆうじん》が、会釈《えしゃく》した。

「よくわたしのことがおわかりですね。」

「ワトソン博士《はかせ》がいらっしゃって以来《いらい》、このあたりの者《もの》はみな、あなたがおいでになるのを待《ま》っていました。ちょうど事故《じこ》に出《で》あわれたわけですね。」

「ええ、ほんとうに。わたしの友人《ゆうじん》がいうとおり、たしかに事故《じこ》だと思《おも》います。あと味《あじ》のわるいことになりましたが、あしたにはロンドンにもどります。」

「え、あしたお帰《かえ》りですって？」

「そのつもりです。」

「あなたがいらっしゃれば、わたしたちをなやませているこのところの出来事《できごと》に、かたがつくものと思《おも》っていましたが？」

ホームズが、肩《かた》をすくめてみせた。

「いつも思《おも》いどおりに、うまくいくわけではありません。捜査《そうさ》に必要《ひつよう》なのは、事実《じじつ》であって、伝説《でんせつ》やうわさではありません。満足《まんぞく》な捜査《そうさ》ができない事件《じけん》でした。」

いつもの率直《そっちょく》ないいかたで、無関心《むかんしん》をよそおった。ステープルトンは、あいかわらず、ホームズの顔《かお》をじっと見《み》ていた。そして、わたしのほうをむいた。

「気《き》のどくなこの男《おとこ》を、わたしの家《いえ》に運《はこ》ぼうと申《もう》しあげたいところですが、妹《いもうと》がこわがるでしょうから、そうもまいりません。顔《かお》になにかかぶせておけば、朝《あさ》まではだいじょうぶでしょう。」

そうすることになった。ステープルトンが家《いえ》によっていくようすすめるのをことわって、ホームズとわたしはバスカビル館《やかた》にむかい、のこった博物学者《はくぶつがくしゃ》はひとりで帰《かえ》っていった。ふりかえると、どこまでもつづく沼地《ぬまち》を、ゆっくりと動《うご》くかれの姿《すがた》があり、その後《うし》ろのほう、銀色《ぎんいろ》の斜面《しゃめん》の上《うえ》に、黒《くろ》いしみが見《み》えた。むごたらしく死《し》んでいった男《おとこ》が、横《よこ》たわるところだった。

ふたりならんで沼地《ぬまち》を歩《ある》きながら、ホームズが口《くち》をひらく。

「ついに、えものに近《ちか》づいたね。どういう神経《しんけい》を持《も》ってるやつだろう！　自分《じぶん》のたくらみのえじきになったのが、ちがう男《おとこ》だと知《し》って、頭《あたま》がくらくらするほど打《う》ちのめされたはずなのに、立《た》ちなおっていた。たいしたものだったな。ロンドンでもいったけどね、ワトソン、もう一度《いちど》いうよ。これほど手《て》ごわい相手《あいて》は、これまでいなかった。」

「きみの姿《すがた》を見《み》られてしまったのは、まずかった。」

「はじめはぼくも、そう思《おも》った。しかし、やむをえない結果《けっか》だね。」

「きみがここにいると知《し》ったからには、あの男《おとこ》の計画《けいかく》は、どんなふうにかわるだろうね？」

「もっと用心《ようじん》ぶかくなるか、それとも、すぐに思《おも》いきった手《て》を打《う》つか。ものすごく頭《あたま》のきれる犯《はん》罪者《ざいしゃ》の例《れい》にもれず、自分《じぶん》の頭《あたま》のよさにおぼれて、ぼくらをうまくだましとおせたと思《おも》いこんでいるかもしれないな。」

「すぐに逮捕《たいほ》したほうがよくないかい？」

「ワトソン、きみときたら、生《う》まれながらの行動派《こうどうは》なんだねえ。いつだって元気《げんき》なことをしたがるんだから。だが、考《かんが》えてもごらんよ。仮《かり》に、今夜《こんや》あの男《おとこ》を逮捕《たいほ》したとして、いったいぼくらの、どんな得《とく》になるっていうんだい？　かれにつごうのわるいことを、なにひとつ証明《しょうめい》できないんだよ。悪魔《あくま》のようなずるがしこさだ！　あの男《おとこ》が人間《にんげん》を手先《てさき》にしているんだったら、証拠《しょうこ》のひとつやふたつはつかめるだろうが、あのものすごい犬《いぬ》を明《あか》るみに引《ひ》きずりだしたところで、飼《か》い主《ぬし》の首《くび》に、ロープを巻《ま》きつける役《やく》にはたたないさ。」

「ちゃんとした事件《じけん》もあるじゃないか。」

「そんなもの、ありゃしない――推測《すいそく》と、仮定《かてい》だけだ。法廷《ほうてい》にそんな話《はなし》と、それっぽっちの証拠《しょうこ》を持《も》ちだしてみろよ、もの笑《わら》いのたねになるだけさ。」

「チャールズ卿《きょう》が死《し》んでいるじゃないか。」

「発見《はっけん》された遺体《いたい》には、かすり傷《きず》ひとつなかったんだよ。きみもぼくも、老貴族《ろうきぞく》は恐怖《きょうふ》のあまり死《し》んだということを知《し》っているし、その恐怖《きょうふ》のもとがなんであるかも知《し》っているさ。

だけど、どうやってそれを、十二人《にん》の頭《あたま》のかたい陪審員《ばいしんいん》にわからせるっていうんだい？　犬《いぬ》がいたという証拠《しょうこ》が、あるかい？　犬《いぬ》にかまれたあとでも、あったかい？　なるほど、ぼくらは、犬《いぬ》は死体《したい》にかみついたりしないことも、チャールズ卿《きょう》は犬《いぬ》に追《お》いつかれるより先《さき》に息《いき》を引《ひ》きとったことも、知《し》っているよ。だけど、それをみんな、証明《しょうめい》しなくちゃならないんだ。ぼくらは、証《しょう》明《めい》できるところまでいっていない。」

「うーん、じゃあ、今夜《こんや》のことは？」

「今夜《こんや》だって、似《に》たようなものだ。ここでもまた、犬《いぬ》とセルデンの死《し》んだこととのあいだには、直接《ちょくせつ》のつながりがない。ぼくらも、犬《いぬ》を見《み》てはいない。声《こえ》はきいたが、その犬《いぬ》があの男《おとこ》を追《お》いかけていたことを、証明《しょうめい》することはできないんだよ。いまはまだ動機《どうき》というものが見《み》あたらないんだよ。

だめ、だめ。いまのところは、証拠《しょうこ》をつかんでいないことを認《みと》めるしかない。たしかな証《あかし》をつかむためなら、どんな危険《きけん》にもひるまないと、覚悟《かくご》しなければ。」

「どうするつもりだい？」

「ローラ＝ライオンズ夫人《ふじん》に、この件《けん》で自分《じぶん》がどういう立場《たちば》にいるかを、わからせれば大《おお》きな力《ちから》になってもらえるだろうと、ぼくは大《おお》いに期待《きたい》している。それに、ひそかに考《かんが》えていることもある。一日《にち》の苦労《くろう》は一日《にち》にてたれり（『新約聖書《しんやくせいしょ》』マタイによる福音書《ふくいんしょ》にあることば）、だよ。でも、あすじゅうには、解決《かいけつ》したいものだ。」

それ以上《いじょう》のことはききだせなかった。バスカビル館《やかた》の門《もん》に着《つ》くまで、ホームズは考《かんが》えごとにふけっていた。

「いっしょにくるだろう？」

「ああ。もう、かくれていることもない。その前《まえ》に、ひとことといっておくよ、ワトソン。ヘンリー卿《きょう》には、犬《いぬ》の話《はなし》をするなよ。セルデンは、ステープルトンがぼくらに信《しん》じこませたと思《おも》っているとおりの死《し》にかたをしたと、卿《きょう》にも思《おも》わせておこう。そのほうが、あしたかれが出《で》あう試練《しれん》に、しっかりした気持《きも》ちでのぞめるだろう。きみの報告《ほうこく》を正《ただ》しくおぼえているとすればだが。あした、ヘンリー卿《きょう》はあの兄妹《きょうだい》といっしょに食事《しょくじ》をすることになっていたね。」

「ぼくもだ。」

「では、きみは口実《こうじつ》をつくって、かれをひとりでいかせなくてはならない。簡単《かんたん》なことだろう。さて、夕食《ゆうしょく》にはおそすぎるとしても、夜食《やしょく》くらいにはありつけるんじゃないかな。」

第《だい》十三章《しょう》　ホームズの作戦《さくせん》

館《やかた》での大発見《だいはっけん》

シャーロック＝ホームズを見《み》て、ヘンリー卿《きょう》はおどろいたが、よろこびのほうが大《おお》きかった。いろいろなことがおこったここ数日《すうじつ》、ロンドンからホームズがきてくれるのを、首《くび》を長《なが》くして待《ま》っていたのだ。それにしても、ホームズが荷物《にもつ》をひとつも持《も》たず、また荷物《にもつ》がないわけを説明《せつめい》もしなかったので、さすがにけげんな顔《かお》をした。

ともかく、ふたりしてホームズに必要《ひつよう》なものをそろえ、おくればせの食事《しょくじ》をかこんだ。その席《せき》で、ついいましがたおきたことのうち、准男爵《じゅんだんしゃく》が知《し》っておいたほうがよいと思《おも》えることだけをはなした。

ただし、わたしには、まずバリモア夫婦《ふうふ》に、セルデンが死《し》んだことを伝《つた》える、つらい役目《やくめ》があった。バリモアは心《こころ》からほっとしたかもしれないが、その妻《つま》は、エプロンで顔《かお》をおおって、さめざめと泣《な》くのだった。

世間《せけん》のひとびとにとってセルデンは、けものじみた、悪魔《あくま》じみた、らんぼう者《もの》だった。しかし、彼女《かのじょ》にとってセルデンは、いつまでたっても、自分自身《じぶんじしん》が少女《しょうじょ》のころにかわいがった、わがままっ子《こ》であり、自分《じぶん》の手《て》にしがみついてきていた弟《おとうと》のままだった。死《し》を悲《かな》しんで涙《なみだ》をながしてくれる女性《じょせい》がひとりもいない男《おとこ》はあわれだが、かれはそうではない。

食事《しょくじ》の席《せき》では、准男爵《じゅんだんしゃく》がきりだした。

「今朝《けさ》、ワトソン博士《はかせ》がでかけられてから、わたしは一日《いちにち》じゅう、館《やかた》にこもっていたんですよ。いくらかは信用《しんよう》していただけるんじゃないでしょうか、約束《やくそく》をまもったんですから。ひとりで出《で》歩《ある》かないことを、かたくお約束《やくそく》してさえいなければ、もっとたのしい夜《よる》をすごしていたところです。ステープルトンに誘《さそ》われていたんですからね。」

ホームズがそっけなく、いった。

「もちろん、もっとたのしい夜《よる》をおすごしになったことでしょうね。それにしても、首《くび》の骨《ほね》をおったあなたのそばで、ぼくらがなげき悲《かな》しんでいる光景《こうけい》が、お気《き》にめすとは思《おも》いませんけどね？」

ヘンリー卿《きょう》が、目《め》を見《み》ひらいた。

「どういうことです？」

「死《し》んだ男《おとこ》は、あなたの服《ふく》を着《き》ていました。その服《ふく》をかれにあたえたあなたの使用人《しようにん》に、警察《けいさつ》は目《め》をつけるんじゃないでしょうか。」

「そんなことはないでしょう。おぼえているかぎりでは、服《ふく》には証拠《しょうこ》になる目《め》じるしは、なにもついていませんよ。」

「バリモアにはさいわいでした――実際《じっさい》に、おふたりとも、運《うん》がよかったんです。なにしろ、この一件《いっけん》では、みなさんが法律上《ほうりつじょう》は不利《ふり》な立場《たちば》におかれているんですからね。良心的《りょうしんてき》な探偵《たんてい》としては、この館《やかた》にいるひとたちをまとめて逮捕《たいほ》したいところですよ。ワトソンくんの報告《ほうこく》は、不利《ふり》な証拠《しょうこ》をいっぱいふくんでいます。」

「それはさておき、事件《じけん》のことは？　もつれた糸《いと》は、いくらかほぐれてきたのでしょうか？　ワトソン博士《はかせ》もわたしも、ここにきてからも、多《おお》くのことがわかってきたわけではありません。」

「はっきりと謎《なぞ》を解《と》いてさしあげられるときが、まもなくくると思《おも》います。ほかに類《るい》を見《み》ない、むずかしくて複雑《ふくざつ》な事件《じけん》ですからね。いまひとつはっきりしない点《てん》もいくつかのこっていますが、それもじきにわかってくるでしょう。」

「わたしたちの体験《たいけん》したことを、ワトソン博士《はかせ》から、きっとおききおよびだと思《おも》います。沼地《ぬまち》で犬《いぬ》の鳴《な》き声《ごえ》をきいたのです。ですから、あながち根《ね》も葉《は》もないうわさとばかりもいえません。アメリカで多少《たしょう》は犬《いぬ》とかかわっていましたから、わたしの耳《みみ》が、犬《いぬ》の鳴《な》き声《ごえ》をききまちがえることはありません。

あの犬《いぬ》に口輪《くちわ》をつけて、鎖《くさり》につなぐことができれば、あなたこそ古今《ここん》もっとも偉大《いだい》な探偵《たんてい》だと、わたしはきっぱりいいきれますよ。」

「口輪《くちわ》をつけて、鎖《くさり》につないでごらんにいれましょう、お力《ちから》をかしていただけるならば。」

「どんなことでもいたしますよ。」

「ありがたい。ではひとつおねがいしたいのですが、理由《りゆう》をけっしておたずねにならず、やっていただきたいことがあります。」

「おっしゃるとおりにしますとも。」

「やっていただければ、のこっているささやかな問題《もんだい》も、たちまち解決《かいけつ》する好機《こうき》です。まちがいなく――。」

ことばが途中《とちゅう》でふっととぎれたかと思《おも》うと、ホームズは、わたしの頭《あたま》の上《うえ》のほうをじっと見《み》つめた。ランプの光《ひかり》をあびたその顔《かお》は、こわばり、ぴくりとも動《うご》かない。まるで警戒《けいかい》と期待《きたい》を表現《ひょうげん》した、みごとな古典的彫像《こてんてきちょうぞう》になってしまったかのようだ。

「なにか？」

ふたりで口《くち》をそろえていた。視線《しせん》をもとにもどしながら、かれは内心《ないしん》の感情《かんじょう》をおさえていた。あいかわらず落《お》ちついた顔《かお》つきだったけれども、目《め》は、ふるえるようなよろこびで、かがやいていた。

「これは失礼《しつれい》。うっとりとながめてしまいました。」

そういって、かれが手《て》をふってしめしたのは、その正面《しょうめん》のかべにならんだ肖像画《しょうぞうが》だった。

「ワトソンくんは、ぼくには絵《え》がわかっていないというんですが、かれはねたましいだけなんですよ。美術《びじゅつ》に対《たい》して見《み》かたがちがうものですから。

じつに、みごとな肖像画《しょうぞうが》ではありませんか。」

ヘンリー卿《きょう》が、意外《いがい》そうにホームズのほうをうかがう。

「やあ、それはうれしいおことばだ。正直《しょうじき》なところ、わたしにはよくわからないのです。絵《え》よりも、牛《うし》や馬《うま》のほうがよくわかるくらいでして。こういうものがお好《す》きだとは、存《ぞん》じませんでした。」

「どれがよいものかくらいは、わかります。けっこうなものを見《み》せていただきました。あれはネラー作《さく》ですよ、きっと。むこうの、青《あお》い絹《きぬ》のドレスのご婦人《ふじん》ですが。かつらをつけた、かっぷくのいい紳士《しんし》は、レノルズの作品《さくひん》でしょうね。一族《いちぞく》の方々《かたがた》の肖像《しょうぞう》なのでしょう？」

「ええ、どれもみな。」

「それぞれのお名前《なまえ》をご存《ぞん》じですか？」

「バリモアに教《おし》えこんでもらいましたから、だいたいのことは、わかると思《おも》います。」

「望遠鏡《ぼうえんきょう》を持《も》った紳士《しんし》は？」

「バスカビル海軍少佐《かいぐんしょうさ》ですね。西《にし》インド諸島《しょとう》（南《なん》・北《ぼく》アメリカ大陸《たいりく》の中間《ちゅうかん》、カリブ海周辺《かいしゅうへん》にある島々《しまじま》の総称《そうしょう》）で、ロドニー提督《ていとく》（ジョージ＝ブリッジズ＝ロドニー。男爵《だんしゃく》。一七八二年《ねん》西《にし》インド諸島《しょとう》でフランス軍《ぐん》をうち負《ま》かす）の部下《ぶか》でした。巻《ま》きものを手《て》にしている、青《あお》い服《ふく》の男性《だんせい》が、ウィリアム＝バスカビル卿《きょう》。ピット首相《しゅしょう》の時代《じだい》に、下院《かいん》の議長《ぎちょう》などを歴任《れきにん》した人《ひと》です。」

「わたしのむかいの、騎士《きし》——黒《くろ》いビロードの服《ふく》にレースのえりの方《かた》は？」

「ああ、あのひとのことは、知《し》る権利《けんり》がおありですよ。すべての不幸《ふこう》の元凶《げんきょう》、バスカビル家《け》の魔《ま》犬伝説《けんでんせつ》をつくった、極悪人《ごくあくにん》ヒューゴーです。わすれられるものですか！」

わたしも、興味《きょうみ》を持《も》って、いくぶんおどろきながら、よく見《み》てみた。ホームズがいう。

「おやおや！　おとなしい、おだやかな人物《じんぶつ》のように見《み》えますが、あの目《め》には、まちがいなく悪《あく》魔《ま》がひそんでいるね。もっとたくましくて、いかにもな悪人《あくにん》づらをしているのかと思《おも》いました。」

「本物《ほんもの》にまちがいありません。カンバスの裏《うら》に、その名前《なまえ》と、一六四七年《ねん》という年号《ねんごう》がありますから。」

それからあとのホームズは、ほとんど口《くち》もきかずに、昔《むかし》の貴族《きぞく》の肖像画《しょうぞうが》がよほど気《き》にいったのか、食事《しょくじ》のあいだじゅう、しきりとその絵《え》のほうを見《み》つめていた。

やっとかれの考《かんが》えていたことがわかりかけてきたのは、ヘンリー卿《きょう》が部屋《へや》に引《ひ》きあげてからのことだった。ろうそくを手《て》に、先《さき》ほどの広間《ひろま》にわたしをつれていって、かべにかかる古《ふる》い肖像画《しょうぞうが》を照《て》らす。

「気《き》づくことがないかい？」

羽根《はね》かざりのついたつば広《びろ》の帽子《ぼうし》や、耳《みみ》のところでむすんでさげた巻《ま》き毛《げ》、白《しろ》いレースのえり、それらにとりまかれたきびしい顔《かお》を、わたしはあらためてながめた。けっしてざんこくな表情《ひょうじょう》というのではないが、ひとをよせつけないよそよそしさ、きびしさがあり、うすいくちびるをきっとむすんで、冷《つめ》たく、心《こころ》のせまそうな目《め》つきだった。

「だれかに、似《に》ていないかい？」

「あごのあたりは、どことなくヘンリー卿《きょう》に似《に》ているな。」

「なんとなく、そんな気《き》もするかもしれない。でも、ちょっと待《ま》ってくれよ！」

かれは椅子《いす》の上《うえ》に立《た》って、左手《ひだりて》に明《あ》かりをかかげ持《も》ち、右腕《みぎうで》を曲《ま》げて、帽子《ぼうし》と長《なが》い巻《ま》き毛《げ》のあたりをかくすようにしてみせた。わたしは、おどろきのあまり声《こえ》をあげていた。

「まさか！」

そのカンバスからのぞいているのは、ステープルトンの顔《かお》だった。

「ほらね、わかっただろう。訓練《くんれん》をつんだぼくの目《め》は、人《ひと》の顔《かお》だけをよく見《み》て、顔《かお》をふちどっているものは見《み》ないのさ。変装《へんそう》を見《み》やぶるというのは、犯罪捜査《はんざいそうさ》をする者《もの》にとって、いちばん必要《ひつよう》なことだからね。」

「しかし、おどろいた。あの男《おとこ》の肖像画《しょうぞうが》といってもおかしくないくらいだ。」

「うん、先祖返《せんぞがえ》りというやつのおもしろい例《れい》だ。身体《しんたい》と精神《せいしん》の両面《りょうめん》に、それがあらわれているみたいだな。一族代々《いちぞくだいだい》の肖像画《しょうぞうが》をよく見《み》くらべていくと、人間《にんげん》は死後《しご》にまたよみがえるという説《せつ》を、信《しん》じたくもなる。あいつはバスカビル家《け》の一員《いちいん》だ——明《あき》らかに。」

「財産《ざいさん》を継承《けいしょう》しようというたくらみか。」

「まさに。たまたまこの絵《え》を目《め》にしたおかげで、欠《か》けていた環《わ》が完全《かんぜん》になったよ。ワトソン、もうこっちのものだ。あしたの夜《よる》までには、ぼくらの張《は》った網《あみ》のなかで、あいつをバタバタいわせてやる。あの男《おとこ》が捕《つか》まえるチョウのようにね。虫《むし》ピンとコルク板《いた》と識別札《しきべつふだ》を用意《ようい》して、ベーカー街《がい》コレクションに、あの男《おとこ》の標本《ひょうほん》をくわえてやろう！」

ホームズが、絵《え》の前《まえ》からむきなおりながら、めずらしいことだが、どっと声《こえ》をあげて笑《わら》いはじめた。かれの笑《わら》い声《ごえ》を耳《みみ》にすることはめったにない。かれが笑《わら》い声《ごえ》をたてるのは、きまって、だれかが運《うん》のわるいことにおちいる前《まえ》ぶれだった。

信《しん》じられない作戦《さくせん》

翌朝《よくあさ》、わたしは早々《はやばや》とおきたが、ホームズはそれよりも早《はや》く活動《かつどう》を開始《かいし》していた。着《き》がえをしていると、小道《こみち》を館《やかた》にもどってくるかれの姿《すがた》が見《み》えたのだ。

「さあ、きょうはいそがしい一日《いちにち》になるぞ。」

そういって、かれは、体《からだ》がうずくかのように、両手《りょうて》をこすりあわせる。

「網《あみ》は全部《ぜんぶ》、しかけた。あとは、引《ひ》くだけだ。きょうのうちに、あごのするどいあの大《おお》カマスが、網《あみ》にかかったか、それとも網《あみ》の目《め》をくぐって逃《に》げたか、きっとわかる。」

「もう沼地《ぬまち》にいってきたのかい？」

「グリンペンまでいって、セルデンが死《し》んだという知《し》らせを、プリンスタウンの監獄《かんごく》に送《おく》っておいた。この件《けん》で、きみたちのうちのだれかが、もめごとに巻《ま》きこまれる心配《しんぱい》はない。それから、忠実《ちゅうじつ》なあのカートライトにも、連絡《れんらく》をつけておいた。ぶじを知《し》らせて安心《あんしん》させてやらないと、主人《しゅじん》の墓《はか》のそばで動《うご》かない忠犬《ちゅうけん》みたいに、あの小屋《こや》で悲《かな》しみにくれて、やつれてしまうからね。」

「おつぎは？」

「ヘンリー卿《きょう》に会《あ》うよ。おや、うわさをすれば影《かげ》だ！」

准男爵《じゅんだんしゃく》のほうから、声《こえ》をかけてきた。

「おはよう、ホームズさん。参謀長《さんぼうちょう》といっしょに作戦《さくせん》をねっている将軍《しょうぐん》、といったところですね──。」

「まさにそのとおりの状況《じょうきょう》です。ワトソンくんが指示《しじ》について、おうかがいをたてているところでね。」

「わたしにも、指示《しじ》をおねがいします。」

「わかりました。たしか、今夜《こんや》はステープルトンさんのところで、食事《しょくじ》の約束《やくそく》をされていましたね。」

「ごいっしょにいかがですか。もてなし好《ず》きなひとたちですから、あなたがいらっしゃれば、きっと大《おお》よろこびですよ。」

「ざんねんながら、ワトソンくんとぼくは、ロンドンにもどらなくてはなりません。」

「ロンドンへ？」

「ええ。この時点《じてん》では、ぼくたちはロンドンにいるほうが、ずっと効率《こうりつ》がよいと思《おも》いますので。」

准男爵《じゅんだんしゃく》の顔《かお》に、がっかりしているようすがありありとうかんだ。

「この事件《じけん》のかたがつくまで、ずっといてくださると思《おも》っていましたのに。館《やかた》も沼地《ぬまち》も、ひとりぼっちでいるには、あまり気持《きも》ちのよいところではありません。」

「ともかく、ぼくを信《しん》じて、ぼくのいうとおりに動《うご》いてください。ステープルトンさんには、ぼくたちもぜひうかがいたかったけれども、急用《きゅうよう》ができてロンドンに帰《かえ》らざるをえなくなったと、そう伝《つた》えてください。すぐまたデボン州《しゅう》にもどってくるつもりだ、とも。わすれずに伝《つた》えていただけますね？」

「どうしてもとおっしゃるなら。」

「ほかにしかたがないのです、ほんとうに。」

准男爵《じゅんだんしゃく》の顔《かお》がくもった。わたしたちに見《み》すてられたような気《き》がして、ふかく傷《きず》ついているらしかった。

「いつ出発《しゅっぱつ》なさいますか？」

ひややかな声《こえ》だった。

「朝食《ちょうしょく》のあと、すぐに。クーム＝トレーシーまで馬車《ばしゃ》でいきます。でも、ワトソンくんは、荷物《にもつ》をおいていきますよ。あなたのところにもどってくる約束《やくそく》のしるしに……。ワトソン、ステープルトンさんに、ざんねんながらいけなくて申《もう》しわけないという手紙《てがみ》でも、送《おく》ったらどうだい。」

「わたしも、ロンドンにごいっしょしたいですよ。どうして、わたしひとり、ここにいなくてはならないんです？」

「それがあなたの義務《ぎむ》だから。あなたは、ぼくのいうとおりにすると、約束《やくそく》されて、ぼくはのこってくださいと申《もう》しあげているわけです。」

「わかりました。では、ここにいます。」

「もうひとつ、指示《しじ》があります！　メリピット荘《そう》へは、馬車《ばしゃ》でいらしてください。ただし、そこで馬車《ばしゃ》を帰《かえ》して、館《やかた》まで歩《ある》いて帰《かえ》るつもりだと、あのふたりに知《し》らせてください。」

「沼地《ぬまち》を歩《ある》いて？」

「そうです。」

「あんなにたびたび、それだけはするなとわたしにおっしゃったのに……。」

「今回《こんかい》は、そうなさってもだいじょうぶです。あなたが冷静《れいせい》で、勇気《ゆうき》のある方《かた》だと、全面的《ぜんめんてき》に信《しん》頼《らい》しているからこそ、おねがいしているのです。あなたにそうしていただくことが、ぜひとも必《ひっ》要《よう》なのです。」

「でしたら、そうしましょう。」

「万一《まんいち》のことがあってはいけませんから、むやみに沼地《ぬまち》をつっきったりしないで、メリピット荘《そう》からグリンペン街道《かいどう》へつづく、いつもの帰《かえ》り道《みち》以外《いがい》はとおらないでください。」

「おっしゃるとおりにしましょう。」

「けっこうです。朝食《ちょうしょく》がすみしだい、できるだけ早《はや》く発《た》ちたいと思《おも》います。午後《ごご》にはロンドンに着《つ》けるように。」

ゆうべ、あしたには引《ひ》きあげるつもりだと、ホームズがステープルトンにはなしたのを、おぼえていたが、このなりゆきには、わたしもひどくおどろいた。

それにしても、わたしまでかれといっしょにいくことをのぞまれるとは、思《おも》いもよらなかったし、いまこそ危機《きき》だといっていたのはホームズなのに、ふたりとも不在《ふざい》にするなんて、わけがわからなかった。

だが、だまってしたがうほかない。悲《かな》しげな顔《かお》のヘンリー卿《きょう》に、別《わか》れのあいさつをして、その一、二時間《じかん》あとにわたしたちは、クーム＝トレーシーの駅《えき》にいた。そこで、馬車《ばしゃ》を帰《かえ》した。小柄《こがら》な少年《しょうねん》がひとり、プラットホームで待《ま》っていた。

「ご命令《めいれい》は？」

「この汽車《きしゃ》でロンドンにお帰《かえ》り、カートライト。着《つ》いたらすぐに、ぼくの名前《なまえ》でヘンリー＝バスカビル卿《きょう》あてに電報《でんぽう》を打《う》ってくれ。館《やかた》で手帳《てちょう》を落《お》としたので、見《み》つかったら、書留《かきとめ》でベーカー街《がい》に送《おく》ってほしい、とね。」

「わかりました。」

「それと、駅《えき》の事務所《じむしょ》で、ぼくあての伝言《でんごん》があるかどうか、きいてきてくれないか。」

少年《しょうねん》は、電報《でんぽう》を一通持《つうも》って、もどってきた。ホームズがそれを、わたしに見《み》せた。

電報拝受《でんぽうはいじゅ》。署名《しょめい》なしの逮捕状《たいほじょう》持参《じさん》す。五時《じ》四十分着《ぷんちゃく》。

レストレード

「今朝《けさ》打ったぼくの電報《でんぽう》への返電《へんでん》さ。かれは、もっとも優秀《ゆうしゅう》な刑事《けいじ》だと思《おも》うよ。かれの協力《きょうりょく》が必要《ひつよう》になる。

さて、ワトソン、きみの知《し》りあいのローラ＝ライオンズ夫人《ふじん》を訪《たず》ねるのが、いちばんじょうずな時間《じかん》の使《つか》いかたってもんだろう。」

作戦計画《さくせんけいかく》が、しだいにはっきりしてきた。われわれがほんとうに帰《かえ》ってしまったと、ステープルトンに信《しん》じこませるために、准男爵《じゅんだんしゃく》を使《つか》うつもりなのだ。そうしておいて、いざというときになったら、あそこへもどる。

ロンドンからの電報《でんぽう》のことを、ヘンリー卿《きょう》がはなせば、ステープルトン兄妹《きょうだい》の頭《あたま》にある最後《さいご》の疑《うたが》いも、きれいにふきとんでしまうにちがいない。まるでするどいあごのカマスにめぐらした網《あみ》が、じわじわと引《ひ》きしぼられていくのを、見《み》るような思《おも》いがした。

決行《けっこう》にそなえる

ローラ＝ライオンズ夫人《ふじん》は仕事場《しごとば》にいた。シャーロック＝ホームズは、いきなりずばりと話《はなし》をきりだして、彼女《かのじょ》をかなりおどろかせた。

「チャールズ＝バスカビル卿《きょう》が亡《な》くなられた件《けん》で、事情《じじょう》を調《しら》べています。ここにいる友人《ゆうじん》、ワトソン博士《はかせ》から、その件《けん》にかんして、あなたがはなしてくださったこと、そして、かくしてしまわれたことの両方《りょうほう》を、きいています。」

彼女《かのじょ》が、いどむようにききかえす。

「わたくしが、なにをかくしたとおっしゃるの？」

「小門《しょうもん》のところで十時《じ》に会《あ》ってほしいと、チャールズ卿《きょう》にたのんだことは、打《う》ち明《あ》けてくださいました。

あの方《かた》が亡《な》くなったのは、まさにその時刻《じこく》に、その場所《ばしょ》ででした。あなたは、このふたつの出来事《できごと》のあいだの、つながりをかくしたではありませんか。」

「つながりなど、ございません。」

「その場合《ばあい》、ぐうぜんの一致《いっち》だったというのは、もちろん、ふつうではとても考《かんが》えられない。でも、最後《さいご》には、たしかにつながりのあることを立証《りっしょう》してみせますよ。

なにもかも正直《しょうじき》に申《もう》しあげましょう、ライオンズ夫人《ふじん》。ぼくたちはこの一件《いっけん》を、殺人事件《さつじんじけん》だと見《み》ています。証拠《しょうこ》から、あなたのご友人《ゆうじん》のステープルトン氏《し》だけでなく、かれの奥《おく》さんも犯罪《はんざい》にかかわっていることがうかがえるのです。」

女性《じょせい》が、椅子《いす》からぱっと立《た》ちあがった。

「奥《おく》さんですって！」

「もはや秘密《ひみつ》でもなんでもありません。妹《いもうと》ということになっているひとは、じつは妻《つま》なんですよ。」

ライオンズ夫人《ふじん》は、また腰《こし》をおろした。椅子《いす》の腕《うで》をつかんだ両手《りょうて》に、よほど力《ちから》をいれているのか、ピンク色《いろ》のつめが白《しろ》くなっている。

「妻《つま》！　奥《おく》さんがいるなんて！　あのひとは、結婚《けっこん》なんてしていません。」

ホームズは、肩《かた》をすくめた。

「証拠《しょうこ》を見《み》せてください！　証拠《しょうこ》を！　証拠《しょうこ》があるんだったら！」

ぎらぎらするその目《め》は、どんなことばにもまさる迫力《はくりょく》があった。

「そうおっしゃるのではないかと思《おも》いました。」

そういうと、ホームズは、ポケットから書類《しょるい》を何枚《なんまい》かとりだした。

「この写真《しゃしん》は、四年前《ねんまえ》にヨーク（イングランド北部《ほくぶ》、旧《きゅう》ヨークシャー州《しゅう》の中心都市《ちゅうしんとし》）でとったものです。裏《うら》に『バンデルーア夫《ふ》妻《さい》』と書《か》いてありますが、男性《だんせい》のほうはすぐに、だれだかおわかりでしょう。もし顔《かお》をご存《ぞん》じなら、女性《じょせい》のほうがだれかも。

これは当時《とうじ》、聖《せい》オリバー私立学校《しりつがっこう》を経営《けいえい》していたバンデルーア夫妻《ふさい》について、信頼《しんらい》できるひとたちによって書《か》かれた証言《しょうげん》です。読《よ》んでごらんなさい。それでも、このふたりの正体《しょうたい》に疑問《ぎもん》がのこるでしょうか。」

彼女《かのじょ》は、書類《しょるい》をちらりと見《み》て、それから、希望《きぼう》をうしなったように、かたく、きびしい顔《かお》で、わたしたちを見《み》あげるのだった。

「ホームズさん、この男《おとこ》は、わたくしが夫《おっと》と離婚《りこん》できたら結婚《けっこん》しようと、申《もう》しこみました。わるい男《おとこ》ですわ、考《かんが》えられるかぎりのうそをついていたんですね。ほんとうのことは、ひとことも口《くち》にしなかったのです。なぜ——なぜなのでしょう？　いままで、みんなわたくしのためなのだとばかり思《おも》っていました。でも、もうわかりました。わたくしは、あの男《おとこ》の手《て》のなかにある、道具《どうぐ》にすぎなかったのです。誠意《せいい》のかけらもなかったひとに、どうして誠意《せいい》をつくさなければならないの？　あのひとの邪悪《じゃあく》なおこないがまねく結果《けっか》から、かばってやることなんかありません。

なんでもおききください、かくしだてなどいたしませんから。でも、ひとつだけはっきりさせてください。あの手紙《てがみ》を書《か》いたとき、わたくしにとてもしんせつにしてくださったあの老紳士《ろうしんし》に、危害《きがい》がおよぶことになろうとは、夢《ゆめ》にも思《おも》っていなかったのです。」

ホームズがうなずく。

「そのとおりでしょう。くわしくおはなしになるのは、たいへんつらいと思《おも》います。この場《ば》はぼくがはなすほうが、気《き》がらくかもしれませんね。ぼくの話《はなし》に大《おお》きなまちがいがあれば、訂正《ていせい》してくださいますか？

あの手紙《てがみ》をだすように、あなたにすすめたのは、ステープルトンですね？」

「あのひとのいうまま、わたくしが書《か》きとりました。」

「きっと、かれの持《も》ちだした理由《りゆう》は、離婚手続《りこんてつづ》きにかかる費用《ひよう》のことで、チャールズ卿《きょう》に助《たす》けてもらってはどうだろう、ということですね？」

「そのとおりです。」

「手紙《てがみ》をだしてしまったあとになって、約束《やくそく》の時間《じかん》にいくのはやめるようにと、いいだしたわけですね？」

「こんなことのために、他人《たにん》にお金《かね》をつごうしてもらったのでは、恥《は》ずかしい。自分《じぶん》にはあまりお金《かね》はないけれども、ふたりのあいだの障害《しょうがい》をなくすためなら、最後《さいご》の一ペニー（イギリスのお金《かね》の最小《さいしょう》の単位《たんい》）だって使《つか》うつもりだ。そういったのです。」

「話《はなし》のすじはとおっているように思《おも》えますね。そのあとは、あなたが新聞《しんぶん》で死亡記事《しぼうきじ》をごらんになるまで、なにもいってきませんでしたか？」

「はい、なにも。」

「そうして、チャールズ卿《きょう》との約束《やくそく》は、いっさいもらさないようにと、いいふくめたわけですね？」

「そうです。謎《なぞ》の多《おお》い死《し》にかただったので、その事実《じじつ》が明《あか》るみにでると、きっとわたくしが疑《うたが》われる、といって。わたくしをおどかして、口《くち》をつぐませたのです。」

「いかにもですね。でも、あなただって、おかしいとは思《おも》われたのでしょう?」

彼女《かのじょ》は口《くち》ごもり、うつむいた。

「怪《あや》しいのは、わかっておりました。でも、わたくしに誠実《せいじつ》でいてくれるかぎり、わたくしもかわらずに誠意《せいい》をつくそうと思《おも》いました。」

「あなたは、運《うん》よく難《なん》をのがれられたのだと思《おも》いますよ。あなたはあの男《おとこ》の秘密《ひみつ》をにぎっていて、それをあの男《おとこ》もよく知《し》っている。にもかかわらず、こうしてぶじでいらっしゃるんですからね。この数《すう》か月《げつ》、あなたは断崖《だんがい》に立《た》っていたようなものなんですよ。

さて、そろそろ失礼《しつれい》しなくては。おそらく、また、すぐに連絡《れんらく》をさしあげることになると思《おも》います。」

ロンドンからの急行列車《きゅうこうれっしゃ》を待《ま》つあいだ、ホームズが感想《かんそう》をもらした。

「事件《じけん》の全体像《ぜんたいぞう》がしだいにはっきりしてきて、難問《なんもん》が目《め》の前《まえ》からひとつずつ消《き》えていく。最近《さいきん》の犯罪《はんざい》のなかで、もっとも奇怪《きかい》で衝撃的《しょうげきてき》なもののひとつを、もうすぐひとつの物語《ものがたり》にまとめることができる。

犯罪学《はんざいがく》を研究《けんきゅう》している人間《にんげん》なら、一八六六年《ねん》に小《しょう》ロシア（ヨーロッパ東部《とうぶ》の国《くに》ウクライナの別名《べつめい》）のグロドノ（現在《げんざい》のベラルーシ共和国《きょうわこく》、西部《せいぶ》の都市《とし》）であった似《に》たような事件《じけん》や、それからもちろん、ノースカロライナ州《しゅう》（アメリカ合衆国《がっしゅうこく》の南部《なんぶ》の州《しゅう》）のアンダーソン殺人事件《さつじんじけん》のことなんかを思《おも》いだすところだが、この事件《じけん》には、ほかにはない、きわめて特異《とくい》な点《てん》がいくつかあるよ。なにしろ、いまになっても、ずるがしこいあの男《おとこ》の犯罪《はんざい》の真相《しんそう》を、はっきりつかんでいないわけだからね。しかし、今夜《こんや》ベッドにはいるまでには、それも明《あき》らかになることだろう。」

ロンドンからの急行列車《きゅうこうれっしゃ》が、地《じ》ひびきをたてて駅《えき》にすべりこみ、一等車《とうしゃ》の客室《きゃくしつ》から、小柄《こがら》で、ブルドッグのような身《み》のこなしの男《おとこ》がとびおりた。三人《にん》で握手《あくしゅ》をかわしながら、レストレードはホームズに尊敬《そんけい》のまなざしをむけていた。はじめていっしょに事件《じけん》にとりくんで以来《いらい》、かれも多《おお》くのことを学《まな》んできたのだ。

わたしは、ついつい思《おも》いだしてしまうのだった。理論家《りろんか》のホームズが、行動派《こうどうは》のレストレードをばかにするので、かれをよく怒《おこ》らせていたことを。

「いい話《はなし》ですか?」

「ここ数年《すうねん》で、最大《さいだい》の事件《じけん》だ。出発《しゅっぱつ》にそなえるときまで、二時間《じかん》ある。そのあいだに、まず腹《はら》ごしらえだ。それから、レストレードくん、きみには、ダートムアのきれいな夜《よる》の空気《くうき》をすいこんで、ロンドンの霧《きり》を、のどからあらいおとしてもらうことにしようか。

ここは、はじめて? では、このはじめての旅《たび》が、けっしてわすれられないものになるよ。」

12

第《だい》十四章《しょう》　バスカビル家《け》の魔犬《まけん》

沼地《ぬまち》の霧《きり》

シャーロック＝ホームズの欠点《けってん》のひとつは――それを欠点《けってん》と呼《よ》べるとしたらだが――いよいよ成功《せいこう》するというところまでは、ほかの人間《にんげん》に計画《けいかく》を打《う》ち明《あ》けるのを、ひどくきらうことだ。いうまでもなく、ある部分《ぶぶん》は、かれのわがままな性格《せいかく》からきている。まわりの人間《にんげん》より優位《ゆうい》に立《た》っておどろかすのが好《す》きなのだ。またある部分《ぶぶん》は、職業上《しょくぎょうじょう》の警戒心《けいかいしん》からきている。それが危《き》険《けん》から身《み》をまもることになるのだが、指示《しじ》を受《う》けるまわりの人間《にんげん》は、ひじょうに疲《つか》れてしまうのだ。

何度《なんど》もそんな目《め》にあってきているわたしも、この夜《よる》の馬車《ばしゃ》の旅《たび》ほど、つらかったことはない。たいへんなことが行《ゆ》く手《て》に待《ま》ちうけている。ついに勝負《しょうぶ》にでるときがきたのだ。ところが、ホームズはなにひとつはなしてくれようとはしない。どんな手《て》を打《う》つのか、想像《そうぞう》してみるほかにはないのだ。

冷《つめ》たい風《かぜ》が顔《かお》にふきつけ、せまい道《みち》の左右《さゆう》に黒《くろ》い空間《くうかん》が広《ひろ》がる。いよいよ沼地《ぬまち》にもどってきたのだと、期待《きたい》に全神経《ぜんしんけい》が張《は》りつめた。馬《うま》が一歩《ぽ》進《すす》み、車輪《しゃりん》が一回転《かいてん》するたびに、わたしたちは最《さい》後《ご》の大冒険《だいぼうけん》に近《ちか》づいていく。

かりた馬車《ばしゃ》で御者《ぎょしゃ》もいるので、会話《かいわ》も思《おも》うようにはできない。期待《きたい》とこうふんに全身《ぜんしん》がぴりぴりしていながら、とりとめのないことをしゃべっているほかはないのだった。

不自然《ふしぜん》に張《は》りつめた状態《じょうたい》がつづいたあとで、やっとフランクランドの家《いえ》をすぎ、館《やかた》に近《ちか》づいたときには、思《おも》わずほっと息《いき》をついた。しかし馬車《ばしゃ》を玄関《げんかん》につけずに、わたしたちは並木道《なみきみち》にさしかかるところでおりた。料金《りょうきん》を払《はら》って、そのまま馬車《ばしゃ》をクーム＝トレーシーに帰《かえ》すと、三人《にん》でメリピット荘《そう》にむかって歩《ある》きだした。

「レストレードくん、武器《ぶき》は？」

小柄《こがら》な警部《けいぶ》が、にやりとする。

「ズボンをはいてりゃ、尻《しり》ポケットがついてる。尻《しり》ポケットがありゃ、なにかしらはいってる、ってことですよ。」

「けっこう！　ぼくらも、いざというときにそなえている。」

「この件《けん》についちゃ、やけに口《くち》がかたいですな、ホームズさん。どんな狩《か》りをするんです？」

「待《ま》ちぶせですよ。」

警部《けいぶ》は、あたりの陰気《いんき》な丘《おか》の斜面《しゃめん》や、グリンペンの底《そこ》なし沼《ぬま》にかかる、大《おお》きな霧《きり》のうずを見《み》わたして、身《み》ぶるいした。

「正直《しょうじき》いって、あまり気持《きも》ちのいいところじゃないですね。おや、むこうに、人家《じんか》の明《あ》かりが。」

「あれがメリピット荘《そう》、この旅《たび》の目的地《もくてきち》です。歩《ある》くときはつま先《さき》だって、はなすときは小声《こごえ》でたのみますよ。」

その家《いえ》をめざして、わたしたちは用心《ようじん》ぶかく進《すす》んでいった。あと二百ヤードほどというところにきて、ホームズが、止《と》まれと合図《あいず》した。

「ここでいい。右手《みぎて》の岩《いわ》が、ちょうどいい目《め》かくしになる。」

「ここで待《ま》つんですか？」

「そうです。ここで待《ま》ちぶせします。レストレードくん、ここのくぼ地《ち》にはいってくれたまえ。ワトソン、きみは、あの家《いえ》のなかにはいったことがあるんだったね。部屋《へや》の間取《まど》りが、わかるかい？　こっちのはしっこの、格子窓《こうしまど》がある部屋《へや》は？」

「あれは台所《だいどころ》の窓《まど》じゃないかな。」

「そのむこうの、明《あ》かりがついているところは？」

「たしか、食堂《しょくどう》だ。」

「よろい戸《ど》があけっぱなしだ。きみが、ここの地形《ちけい》にいちばんくわしいんだ。そっとしのびよって、連中《れんちゅう》がなにをしているか、なかをのぞいてみてくれないか。ただし、気《き》づかれないようにしてくれよ。」

わたしは、つま先《さき》でそっと歩《ある》いていって、育《そだ》ちのわるい果樹園《かじゅえん》のまわりの、低《ひく》いへいの後《うし》ろにしゃがんだ。そして、へいのかげをはうようにして、カーテンのあいた窓《まど》から、なかがまっすぐ見《み》えるところまで進《すす》んだ。

部屋《へや》には、ヘンリー卿《きょう》とステープルトン、ふたりの姿《すがた》しかなかった。まるいテーブルをはさんで、わたしに横顔《よこがお》を見《み》せている。それぞれの前《まえ》にはコーヒーとワインがあり、ふたりとも葉巻《はまき》をくゆらせているのだった。

しゃべりまくっているのはステープルトンで、准男爵《じゅんだんしゃく》のほうは、青《あお》ざめて、うつろな顔《かお》ですわっている。不吉《ふきつ》な沼地《ぬまち》を、たったひとり歩《ある》いて帰《かえ》ることになるのが、心《こころ》にずっしりのしかかっているのだろうか。

見《み》ていると、ステープルトンが席《せき》を立《た》ってでていった。ヘンリー卿《きょう》は、グラスにワインをまた満《み》たして、椅子《いす》の背《せ》によりかかって、葉巻《はまき》をくゆらせるのだった。

扉《とびら》がきしむ音《おと》がした。つづいて、じゃりをふんでいくはじけるような、靴音《くつおと》がした。靴音《くつおと》は、わたしがうずくまっているへいの、反対側《はんたいがわ》の小道《こみち》を進《すす》んでいく。のぞいてみると、博物学者《はくぶつがくしゃ》が、果樹園《かじゅえん》のすみにある、小屋《こや》の入《い》り口《ぐち》に立《た》ちどまるところだった。

鍵《かぎ》をはずす音《おと》がきこえ、かれの姿《すがた》がなかにすいこまれていくと、ごそごそと、足《あし》を引《ひ》きずるような妙《みょう》な音《おと》がしてきた。かれは、ほんの一分《ぷん》かそこらなかにいただろうか、また鍵《かぎ》をかける音《おと》がして、わたしのそばをとおって、家《いえ》にもどっていった。

かれがまた客《きゃく》のところにもどったのを見《み》とどけてから、わたしはふたりの待《ま》つ場所《ばしょ》まで、こっそりもどり、見《み》たことを報告《ほうこく》した。はなしおえると、ホームズが質問《しつもん》してきた。

「じゃあ、ワトソン、あの女性《じょせい》は、あの部屋《へや》にいないというのかい？」

「いなかった。」

「いったい、どこにいるっていうんだい？　明《あ》かりがついているのは、あの部屋《へや》のほかは、台所《だいどころ》だけなんだぞ。」

「見当《けんとう》もつかないよ。」

グリンペンの底《そこ》なし沼《ぬま》には、びっしりと、白《しろ》い霧《きり》がたちこめていた。その霧《きり》が、わたしたちのほうへじわじわとただよってきて、低《ひく》く、あつく、まるでかべのように、かたちをつくった。月光《げっこう》をあびた、その霧《きり》のかべは、大氷原《だいひょうげん》のようにまばゆくかがやき、遠《とお》くの岩山《いわやま》は氷原《ひょうげん》につきでているように見《み》える。ホームズが顔《かお》をそちらへむけて、ゆっくり動《うご》く霧《きり》に、いらだたしげなつぶやきをもらした。

「こっちにむかってきているね、ワトソン。」

「こまるのかい？」

「大《おお》いにこまるね——ぼくの計画《けいかく》をだいなしにしてしまうものがあるとすれば、たったひとつ、あの霧《きり》だよ。そろそろ、卿《きょう》がでてくるころだ。もう十時《じ》だからね。あの霧《きり》が道《みち》にかかる前《まえ》にでてきてくれないと、ぼくらの成功《せいこう》どころか、かれの命《いのち》もあぶなくなってしまう。」

頭上《ずじょう》に、夜空《よぞら》はすみきっている。星《ほし》が、冷《つめ》たくかがやき、半月《はんげつ》が、あたりいちめんを、おぼろげなやわらかい光《ひかり》でつつんでいた。

銀色《ぎんいろ》の砂《すな》をちりばめたような夜空《よぞら》を背景《はいけい》に、わたしたちの目《め》の前《まえ》には、ぎざぎざの屋根《やね》に煙突《えんとつ》がつきでた、メリピット荘《そう》の黒《くろ》い姿《すがた》がある。一階《かい》の窓《まど》からもれる黄色《きいろ》い光《ひかり》のすじが、果樹園《かじゅえん》や沼地《ち》に何本《なんぼん》かのびている。

その光《ひかり》のすじの一本《ぽん》が、ふっと消《き》えた。使用人《しようにん》たちが、台所《だいどころ》をでたのだろう。ランプの明《あ》かりがともる部屋《へや》は食堂《しょくどう》だけで、殺人《さつじん》をたくらむ主人《しゅじん》と、なにも知《し》らずにいる客《きゃく》とが、葉巻《はまき》をくゆらせながら話《はなし》をしている。

沼地《ぬまち》のなかばをおおっていた、白《しろ》い羊毛《ようもう》にも似《に》た霧《きり》が、刻一刻《こくいっこく》、家《いえ》にせまってきていた。うっすらと白《しろ》いものが、明《あ》かりのともった四角《しかく》い窓《まど》に、早《はや》くもまといついている。果樹園《かじゅえん》の反対側《はんたいがわ》のへいは、見《み》えなくなり、蒸気《じょうき》のような白《しろ》い霧《きり》のうずのなかから、果樹園《かじゅえん》の木《き》のてっぺんが、見《み》えるだけになった。

みるみるうちに、家《いえ》の左右《さゆう》をはうようにして、霧《きり》のうずがまわりこみ、やがてぶあついかべとなり、建物《たてもの》の二階部分《かいぶぶん》と屋根《やね》だけが、夜《よる》の霧《きり》の海《うみ》にうかぶ難破船《なんぱせん》のように見《み》えた。

ホームズが、目《め》の前《まえ》の岩《いわ》をはげしくたたき、いらだって地面《じめん》をけとばした。

「あと十五分以内《ふんいない》にでてこないと、道《みち》がかくれてしまうよ。三十分《ぷん》もすれば、目《め》の前《まえ》の手《て》だって見《み》えなくなる。」

「もっと高《たか》いところまで、さがろうか？」

「ああ、そのほうがいいだろう。」

わたしたちは、おしよせてくる霧《きり》のかべをにらみながら、家《いえ》から半《はん》マイルほどはなれたあたりまで後退《こうたい》した。しかし、上部《じょうぶ》を月光《げっこう》に照《て》らされた、白《しろ》く、ぶあつい霧《きり》のかべは、ゆっくりと、だがようしゃなく、こちらにせめよせてくる。ホームズがいう。

「ちょっと、はなれすぎてしまったな。ぼくらのところにくる前《まえ》に、卿《きょう》が捕《つか》まってしまっては、あぶない。どんなことがあっても、これ以上《いじょう》ひきさがるわけにはいかない。」

かれは、ひざまずいて、地面《じめん》に耳《みみ》をおしあてた。

「ああ、よかった。ヘンリー卿《きょう》の足音《あしおと》らしいぞ。」

魔犬《まけん》あらわる

足早《あしばや》な靴音《くつおと》が、沼地《ぬまち》のしずけさをやぶった。わたしたちは、岩《いわ》のあいだにふせて、目《め》の前《まえ》をさえぎる、銀白色《ぎんはくしょく》にふちどられた霧《きり》のかべを、じっと見《み》つめていた。靴音《くつおと》がしだいに大《おお》きくなって、まるでカーテンでもくぐりぬけるかのように、霧《きり》のなかから、待《ま》ちかねていた男《おとこ》の姿《すがた》があらわれた。霧《きり》がきれ、星明《ほしあ》かりのなかにでてきた瞬間《しゅんかん》、卿《きょう》はおどろいたようにあたりを見《み》まわした。

そして、足《あし》を速《はや》めると、わたしたちのすぐそばをとおり、わたしたちの後《うし》ろにあたる、長《なが》いのぼり坂《ざか》にさしかかった。さっさと歩《ある》きながらも、不安《ふあん》におびえているように、左右《さゆう》の肩《かた》ごしにしきりとふりかえって見《み》ている。

「しっ！」

ホームズがさけんだ。そして、ピストルの撃鉄《げきてつ》をおこす、カチッという音《おと》。

「気《き》をつけろ！　くるぞ！」

はいよってくる霧《きり》のかべの奥《おく》ふかくから、かすかだが、切《き》れ目《め》のない、たしかなヒタヒタという音《おと》がきこえてくる。霧《きり》は、わたしたちのいるところから、もう五十ヤードとはなれていないと

ころにせまっていた。

それをじっと見《み》つめるわたしたちは、三人《にん》とも、奥《おく》からどんなおそろしいものがとびだしてこようとしているのか、にらみつけていた。

ホームズの腕《うで》の近《ちか》くにいたわたしには、その顔《かお》がちらっと見《み》えた。青《あお》ざめて、なにかにとりつかれたようなその顔《かお》。

目《め》は、月光《げっこう》を受《う》けて、きらきらかがやいている。とつぜん、その目《め》がとびださんばかりに、前《まえ》を見《み》すえ、おどろきの声《こえ》をあげた。同時《どうじ》に、レストレードが、ひと声恐怖《こえきょうふ》のさけびをあげて、地《じ》面《めん》につっぷした。

わたしは、ぱっと立《た》ちあがって、力《ちから》のぬけた手《て》でピストルをつかんだが、霧《きり》のかげからとびだしてきた、おそるべきものの姿《すがた》に、あやうく腰《こし》をぬかしそうになった。

犬《いぬ》だった。巨大《きょだい》な、真《ま》っ黒《くろ》い犬《いぬ》。しかし、この世《よ》の人間《にんげん》で、こんな犬《いぬ》を見《み》たことがある者《もの》がいるはずがない。かっとあけた口《くち》から火《ひ》をふき、目《め》が赤《あか》く燃《も》えてらんらんとかがやき、鼻先《はなさき》から首《くび》すじにかけては、ゆらめく炎《ほのお》がふちどっている。霧《きり》のかべのなかからとびだしてきた、不吉《ふきつ》な姿《すがた》、凶暴《きょうぼう》なつらがまえ。

こんなに身《み》の毛《け》のよだつほどおそろしいものは、頭《あたま》がおかしくなった人間《にんげん》の見《み》る悪夢《あくむ》のなかにさえ、あらわれはしないだろう。

その巨大《きよだい》な黒《くろ》い化《ば》け物《もの》が、大《おお》きく身《み》をおどらせながら、小道《こみち》をはずむようにかけぬけ、わたしたちの友人《ゆうじん》のすぐあとを追《お》っていく。その妖怪《ようかい》にどぎもをぬかれたわたしたちは、気《き》をとりなおすのもまにあわず、目《め》の前《まえ》をとおしてしまった。

ホームズとわたしが、同時《どうじ》に発砲《はっぽう》した。化《ば》け物《もの》がぞっとするほえ声《ごえ》をあげた。少《すく》なくとも一発《ぱつ》は命中《めいちゆう》したらしい。しかし、犬《いぬ》はひるまず、走《はし》りつづけた。

ずっと前方《ぜんぽう》で、ヘンリー卿《きよう》が異変《いへん》に気《き》づいてふりむいた。月《つき》の光《ひかり》のなかで、おそろしさのあまり両手《りようて》をふりあげ、青《あお》ざめた顔《かお》で、自分《じぶん》を追《お》ってくる不気味《ぶきみ》なものに、ただぼうぜんと立《た》ちすくみ、目《め》を見《み》はっている。

ただ、犬《いぬ》が苦痛《くつう》のさけびをあげたことで、わたしたちの恐怖《きようふ》はふきとんだ。攻撃《こうげき》をその身《み》に受《う》けたということは、命《いのち》あるものにちがいないし、傷《きず》をおわせることができるということは、殺《ころ》すこともできるはずだ。

その夜《よ》のホームズは、わたしがそんな人間《にんげん》は見《み》たこともないくらい、ものすごいスピードで走《はし》った。わたし自身《じしん》、足《あし》は速《はや》いといわれているが、わたしが小柄《こがら》な警部《けいぶ》を引《ひ》きはなしたのと同《おな》じくらいの距離《きより》を、ホームズはさらに引《ひ》きはなしていた。走《はし》っていく先《さき》からは、ヘンリー卿《きよう》がたてつづけにあげる悲鳴《ひめい》と、くぐもった犬《いぬ》のうなり声《ごえ》が、きこえてくる。

やっと追《お》いついたときには、けだものがえものにとびかかり、地面《じめん》に引《ひ》きたおして、まさに、のどにくらいつこうとするところだった。だがつぎの瞬間《しゅんかん》、ホームズが五連発《れんぱつ》ピストルを、犬《いぬ》のわき腹《ばら》にむけて、弾《たま》がからになるまで撃《う》ちこんでいた。

犬《いぬ》は最後《さいご》にひと声《こえ》、苦痛《くつう》のほえ声《ごえ》をあげて、にくにくしげに空《くう》をかむと、あおむけにころがった。四本《ほん》の脚《あし》は、はげしく空《くう》でもがき、横《よこ》むきに、ぐったりたおれた。

わたしは、あえぎながら見《み》おろし、黒光《くろびか》りするおそろしげな頭《あたま》にピストルをあてたが、引《ひ》き金《がね》を引《ひ》くまでもなかった。巨大《きょだい》な犬《いぬ》は、息絶《いきた》えていた。

ヘンリー卿《きょう》は、たおれた場所《ばしょ》で気《き》をうしなっていた。わたしたちは、えりのカラー（えりの内側《うちがわ》につける、とりはずしのできる細長《ほそなが》い布《ぬの》）を引《ひ》きちぎってみた。かまれたあとはない。間一髪《かんいっぱつ》で助《たす》かっていた。われわれの口《くち》から、思《おも》わず、感謝《かんしゃ》の祈《いの》りをささげることばがもれた。

まぶたがかすかにふるえ、卿《きょう》が体《からだ》を動《うご》かそうとしている。レストレード警部《けいぶ》が持《も》っていたブランデーのびんを口《くち》もとにおしつけると、まだおびえているふたつの目《め》があいて、われわれを見《み》あげた。

「ああ！　なんだったんです？　あれはいったい、なんだったんですか？」

卿《きょう》の、しぼりだすようなかすかな声《こえ》に、ホームズは答《こた》えるのだった。

「正体《しょうたい》はなんであれ、死《し》にました。ぼくたちは、一族《いちぞく》にとりついた幽霊《ゆうれい》を、永遠《えいえん》に葬《ほうむ》ったのです。」

魔犬《まけん》の正体《しょうたい》

大《おお》きさといい、どうもうなところといい、目《め》の前《まえ》にたおれているのは、まさしくおそるべき化《ば》け物《もの》だった。どうやら、純血種《じゅんけつしゅ》のブラッドハウンドでもマスティフでもなく、その交配種《こうはいしゅ》らしかった。やせて、気《き》が荒《あら》く、小形《こがた》のめすライオンほども大《おお》きさがあった。

死《し》んで動《うご》かなくなったいまでも、その巨大《きょだい》なあごからは青《あお》い炎《ほのお》がしたたっているように見《み》え、落《お》ちくぼんだ目《め》のまわりが炎《ほのお》でふちどられている。光《ひか》る口《くち》もとに手《て》をふれて、それをかざしてみると、指先《ゆびさき》が闇《やみ》のなかでぼうっと光《ひか》った。

「リンだ。」

わたしの声《こえ》に答《こた》えて、死《し》んだ犬《いぬ》のにおいをかいでいたホームズもいうのだった。

「ずるがしこい手《て》だ。犬《いぬ》の嗅覚《きゅうかく》をまどわせるようなにおいは、消《け》してある。ヘンリー卿《きょう》、あなたをこんな目《め》にあわせてしまって、申《もう》しわけありません。犬《いぬ》とはわかっていましたが、まさか、これほどのやつとまでは。それと、霧《きり》のせいで、むかえうつ時間《じかん》がほとんどなくなってしまったものですから。」

「あなたのおかげで、命《いのち》びろいしました。」

「ほんとうに、あぶない目《め》にあわせてしまいましたが、だいじょうぶですか、立《た》てますか?」

「ブランデーを、もうひと口《くち》いただけませんか。なんとか立《た》ちなおれるでしょう。どうも。さて、手《て》をかしてください。これからどうしましょう?」

「あなたは、ここにいらしてください。今夜《こんや》は、これ以上《いじょう》の冒険《ぼうけん》はむりですよ。すこしお待《ま》ちくだされば、三人《にん》のうちのだれかが、館《やかた》までおつれしますから。」

よろよろと立《た》ちあがろうとしたものの、卿《きょう》の顔《かお》はまだ、死人《しにん》のように青白《あおじろ》く、手足《てあし》のふるえもおさまらなかった。手《て》をかして、岩《いわ》のところへつれていくと、またへたりこんで、両手《りょうて》に顔《かお》をうずめた。

「やはり、動《うご》かないほうがいい。ぼくたちには、まだやるべきことがのこっています。いそがなくては。証拠《しょうこ》はつかめました。あとは、犯人《はんにん》をおさえるだけです。」

足早《あしばや》に道《みち》をもどっていきながら、ホームズがつづける。

「あの男《おとこ》だが、まず、家《いえ》にはいないだろう。さっきの銃声《じゅうせい》で、計画《けいかく》の失敗《しっぱい》をさとったはずだから。」

「かなり遠《とお》くだったし、この霧《きり》で、銃声《じゅうせい》はかき消《け》されたんじゃないかな?」

「犬《いぬ》を呼《よ》びもどすために、あとを追《お》ってきていたはずだ——まちがいなくね。うん、やはり、もう逃《に》げだしているだろうが、ともかく、家《いえ》のなかをくまなく捜《さが》してみよう。」

玄関《げんかん》の扉《とびら》はあいていた。わたしたちはいっせいにとびこみ、部屋《へや》という部屋《へや》を捜《さが》していった。廊下《ろうか》に顔《かお》をだした、よぼよぼの使用人《しようにん》のじいさんは、あっけにとられていた。

明《あ》かりがともっているのは食堂《しょくどう》だけだったが、ホームズはランプをつかむと、すべての部屋《へや》を調《しら》べてまわった。しかし、めざす男《おとこ》の、影《かげ》もかたちもない。

ところが、二階《かい》にあがってみると、寝室《しんしつ》の扉《とびら》のひとつに鍵《かぎ》がかかっていた。レストレード警部《けいぶ》がさけぶ。

「なかにだれかいる！　ひとの気配《けはい》がする。あけろ！」

なかから、かすかなうめき声《ごえ》と、衣《きぬ》ずれの音《おと》がする。ホームズが靴《くつ》の底《そこ》で鍵《かぎ》のすぐ上《うえ》をけとばすと、バタンと扉《とびら》があいた。三人《にん》それぞれにピストルをかまえて、なだれこむ。

だが、追《お》いもとめていた極悪人《ごくあくにん》はいなかった。そのかわりにわたしたちが見《み》たものは、あまりに思《おも》いがけない、奇妙《きみょう》なものだった。しばらくのあいだおどろいて、その場《ば》に立《た》ちすくんだ。

その部屋《へや》は、さながら小《ち》さな博物館《はくぶつかん》だった。かべには、ガラスでふたをしたチョウやガの標本《ひょうほん》箱《ばこ》がびっしりならんでいる。これがあの危険《きけん》な男《おとこ》の、気《き》ばらしだったにちがいない。

部屋《へや》の真《ま》ん中《なか》に一本《ぽん》の柱《はしら》があった。それは虫《むし》にくわれた古《ふる》い梁《はり》のささえにするために、何年《なんねん》も前《まえ》からそこにあるものらしい。

その柱《はしら》に、だれかがしばりつけられているではないか。シーツでぐるぐる巻《ま》きにされて、男《おとこ》か女《おんな》かさえ、すぐにはわからなかった。のどもとにタオルをまわし、柱《はしら》の後《うし》ろでゆわえてある。鼻《はな》から下《した》の部分《ぶぶん》にもタオルが巻《ま》いてあり、その上《うえ》から、悲《かな》しみと、恥《は》ずかしさに満《み》ち、もの問《と》いたげな、ふたつの黒《くろ》い目《め》が、わたしたちを見《み》つめていた。

すばやくさるぐつわをはずし、シーツをほどくと、ステープルトン夫人《ふじん》が、目《め》の前《まえ》の床《ゆか》にくずおれた。美《うつく》しい顔《かお》ががっくりうなだれると、首《くび》すじに、むちのあとの赤《あか》いみみずばれが、くっきりと見《み》えた。ホームズが声《こえ》をあげる。

「あのけだものめ！　レストレードくん、ブランデーだ！　椅子《いす》にすわらせよう。暴力《ぼうりょく》を受《う》けて、疲《つか》れはてたんだな。気《き》をうしなってしまったよ。」

やがて、彼女《かのじょ》が目《め》をあけた。

「だいじょうぶでしたか？　逃《に》げきれましたか？」

「逃《に》げきれはしませんよ。」

「いいえ、いいえ、わたくしの夫《おっと》のことではありません。ヘンリー卿《きょう》は？　あの方《かた》は、ごぶじでしょうか？」

「ええ。」

「犬《いぬ》は？」

「死《し》にました。」

彼女《かのじょ》は、長々《ながなが》と満足《まんぞく》のため息《いき》をつくのだった。

「よかった！　神《かみ》に感謝《かんしゃ》します！　ああ、なんてひどい男《おとこ》！　あのひとがどんなことをしたか、ごらんください！」

そういうと、両方《りょうほう》のそでをまくりあげて腕《うで》を見《み》せた。あざがまだら模様《もよう》になっていた。わたしたちも、これにはぞっとした。

「でも、こんなことはなんでもないのです——なんでも！　あの男《おとこ》が痛《いた》めつけ、ふみにじったのは、わたくしの心《こころ》と魂《たましい》です。いじめられようと、さびしかろうと、うその生活《せいかつ》だろうと、どんなことにでも耐《た》えられたでしょう——愛《あい》されているという希望《きぼう》に、しがみついていられさえすれば。でも、それは、いつわりでした。わたくしは、だまされて、道具《どうぐ》として使《つか》われていただけなのです。」

しゃべりながらも、彼女《かのじょ》ははげしくむせび泣《な》いていた。ホームズがいう。

「もう、あの男《おとこ》は好《す》きでもなんでもない男《おとこ》ですね。では、あの男《おとこ》の居所《いどころ》を教《おし》えてくださいませんか？　悪事《あくじ》に手《て》をかしてしまったというのなら、罪《つみ》ほろぼしに、わたしたちにお力《ちから》をかしてください。」

「逃《に》げていくとしたら、あそこしかありません。グリンペンの底《そこ》なし沼《ぬま》の真《ま》ん中《なか》の島《しま》に、古《ふる》い錫《すず》の鉱山跡《こうざんあと》があるんです。あそこで犬《いぬ》を飼《か》い、隠《かく》れ家《が》としても手《て》をいれていましたから。あそこに逃《に》げたはずです。」

白《しろ》い羊毛《ようもう》のような霧《きり》が、窓《まど》のところにもおしよせていた。ホームズがランプをかざす。

「ごらんなさい。今夜《こんや》、底《そこ》なし沼《ぬま》に足《あし》をふみいれるのは、むりですよ。」

彼女《かのじょ》が、手《て》をたたいて、笑《わら》った。目《め》と歯《は》を光《ひか》らせて、にくにくしげに笑《わら》うのだった。

「たとえはいれたとしても、でてはこられないでしょうね。こんな夜《よる》に、道《みち》しるべの棒《ぼう》を、どうやって見《み》つけるというの？ 棒《ぼう》を立《た》てて、目《め》じるしにしてあるんです。あの男《おとこ》とわたくしの手《て》で、立《た》てたものです。いっそ、ぬきとってやりたい！ そうしたら、あの男《おとこ》は、ふくろのネズミだわ。」

霧《きり》が晴《は》れるまでは、なにもできそうになかった。そこで、メリピット荘《そう》のことはレストレード警部《けいぶ》にまかせることにして、ホームズとわたしは、准男爵《じゅんだんしゃく》とともに、バスカビル館《やかた》に引《ひ》きあげた。

こうなったからには、ステープルトンと彼女《かのじょ》が夫婦《ふうふ》だったことをかくしておくわけにはいかない。自分《じぶん》の愛《あい》した女性《じょせい》の正体《しょうたい》を知《し》らされたヘンリー卿《きょう》だが、その場《ば》は、そのショックにもりっぱに耐《た》えてみせた。

しかし、この夜《よ》の経験《けいけん》はそうとうにこたえたらしく、ヘンリー卿《きょう》は、夜明《よあ》け前《まえ》から高熱《こうねつ》をだして、うわごとを口《くち》ばしるようになり、モーティマー医師《いし》にみてもらうことになった。

のちに、准男爵《じゅんだんしゃく》と医師《いし》のふたりは、ヘンリー卿《きょう》が沼地《ぬまち》へくる前《まえ》のような健康《けんこう》をとりもどすために、いっしょに世界一周《せかいいっしゅう》の旅《たび》にでることになる。

沼《ぬま》の底《そこ》

長《なが》きにわたって暗《くら》くたれこめた恐怖《きょうふ》が、ついには悲劇《ひげき》の幕《まく》をおろすまでを、読者《どくしゃ》にもともに体験《たいけん》していただきたいと思《おも》いながら、ここまで記《しる》してきたのだが、いっきに、この奇怪《きかい》な物語《ものがたり》の結末《けつまつ》を語《かた》ってしまうことにしよう。

犬《いぬ》の死《し》んだ翌朝《よくあさ》、霧《きり》が晴《は》れたので、ステープルトン夫人《ふじん》の案内《あんない》で、底《そこ》なし沼《ぬま》までいってみることになった。夫《おっと》の逃《に》げ道《みち》を、熱心《ねっしん》に、しかもうれしそうに教《おし》える姿《すがた》を見《み》るにつけ、この女性《じょせい》がどんなにみじめな生活《せいかつ》をしいられていたかが、よくわかるような気《き》がするのだった。

あたり一帯《いったい》に広《ひろ》がる沼《ぬま》につきだしている、足《あし》もとのしっかりした小《ちい》さな半島《はんとう》に彼女《かのじょ》をのこして、わたしたちは先《さき》に進《すす》むことにした。半島《はんとう》から先《さき》に、小《ちい》さな棒《ぼう》が点々《てんてん》と立《た》ち、ひとをよせつけないような悪臭《あくしゅう》がするどろ沼《ぬま》や、緑《みどり》の浮《う》き草《くさ》が落《お》とし穴《あな》になっているなかを、イグサの茂《しげ》みから茂《しげ》みへジグザグにわたっていく道《みち》しるべとなっている。

アシが生《お》い茂《しげ》り、ぬらぬらと青《あお》い水草《みずくさ》が水面《すいめん》をおおっているために、息《いき》ぐるしいにおいとガスがたちこめている。道《みち》をふみはずして、太《ふと》もものあたりまで黒《くろ》いどろにつかってしまい、そのあたりのどろ沼《ぬま》がぶよぶよゆれるという、不気味《ぶきみ》な体験《たいけん》を何度《なんど》かすることにもなった。歩《ある》こうとすると、かかとにどろが気味《きみ》わるくこびりつき、悪意《あくい》ある手《て》に、沼《ぬま》の底《そこ》まで引《ひ》きずりこまれていくような気《き》がするのだった。

この危険《きけん》な道《みち》を、たしかにだれかがとおったらしいあとが、ひとつだけ見《み》つかった。どろ沼《ぬま》にうくワタスゲの草《くさ》むらから、黒《くろ》いものがつきだしていたのだ。それをとろうとしたホームズは、腰《こし》までずぶずぶとどろにつかってしまった。わたしたちでなんとか引《ひ》っぱりだしてやらなかったら、かれの足《あし》がかたい土《つち》をふむことは二度《にど》となかったことだろう。

ホームズは、黒《くろ》いブーツの片方《かたほう》をかかげてみせた。内側《うちがわ》に、「メイヤーズ、トロント（カナダ中南《ちゅうなん》部《ぶ》、オンタリオ州《しゅう》の州都《しゅうと》）」というマークがあった。

「どろの風呂《ふろ》につかったかいはあったな。ヘンリー卿《きょう》がなくしたブーツだよ。」

「ステープルトンのやつ、逃《に》げる途中《とちゅう》ですてたな。」

「ああ。ヘンリー卿《きょう》のにおいを犬《いぬ》にかがせたあとも、持《も》っていたんだな。失敗《しっぱい》を察知《さっち》して、逃《に》げるときにもつかんでいて、ここでほうりなげたんだろう。ともかく、ここまではぶじに逃《に》げてきたわけだ。」

しかし、それから先《さき》のたしかなことは、わからずじまいだった。沼地《ぬまち》の足《あし》あとは、すぐにどろが盛《も》りあがって消《き》えてしまう。足《あし》あとを追《お》うのは、むりなのだ。それでも、かたい土《つち》の上《うえ》にでるたびに、みなでひっしに足《あし》あとを探《さが》した。しかし、あとかたもないのだった。

もしも大地《だいち》が真相《しんそう》を語《かた》ってくれるとしたら、ゆうべ、霧《きり》のなかを、隠《かく》れ家《が》まで逃《に》げようとしたステープルトンは、たどりつけなかったというだろう。あの極悪人《ごくあくにん》は、グリンペンの底《そこ》なし沼《ぬま》のどこか、巨大《きょだい》な沼《ぬま》のどろにのみこまれて、永久《えいきゅう》に葬《ほうむ》られたのだ。

凶暴《きょうぼう》な犬《いぬ》をひそかに飼《か》っていた中央《ちゅうおう》の島《しま》で、証拠《しょうこ》の品《しな》がいろいろ見《み》つかった。廃坑《はいこう》のそばに、鉱山労働者《こうざんろうどうしゃ》たちが使《つか》っていたらしい、くずれかけた小屋《こや》がのこっていた。その小屋《こや》のひとつに、U字《ユージ》のくぎがついた鎖《くさり》があり、しゃぶりかすになった骨《ほね》がいっぱいころがっていた。あの犬《いぬ》は、ここにとじこめられていたのだ。

うす茶色《ちゃいろ》の毛《け》がのこる頭蓋骨《ずがいこつ》もあった。ホームズがいう。

「犬《いぬ》の骨《ほね》だ！　うーん、巻《ま》き毛《げ》のスパニエルか。気《き》のどくに、モーティマー先生《せんせい》は、愛犬《あいけん》に二度《にど》とは会《あ》えまい。もうここには、ぼくたちがまだつきとめていない謎《なぞ》は、ないだろう。

犬《いぬ》の姿《すがた》はかくせても、声《こえ》まではかくせない。昼間《ひるま》でさえ気味《きみ》わるくきこえた声《こえ》は、ここからきていたんだ。いざというときには、メリピット荘《そう》の物置《ものおき》に犬《いぬ》をかくすこともできたんだろうが、それは危険《きけん》がともなう。計画《けいかく》の最後《さいご》の、ここいちばんというときにつれてきたんだろう。

この缶《かん》にはいった、のりのようなものが、あの犬《いぬ》にぬった発光塗料《はっこうとりょう》だな。もちろん、あの一族《いちぞく》に伝《つた》わる地獄《じごく》の魔犬《まけん》の話《はなし》とむすびつけて、チャールズ卿《きょう》を心臓発作《しんぞうほっさ》で殺《ころ》してやろうとねらったんだ。あんな化《ば》け物《もの》が、沼地《ぬまち》の闇《やみ》のなかを追《お》いかけてくるんだ。悪《あく》にたけた脱獄囚《だつごくしゅう》だって、悲鳴《ひめい》をあげて逃《に》げるのもむりはない。

じつにみごとだよ。ねらった相手《あいて》は殺《ころ》せるし、沼地《ぬまち》でこの化《ば》け物《もの》がひとに見《み》られたとしても──実際《じっさい》に、おおぜいの農夫《のうふ》が見《み》たわけだけれどね──くわしく調《しら》べてみようなんて気《き》をおこす者《もの》はいない。

ロンドンでもいったことだけど、ワトソン、もう一度《いちど》いうよ。いま、あそこに眠《ねむ》っているやつほど危険《きけん》な相手《あいて》を、これまで追《お》ったことはないよ。」

ホームズはそういうと、長《なが》い腕《うで》で、緑《みどり》の浮《う》き草《くさ》が点々《てんてん》とする、巨大《きょだい》な沼《ぬま》のほうをさした。その沼《ぬま》は、ずっと広《ひろ》がっていって、あずき色《いろ》の沼地《ぬまち》の斜面《しゃめん》にとけこんでいるのだった。

第《だい》十五章《しょう》　事件《じけん》の真相《しんそう》

ステープルトン家《け》の正体《しょうたい》

十一月《がつ》もおわりの、しんしんと冷《ひ》える霧《きり》の夜《よる》、わたしはホームズといっしょに、ベーカー街《がい》の居間《いま》の、暖炉《だんろ》の前《まえ》にすわっていた。

あの悲《かな》しい結末《けつまつ》におわったデボン州《しゅう》の事件《じけん》のあと、ホームズは、二件《けん》の重大事件《じゅうだいじけん》にかかりきりになっていた。一件《けん》は、ノンパレル＝クラブでおきた、有名《ゆうめい》なトランプ詐欺事件《さぎじけん》で、ホームズは、アップウッド大佐《たいさ》の犯罪《はんざい》を、みごとにあばくことができた。

もう一件《けん》は、カレールという義理《ぎり》の娘《むすめ》を殺《ころ》したという容疑《ようぎ》をかけられていた、モンパンシェ夫人《ふじん》を、助《たす》けた一件《いっけん》だ。カレールは、結婚《けっこん》してニューヨークで生活《せいかつ》しているところを、六か月後《げつご》に発見《はっけん》されたのだった。

こうした重大事件《じゅうだいじけん》をぶじ解決《かいけつ》したあとだったので、機嫌《きげん》がよかったため、ホームズは、あのバスカビル家《け》の事件《じけん》について、こまかいことを説明《せつめい》してくれる気《き》になったらしい。それに、心《こころ》をいやすための長旅《ながたび》にむかうヘンリー卿《きょう》とモーティマー医師《いし》が、わたしたちのところを訪《たず》ねてくれたのも、事件《じけん》のことを話題《わだい》にするきっかけとなったのだった。

現在《げんざい》の事件《じけん》に神経《しんけい》を集中《しゅうちゅう》するホームズは、過去《かこ》の思《おも》い出《で》にふけることはほとんどないので、わたしとしても、このチャンスをしんぼう強《づよ》く待《ま》ちつづけていたのだった。

「あの事件《じけん》はね、ステープルトンという偽名《ぎめい》を使《つか》ったあの男《おとこ》にすれば、単純《たんじゅん》なものだろうけど、ぼくらの側《がわ》からすれば、じつに複雑《ふくざつ》なものだったね。」

ホームズは燃《も》えさかる暖炉《だんろ》の前《まえ》で、はなしはじめた。

「はじめのうちは、事件《じけん》の一部分《いちぶぶん》しかわからなかったし、途中《とちゅう》までは、ステープルトンの行動《こうどう》の動機《どうき》もわからなかったからだ。でも、あれからぼくは、ステープルトン夫人《ふじん》と二回《かい》、はなすことができた。だから、謎《なぞ》はすっかり解《と》けたと思《おも》うよ。

事件索引《じけんさくいん》の〝B《ビー》〟の見出《みだ》しに、あの事件《じけん》にかんする記録《きろく》がまとめてある。」

「よかったら、きみの口《くち》から、あの事件《じけん》のことをまとめてはなしてもらえないかな。」

「いいよ。だが、事件《じけん》のことを全部《ぜんぶ》おぼえているかどうかは、保証《ほしょう》できないな。精神《せいしん》をぎりぎりまで集中《しゅうちゅう》したあとは、こまかいことなど、わすれてしまうことがあるからね。優秀《ゆうしゅう》な弁護士《べんごし》だって、その道《みち》の専門家《せんもんか》と議論《ぎろん》をたたかわせたあと、ほかの裁判《さいばん》にうつって一、二週間《しゅうかん》もすると、前《まえ》の事件《じけん》のことは頭《あたま》から追《お》いだされてしまう。

ぼくの場合《ばあい》も、それと同《おな》じさ。カレール嬢《じょう》のことで、バスカビル館《やかた》の一件《いっけん》の記憶《きおく》がぼやけてしまった。またべつの事件《じけん》が持《も》ちこまれれば、あの美《うつく》しいフランス女性《じょせい》のことも、頭《あたま》から消《き》えてしまうだろう。

だから、あの魔犬《まけん》の話《はなし》も、記憶《きおく》がうすれないうちに、はなしておくほうがいいのかもしれないね。ぼくがわすれていることがあったら、なんなりと質問《しつもん》してくれたまえ。

さて、調《しら》べてみたんだけれど、あの肖像画《しょうぞうが》が真実《しんじつ》を語《かた》っていたんだよ。あの男《おとこ》はまぎれもなくバスカビル一族《いちぞく》の血《ち》を引《ひ》いていた。

チャールズ卿《きょう》の弟《おとうと》で、評判《ひょうばん》がわるく中央《ちゅうおう》アメリカに逃《に》げた、ロジャー＝バスカビルという男《おとこ》がいたろう。ロジャーはじつは結婚《けっこん》していて、子《こ》どもがひとりいた。それがあの、ステープルトンさ。本名《ほんみょう》は、父親《ちちおや》と同《おな》じロジャーだ。

ステープルトン、つまりロジャーは、コスタリカ（中央《ちゅうおう》アメリカ南部《なんぶ》にある共和国《きょうわこく》。スペインから独立《どくりつ》した）でいちばんの美人《びじん》、ベリル＝ガルシアと結婚《けっこん》したんだが、多額《たがく》の公金横領《こうきんおうりょう》事件《じけん》をおこしてしまい、イギリスへ逃《に》げてきた。バンデルーアという偽名《ぎめい》を使《つか》ってね。

そして、ヨーク州《しゅう》の東部《とうぶ》で、私立学校《しりつがっこう》をつくった。イギリスへくる途中《とちゅう》の船旅《ふなたび》で、フレーザーという教師《きょうし》と知《し》りあいになって、優秀《ゆうしゅう》なその男《おとこ》を利用《りよう》したから、できたことだ。だが、フレーザーはもともと肺結核《はいけっかく》をわずらっていたので死《し》んでしまい、順調《じゅんちょう》だった学校《がっこう》も悪評《あくひょう》がたち、経《けい》営《えい》がむずかしくなってしまった。

そこでバンデルーア夫妻《ふさい》は、またもやステープルトンという偽名《ぎめい》を名《な》のり、のこりの財産《ざいさん》と将来《しょうらい》の計画《けいかく》と趣味《しゅみ》の昆虫学《こんちゅうがく》をかかえて、デボン州《しゅう》にやってきたんだ。大英博物館《だいえいはくぶつかん》で調《しら》べてみたら、あの男《おとこ》は昆虫学《こんちゅうがく》の分野《ぶんや》ではかなりの権威《けんい》らしいよ。ヨーク州《しゅう》にいたころにかれが発見《はっけん》した新種《しんしゅ》のガには、バンデルーアという名前《なまえ》がつけられているそうだ。

さて、ぼくらにとっておもしろいのは、ここから先《さき》だ。あの男《おとこ》は、自分《じぶん》の家系《かけい》のことをいろいろ調《しら》べた結果《けっか》、自分《じぶん》とばくだいな財産《ざいさん》とのあいだにいるじゃまな人間《にんげん》は、ふたりしかいないということに、気《き》づいたんだ。

デボン州《しゅう》にうつったころは、こまかい計画《けいかく》までできてはいなかったんだろうが、悪事《あくじ》をたくらんでいたことは、たしかだ。

自分《じぶん》の妻《つま》を、はじめから妹《いもうと》だといつわっていたことでも、それは明《あき》らかだよ。いずれは彼女《かのじょ》をおとりとして使《つか》うつもりだったんだろう。

絶対《ぜったい》に財産《ざいさん》を手《て》にする、そのためにはなんでもやるし、手段《しゅだん》をえらばない——そう決心《けっしん》していたんだよ。

まず最初《さいしょ》にやったのは、先祖《せんぞ》の館《やかた》にできるだけ近《ちか》いところに住《す》むことだった。そして第《だい》二は、チャールズ卿《きょう》や近所《きんじょ》のひとたちと親《した》しくなることだ。

チャールズ卿《きょう》は、自分《じぶん》から魔犬《まけん》の話《はなし》を持《も》ちだして、死《し》をまねくことになってしまったんだね。ステープルトンは、卿《きょう》の心臓《しんぞう》が弱《よわ》っていて、ちょっとしたショックで命《いのち》があぶないことを、モーティマー医師《いし》からきいていた。それに、チャールズ卿《きょう》が迷信《めいしん》ぶかくないのに、あの伝説《でんせつ》は信《しん》じこんでいることも、きいていた。頭《あたま》の切《き》れるやつだから、自分《じぶん》が疑《うたが》われないような殺人計画《さつじんけいかく》をすぐに思《おも》いついたんだろう。

ふつうの人間《にんげん》が計画《けいかく》するなら、ただの凶暴《きょうぼう》な犬《いぬ》をけしかけることくらいだろうが、人工的《じんこうてき》に手《て》をくわえて魔犬《まけん》に見《み》せかけるというのが、あの男《おとこ》の天才的《てんさいてき》なところだな。あの犬《いぬ》は、ロンドンのフラム通《どお》りにある、ロス&《アンド》マングルズ商会《しょうかい》で買《か》ったものだ。店《みせ》のなかでもいちばん凶暴《きょうぼう》なやつらしい。

それを、北《きた》デボン線《せん》の汽車《きしゃ》で運《はこ》び、ひとの目《め》につかないように、湿原《しつげん》を歩《ある》かせた。チョウの採《さい》集《しゅう》で知《し》りつくしているグリンペンの沼地《ぬまち》を歩《ある》き、見《み》つけておいたかくし場所《ばしょ》で飼《か》っていたんだ。

ところが、なかなかチャンスがやってこない。夜《よる》、老貴族《ろうきぞく》を館《やかた》の外《そと》へ誘《さそ》いだすのは、かなりむずかしかった。犬《いぬ》をつれて敷地《しきち》のなかにひそんでもみたが、うまくいかなかった。地元《じもと》の人《ひと》たちに目撃《もくげき》されて、魔犬《まけん》の伝説《でんせつ》が復活《ふっかつ》したのは、このころのことだ。

ステープルトンは、妻《つま》を使《つか》ってチャールズ卿《きょう》を誘惑《ゆうわく》させようともしたが、ここで妻《つま》は思《おも》いがけず頑固《がんこ》にいうことをきかなかった。おどしたり、暴力《ぼうりょく》をふるったりしたらしいが、うんといわなかったということだ。彼女《かのじょ》が協力《きょうりょく》しないので、ステープルトンはしばらくのあいだ、手《て》づまり状態《じょうたい》だった。

ところが、ステープルトンを友人《ゆうじん》だと思《おも》っていたチャールズ卿《きょう》は、不幸《ふこう》なローラ＝ライオンズ夫人《ふじん》を援助《えんじょ》するときに、かれを代理《だいり》にたのんだものだから、そのチャンスを利用《りよう》されてしまう。つまり、自分《じぶん》は独身《どくしん》ということにして、ライオンズ夫人《ふじん》の気持《きも》ちをつかみ、夫人《ふじん》が離婚《りこん》したら結婚《けっこん》するつもりだと、思《おも》いこませたんだ。

ところが、モーティマー医師《いし》のすすめで、チャールズ卿《きょう》が館《やかた》をはなれるということを知《し》って、ステープルトンの計画《けいかく》はかべにぶちあたる。すぐにことを、おこさなければならなくなった。卿《きょう》が自分《じぶん》の力《ちから》のおよばないところへ、いってしまうからね。そこでライオンズ夫人《ふじん》に書《か》かせたのが、あの手紙《てがみ》だ。ロンドンへ出発《しゅっぱつ》する前《まえ》の夜《よる》に会《あ》ってほしい、という手紙《てがみ》を書《か》かせ、あとから理由《りゆう》をつけて、彼女《かのじょ》にいくことを思《おも》いとどまらせたというわけだ。

あの日《ひ》、クーム＝トレーシーからいそいで帰《かえ》ったステープルトンは、犬《いぬ》にリンをぬりつけて、チャールズ卿《きょう》が待《ま》っているはずの門《もん》のところへつれていったんだ。犬《いぬ》は飼《か》い主《ぬし》にけしかけられて、門《もん》をとびこえ、気《き》のどくな準男爵《じゅんだんしゃく》を追《お》いかけた。卿《きょう》は悲鳴《ひめい》をあげながらイチイの並木道《なみきみち》を逃《に》げる。

あの暗《くら》いトンネルのなかを、口《くち》から火《ひ》をふく怪物《かいぶつ》が、目《め》をぎらぎらさせて追《お》ってくるんだから、さぞおそろしかっただろう。並木《なみき》のはしまできたところで、心臓発作《しんぞうほっさ》をおこして、亡《な》くなったんだよ。

準男爵《じゅんだんしゃく》は並木道《なみきみち》を走《はし》ったが、犬《いぬ》は芝生《しばふ》の部分《ぶぶん》を走《はし》ったから、人間《にんげん》の足《あし》あとしかのこらなかったんだ。たおれたのを見《み》て、犬《いぬ》は近《ちか》よってにおいをかいだと思《おも》うけど、死《し》んでいるので、そのままもどってしまった。モーティマー医師《いし》が見《み》つけた犬《いぬ》の足《あし》あとは、そのときのものと考《かんが》えられる。

犬《いぬ》はグリンペンの底《そこ》なし沼《ぬま》の寝《ね》ぐらにつれもどされたが、それが警察《けいさつ》の頭《あたま》をなやませ、田舎《いなか》のひとたちを恐怖《きょうふ》におとしこみ、ついにわれわれが捜査《そうさ》にのりだす結果《けっか》となったわけだよ。

チャールズ卿《きょう》の死《し》については、これくらいにしておこう。まったく、悪魔《あくま》のような悪《わる》がしこさだよ。たしかに殺人犯《さつじんはん》なのに、立証《りっしょう》して告発《こくはつ》することは不可能《ふかのう》なんだからね。ただひとりの共犯者《きょうはんしゃ》は裏切《うらぎ》る心配《しんぱい》がないし、仕掛《しか》けが想像《そうぞう》を絶《ぜつ》するものだったから、効果《こうか》があった。

だが、この事件《じけん》にかかわったふたりの女性《じょせい》、つまりステープルトン夫人《ふじん》とローラ＝ライオンズ夫人《ふじん》は、ステープルトンに対《たい》して、強《つよ》い疑念《ぎねん》をいだいていた。ステープルトン夫人《ふじん》は、夫《おっと》がチャールズ卿《きょう》をねらっていることも、犬《いぬ》がからんでいることも、知《し》っていたしね。ライオンズ夫《ふ》人《じん》は、なにも知《し》らなかったが、ステープルトンしか知《し》らないはずの約束《やくそく》の時刻《じこく》に死亡事故《しぼうじこ》がおきたので、やはり疑《うたが》いをいだいていた。

とはいえ、ふたりともあの男《おとこ》の思《おも》いのままだったので、計画《けいかく》はうまくいったわけだ。だが、計《けい》画《かく》には、あと半分《はんぶん》、やっかいな仕事《しごと》がのこっていた。

ステープルトンは、カナダにいた後継者《こうけいしゃ》のことを知《し》らなかったかもしれないが、どのみちモーティマー医師《いし》からきいただろう。案《あん》の定《じょう》、ヘンリー卿《きょう》の到着《とうちゃく》など、くわしいこともきかされた。そして、まず考《かんが》えたのは、ヘンリー卿《きょう》をデボン州《しゅう》までいかせず、ロンドンで殺《ころ》してしまうことだった。妻《つま》は老貴族《ろうきぞく》を誘惑《ゆうわく》するのを拒否《きょひ》してから、信用《しんよう》できなくなっていたので、ひとりにしておけば、なにをするかわからない。それで、ロンドンにつれてきたんだ。

ぼくの調《しら》べでは、ふたりはクレーブン街《がい》のメクスバラ＝プライベート＝ホテルに泊《と》まっている。カートライトが証拠《しょうこ》を探《さが》してまわった、ホテルのひとつさ。あいつは、そこに妻《つま》をとじこめておいて、あごひげで変装《へんそう》し、ベーカー街《がい》から駅《えき》へ、駅《えき》からノーサンバーランド＝ホテルへと、モーティマー医師《いし》を尾行《びこう》したわけだ。

妻《つま》のほうも、うすうす計画《けいかく》に気《き》づいていたが、夫《おっと》がこわくてしかたがない。へたになにかすれば、自分《じぶん》の命《いのち》まで、あぶないことになる。そこで、例《れい》の新聞《しんぶん》を切《き》りぬいた警告《けいこく》の手紙《てがみ》をつくり、ヘンリー卿《きょう》に送《おく》ったんだ。

いっぽう、ステープルトンとしては、犬《いぬ》を使《つか》うために、ヘンリー卿《きょう》の身《み》のまわりの品《しな》を手《て》にいれて、においをかがさなければならない。なかなかだいたんな、すばやい行動《こうどう》にでたね。

おそらく、ホテルの靴《くつ》みがきか、メイドに金《かね》をにぎらせて、ブーツを手《て》にいれたんだろう。ところが、最初《さいしょ》に手《て》にはいったのは、新品《しんぴん》のブーツだ。これは役《やく》にたたない。そこでもう一度《いちど》今度《こんど》は、はき古《ふる》しのブーツをとってこさせた。

このことが、ぼくには重要《じゅうよう》な手《て》がかりになったんだ。どうやら化《ば》け物《もの》でなく、本物《ほんもの》の犬《いぬ》がからんでいるらしい、ってね。そうでなくちゃ、新《あたら》しいブーツではなく、古《ふる》いものが必要《ひつよう》だということの説明《せつめい》がつかないだろう。

奇妙《きみょう》で複雑《ふくざつ》に見《み》えることこそ、注意《ちゅうい》して調《しら》べてみる価値《かち》があるのさ。きちんと調《しら》べて、科学的《かがくてき》な頭《あたま》で考《かんが》えれば、事件《じけん》の謎《なぞ》を解《と》く鍵《かぎ》になるものだ。

さて、ふたりがベーカー街《がい》を訪《たず》ねてきたのは、その翌朝《よくあさ》だったが、このときも、ステープルトンは馬車《ばしゃ》で尾行《びこう》していた。ぼくらのことをよく知《し》っていたことを考《かんが》えると、どうもこのバスカビル事件《じけん》以外《いがい》にも、犯罪《はんざい》をおかしているようだな。

この三年間《ねんかん》に四件《けん》の強盗事件《ごうとうじけん》がイギリス西部《せいぶ》でおこり、どれも犯人《はんにん》は逮捕《たいほ》されていない。四件《けん》めのフォークストーン＝コート事件《じけん》は、犯人《はんにん》を見《み》た給仕《きゅうじ》がその場《ば》で撃《う》ち殺《ころ》されてしまうという、残忍《ざんにん》なものだが、これもステープルトンが資金《しきん》づくりのためにやったという気《き》がしているんだ。

あの日《ひ》ぼくらの追跡《ついせき》をまんまとかわして、しかも御者《ぎょしゃ》にぼくの名前《なまえ》をいって、からかうようなまねをしたことからも、あの男《おとこ》の頭《あたま》の回転《かいてん》のよさと、だいたんさは、よくわかる。ぼくがロンドンで事件《じけん》を引《ひ》き受《う》けたことを知《し》って、ここでは勝《か》ち目《め》がないと思《おも》い、ダートムアへ引《ひ》きかえしたんだろう。」

計画《けいかく》の失敗《しっぱい》

「ちょっと待《ま》ってくれないか。」

わたしは口《くち》をはさんだ。

「事件《じけん》の流《なが》れは、そのとおりだと思《おも》う。でも、説明《せつめい》しわすれたことがひとつ、あるんじゃないかい。飼《か》い主《ぬし》がロンドンにきているあいだ、あの犬《いぬ》はどうしていたんだろう。」

「その点《てん》は、ぼくも気《き》になったさ。共犯者《きょうはんしゃ》がいたと考《かんが》えるしかないね。ただ、計画《けいかく》をすべて知《し》らせて、弱《よわ》みをにぎられるようなことは、しなかったろうが。

あのメリピット荘《そう》には、アントニーという名《な》の年《とし》とった使用人《しようにん》がいた。ステープルトンとの関《かん》係《けい》は、学校経営《がっこうけいえい》をはじめる数年前《すうねんまえ》までさかのぼるというから、ふたりが夫婦《ふうふ》だったことは知《し》っていただろう。この老人《ろうじん》は事件後《じけんご》に姿《すがた》を消《け》しているから、おそらく国外《こくがい》へ逃《に》げたんだろう。アントニーという名《な》は、スペイン系《けい》の国《くに》に多《おお》いからね。

この男《おとこ》が、ステープルトンのつけた目《め》じるしをたよりに、グリンペンの底《そこ》なし沼《ぬま》をとおり抜《ぬ》けるのを、ぼくはこの目《め》で見《み》たことがある。だから、主人《しゅじん》がるすのときは、かれが犬《いぬ》の世話《せわ》をしていたんだろう。

話《はなし》をもどそう。ステープルトン夫妻《ふさい》はデボン州《しゅう》にもどり、それを追《お》うようにヘンリー卿《きょう》ときみが出発《しゅっぱつ》した。その前《まえ》、切《き》りばりの手紙《てがみ》を調《しら》べていたときのことを、おぼえているかい。透《す》かし模様《もよう》を見《み》るために紙《かみ》を近《ちか》づけたところ、かすかにジャスミンの香《かお》りがした。犯罪《はんざい》の専門家《せんもんか》としては、七十五種類《しゅるい》くらいの香料《こうりょう》が判別《はんべつ》できなくちゃならない。ぼくはその香《かお》りで、女性《じょせい》がからんでいることがわかったんだ。

そんなわけで、現地《げんち》にいく前《まえ》に、ステープルトンたちを疑《うたが》いはじめ、犬《いぬ》がからんでいることも、確信《かくしん》していたのさ。

ところが、ステープルトンを見張《みは》るにしても、きみといっしょにいったんでは、むこうに警戒《けいかい》されるだろう。それで、きみをふくめて全員《ぜんいん》をあざむくことにした。ロンドンにいると見《み》せかけて、こっそりダートムアにいったわけだ。

あそこでの生活《せいかつ》は、それほどたいへんじゃなかったよ。あの石《いし》の小屋《こや》を使《つか》ったのは、現場《げんば》で行動《こうどう》する必要《ひつよう》がある場合《ばあい》だけだ。カートライトには、田舎《いなか》の少年《しょうねん》らしい服装《ふくそう》をさせて、食《た》べものと清潔《せいけつ》なシャツを運《はこ》んでもらった。ぼくがステープルトンを見張《みは》っているときは、カートライトにきみを見張《みは》ってもらったりしてね。

きみの報告《ほうこく》は、ベーカー街《がい》からクーム＝トレーシーにすぐ転送《てんそう》されるようになっていたので、とても役《やく》にたったよ。とくに、ステープルトンのほんとうの経歴《けいれき》の一部《いちぶ》がわかったことなんかね。おかげであのふたりの正体《しょうたい》がわかったし、状況《じょうきょう》ものみこめてきた。脱獄囚《だつごくしゅう》とバリモア夫婦《ふうふ》の一件《いっけん》にしても、きみのみごとな活躍《かつやく》で解決《かいけつ》したしね。

きみが荒《あ》れ地《ち》でぼくの姿《すがた》を見《み》たころまでに、事件《じけん》の全体《ぜんたい》をつかむことはできたのだけれど、法《ほう》廷《てい》に持《も》ちこめるような証拠《しょうこ》がなかった。現行犯《げんこうはん》で捕《つか》まえるしか、打《う》つ手《て》はない。そのためには、ヘンリー卿《きょう》にたったひとりでおとりになってもらうしか、なかったんだ。

とはいえ、依頼人《いらいにん》のヘンリー卿《きょう》には、かなりの精神的《せいしんてき》ショックをあたえてしまったね。ステープルトンを自滅《じめつ》に追《お》いこみ、事件《じけん》を解決《かいけつ》することはできたんだけれど、ヘンリー卿《きょう》を危険《きけん》な目《め》にあわせてしまったのは、ぼくの捜査《そうさ》が不手際《ふてぎわ》だったからだと、いわざるをえない。

ただ、犬《いぬ》があれほどおそろしいしろものだとは思《おも》わなかったし、おそいかかる瞬間《しゅんかん》まで、わからなかったくらいこい霧《きり》も、予想《よそう》できなかった。まあ、専門医《せんもんい》の話《はなし》では、ヘンリー卿《きょう》のショックは一時的《いちじてき》なものらしい。今回《こんかい》の旅《たび》で、傷《きず》ついた心《こころ》がいやされることだろう。ステープルトン夫人《ふじん》への愛情《あいじょう》は真剣《しんけん》なものだっただろうから、彼女《かのじょ》にだまされたという思《おも》いが、いちばんつらいかもしれない。

その夫人《ふじん》のことだが、ステープルトンのいうがままになっていたのはたしかだとしても、それが愛情《あいじょう》からのものなのか、恐怖《きょうふ》のためなのか、それとも両方《りょうほう》なのかは、はっきりしない。愛情《あいじょう》と恐怖《きょうふ》は両立《りょうりつ》しないはずだが、いずれにせよ、かれの影響力《えいきょうりょく》はものすごかったわけだ。

だが、妹《いもうと》としてとおすことにはしたがったが、殺人《さつじん》を直接《ちょくせつ》手伝《てつだ》わせようとしたときは、うまくいかなかった。夫人《ふじん》は、夫《おっと》のことをさとられないようにしながら、ヘンリー卿《きょう》に何度《なんど》も警告《けいこく》していたんだから。

それに、夫人《ふじん》をヘンリー卿《きょう》と親《した》しくさせるのも計画《けいかく》の一部《いちぶ》だったのに、卿《きょう》が妻《つま》に求婚《きゅうこん》すると、思《おも》わず嫉妬《しっと》で怒《いか》り狂《くる》って、じゃまをした。ふだんは自分《じぶん》でおさえて、かくしているが、ステープルトンは、やきもちやきで、はげしい性格《せいかく》なんだ。

それでもなんとかふたりを親《した》しくさせて、ヘンリー卿《きょう》がメリピット荘《そう》にかようようにして、命《いのち》をねらうチャンスがやってくるのを、待《ま》っていた。なのに、いざという日《ひ》になって、妻《つま》はとつぜん反抗《はんこう》した。脱獄囚《だつごくしゅう》が死《し》んだことでなにかを感《かん》じていたし、ヘンリー卿《きょう》が食事《しょくじ》にくるという夕《ゆう》がたに、あの犬《いぬ》が物置《ものおき》につながれていることを知《し》ったからだ。

夫《おっと》の犯罪計画《はんざいけいかく》に感《かん》づいて、非難《ひなん》する妻《つま》。それが大《おお》げんかになったとき、ステープルトンは、はじめて、自分《じぶん》にはほかに好《す》きな女《おんな》がいるといってしまう。そのとたん、夫人《ふじん》の忠誠心《ちゅうせいしん》は、はげしい憎《にく》しみにかわったんだ。そして夫《おっと》は、妻《つま》が裏切《うらぎ》るだろうと確信《かくしん》する。そこで、しばりあげてしまったわけだ。

計画《けいかく》どおりにいけば、ヘンリー卿《きょう》の死《し》も、魔犬《まけん》の呪《のろ》いのせいにできるはずだった。妻《つま》に口《くち》をつぐませてね。だが、その点《てん》もステープルトンの計算《けいさん》ちがいなんじゃないかと、ぼくは思《おも》うね。スペイン人《じん》の血《ち》を引《ひ》く情熱的《じょうねつてき》な女性《じょせい》が、あれほどの屈辱《くつじょく》を受《う》けて、そう簡単《かんたん》にゆるすはずがないからだ。

記録《きろく》を見《み》なくても説明《せつめい》できるのは、こんなところかな。でもだいじなことで、説明《せつめい》を落《お》としたような点《てん》は、なかったと思《おも》う。」

「チャールズ卿《きょう》のような心臓《しんぞう》の弱《よわ》いひとはともかく、ヘンリー卿《きょう》のような元気《げんき》な人物《じんぶつ》を、魔犬《まけん》でおどして殺《ころ》そうというのは、むりな話《はなし》じゃないかな。」

「だが、あの犬《いぬ》はもともと凶暴《きょうぼう》で、しかも飢《う》えさせていたんだ。あの図体《ずうたい》を見《み》て死《し》ぬことはなくても、おそろしさで抵抗《ていこう》できなくさせられるだろう。追《お》われているうちにセルデンのようになる可能性《かのうせい》もある。」

「なるほどね。しかし、もうひとつわからないのは、ステープルトンの計画《けいかく》が成功《せいこう》した場合《ばあい》のことだよ。後継者《こうけいしゃ》であるかれが、偽名《ぎめい》を使《つか》って館《やかた》のすぐそばに住《す》んでいたということを、どのようにいいわけするつもりだったんだろう。相続権《そうぞくけん》を主張《しゅちょう》すれば、疑惑《ぎわく》を持《も》たれて、調《しら》べられると思《おも》うが。」

「それは難問《なんもん》だな。でもね、それをぼくに説明《せつめい》しろというのは、おかどちがいだ。ぼくは現在《げんざい》と過去《かこ》のことなら調査《ちょうさ》を引《ひ》き受《う》けるが、未来《みらい》のことまではわからないからね。ステープルトン夫人《ふじん》は、あの男《おとこ》が何度《なんど》かその話《はなし》をしているのをきいたことがあるといっていた。

考《かんが》えていた方法《ほうほう》は、三つだそうだ。ひとつは、南《みなみ》アメリカから相続権《そうぞくけん》を主張《しゅちょう》し、現地《げんち》のイギリス当局《とうきょく》で身元《みもと》の確認《かくにん》をしてもらい、イギリスにはこないで財産《ざいさん》を手《て》にいれる方法《ほうほう》。二つめは、ロンドンにしばらくうつって、そのあいだに変装《へんそう》して承認《しょうにん》を得《え》る方法《ほうほう》。最後《さいご》は、仲間《なかま》を引《ひ》きいれて、その男《おとこ》に証明書類《しょうめいしょるい》を持《も》たせて相続人《そうぞくにん》にしたて、その分《わ》け前《まえ》をとるという方法《ほうほう》。あの男《おとこ》のことだから、ほかにもいろいろ考《かんが》えて、うまくやるだろう。

さあ、ワトソン。ここ数週間《すうしゅうかん》、きつい仕事《しごと》をしてきたんだから、ひと晩《ばん》くらいは気分転換《きぶんてんかん》をしてもいいんじゃないかい。オペラ『ユグノー教徒《きょうと》』のボックス席《せき》をとってあるんだ。ド＝レシュケの歌《うた》はきいたことがあるかい？　よければ、三十分《ぷん》ほどでしたくをしてくれると、ありがたいな。途中《とちゅう》でマルチーニの店《みせ》によって、軽《かる》く食事《しょくじ》をしていこう。」

（おわり）

解《かい》説《せつ》

日暮《ひぐらし》まさみち
（翻訳家《ほんやくか》）

一番人気《いちばんにんき》の作品《さくひん》

『バスカビル家《け》の犬《いぬ》』は、イギリスの雑誌《ざっし》『ストランド』に、一九〇一年《ねん》八月号《がつごう》から一九〇二年《ねん》四月号《がつごう》にかけて連載《れんさい》され、すぐ単行本《たんこうぼん》としてまとめられました。つまり、二〇〇二年《ねん》は単行本《たんこうぼん》の出版《しゅっぱん》から百年目《ねんめ》の、記念《きねん》すべき年《とし》だということです。

また、二〇〇一年《ねん》も「発表《はっぴょう》」されてから百年《ねん》ということで、この二つの年《とし》には、世界各地《せかいかくち》でシャーロッキアンによる大会《たいかい》やイベントが、もよおされました。そのことは、あとでご紹介《しょうかい》しましょう。

青《あお》い鳥文庫《とりぶんこ》『最後《さいご》の事件《じけん》』の解説《かいせつ》にも書《か》きましたが、ホームズがライヘンバッハの滝《たき》に落《お》ちて行方不明《ゆくえふめい》になる「最後《さいご》の事件《じけん》」は、『ストランド』の一八九三年《ねん》十二月号《がつごう》に発表《はっぴょう》されました。そして、「帰《かえ》ってきたホームズ」（青《あお》い鳥文庫《とりぶんこ》『三年後《ねんご》の生還《せいかん》』）の発表《はっぴょう》されたのが、一九〇三年《ねん》十月《がつ》。

つまり、『バスカビル家《け》の犬《いぬ》』が発表《はっぴょう》されたときは、まだホームズは死《し》んだことになっていたのです。とうぜん、読者《どくしゃ》はホームズが生《い》きてもどったのだと大《おお》よろこびしましたが、作品中《さくひんちゅう》の事件《じけん》が起《お》きたのは一八八九年《ねん》、ホームズが失踪《しっそう》する前《まえ》のことでした。

それでも、八年近《ねんちか》く新《あたら》しいホームズ物語《ものがたり》を待《ま》ちつづけていた読者《どくしゃ》は、この新連載《しんれんさい》を熱狂《ねっきょう》的《てき》にむかえました。出版社《しゅっぱんしゃ》のオフィスの前《まえ》には、早《はや》く雑誌《ざっし》を買《か》おうという人《ひと》たちが長蛇《ちょうだ》の列《れつ》をつくり、『ストランド』の発行部数《はっこうぶすう》はいっきに三万部《まんぶ》も増《ふ》えたといわれます。

人気《にんき》がもりあがったのは、もちろんホームズ物語《ものがたり》の魅力《みりょく》によるのですが、長編《ちょうへん》の連載《れんさい》のしかたがうまかったというのも、理由《りゆう》のひとつでした。

たとえば、物語《ものがたり》のはじめで、チャールズ＝バスカビル卿《きょう》の死体《したい》のそばにあった足《あし》あとが、巨大《きょだい》な犬《いぬ》のものだった、というモーティマー医師《いし》のせりふがありますね。連載《れんさい》の第《だい》一回《かい》は、この医師《いし》のことばで、終《お》わっていました。「ええっ？」と読者《どくしゃ》に思《おも》わせておいて、次回《じかい》をじりじりと待《ま》たせる、うまいやりかたです。

こうした人気《にんき》は、百年前《ねんまえ》の当時《とうじ》だけのものではありませんでした。舞台《ぶたい》となったダートムアの独特《どくとく》の雰囲気《ふんいき》と、魔犬《まけん》の伝説《でんせつ》という「超自然的《ちょうしぜんてき》」な要素《ようそ》がうまくとけあった『バスカビル家《け》の犬《いぬ》』は、いまでも広《ひろ》くミステリファンから愛《あい》され、ホームズ物語《ものがたり》のなかでも、もっとも有名《ゆうめい》で、もっとも人気《にんき》の高《たか》い作品《さくひん》といわれているのです。

まぼろしの共作者《きょうさくしゃ》

じつは、この魔犬《まけん》の伝説《でんせつ》というのは、ドイルが想像《そうぞう》でつくりあげたのではなく、実際《じっさい》にあったものでした。その伝説《でんせつ》をドイルに教《おし》えたのは、フレッチャー＝ロビンソンという、イギリス人《じん》ジャーナリスト。南《みなみ》アフリカでおきたボーア戦争《せんそう》に従軍《じゅうぐん》してドイルと知《し》りあい、一九〇〇年《ねん》には、かれといっしょにイギリスに帰国《きこく》した人物《じんぶつ》です。

ドイルは一九〇一年《ねん》の三月《がつ》、ノーフォーク州《しゅう》のクローマーという海辺《うみべ》のリゾートにいたとき、ロビンソンからダートムアに伝《つた》わる魔犬《まけん》の話《はなし》をきかされ、すっかり気《き》にいりました。そのときロビンソンは、ダートムアのすぐ近《ちか》くに住《す》んでいたのです。

しかし、ノーフォークのクローマーといえば、イングランドの北東《ほくとう》のはし。西部《せいぶ》にあるダートムアからは、はるかに離《はな》れています。ゴルフ休暇《きゅうか》でそこのホテルに泊《と》まっていたふたりのあいだで、なぜそんな伝説《でんせつ》が話題《わだい》になったのかは、わかっていません。

ただ、大《おお》きな手《て》がかりがひとつありました。クローマーには、「ブラック＝シャック」と呼《よ》ばれる、巨大《きょだい》な呪《のろ》いの黒犬《くろいぬ》の伝説《でんせつ》があったのです。その話《はなし》をするうちに、ロビンソンは、自分《じぶん》の住《す》むダートムアにも、似《に》たような伝説《でんせつ》があると、思《おも》いだしたのでしょう。

ドイルはロビンソンといっしょにダートムアを舞台《ぶたい》にした魔犬《まけん》の物語《ものがたり》を考《かんが》え、実際《じっさい》にふたりでダートムアにも行《い》って、取材《しゅざい》をしました。そのホテルにいるあいだ、一九〇一年《ねん》の四月《がつ》には、『バスカビル家《け》の犬《いぬ》』の半分近《はんぶんちか》くを書《か》きあげてしまったとも、いわれています。

もうひとつ伝《つた》えられているのは、この取材《しゅざい》のとき、ロビンソン家《け》の馬車《ばしゃ》の御者《ぎょしゃ》だった人《じん》物《ぶつ》の名《な》が、ハリー（またはヘンリー）＝バスカビルだったという話《はなし》です。この人《ひと》はその後《ご》、『バスカビル家《け》の犬《いぬ》』はほとんどロビンソンが書《か》いたのだ、などといっていますが、これはほとんど信用《しんよう》できない話《はなし》のようです。

あらすじをいっしょにつくり、ダートムアをめぐる案内《あんない》までしてくれたロビンソン。ドイルはかれに、この作品《さくひん》はふたりの合作《がっさく》ということにしないかと、もちかけました。ところがロビンソンは、それをことわったのです。

（撮影／日暮まさみち）

ダートムアの荒《あ》れ地《ち》に，点々《てんてん》とちらばっている岩山《いわやま》の奇妙《きみょう》な風景《ふうけい》ロビンソンがなぜことわったのかは、わかっていません。でも、その後《ご》、自分《じぶん》のつくりだした探偵《たんてい》を主人公《しゅじんこう》にしてミステリ小説《しょうせつ》を書《か》いているところをみると、自分自身《じぶんじしん》の作品《さくひん》で名《な》をのこしたかったのかも、しれませんね。

百年《ねん》めのダートムア

そんなわけで、『バスカビル家《け》の犬《いぬ》』の執筆《しっぴつ》・発表《はっぴょう》百年《ねん》めや、単行本《たんこうぼん》の出版《しゅっぱん》百年《ねん》めを記念《きねん》して、二〇〇一年《ねん》と二〇〇二年《ねん》に、世界各地《せかいかくち》でイベントがひらかれました。

たとえばイギリスでは、二〇〇一年《ねん》の夏《なつ》、欧米《おうべい》や日本《にほん》から数十人《すうじゅうにん》が参加《さんか》して、ダートムアで合宿《がっしゅく》イベントがひらかれました。翌年《よくとし》の春《はる》には、日本《にほん》シャーロック＝ホームズ＝クラブの大会《たいかい》で、『バスカビル家《け》の犬《いぬ》』をテーマにした討論会《とうろんかい》がもよおされました。

おなじ三月《がつ》には、イタリアのホームズ団体《だんたい》が、やはり『バスカビル家《け》の犬《いぬ》』百年記念《ねんきねん》の大会《たいかい》をひらき、イギリスや日本《にほん》からも参加者《さんかしゃ》がありました。これらのいずれにも、わたしは参加《さんか》しましたが、とくにイギリスのイベントは、ダートムアでひらかれただけに、中身《なかみ》の充実《じゅうじつ》したものだったといえます。

一週間《しゅうかん》の合宿《がっしゅく》のあいだ、昼間《ひるま》はワゴン車《しゃ》に乗《の》ってダートムアじゅうを走《はし》りまわり、『バスカビル家《け》の犬《いぬ》』ゆかりの地《ち》をめぐります。バスカビル館《やかた》のモデルになった建物《たてもの》もいくつか訪《おとず》れましたし、プリンスタウン監獄《かんごく》のなかも、見学《けんがく》しました。また、ホームズのひそんでいたような岩山《いわやま》は、丘《おか》や山《やま》の頂上《ちょうじょう》にあるので、軽《かる》い山登《やまのぼ》りといった感《かん》じになり、いくつもまわるうちには、へとへとです。

夜《よる》は夜《よる》で、研究発表《けんきゅうはっぴょう》をしたり、クイズをだしあったり、歌《うた》を歌《うた》ったり、寸劇《すんげき》をしたり。百年前《ねんまえ》のような服装《ふくそう》をして、パーティーもしました。おなじ服装《ふくそう》で、ダートムアを走《はし》る汽車《きしゃ》にも乗《の》りました。このときのもようは、ビデオにとってテレビ放映《ほうえい》されたそうです。

え？　魔犬《まけん》には出会《であ》わなかったのかって？　残念《ざんねん》ながら、夜《よる》に荒《あ》れ地《ち》を歩《ある》いたりはしませんでしたので……。でも、いつかあなたがダートムアを訪《おとず》れるときには、どこからか遠《とお》ぼえがきこえるかもしれませんね。

（撮影／日暮まさみち）

ダートムアのイベントで，ホームズ物語《ものがたり》にでてくる「悪役《あくやく》」にふんそうした参加者《さんかしや》たち

＊著者紹介

アーサー＝コナン＝ドイル

1859年，イギリスのエジンバラに生まれる。開業医をするかたわら小説を書きはじめ，1887年に最初のホームズもの『緋色の研究』を発表。1891年に雑誌連載をスタートしてから爆発的な人気をえる。1927年までの40年間に60編のホームズものを書いたほか，歴史小説，ＳＦ小説なども執筆。実生活でもホームズのような推理力を発揮し，死刑囚の無実を証明した。ナイトの爵位をもつ。1930年死去，71歳。

＊訳者紹介

日暮《ひぐらし》まさみち

1954年，千葉市に生まれる。小学生のころからホームズ物語のおもしろさのとりこになり，青山学院大学では推理小説の研究会に所属。在学中にミステリーの翻訳をはじめ，10年間の会社づとめのあとに翻訳家として独立した。ミステリー，ＳＦ，コンピュータ書など，幅広い分野の訳書がある。日本推理作家協会会員，日本シャーロック・ホームズ・クラブ会員。

＊画家紹介

若菜《わかな》　等＋Ｋｉ《ひとしプラスケーアイ》

埼玉県，群馬県に生まれる。油彩画で主体美術展＋現代童画展などに出品。その後，リアルな絵，ファンタジータッチ，コミックタッチのイラストをえがく。小説の装画のほか，児童書のおもな作品に『クレオパトラ』『始皇帝』『ヤマトタケル』（講談社）などがある。最近，妻（Ki）とのふたりの制作も楽しんでいる。日本推理作家協会会員。

講談社 青い鳥文庫　190-13

名探偵《めいたんてい》ホームズ バスカビル家《け》の犬《いぬ》

アーサー＝コナン＝ドイル

日暮《ひぐらし》まさみち 訳

2002年11月15日　第1刷発行

（定価はカバーに表示してあります。）

発行者　野間佐和子

発行所　株式会社講談社

東京都文京区音羽2-12-21　郵便番号112-8001

電話　出版部（03）5395-3536
販売部（03）5395-3625
業務部（03）5395-3615

N. D. C. 933　346p　18cm

装　丁　久住和代

印　刷　図書印刷株式会社

製　本　図書印刷株式会社

ISBN4-06-148602-0

（落丁本・乱丁本は購入書店名を明記のうえ，講談社書籍業務部
あてにお送りください。送料小社負担にておとりかえします。）

■この本についてのお問い合わせは，講談社児童局
「青い鳥文庫」係にご連絡ください。

あなたのポケットに名作を！

ムーミンの本
トーベ＝ヤンソン／作・絵

- たのしいムーミン一家　山室　静／訳
- ムーミン谷の彗星　下村隆一／訳
- ムーミン谷の夏まつり　下村隆一／訳
- ムーミン谷の冬　山室　静／訳
- ムーミンパパの思い出　小野寺百合子／訳
- ムーミン谷の仲間たち　山室　静／訳
- ムーミンパパ海へ行く　小野寺百合子／訳
- ムーミン谷十一月　鈴木徹郎／訳
- 小さなトロールと大きな洪水　冨原眞弓／訳

小さな家シリーズ
L＝I＝ワイルダー／作
こだま　ともこ・渡辺南都子／訳　かみや　しん／絵

- 大きな森の小さな家
- 大草原の小さな家
- プラム川の土手で
- シルバー湖のほとりで
- 農場の少年
- 大草原の小さな町
- この輝かしい日々

世界の名作

- 聖書物語(旧約編)(新約編)　香山彬子／文
- ギリシア神話　遠藤寛子／作
- 西遊記　呉承恩／作　松枝茂夫／訳
- 水滸伝　施耐庵／作　立間祥介／訳
- 三国志　羅貫中／作　駒田信二／訳
- 子鹿物語　ローリングズ／作　阿部知二／訳
- ロミオとジュリエット　シェークスピア／作　飯島淳秀／訳
- 赤毛のアン　モンゴメリー／作　村岡花子／訳
- クリスマスキャロル　ディケンズ／作　こだまともこ／訳
- 小公女　バーネット／作　曾野綾子／訳
- ああ無情　ユーゴー／作　塚原亮一／訳
- 三銃士　デュマ／作　桜井成夫／訳
- 巌窟王　デュマ／作　矢野　徹／訳
- 十五少年漂流記　ベルヌ／作　那須辰造／訳
- ガリバー旅行記　スウィフト／作　加藤光也／訳
- ファーブルの昆虫記　ファーブル／作　中村浩　江口清／訳
- シートン動物記(1)〜(3)　シートン／作　阿部知二／訳
- 若草物語　オルコット／作　中山知子／訳
- 続・若草物語　オルコット／作　谷口由美子／訳
- プラムフィールドの子どもたち　オルコット／作　谷口由美子／訳
- プラムフィールドの青春　オルコット／作　谷口由美子／訳
- トム＝ソーヤーの冒険　トウェーン／作　飯島淳秀／訳
- トム＝ソーヤーの探偵　トウェーン／作　斉藤健一／訳
- ハックルベリー＝フィンの冒険(上)(下)　トウェーン／作　斉藤健一／訳
- ロビンソン漂流記　デフォー／作　中野好夫／訳
- 宝島　スチーブンソン／作　飯島淳秀／訳
- ジキル博士とハイド氏　スチーブンソン／作　加藤まさし／訳
- 透明人間　ウェルズ／作　福島・桑沢／訳
- 宇宙戦争　ウェルズ／作　加藤まさし／訳
- 海底2万マイル　ベルヌ／作　加藤まさし／訳
- フランケンシュタイン　シェリー／作　加藤まさし／訳
- ツタンカーメン王の秘密　カーター／作　塩谷太郎／訳
- ポンペイ最後の日　リットン／作　岡田好惠／訳

講談社　青い鳥文庫

賢者のおくりもの　オー・ヘンリー／作　飯島淳秀／訳
あしながおじさん　ウェブスター／作　曾野綾子／訳
ふしぎの国のアリス　キャロル／作　高杉一郎／訳
鏡の国のアリス　キャロル／作　高杉一郎／訳
ピーター＝パン　バリ／作　飯島淳秀／訳
飛ぶ教室　ケストナー／作　山口四郎／訳
青い鳥　メーテルリンク／作　保永貞夫／訳
名犬ラッシー　ナイト／作　飯島淳秀／訳
フランダースの犬　ウィーダ／作　松村達雄／訳
ニルスのふしぎな旅　ラーゲルレーフ／作　山室　静／訳
長くつしたのピッピ　リンドグレーン／作　尾崎　義／訳
川べにそよ風　グレアム／作　岡本浜江／訳
砂の妖精　ネズビット／作　八木田宜子／訳
ドラゴンがいっぱい！　ネズビット／作　八木田宜子／訳
ハヤ号セイ川をいく　ピアス／作　足沢良子／訳
アリスの悩み　ネイラー／作　佐々木光陽／訳
アリスはひとりぼっち　ネイラー／作　佐々木光陽／訳
アリスのいじめ対策法　ネイラー／作　佐々木光陽／訳
アリスの恋愛テスト　ネイラー／作　佐々木光陽／訳

名探偵ホームズ　赤毛組合　ドイル／作　日暮まさみち／訳
名探偵ホームズ　まだらのひも　ドイル／作　日暮まさみち／訳
名探偵ホームズ　消えた花むこ　ドイル／作　日暮まさみち／訳
名探偵ホームズ　緋色の研究　ドイル／作　日暮まさみち／訳
名探偵ホームズ　ぶな屋敷のなぞ　ドイル／作　日暮まさみち／訳
名探偵ホームズ　四つの署名　ドイル／作　日暮まさみち／訳
名探偵ホームズ　囚人船の秘密　ドイル／作　日暮まさみち／訳
名探偵ホームズ　恐怖の谷　ドイル／作　日暮まさみち／訳
名探偵ホームズ　最後の事件　ドイル／作　日暮まさみち／訳
名探偵ホームズ　三年後の生還　ドイル／作　日暮まさみち／訳
ルパン対ホームズ　ルブラン／作　保篠龍緒／訳
怪盗ルパン　怪紳士　ルブラン／作　久米みのる／訳
怪盗ルパン　真犯人を追え！　ルブラン／作　久米みのる／訳
怪盗ルパン　二十一の宝石　ルブラン／作　久米みのる／訳
怪盗ルパン　地底の皇帝　ルブラン／作　久米みのる／訳
怪盗ルパン　奇岩城　ルブラン／作　久米みのる／訳
怪盗ルパン　踊る光文字　ルブラン／作　久米みのる／訳
怪盗ルパン　赤い絹のスカーフ　ルブラン／作　久米みのる／訳
怪盗ルパン　王女の宝冠　ルブラン／作　久米みのる／訳
オリエント急行殺人事件　クリスティ／作　花上かつみ／訳
ABC殺人事件　クリスティ／作　花上かつみ／訳
大空をとぶ殺人　クリスティ／作　花上かつみ／訳

ノンフィクション

川は生きている　富山和子
道は生きている　富山和子
森は生きている　富山和子
クジラと旅を　中村庸夫
ウミガメの冒険　中村庸夫
イルカと海の旅　水口博也
犬・イヌはぼくらの友だちだ　畑　正憲
猫・かわいいネコには謎がある　今泉忠明
白旗の少女　比嘉富子
窓ぎわのトットちゃん　黒柳徹子
五体不満足　乙武洋匡
サンコン少年のアフリカ物語　O・サンコン

「講談社《こうだんしゃ》 青《あお》い鳥文庫《とりぶんこ》」刊行《かんこう》のことば

太陽《たいよう》と水《みず》と土《つち》のめぐみをうけて、葉《は》をしげらせ、花《はな》をさかせ、実《み》をむすんでいる森《もり》。小鳥《ことり》や、けものや、こん虫《ちゅう》たちが、春《はる》・夏《なつ》・秋《あき》・冬《ふゆ》の生活《せいかつ》のリズムに合《あ》わせてくらしている森《もり》。森《もり》には、かぎりない自然《しぜん》の力《ちから》と、いのちのかがやきがあります。

本《ほん》の世界《せかい》も森《もり》と同《おな》じです。そこには、人間《にんげん》の理想《りそう》や知恵《ちえ》、夢《ゆめ》や楽《たの》しさがいっぱいつまっています。

本《ほん》の森《もり》をおとずれると、チルチルとミチルが「青《あお》い鳥《とり》」を追《お》い求《もと》めた旅《たび》で、さまざまな体験《たいけん》を得《え》たように、みなさんも思《おも》いがけないすばらしい世界《せかい》にめぐりあえて、心《こころ》をゆたかにするにちがいありません。

「講談社《こうだんしゃ》 青《あお》い鳥文庫《とりぶんこ》」は、七十年《ねん》の歴史《れきし》を持《も》つ講談社《こうだんしゃ》が、一人《ひとり》でも多《おお》くの人《ひと》のために、すぐれた作品《さくひん》をよりすぐり、安《やす》い定価《ていか》でおおくりする本《ほん》の森《もり》です。その一さつ一さつが、みなさんにとって、青《あお》い鳥《とり》であることをいのって出版《しゅっぱん》していきます。この森《もり》が美《うつく》しいみどりの葉《は》をしげらせ、あざやかな花《はな》を開《ひら》き、明日《あす》をになうみなさんの心《こころ》のふるさととして、大《おお》きく育《そだ》つよう、応援《おうえん》を願《ねが》っています。

昭和《しょうわ》五十五年《ねん》十一月《がつ》

講談社